Para o Alek, que cuidou do
cachorrinho para eu poder escrever.
E a Bree, que é a melhor
em consertar livros.

1ª edição, 2018
Título original: *Horde*

TEXTO ADEQUADO ÀS REGRAS DO NOVO ACORDO ORTOGRÁFICO DA LÍNGUA PORTUGUESA

Coordenação editorial: Miriam Gabbai
Editora assistente: Áine Menassi
Tradução: Bárbara Menezes
Preparação de texto: Maria Christina Azevedo
Revisão: Ricardo N. Barreiros
Ilustração de capa: Clayton InLoco
Projeto gráfico e diagramação: Thiago Nieri

CIP-BRASIL. CATALOGAÇÃO-NA-FONTE
SINDICATO NACIONAL DOS EDITORES DE LIVROS, RJ

A237h

Aguirre, Ann

Horda / Ann Aguirre ; tradução Bárbara Menezes. - 1. ed. - São Paulo : Callis Ed., 2018.
392 p. : il. ; 23 cm.

Tradução de: *Horde*
Sequência de: *Refúgio*
ISBN 978-85-454-0054-7

1. Ficção infantojuvenil. I. Menezes, Bárbara. II. Título.

18-47013 CDD: 813
CDU: 821.111(73)-3

08/01/2018 08/01/2018

ISBN 978-85-454-0054-7

Impresso no Brasil

2018
Callis Editora Ltda.
Rua Oscar Freire, 379, 6º andar • 01426-001 • São Paulo • SP
Tel.: 11 3068-5600 • Fax: 11 3088-3133
www.callis.com.br • vendas@callis.com.br

Tradução: Bárbara Menezes

callis

Sumário

Dois

Três

Ímpeto

"Sinto o cheiro de fera selvagem – daquela direção, de onde o vento está vindo."

(George MacDonald, *O Menino Dia e a Menina Noite*)

Jornada

Parti sem olhar para trás.

Não seria fácil, mas era preciso deixarmos as pessoas queridas sitiadas e ir em busca de ajuda para Salvação. A decisão também partiu meu coração; o rosto da minha mãe de criação iria me perseguir, ela tão machucada e corajosa, mais velha do que eu soubera que uma mulher poderia se tornar e ainda permanecer forte e cheia de vida. Ela brilhava como uma promessa de esperança de que minha chama não precisaria tremular e se apagar antes de eu ter a chance de viver. Anteriormente, eu pensara que ser *velho* era ter 25 anos, mas meu tempo em Salvação tinha alterado minhas percepções. Agora, era estranho imaginar que talvez eu não chegasse à metade da minha vida.

No escuro, apressei meus passos, olhos atentos para Aberrações à espreita além do perímetro normal. Atrás de nós, eu as ouvia berrar desafios para os homens que guardavam os muros. Rifles disparavam quando elas avançavam, mas eu não podia me virar, não importava o quanto quisesse fazê-lo. Meu caminho estava determinado pela linha escurecida traçada no mapa valiosíssimo protegido pela pasta de couro dentro da minha mochila. Antes de partirmos, eu o tinha estudado com concentração total, memorizando cada virada da rota, cada anotação escrita à mão deixada por Improvável sobre boas caças e água fresca. Levaríamos dois dias até Soldier's Pond, mais dois para voltar, depois de termos reunido os reforços necessários. Aquele ponto no pergaminho representava a melhor esperança de salvarmos as pessoas que tinham me ensinado tanto sobre a vida, que ela podia ser mais do que apenas caçar e matar.

"Mamãe Oaks. Edmund."

Eu não podia me permitir pensar neles ou iria vacilar. Em vez disso, segui em frente, silenciosa e atenta, de ouvidos aguçados para as Aberrações atrás de nós. Dei uma olhada por cima do ombro e me certifiquei de que Vago ainda estava atrás de mim. Tegan e Perseguidor andavam cada um de um lado meu, ela com seu passo irregular e sua lealdade inabalável, ele com suas facas curvas nas mãos e os olhos fixos no horizonte, embora não conseguisse ver o que havia à frente tão bem quanto eu.

Era uma habilidade da menina da noite. Por reflexo, ajustei minha mochila, tranquilizada pelo peso do livro que havia viajado conosco no caminho todo, desde as ruínas. Talvez não precisasse dele, mas tinha se tornado meu talismã, tanto quanto a carta de jogo danificada que estava costurada em um bolso escondido dentro da minha camisa. Edmund havia explicado que minha lembrancinha do subsolo era parte de um conjunto de 52 peças, e era uma carta baixa. Parecia adequado, já que servia para me manter humilde.

– Está vendo alguma coisa? – Tegan perguntou.

– Só alguns animais noturnos. O inimigo está para trás de nós.

– Eu sei – ela disse baixinho.

A grama amassava sob nossos pés, generosamente salpicada de folhas que caíram antes do tempo. Ainda não estava na época de mudança, quando todas as folhas trocavam de cor e tombavam dos galhos, mas sempre havia algumas para estalar conforme andávamos. Corremos por toda a noite com intervalos periódicos para descanso e água, enquanto eu verificava o mapa à luz do luar. Quando o sol subiu, rastejando pelo horizonte em caracóis de rosa e âmbar, eu estava exausta... e revoltada com minha fraqueza. No subsolo, Vago e eu havíamos corrido por uma rota muito mais perigosa em menos tempo, mas tínhamos de considerar os passos mais lentos de Tegan também. Embora a menina fosse toda coração, sua perna não conseguia suportá-la indefinidamente no mesmo ritmo que o resto de nós, e ela estava mancando agora, rugas de dor ao lado de sua boca. Não cometi o erro de apontar isso em voz alta, no entanto.

– Hora de acampar.

Fiz sinal para Perseguidor examinar o perímetro, e era uma medida do quanto ele havia mudado o fato de não ter se recusado diante da ordem; apenas seguiu para fazer o que eu pedira.

Enquanto eu estendia minhas cobertas, Vago perguntou:

– Sem fogueira?

Fiz que não.

– O sol logo vai chegar até nós. Não vamos precisar.

Tegan acrescentou:

– Vamos sentir o cheiro delas chegando se alguma das que estão atrás de nós se aproximar.

Assenti. Aquilo me lembrava muitíssimo de quando havíamos vagado pelo campo aberto apenas com as histórias passadas pelo padreador de Vago. "Pelo menos, desta vez temos mapas, uma rota a seguir." Eu não chamaria de estrada exatamente, mas vi linhas suaves por onde a carroça de Improvável – e as de outros, eu tinha certeza – havia passado, indo e voltando com frequência o bastante para me garantir que ainda estava seguindo pelo curso certo.

– É bem verdade.

Enquanto eu distribuía a carne, o pão e o queijo que Mamãe Oaks havia mandado, Perseguidor voltou.

– A área geral está limpa, embora eu não goste do cheiro que tem para o leste.

– Estamos sendo seguidos? – perguntei.

Comi em mordidas econômicas, apenas o suficiente para me manter em atividade, não o bastante para que fosse difícil descansar de estômago cheio. Os outros fizeram o mesmo, experientes em equilibrar a necessidade de se manterem fortes com a sabedoria de conservar nossos recursos. Depois daquela noite, a carne acabaria, mas o pão e o queijo deveriam durar por todo o caminho até o fim da jornada.

Racional, Perseguidor assentiu.

– Devemos esperar um ataque enquanto estivermos dormindo... e torcer para não ser mais do que conseguimos aguentar.

Soltei um palavrão baixinho, a pior palavra que aprendera durante as patrulhas de verão.

– Eu tinha esperado que elas não tivessem nos visto sair do túnel.

– Não acho que viram – Vago comentou.

Ali fora, ele se comportava mais como antes, quieto e alerta, e com menos do desespero desolador.

– Acho que elas conseguem sentir o nosso cheiro tanto quanto nós conseguimos sentir o delas.

"É claro." No minuto em que ele falou isso, eu lembrei... e reconheci a verdade. As Aberrações não precisavam nos ver emergir; no instante em que saímos para o vento, entramos no território delas. Como qualquer predador, reparavam em tais incursões e tomariam atitudes para eliminar a ameaça. Se tivéssemos sorte, seria apenas um pequeno grupo de caça, não uma porção significativa da horda. Embora talvez fosse bom para Salvação se uma quantidade grande nos seguisse; poderíamos levá-las para longe da cidade em direção a Soldier's Pond. Os habitantes de lá não nos agradeceriam por isso, mas poderiam acreditar mais rápido que a ameaça era real.

– Como é possível? – Tegan perguntou, parecendo ofendida.

– Elas são animais – Perseguidor respondeu. – Têm sentidos apurados como lobos também e reparam em tudo que não corresponde ao fedor de Aberração.

– Foi assim que eu consegui... – eu me interrompi antes de dizer "resgatar Vago", sabendo que seria muito duro para ele ouvir.

"Cedo demais." Bem no fundo, eu queria que ele reconhecesse o que eu fizera, o que arriscara por ele, porque não havia limites para o quão longe eu iria pelo meu menino. Mas os olhos negros dele cintilaram; ele sabia, mesmo que eu não dissesse as palavras em voz alta. Com o coração pesado, eu o observei se virar para estender o colchãozinho com um cuidado exagerado.

– Conseguiu o quê? – Tegan questionou.

Perseguidor respondeu por mim com um tato inesperado.

– Passar escondida por algumas Aberrações. A Dois esfregou partes delas no corpo... Sangue e coisa pior... Até feder. Não repararam nela, embora a maioria estivesse dormindo.

Algumas era uma tremenda redução. Foi a primeira vez em que vimos a horda, suficiente para massacrar todos em Salvação e, depois, continuar a varredura saqueando qualquer assentamento sobrevivente. A memória me dominou, Aberrações horríveis e cambaleantes, em seu grupo enorme, armadas com o fogo que haviam roubado do nosso posto avançado. Controlei meu temor, sabendo que não faria nada bem para o pessoal da cidade se eu entrasse em pânico.

– É engenhoso – Tegan decidiu. – E nojento.

Ela tombou a cabeça, pensativa.

– Isso significa que elas não enxergam muito bem?

– Não faço ideia.

Até onde eu sabia, ninguém nunca estudara as Aberrações. Qualquer um que chegasse perto de uma escolhia eliminá-la, por motivos óbvios.

– Eu gostaria de descobrir – ela murmurou.

Embora eu desejasse sorte para Tegan em sua busca por conhecimento, preferia matar as Aberrações.

– Estava escuro... e, como ele disse, a maioria estava dormindo. Eu não contaria com a visão prejudicada delas.

Perseguidor se sentou em frente a mim, seu olhar de gelo carregado. O beijo que ele havia me dado na noite anterior parecia um peso, um de que eu precisava me livrar antes de poder ser merecedora de Vago, que odiaria ainda mais o fato quando eu lhe contasse que tinha beijado Perseguidor por vontade própria, para fazê-lo prometer que correria de volta até Salvação e alertaria o povo se Vago e eu não conseguíssemos retornar.

Àquela altura, no entanto, tínhamos coisas mais importantes para nos preocupar e, assim, deixei aquele assunto de lado enquanto Perseguidor dizia:

– Vou ficar com o primeiro turno de guarda.

– Segundo – murmurei.

Vago e Tegan reivindicaram o terceiro e o quarto respectivamente, o que daria a todos nós uma quantidade boa de sono. Vago entregou seu objeto de tempo a Perseguidor, para que fosse mais fácil ele saber quando se passassem duas horas; em outra época, Vago e Tegan teriam discutido sobre Perseguidor proteger o acampamento sozinho, mas ambos apenas se enrolaram em suas cobertas conforme o sol subia mais. Eu estava razoavelmente cansada para cair no sono no mesmo instante e sonhei com Salvação queimando enquanto Mamãe Oaks chorava e Seda, a Caçadora líder do subsolo, gritava comigo dizendo que eu não era rápida o bastante ou suficientemente forte, que eu era uma Procriadora, não Caçadora. Acordei com um solavanco, rolei para fora das minhas cobertas até a grama quente de sol e fiquei deitada estreitando os olhos para o céu azul riscado de tufos brancos. Nuvens elas se chamavam. Supostamente, era de onde a chuva vinha.

Sem perceber que mais alguém estava acordado, perguntei-me em voz alta:

– De todas as pessoas do enclave, por que eu não podia ficar com Dedal na cabeça? Ou Pedregulho?

Meus amigos do enclave podiam não ter me impedido de fazer a longa caminhada, mas eu tinha memórias carinhosas deles. Dedal costumava fazer coisas para a gente mesmo antes de ser oficialmente Construtora, enquanto Pedregulho protegia a nós duas. Eu queria poder sonhar com eles em vez de Seda, que tinha instilado medo em todos sob seu comando.

– Não sei – Perseguidor respondeu. – Mas eu penso sobre um pequeno o tempo todo. Ele me seguia por toda parte. Mas não tinha o ímpeto para tomar o poder. Morreu jovem.

– Qual era o nome dele?

– Regra – ele disse. – Porque ele sempre as seguia.

Parecia que os costumes de nomeação dos Lobos tinham sido semelhantes aos nossos, embora eles se concentrassem em um traço de personalidade, não em um presente nomeador. Em voz baixa, eu disse isso, e Perseguidor assentiu.

– O líder batizava nossos pequenos. Com oito invernos, ganhávamos nossos nomes.

– Como?

Era estranho pensar que eles tinham tradições além de capturar invasores e roubar meninas de outras gangues, mas, pela forma como o rosto de Perseguidor ficou tenso, ele não queria falar sobre aquilo, então acrescentei:

– Deixa para lá. É melhor você descansar um pouco.

– Obrigado. Esteve tudo quieto.

Ele me entregou o relógio de Vago enquanto rolava em suas cobertas.

Ergui-me para sentar de pernas cruzadas e fiquei de sentinela enquanto os outros dormiam. Como tinha feito no subsolo, distraí-me estudando Vago, mas a atividade possuía mais significado agora que eu havia acariciado seu cabelo e beijado sua boca. A dor que aquelas lembranças provocavam em mim era forte como uma tempestade, trovões ressonando em meu coração. Por pura disciplina, desviei o olhar das formas de lua crescente dos cílios dele e da curva dos seus lábios. Aquelas horas se passaram apenas com o falatório baixo de pássaros e o arrastar de pequenas criaturas na vegetação rente. Havíamos escolhido um local sombreado, sob um teto de copas de árvores, onde a grama era macia e a luz filtrava-se pela folhagem acima, ganhando manchas verdes.

Eu estava sonolenta de novo quando acordei Vago, mas ainda alerta o bastante para não o sacudir. Em vez disso, ajoelhei-me ao seu lado e sussurrei:

– Seu turno.

Ele se levantou no mesmo momento, uma mão na sua faca.

– Alguma coisa?

– Sem problemas até agora.

– Que bom. Mas Perseguidor tem razão. Elas estão nos caçando.

– Eu sei.

Eu havia encarnado o papel de presa vezes o bastante para reconhecer a comichão de inimigos por perto. Infelizmente, até o vento mudar para a direção exata, era impossível saber a que distância as Aberrações estavam. Tínhamos de descansar enquanto podíamos e, depois, seguir em frente. Lutar não era nossa prioridade, nossa missão era convocar ajuda e eu não conseguia pensar no custo de falharmos. Se necessário, tomaríamos medidas de evasão e seguiríamos para Soldier's Pond ainda mais rápido.

– Não gosto das nossas chances – Vago disse.

– De sobreviver ou de buscar ajuda?

Ele deu de ombros, sem querer colocar suas dúvidas em palavras. Deliberadamente, fui para perto dele. Coloquei minha mão ao lado da sua na grama. Ele sabia – tinha de saber – que, se a situação fosse diferente, eu enlaçaria meus dedos nos dele. Mas ele não queria isso, não conseguia suportar, e vi que percebeu meu gesto pela sua postura alterada. Vago endireitou os seus dedos ao lado dos meus e, por alguns segundos, eu senti cada folha de grama na minha palma como se fossem as pontas dos dedos dele.

– Espero provar que tenho alguma utilidade – ele disse então.

– Você está aqui. Isso é suficiente.

Hesitei e decidi que talvez não houvesse momento melhor... E eu não conseguiria continuar sem contar a ele. Assim, em sussurros, expliquei o que estava me incomodando quanto ao beijo de despedida que tinha dado em Perseguidor na floresta e o que ele me deu de surpresa na noite anterior. E como aqueles momentos entravam em conflito com a promessa que eu fizera a Vago sobre direitos exclusivos de beijo. Senti que tinha quebrado a confiança dele, mas não me arrependia de tê-lo trazido de volta em segurança.

Ele ficou sem expressão, os olhos escuros como a água beijada pela noite.

– Não entendo por que você está me contando isso. Você pode fazer o que quiser. Eu já disse, nós não somos...

Parou de falar e deu de ombros, como se eu já soubesse o que ele queria dizer.

O pior era que eu sabia. Ele estava falando sobre o fim de tudo o que tínhamos sido juntos, mas, se Vago achava que poderíamos simplesmente voltar a sermos parceiros de caça, como no subsolo, antes de eu entender qualquer coisa sobre sentimentos ou a maneira como ele tinha meu coração nas mãos sem me tocar, então ele estava completamente enganado. Cerrei os dentes para conter uma onda nervosa de palavras. Embora Tegan tivesse me aconselhado paciência, às vezes era difícil.

Ele continuou com um tom discretamente doloroso:

– Não importa o que você fez para me levar de volta. Àquela altura, já era tarde demais.

– Não era – falei. – Não vou deixar ser. Mas você merece honestidade absoluta. O que aconteceu com Perseguidor não foi algo que eu pedi, mas eu faria qualquer coisa por você, e isso é um fato.

– Algumas coisas – ele sussurrou – você simplesmente não deveria fazer.

Não perguntei se ele estava falando do resgate ou da história com Perseguidor que envolvia beijos. Não pude resistir e insisti, só um pouco.

– Então, você não vai se incomodar se eu achar outra pessoa?

Ele travou os dentes, e vi o músculo se mexer antes de ele o controlar.

– Pensei que você tivesse dito que lutaria por mim.

– E *você* disse que é tarde demais – ofereci a ele um sorriso fraco junto com seu relógio. – Pois é, ainda bem que eu não tenho a intenção de ouvir o que você diz.

Um leve suspiro saiu dele em sinal de alívio antes que pudesse impedir. Era toda a confirmação de que eu precisava. Pelo menos naquele aspecto, eu não podia acreditar na palavra de Vago. Sua boca estava dizendo coisas que seu coração não sentia, por dor e sentimentos mais sombrios que provavelmente me partiriam em duas. Finalmente segui o conselho de Tegan sobre não o forçar muito e voltei para meu colchãozinho sem mais conversa. Também não virei de costas quando caí no sono. "Deixe que ele me olhe, se quiser." Na verdade, eu esperava que olhasse e sentisse uma fração do que eu sentia. Poderia trazê-lo de volta para mim mais rápido. Assim como naquela jornada desesperada, eu estava correndo no escuro e esperando que a viagem terminasse com Vago ao meu lado.

Quando acordei depois, o mundo era um borrão de rosnados e presas amareladas.

Combate

Pelo ângulo do sol, quando rolei para ficar em pé, ainda não era bem meio-dia e as Aberrações já tinham nos encontrado. Havia nove monstros, fortes e bem alimentados, então não seria tão fácil quanto fora antes. Ainda bem que meus companheiros estavam todos acordados e se preparando para uma luta.

Perseguidor falou rispidamente para Tegan:

– Venha para trás de mim.

As adagas escorregaram para minhas palmas e lancei-me nas quatro que circulavam Vago. Peguei a primeira de surpresa com um corte no torso, abrindo um talho no seu couro. Reparei que aquelas não tinham as feridas podres de outras Aberrações que eu havia encontrado. A pele delas era lisa, mas resistente, embora cheia de pintas, cinza. Porém, as presas manchadas eram as mesmas, assim como as mãos de garras afiadas que tentavam me fatiar. Virei para o lado, terminando a manobra com um golpe duplo para baixo. Minha adaga esquerda cortou o braço da criatura, mas nenhum dos ferimentos foi fatal. Ensanguentada e furiosa, a coisa rosnou para mim, um desafio em seus olhos estranhamente humanos. As íris eram transparentes, de um amarelo-âmbar impressionante, com a esclera branca em contraste. Tive a sensação inconfundível de que ela me via como um ser pensante, não apenas carne, e ainda assim queria me matar. Perceber aquilo me chocou, mas não de forma suficiente que me impedisse de desviar do golpe seguinte quando outra delas se virou para me encarar.

Perseguidor derrubou uma das suas com uma espetada eficiente na garganta, restando três. Vago matou a seguinte, destripando a Aberração pela direita, do peito até a virilha. Entranhas tombaram em um esguicho de carne, manchando a grama aos nossos pés. Outra gemeu de tristeza – aquele grito horrível e dissonante que afirmava que as Aberrações tinham sentimentos, que elas sofriam com a perda – e dirigiu-se a Vago com uma ferocidade que achei chocante. Ela estava irada, não apenas faminta. Aquelas se comportavam de um jeito tão diferente das descerebradas com as quais lutamos no subsolo!

Virei por baixo das garras cortantes e enfiei minhas duas lâminas no abdômen da Aberração, depois puxei as adagas de lado com toda a minha força. *Aquele* era um golpe mortal. O monstro caiu quando o próximo se lançou em mim. Bloqueei o golpe, mas levei um arranhão das garras pelo meu antebraço ao fazer isso; aquela Aberração era *forte,* o suficiente para eu sentir o impacto até meus ossos. Tinha de aprender um novo jeito de lutar com elas já que não morriam mais tão rápido. Aquele era um combate de verdade, não o massacre que eu antes provocava. Vago gritou quando uma delas enterrou as garras em seu ombro e usou a pegada para puxá-lo à frente no intuito de uma mordida fatal. Para minha surpresa, Tegan levantou meu rifle da sua posição entre as árvores. Eu não tinha muita certeza da mira dela, mas o tiro ressoou, abrindo o peito do monstro e derrubando a Aberração que estava com Vago. Ergui o queixo em direção a ela, agradecendo, depois entrei em ação, meus golpes mais rápidos, mais rápidos.

Tegan atirou em outra quando matei minha segunda. Então, fui ajudar Perseguidor, que ainda tinha duas com ele. Apunhalei uma na parte baixa da coluna, paralisando-a, em seguida os cortes velozes de Perseguidor acabaram com a criatura. Trabalhei com ele para derrubar a última enquanto Vago matava outra.

Por fim, tínhamos nove corpos e um fedor de sangue, enquanto Tegan tremia, aninhando o rifle em seu peito.

– Eu consegui. Fiquei com medo de atirar em Vago, mas ninguém mais estava perto o bastante.

– Obrigado – ele murmurou.

– Temos que ir – falei. – Juntem seus equipamentos. O rifle pode ser ouvido a uma longa distância em terreno aberto, então espero que vocês todos tenham descansado o bastante. Vão precisar. Cuidaremos dos ferimentos depois.

Em minutos, tínhamos nossas cobertas enroladas e guardadas nas mochilas. Distribuí um pouco de pão para mastigarmos enquanto andávamos e, depois, verifiquei os mapas e a nossa rota. Perseguidor me ajudou a achar a direção certa e começamos uma corrida enquanto eu me perguntava quanto tempo levaria para mais Aberrações rastrearem os tiros de rifle. Eu não tinha dúvida de que conseguiríamos nos virar contra mais grupos de patrulha, mas cada luta nos atrasava e enfraquecia. Vago e eu estávamos feridos; se ganhássemos novos machucados, a viagem até Soldier's Pond poderia demorar ainda mais.

"Salvação não tem muito tempo."

Meus pés martelavam a terra, fazendo subir um spray de poeira atrás de mim.

– Acho que deveríamos nos esforçar para chegar a Soldier's Pond esta noite.

– Eu consigo – Tegan disse –, se é isso que você está querendo saber. Minha perna está bem.

Era isso, e eu estava feliz por ela não ficar na defensiva naquele assunto. Tínhamos de ser realistas quanto às nossas habilidades.

– Que bom. Você é surpreendentemente boa com o meu rifle. Fique com ele.

Ela corou de prazer, ou talvez fosse a corrida no calor do dia, que esquentara com o sol. A luz descia queimando, machucando meus olhos, e me perguntei se um dia me acostumaria totalmente com aquilo.

Meu antebraço queimava, mas não era suficiente para me atrasar. Vago não me agradeceria se eu questionasse sua força, então não perguntei sobre a mancha de sangue em seu ombro. Ainda assim, ele se movimentava bem, mantendo o ritmo, então não devia sentir muita dor. Eu veria como estava mais tarde, se ele deixasse.

Foi um dia longo e horrível, apenas com paradas básicas para funções sanitárias e beber um pouco d'água ou engolir um tanto de queijo. No cair da noite, o rosto de Tegan estava branco de exaustão e dor, que ela não queria reconhecer, mas não se deu folga. De acordo com as anotações de Improvável, aquela era uma viagem difícil, muito mais longa do que dois dias de carroça. Mas ele tinha de cuidar das mulas e deixá-las descansarem, além disso, carregava bens de comércio, enquanto nós nos deslocávamos o mais rápido possível para humanos.

A lua estava alta quando vimos nosso destino do outro lado da planície. Eu não sabia o que estivera esperando, mas não era aquilo. Pelo que eu podia ver, não era nada como Salvação, e o medo subiu pelas minhas costas. Parei, respirando com dificuldade, e, ao fazer isso, o cansaço veio como uma onda que me afogou, enfraquecendo minhas pernas e meus braços até virarem água.

– Parece as ruínas – Perseguidor disse.

Assenti.

– Mas não está completamente destruída.

Aquela era uma cidade do velho mundo, mas haviam separado o centro dela com cercas de metal, barragens e fossos. Havia luzes também, diferentes das que queimavam lá no subsolo, ou mesmo em Salvação. Aquelas eram estranhas e fixas, nada de fogo, porém mais como mágica das histórias que Edmund contara de muito tempo atrás.

– Vocês já viram alguma coisa assim? – perguntei.

Tanto Perseguidor quanto Vago fizeram que não, mas Tegan estava examinando o brilho, de sobrancelhas franzidas, fascinada.

– Não desde que eu era pequena. Tínhamos algumas na estufa da universidade que se enchiam de luz por terem ficado ao sol. Parecem aquelas, só que maiores.

– Eu não sabia que coisas velhas assim ainda funcionavam – Perseguidor disse. – Recolhíamos itens às vezes, mas não conseguimos descobrir como mexer neles, a não ser pelas latas.

– Isso é porque vocês são selvagens – ela disse.

– Nós éramos – ele concordou em voz baixa.

– Que horas são? – perguntei a Vago.

Ele verificou o relógio.

– Quase meia-noite.

Eu suspirei.

– Não temos escolha. Esta não é a hora certa de fazer nosso pedido, mas esperar também não vai ajudar. Vamos.

Embora o perímetro parecesse deserto, não confiei em meus olhos. Minha intuição me disse que estávamos sendo observados. Assim, escolhi um caminho fácil de rastrear, que cruzava o campo, esperando um aviso ou uma voz que me pedisse para dizer o que eu queria. Nenhum dos dois veio, até eu colocar o pé na rampa de metal que descia para a rua esburacada. A superfície ali era parecida com a de Gotham, e eu podia ver os pontos onde os cidadãos de Soldier's Pond haviam tentado mantê-la lisa, preenchendo buracos com lama e terra, mas não ficou selado o bastante para esconder o estrago, mesmo à noite.

– O que vocês são – um homem não visto gritou –, itinerantes ou turistas?

Eu não fazia ideia do que nenhuma daquelas palavras significava. Depois de olhar para Tegan, que deu de ombros – aparentemente ela também não sabia –, respondi:

– Somos mensageiros, trazendo um recado de Salvação.

– Por que não mandaram Improvável? – o homem perguntou.

Eu relaxei um pouquinho. Se não estava enganada, o tom dele tinha um certo carinho, nascido de camaradagem e noites passadas trocando histórias.

– Sinto muito. Improvável morreu na última batalha.

– Acho melhor vocês entrarem.

Algo fez um barulho, e uma sombra em movimento me mostrou a medida de segurança que teria nos esmagado se tivéssemos dado outro passo pela rampa.

– Está livre para vocês cruzarem. Sejam rápidos.

Sem querer ser uma inconveniência para o nosso anfitrião, eu corri, e os outros me seguiram. Atrás de nós, o grande peso subiu de volta em cadência com os resmungos dos homens que o puxaram para o lugar certo. Seis deles apareceram sob a luz em seguida, liderados pelo homem que, eu soube por instinto, tinha nos convidado para entrar em Soldier's Pond. Todos usavam roupas de um verde apagado, remendadas mais de uma vez, e tinham postura de guerreiros, com os ombros para trás, as colunas eretas e os queixos querendo briga. Apresentavam idade bem próxima à de Edmund, com fios de prata crescendo em meio aos pelinhos dos seus queixos. Eles traziam armas nos quadris, similares ao rifle, porém menores, e facas de cabo longo nas coxas.

– Você disse que tinha notícias de Salvação e Improvável não pôde trazê-las. Aconteceram problemas?

– Uma quantidade inacreditável – falei, sincera. – Com todo o respeito... mas você é o ancião?

Era como chamavam o líder em Salvação e como chamávamos Muro Branco no subsolo.

– Essa é uma palavra antiga para isso... E, não, acontece que não sou. Não vou fazer com que vocês contem a história duas vezes. Davies, você é o chefe dos vigias enquanto eu saio. Vou levar nossos convidados para verem Coronel Park.

Um dos homens assentiu conforme nossa escolta nos guiava pelas ruelas. Aquela era uma construção do velho mundo, remendada e escorada para manter a funcionalidade. No entanto, não tínhamos mais os meios para construir daquela forma. O tamanho e a forma das estruturas eram estranhamente similares, uma casa após a outra moldada com precisão total.

– É sinistro – Vago disse ao meu lado.

– Parece mais uma miniatura infantil do que uma cidade de verdade – concordei baixinho.

– Por aqui. Meu nome é Morgan. Se tivermos que acordar Coronel Park, não posso garantir o quão bem suas notícias serão recebidas.

O tom de voz dele trazia uma nota esquisita e animada que eu não conseguia interpretar.

Eu não achava que seriam informações agradáveis, então aquilo mal importava, mas a reação do líder poderia determinar se teríamos sucesso. Morgan nos levou para uma grande construção com uma longa varanda na frente; havia luzes presas por todo o topo dela, o que me fez pensar que fosse algum tipo de quartel-general. Lá dentro, confirmou-se aquela impressão inicial, com mesas e cadeiras lotadas de papéis, alguns dos quais haviam amarelado com a idade, outros pareciam ter sido produzidos recentemente. Eu via que as folhas novas vinham de Salvação, já que tinham seu carimbo na forma de uma árvore circulada três vezes. Assim, entre outras coisas, Soldier's Pond contava com Salvação para materiais de papelaria, que era uma palavra sofisticada para papel, de acordo com Mamãe Oaks.

Velas queimavam, a cera caía com estalos em pires, e havia algumas lâmpadas desconhecidas para mim. Elas soltavam um cheiro desagradável enquanto ardiam, a chama bruxuleando dentro do vidro como um vaga-lume preso. Havia cadeiras também, onde alguns homens cansados e com aparência de preocupados estavam jogados. Perguntei-me qual deles seria o coronel... e o que era um coronel. Devia ser um título, parecido com o do Ancião Bigwater, já que ele não era de verdade o homem mais velho de Salvação, diferentemente do que acontecia no subsolo. Talvez tivesse uma função parecida com a do Guardião das Palavras, como conselheiro em assuntos importantes. Mas nenhuma das minhas especulações provaram estar certas quando o coronel se virou; eu sabia que aquela era a pessoa que estávamos buscando pela maneira como Morgan se aproximou e eu sorri, ao mesmo tempo satisfeita e decepcionada.

"Deixei Salvação mudar a forma como eu vejo o mundo. Nunca tinha pensado nisso."

Não devia ter sido assim. Tanto Moeda de Cobre quanto Seda haviam tido funções de poder no subsolo. Aquela mulher era mais nova do que Mamãe Oaks, mas não tão jovem quanto Ruth, a esposa de Rex. Eu não sabia que idade isso lhe dava, mas, em comparação com os homens ao redor, parecia mais nova. Ela usava os cabelos escuros presos para cima em um complicado penteado torcido, e suas roupas estavam impecáveis, apesar de já ser tarde. Da mesma forma, seus olhos eram escuros, contornados por leves sombras que mostravam que não dormira muito nos últimos tempos. Traços bem marcados lhe emprestavam o aspecto de inteligência, descobriríamos se era verdade ou não assim que conversássemos.

– Relatório, Morgan.

Seu tom era enérgico, mas não mal-educado. Durante meu tempo em Salvação, eu aprendera a notar a diferença. Ainda assim, seus olhos mantinham um calor que contradizia suas palavras.

– Qual é a novidade nos territórios?

Imaginei que ela quisesse dizer todas as terras descritas nos mapas de Improvável. De alguma forma, resisti à tentação de ver se aquela palavra aparecia em algum lugar nos papéis dele. Em vez disso, fixei minha atenção educadamente em Morgan, que estava dizendo:

– Eles vieram de Salvação, trazendo notícias. Achei melhor trazê-los até você imediatamente, Coronel Park.

– Imagino que não seja nada de bom, mas falem – a coronel disse.

Não havia o que fazer além de apresentar o problema.

– Salvação está sob cerco... Improvável morreu no primeiro ataque. Sinto muito por trazer informações tão ruins se você gostava dele, como eu.

Enfrentei o bolo na minha garganta, a nova compreensão de que nunca mais ouviria sua voz rouca ou veria seus olhos enrugarem quando ele sorria.

– A cidade está cercada e as Aberrações... os Mutantes, quero dizer... estão armados com fogo. Não temos pessoas suficientes para lutar. Então, o Ancião Bigwater nos mandou para pedir reforços, e vocês são o assentamento mais próximo.

Dada minha vivência com pessoas em posição de autoridade, esperava que Coronel Park dissesse que eu era louca e que deveria tomar um pouco de sopa e, depois, dormir. Mais uma vez, estava errada. Nada em minha experiência me preparou para a reação dela. Ela bateu com a mão na mesa mais próxima, derrubando alguns lápis em uma caneca, espalhando papéis no chão.

– Eu *disse* a vocês – ela falou brava para os homens que olhavam com um horror crescente.

Reforços

– Você sabia a respeito de Salvação? – Perseguidor perguntou, parecendo incrédulo.

A coronel fez que não.

– Notei uma diferença nos padrões de ataque dos Mutantes aqui em volta. Depois, todos eles se afastaram. Eu disse que significava que estavam planejando alguma coisa, mas meus conselheiros falaram que eu estava sendo alarmista.

Então, ela não apenas acreditava em nós, como tinha previsto a progressão. Isso nos economizaria muito tempo implorando e tentando convencer alguém que não presumia que o mundo pudesse mudar. Um pouco da tensão me abandonou, embora nada da exaustão. Estava consciente de que cada momento que passássemos conversando era um momento perdido para Salvação e me lembrei dos homens no muro, os rostos cinza de fadiga e atirando determinados, enquanto Smith lutava para acompanhar o uso de munição deles. Sem a ajuda de Perseguidor, talvez estivesse fora do seu alcance. Tínhamos de voltar imediatamente.

– Bem, você provavelmente pode imaginar como estão as coisas – falei. – Quanto tempo para você conseguir mandar alguns homens conosco?

Um homem de bigode falou pela primeira vez:

– Não podemos simplesmente mandar nossas forças permanentes embora sem pensar.

– *Não* é sem pensar – Tegan retrucou, brava.

Outro conselheiro concordou:

– Salvar Salvação pode significar perder Soldier's Pond.

– Pode ser o que os Mutantes querem. Como vamos saber se a manobra deles em Salvação não é uma distração? No instante em que enfraquecermos nossa posição protegida, eles vão atacar – o último conselheiro previu.

– Eles vão vir atrás de vocês em algum momento – Vago murmurou.

– Já chega – a coronel colocou uma determinação fria no seu tom de voz.

– Você tomou uma decisão? – perguntei.

Ela suspirou, parecendo cansada.

– Infelizmente, não cabe a mim. Algo tão significativo assim deve ser votado.

– Então, convoque uma reunião de emergência – Tegan sugeriu.

Concordei com ela. Não podíamos deixar as pessoas dormirem. A coronel pensou a respeito e, depois, assentiu para Morgan.

– Vá acordar o resto do conselho. Traga-os aqui na próxima meia hora. Esses quatro precisam de uma resposta, qualquer que seja. Imagino que vão voltar para casa e lutar, independentemente do resultado.

Ela direcionou a afirmação final para nós.

– Sim, senhora.

Vago tinha internalizado as lições sobre a forma respeitosa de tratamento mais rápido do que eu.

Ela colocou a mão no meu ombro. Fiquei feliz por não ter escolhido Vago para aquele gesto, já que não acabaria bem.

– Estão com fome? O mínimo que posso fazer é alimentá-los enquanto esperam.

– Isso seria bem-vindo – Perseguidor respondeu.

Coronel Park virou-se para um dos seus conselheiros.

– Consiga algo quente para eles comerem. Ainda deve ter sopa no fogo do refeitório.

Em minutos, todos nós tínhamos um ensopado generoso e pão para limpar as tigelas. Empoleirei-me em uma cadeira no canto da sala e os outros me copiaram. Ficou silencioso enquanto comíamos e, logo depois, mais cinco pessoas entraram na sala, três homens, duas mulheres, o que dava poder igual para os dois sexos. Fiquei contente de ver aquela igualdade, mesmo enquanto terminava a refeição.

– O que significa isto? – um homem de cabelos cinza quis saber.

Sucinta, a coronel resumiu o que eu lhe contara e, em seguida, acrescentou:

– Precisamos votar agora se vamos ou não mandar ajuda.

Uma mulher rechonchuda, com um ar materno e cabelos loiros finos, levou os dedos à boca, alarmada.

– Se os Mutantes se organizaram, não vai demorar para marcharem até nós.

– Foi exatamente o que eu pensei – a coronel afirmou.

Eles debateram por um tempo. De estômago cheio e coração doendo, não prestei atenção no processo. Apenas importava o que decidissem, não como chegaram a um consenso. Tegan escorregou para o meu lado, parecendo determinada. Sem falar, indicou meu ferimento e eu ofereci o braço para ela tratar. Segurei um palavrão quando o líquido de limpeza pingou sobre os arranhões, riachos profundos cruzando a parte de cima do meu braço, acrescentando um contraponto para as cicatrizes curadas na região interna do antebraço, cortesia do enclave. Eu tinha orgulho daquelas seis cicatrizes ainda, embora talvez não devesse.

Quando terminou, ela espalhou pomada em mim e enfaixou o machucado com uma eficiência silenciosa. Depois, sussurrou:

– Vago não permite que eu cuide dele.

– Deixe-me tentar.

Certa vez, ele permitira que eu fizesse isso. Não sabia se, naquele momento, deixaria.

Tegan me entregou seus materiais e eu me arrastei até onde Vago estava sentado, apoiado contra a parede. O debate constante me varreu, partes da argumentação sobre a viabilidade de oferecer ajuda a um assentamento com o qual não tinham um acordo de defesa assim, apenas contratos de comércio. Depois, o contra-argumento veio, na maior parte tratando de que, se Salvação caísse, Soldier's Pond seria a próxima. Parei de ouvir de novo conforme me acalmava. Vago abriu os olhos, escuros e alertas à luz das velas. As sombras bruxuleantes deixavam seu rosto afundado abaixo das maçãs.

– Seu ombro vai infeccionar se não for limpo e enfaixado – falei baixinho.

Ele retraiu o corpo de uma maneira quase imperceptível e, depois, soltou um sopro.

– Prefiro que você faça.

A felicidade cantou no meu íntimo. Ele ainda confiava em mim mais do que em qualquer outra pessoa, independentemente de quais fossem seus outros problemas.

– Então, prepare-se. Vai arder, mas vou ser rápida.

E fui. Por mais que fosse gostar de tocá-lo por mais tempo, mantive nosso contato rápido e impessoal. Ele sibilou quando o antisséptico entrou nas perfurações, mas não fez movimento além de apertar os punhos. Fechou os olhos, sua garganta trabalhando, não contra a dor, acho que não. Quando terminei, ele tinha um brilho de suor frio na testa.

– Doeu tanto assim? – perguntei.

– Não.

Os punhos dele relaxaram sobre as coxas e ele não olhava para mim.

– Quando você toca em mim... quando *qualquer pessoa* toca em mim... eu volto para lá, para as gaiolas. Sinto tudo de novo.

– Vamos descobrir um jeito de consertar isso – prometi.

– Como? É por isso que não podemos ficar juntos. Eu não fui forte o bastante para evitar que elas me levassem e não sou suficientemente forte para me livrar disso. Não posso...

– Você pode – interrompi. – Talvez não hoje ou amanhã. Mas Tegan está melhor. Ela disse que você precisa de tempo... e eu tenho isso a oferecer. *Prometo* que vamos dar um jeito.

Quando a cabeça dele virou na minha direção, seus olhos escuros me perfuraram, queimando.

– Por quê?

– Porque eu te amo.

Foi fácil dizer isso dessa vez, agora que eu entendia o que significava. Depois, repeti as próprias palavras dele:

– Não apenas quando for fácil. O tempo todo.

– Chega de coisas com o Perseguidor?

Aquilo me mostrou que ele ainda se importava; apesar da dor, seus sentimentos por mim não haviam mudado.

– Ele não vai tocar em mim de novo. Não importa o que estiver em jogo, vou encontrar outra forma.

– Se você tivesse ideia do quanto quero abraçá-la...

– Não vou a lugar nenhum, Vago. Você é o meu parceiro. Eu escolho você. Sempre vou escolher.

Depois disso, simplesmente fiquei sentada ao lado dele, ouvindo-o respirar. Não era suficiente, mas era mais do que ele me deixara fazer antes. Passo a passo, ele me permitiria entrar de novo. Por fim, meus olhos se fecharam e eu tombei a cabeça para trás contra a parede. Perseguidor certa hora me chacoalhou e, pelo ângulo da luz, algumas horas haviam se passado. Eles deviam ter conversado quase até o amanhecer.

A coronel enfim disse:

– Chega de discussão. Está na hora de votar.

– Concordo – disse o homem de cabelos grisalhos.

– Todos a favor de mandar reforços digam "eu" e levantem a mão.

O resultado foi em nosso favor, quatro a dois. Exalei lentamente e fechei os olhos, aliviada; até aquele momento, não tinha percebido o quanto estava preocupada com a possibilidade de falharmos. Felizmente, a Coronel Park prestava atenção no mundo onde vivia e estava disposta a aceitar mudanças mesmo quando não significavam coisas boas para a sua cidade. Eu queria que os anciãos do enclave tivessem sido mais parecidos com ela.

Porém, ainda assim, não foi tão rápido quanto eu teria gostado, porque eles tinham que debater quantos homens podiam mandar sem incapacitar Soldier's Pond gravemente. A conversa infinita estava me deixando inquieta e, assim, enrolei-me em minhas cobertas e dormi. Imaginei que alguém me cutucaria para me acordar quando fosse a hora de irmos. Daquela vez, pelo menos, não houve pesadelos.

Pela sensação que eu tinha no corpo, não devia ter se passado mais de uma hora antes de Tegan tocar em meu ombro.

– Está definido. Vamos levar 50 soldados para Salvação.

Pelo número de Aberrações que enfrentávamos, não era nem perto do suficiente, mas eu não podia reclamar, uma vez que eles estavam colocando seus próprios cidadãos em risco para nos ajudar. Tirei o cabelo do rosto, rolei para ficar em pé e recolhi minhas coisas. Todos os outros estavam se reunindo do lado de fora. Vago e Perseguidor permaneciam em lados opostos do pátio, e eu não achei que estava imaginando o olhar fixo de olhos apertados que Vago oferecia ao outro menino. Embora ele tivesse afirmado que não se importava com o que eu fazia ou com quem, obviamente não era verdade.

Morgan estava à frente dos homens cedidos para a nossa causa. À luz do amanhecer, vi que ele tinha cabelos longos, levemente salpicados de prateado, mas seu rosto não parecia tão velho quanto eu pensara no início. Ele possuía rugas nos cantos dos olhos, mas elas vinham do bom humor, pensei, ou do sol, não do avanço eterno dos anos. Sua boca se virava para cima nas laterais como se ele achasse difícil não sorrir, uma expressão repetida pelo cinza quente de seus olhos; eles eram como fumaça, ardentes e mutáveis.

Naquele momento, ele estava dando ordens para seus homens.

– Uma tropa de infantaria em boas condições consegue cobrir de 48 a 64 quilômetros por dia a pé. Temos de nos deslocar pelo menos nessa velocidade para sermos de alguma ajuda a Salvação. Se algum de vocês achar que não consegue manter esse ritmo, por qualquer que seja o motivo, fale agora.

– Eu tenho um pé ruim – um homem disse. – Quebrei alguns anos atrás e não se curou direito. Só vou atrasar o grupo.

– Obrigado pela sua sinceridade.

Morgan virou-se para alguém que presumi ser seu segundo em comando. O homem grande e forte reagiu chamando outro nome, e um novo soldado tomou o lugar daquele dispensado na formação. Diferentemente dos guardas de Salvação, aqueles homens eram bem treinados. Eu percebia pela linguagem corporal deles que haviam praticado bastante juntos e lutado batalhas reais para além dos muros. Muitos deles tinham cicatrizes de Aberrações, marcas de garras nos rostos ou antebraços, símbolos visíveis da sua coragem e habilidade. Emocionada com sua valentia e disponibilidade em se arriscar a ter problemas por nossa causa, andei a passos largos até a coronel.

– Não tenho como agradecer o bastante, senhor. Você não sabe o que isso significa para nós.

– Deus queira que seja suficiente – ela disse –, mas é tudo o que podemos fazer. Do contrário, ficaremos fracos demais para nos defendermos, se as Aberrações direcionarem sua ambição para o oeste.

"Vai acontecer", pensei.

Porém, não era o momento para proclamações terríveis. Pouco depois, nós saímos, afastando-nos de Soldier's Pond em uma marcha coordenada. Eu nunca viajara com um grupo tão grande antes, na superfície ou no subsolo. Pareceu arriscado, mas não havia como evitar. Massacraríamos qualquer grupo de patrulha que encontrássemos, a menos que a horda em si estivesse avançando para o oeste. Deixar que meus pés entrassem na cadência foi fácil, mas, para a minha surpresa, Morgan me convocou para a frente da coluna.

– Preciso saber quantos vamos enfrentar.

– Sinceramente – falei –, nem sei se consigo contar até tanto.

Morgan riu no começo, provavelmente achando que eu estava exagerando, mas minha expressão séria garantiu a ele que não estava brincando. Depois, ele soltou um palavrão.

– Dê sua melhor estimativa.

Pensei a respeito.

– Eu vi 500 feijões uma vez. Tenho quase certeza de que há mais.

Então, descrevi o pesadelo da horda acampada na planície, além dos bolsões de prisioneiros humanos e as várias chamas ardendo.

Ele fez um gesto estranho, tocando a testa, o coração, o ombro esquerdo e, depois, o direito. Eu não fazia ideia do que queria dizer, mas ele pareceu se tranquilizar com aquilo.

– Eu quase queria que você não tivesse me contado isso.

– Por quê?

– Porque agora eu sou o imbecil que está escondendo a verdade destes homens. Se eu contar a eles, vão voltar para Soldier's Pond. Vão saber, assim como eu sei, que esta batalha não pode ser vencida com nossas forças.

Uma ânsia azeda se revirou no meu estômago, nascida do medo, não porque eu tivesse pavor de morrer, mas porque Morgan estava certo e eu odiava a ideia de decepcionar todo mundo. Pela minha nova casa, eu queria fazer o impossível; apenas não sabia como.

– Talvez possamos criar uma bagunça suficiente para permitir que Salvação prepare uma evacuação.

Eu tinha orgulho daquela palavra. Vira-a pela primeira vez nas ruínas e, depois, a Sra. James, a professora que havia sido o meu carma, explicara em um tom de superioridade o que significava.

– Atacar e fugir é nossa única opção, mas, para os Mutantes, as florestas são terreno conhecido. Táticas de guerrilha podem ser difíceis de usar.

– Posso ajudar com isso – Perseguidor disse.

Eu não tinha notado que ele se juntara a nós, o que foi uma confirmação do quanto conseguia ser silencioso. Morgan se virou para ele com interesse.

– Como?

– Conheço o terreno até que bem e sou bom rastreador. Posso ajudar colocando armadilhas, planejando emboscadas. Não podemos lutar contra elas de frente, mas tenho experiência com desmembrar um inimigo superior.

Ele devia estar se referindo à batalha que lutara nas ruínas, destruindo gangues em maiores quantidades, até os Lobos serem a força mais poderosa da área. No geral, Perseguidor não parecia orgulhoso daquela experiência, mas eu não tinha pena de ele ter passado por aquilo se significava mais chances para nós em Salvação. Ele devia perceber que podia ter orgulho de suas habilidades sem ficar feliz com todas as coisas ruins que tinha feito. Havia tempos sombrios dos meus dias de enclave que eu preferiria esquecer, agora que entendia o quão cruéis nossas regras tinham sido. Morgan ouviu os comentários de Perseguidor com atenção, assentindo e às vezes fazendo uma pergunta ou sugestão. Depois de alguns momentos, fiquei para trás para me juntar a Tegan, que estava aguentando mais do que eu poderia ter imaginado.

– Eles têm algumas ideias boas – ela falou.

– Perseguidor tem, de qualquer forma. Parece que ele lutou por vitórias improváveis antes.

Com o olhar distante, ela assentiu:

– Os Lobos enfrentaram os Reis logo depois que me pegaram. Os Reis tinham mais pessoas, mas Perseguidor os diminuiu. Metade dos membros dele eram os pequenos, mas ele os ensinou a serem impiedosos e astutos.

Puxando da memória, lembrei que minha hesitação em lutar contra pirralhos havia feito com que Vago e eu fôssemos capturados. Eu só não tinha esperado que eles brigassem com tanta força ou tão bem. Não com aquela idade. Se Perseguidor pudesse direcionar aquela experiência para a defesa de Salvação, talvez nem tudo estivesse perdido. Soprei a respiração conforme seguimos em frente, feliz por tirar aquele peso dos meus ombros.

Minha habilidade não estava em planejar batalhas, mas apenas em lutá-las.

Destruição

Quando chegamos a Salvação, era tarde demais.

Eu havia temido que acontecesse, mas forçara os piores resultados possíveis para fora da minha cabeça e me concentrara na minha tarefa; porém, quando nos aproximamos pelo oeste, o céu do entardecer brilhou em laranja com as chamas que devoravam o assentamento. Ouvi sinais da horda por perto, mas não tínhamos homens suficientes para enfrentá-la. A dor me perfurou até eu não conseguir respirar. Diferentemente de quando Nassau mandou o pirralho cego ao nosso enclave buscando auxílio, tínhamos conseguido trazer ajuda, mas isso não *mudava* nada.

– Deveríamos voltar para Soldier's Pond.

Pela expressão de Morgan, ele acreditava em mim quanto ao número de Aberrações reunidas e queria avisar à coronel.

– Você pode ir – falei. – Mas eu preciso chegar mais perto. Se houver algo que eu possa fazer para salvar minha família...

– Não há – Morgan disse, ríspido.

Porém, eu não estava disposta a acreditar nele. Parti em direção às ruínas em chamas de Salvação sem pedir que ninguém me acompanhasse. Tegan e Perseguidor não me viram ir embora, mas Vago correu atrás de mim. Eu nem precisei pedir.

– Isto é imprudente – ele disse.

– Eu sei.

Não havia nada além de campo aberto da margem do rio até a carnificina em Salvação. Daquela distância, eu sentia o cheiro de madeira queimando, misturado ao de sangue e carne torrada. A parede oeste desabou diante dos meus olhos, vigas em chamas ruindo em uma chuva de faíscas; elas subiram no ar da noite como vaga-lumes e a fumaça espiralou para cima, fantasmagórica ao luar. Mamãe Oaks havia me dito que seu povo acreditava que a alma continuava viva depois da morte, que era uma coisa meio fumacenta que enchia nosso corpo e o ajudava a se lembrar de ser gentil. Perguntei-me se ela se parecia com aquilo, escorregando do nariz e da boca conforme a pessoa morria.

Um grupo de Aberrações nos atacou – dez delas – e elas rosnaram um desafio, felizmente engolido pelo barulho do fogo que haviam começado. A alguma distância, ouvi o pessoal da cidade gritando, mas ainda não podia me concentrar neles. Se Vago e eu morrêssemos ali, eu não poderia ajudar ninguém; não estava pronta para que minha alma saísse flutuando pelas orelhas. Em um movimento perfeito, puxei minhas adagas e Vago se colocou de costas contra mim. Aquilo pareceu seguro e natural. As chances eram pequenas, mas eu lutava aquele tipo de batalha desde que nascera, não contra Aberrações, mas contra a fome e a doença: inimigos que não podiam ser derrotados com uma faca e um olhar feroz.

– Podemos dar conta delas – Vago disse.

– Temos que fazer isso.

Não havia opção. Ou nós as matávamos rapidamente ou o resto da horda nos encontraria. Talvez conseguíssemos vencer dez, mas não cem ou mil. Ou mais. Elas nos cercaram para que não pudéssemos fugir, mais sinais de que estavam empregando táticas e estratégias; no entanto, já que não tínhamos a intenção de escapar, elas apenas nos ofereceram alvos melhores. Esperei que os reforços de Soldier's Pond não recuassem, já que poderíamos precisar deles para darem cobertura à nossa retirada.

"Tarde demais para me preocupar com isso agora."

A primeira Aberração me atacou e eu recebi o avanço com um golpe da minha lâmina, abrindo o antebraço dela do cotovelo ao pulso. Estranhamente, o sangue tinha um cheiro menos fétido para mim, senão bem o que os humanos normais tinham. Funguei, enquanto continuava com minha adaga esquerda escavando um risco pelo peito dela. Mais sal e alguma outra coisa, porém aquela Aberração não fedia mais como se estivesse apodrecendo por dentro. Apenas tinha um cheiro... diferente, e isso me preocupou, mas reagi com uma calma fria, bloqueando o segundo e o terceiro golpes. O quarto me pegou e doeu. Com Vago às minhas costas, eu não podia recuar. Tinha de manter minha posição por ele.

Senti seus movimentos atrás de mim, cheios da sua velha graça. De vez em quando, ele resmungava um palavrão, abafava um som de dor. Acabei com a primeira Aberração descrevendo um arco para baixo com minha adaga. "Faltavam quatro." Tiros soaram em uma repetição barulhenta a alguns metros de distância.

"Então, nem todos os guardas estão mortos. Estão lutando naquele inferno."

A Aberração caiu aos meus pés, dando às outras espaço para se espalharem. Elas não rosnavam ou gemiam de tristeza; não, aquelas eram guerreiras, focadas na minha morte. Com mais espaço para manobras, elas podiam dar golpes simultâneos e mais amplos. Lutei com duas ao mesmo tempo enquanto a terceira e a quarta rosnavam, procurando uma abertura, mas não conseguiriam chegar até mim sem empurrarem as colegas de lado. As Aberrações tinham progredido o bastante para não atropelarem umas às outras na tentativa de chegar à presa.

"Elas estão totalmente organizadas." A ideia me fez estremecer, ao mesmo tempo em que eu cortava duas garras. Ainda se retorcendo, elas atingiram o chão gramado, manchando o verde de vermelho, embora no escuro fosse impossível reparar. Sangue jorrou dos tocos e, depois, a fera se jogou em mim com suas outras unhas afiadas. Sua companheira também avançou pelo lado e quase arrancou minha cabeça. Eu estava cansada da caminhada, lenta demais para oferecer meus melhores esforços. Mas Vago veio do outro lado do meu ombro e apunhalou a Aberração bem através do olho.

Quando espiei atrás de mim, só por um segundo, vi que ele já derrubara três, e as outras duas estavam dando sinais de medo. Não tinham desistido e fugido, mas recuaram alguns passos, rosnando para mostrar que levavam a briga a sério, mas, como isso não era acompanhado de um ataque imediato, significava que Vago conseguira intimidá-las. Adorei vê-lo de volta à forma de luta, mesmo estando um pouco envergonhada do meu próprio desempenho. Porém, talvez Vago precisasse que eu fosse fraca às vezes, dando-lhe a oportunidade de ser forte. Por mim, tudo bem; não era como se eu estivesse fazendo aquilo de propósito.

"Só estou tão cansada."

– Não me faça ficar com todo o trabalho.

O tom de voz dele era mais leve do que eu ouvira em dias.

– Estou tentando.

No entanto, quando eu mal bloqueei um golpe que teria me empalado, ele rosnou como uma fera e, como fizera no subsolo, eu o vi ficar enlouquecido. Sabia bem o bastante que devia sair do caminho dele quando entrava em um frenesi de matança, suas lâminas um borrão prateado à luz das estrelas. Momentos depois, havia dez corpos aos seus pés e ele estava coberto de sangue, respirando pesadamente pelo nariz.

Aproximei-me com cuidado, mantendo o olhar no perímetro ao redor.

– Obrigada. Eu estava exausta.

– Você não se assusta quando eu fico assim? – ele perguntou, em voz baixa.

Falei com convicção:

– Não, você nunca me machucaria.

– Já machuquei.

– Não com suas lâminas. Vamos.

Cortei a discussão e segui em direção à cidade em chamas, determinada a ajudar se ao menos fosse possível.

Mas o calor era forte demais perto dos muros e eu não conseguia atravessar. Talvez se tivesse uma carroça ou alguns baldes, poderia lidar com o fogo, mas minhas adagas não eram de ajuda nenhuma e eu podia ouvir Aberrações por perto. Aquilo não era um resgate; era apenas bobagem. Meu coração despencou para meu estômago. Em seguida, vi alguém se movendo perto dos muros.

Desesperada, gritei:

– Há uma saída secreta embaixo da casa do Ancião Bigwater, um túnel que leva para fora da cidade. Reúna o máximo de pessoas que puder e as tire daí!

– Obrigado, Dois! Vou fazer isso – veio a resposta berrada.

Através de chamas laranja bruxuleantes, tive um vislumbre do homem se afastando e fiquei aliviada por reconhecer Harry Carter. Ele havia salvado minha vida, sido gentil quando Improvável morreu, e era certo devolver o favor.

Vago fez sinal para eu me aproximar, impaciente.

– Precisamos nos afastar, direcionar os outros para a saída do túnel se ainda estiverem aqui.

Assenti.

– Vá na frente.

A corrida foi assustadora, já que ficamos desviando de Aberrações à espreita o tempo todo, e fiquei aliviada ao ver Morgan e os outros bem onde nós os tínhamos deixado.

– Se vocês fossem meus soldados, ganhariam uma dispensa desonrosa tão rápido que faria suas cabeças girarem.

– Mas não sou – observei.

O homem mais velho fez uma careta.

– Pelo menos, conseguiram alguma coisa?

Tegan e Perseguidor estavam falando um mais alto que o outro com recriminações incoerentes. Meus dedos mostravam-se ensanguentados, e eu estava suja de fuligem, mas não mais ferida do que em qualquer outra batalha. Chamei-os com um gesto, dirigindo-me a Morgan.

– Acho que sim.

Concisa, expliquei sobre Harry Carter e o túnel. Tegan e Perseguidor ficaram por perto, ouvindo. Medo e dor franziam as sobrancelhas dela, achatavam sua boca em uma linha pálida. Eu sabia que Tegan estava preocupada com sua família.

"Eu também."

– Por que acha que ainda não estavam evacuando? – Tegan perguntou baixinho.

Dei de ombros.

– Talvez o Ancião Bigwater tenha morrido antes de poder falar para alguém.

– Zach sabia do túnel – Perseguidor disse.

Isso era verdade. Mas não saberíamos o motivo até resgatarmos algumas pessoas da cidade, desde que isso ao menos fosse possível. Com sorte, Harry Carter conseguiria reunir as pessoas e fazê-las o ouvirem, mas o terror tornava difícil pensar direito. Com o fogo e as Aberrações, os cidadãos de Salvação não estavam equipados para enfrentar um perigo daquela escala.

– Você consegue encontrar a saída? – perguntei a ele.

Com um aceno de cabeça no lugar de uma resposta mais eloquente, Perseguidor saiu correndo; Morgan já estava fazendo sinal para seus homens o seguirem.

– Fiquem atentos – ele ordenou.

Bom conselho, já que era provável que lutaríamos juntos em pouco tempo. A distância, consegui ouvir os gritos de quem não tinha chegado ao túnel. Não conseguia me lembrar de já ter sentido tanto medo. Queria resgatar minha família – Mamãe Oaks, Rex e Edmund – e não sabia se era possível. Para falar a verdade, eu preferiria salvar todo mundo.

– Quão grande é o túnel? – Morgan me perguntou.

– Não muito. O pessoal da cidade vai fugir aos poucos.

– Espero que tenham o bom senso de não entrarem em pânico assim que saírem – ele murmurou.

Embora parecesse insensível, eu também esperava que não. Pessoas correndo e gritando no escuro atrairiam a horda até nós, sem deixar chance de escaparmos. O resto de nós correu atrás de Perseguidor, que parava de vez em quando para verificar um ponto de referência. Ele guardava a rota na cabeça, sem necessidade dos mapas de Improvável. Se não conseguisse lembrar onde a passagem saía...

Porém, ele nos levou direto a ela e, para meu alívio, encontramos alguns cidadãos escondidos por perto, na maioria mulheres e crianças. Não vi Mamãe Oaks entre eles. Meu coração despencou quando mais pessoas saíram se arrastando da terra, imundas, aterrorizadas, algumas queimadas ou machucadas. Tegan começou a trabalhar imediatamente, cuidando dos feridos.

Morgan me puxou de lado.

– Quanto tempo você planeja esperar? Precisamos ir andando antes do amanhecer. Será mais fácil nos rastrearem se escoltarmos refugiados.

Ele estava certo, mas isso não deixava a verdade mais fácil de aceitar.

– Eu sei. Dê para nós o máximo de tempo que puder.

O guarda de Soldier's Pond verificou seu marcador de tempo pessoal, parecido com o que Vago ganhara do seu padreador.

– Três horas, depois marchamos. Sem dormir hoje.

Mais gritos, berros de dor, ecoaram do assentamento em chamas. O barulho alto dos rifles dizia que os guardas estavam ganhando o máximo de tempo que podiam para os outros escaparem. Eu queria poder sair do esconderijo e ir matar algumas Aberrações, mas só denunciaria nossa posição. Isso aconteceria logo por conta própria, não havia como esconder tantas pessoas. No momento em que o vento mudasse de direção, levaria nossos cheiros combinados para os monstros. Depois, caberia a nós dar cobertura à retirada.

Tegan estava com uma expressão impassível enquanto tratava os feridos. Juntei-me a ela e ofereci mais um par de mãos, admirando sua habilidade. A dor mantinha-se profundamente à espreita em seus olhos enquanto ela enfaixava o braço queimado de um pirralho. Eu não conhecia o pequeno, mas Tegan o chamou pelo nome e depois o mandou para a mãe, que não estava ferida. Seria mais rápido se pudéssemos entrar e ajudar, mas o túnel só permitia um por vez, o que fez o êxodo ser interminável. Alguns minutos depois, reconheci Mamãe Oaks rastejando para fora do buraco. Tegan devia estar observando, à espera do Doutor, mas não parou seu trabalho.

Eu parei. Mamãe Oaks agarrou minha mão e eu a puxei pelo resto do caminho e, em seguida, procurei Edmund.

Ela fez que não.

– Ele está lutando, junto dos outros homens. Não sei se...

Antes de ela poder dar voz às suas dúvidas, eu a abracei.

– Você está ferida?

– Não. Só cansada. Foi horrível.

Suspeitei que fosse um eufemismo.

Eu conseguia entender a reação de Tegan. "Ainda nada do Doutor. Ainda nada da mãe de criação." Eu não tinha conhecido bem seus novos pais, mas imaginei que o Doutor ainda estivesse do lado de dentro, cuidando dos homens, e a esposa o estaria ajudando. A confirmação da coragem deles não fez Tegan se sentir melhor, no entanto; e eu sabia como ela se sentia.

Assim, precisava me manter ocupada.

Morgan colocou guardas no perímetro e mandou Perseguidor fazer o reconhecimento. Ele era o único que poderia descobrir o que estava acontecendo sem alertar o inimigo. Precisávamos de informações, mas não à custa de trazer a horda para cima de nós. No momento, nossa prioridade era a extração. Voltei a ajudar Tegan, passando para ela as pomadas e líquidos, enfaixando feridas e enrolando curativos em queimaduras. O tempo avançou e, conforme os momentos finais se aproximavam, eu soltei o corpo de alívio quando meu irmão de criação, Rex, puxou Edmund do buraco. Mais alguns homens saíram cambaleando para o ar fresco, a maioria muito ferida.

– Isto é tudo – Rex disse, a voz rouca. – Não há mais ninguém capaz de nos seguir.

Tegan conteve um grito baixinho, mas logo tombou a cabeça e continuou trabalhando. Ainda estava assim quando Perseguidor voltou. Levei-o para longe dos outros.

– Como está lá fora?

– Uma carnificina.

Ao luar, seu rosto cheio de cicatrizes parecia pálido.

– E juro que tem ainda mais delas do que havia nas planícies.

– De onde elas estão vindo? E por quê?

Eu não esperei uma resposta.

Tudo bem. Ele não podia me dar uma.

– Precisamos ir andando. A maior parte da horda está rondando os destroços queimados agora, mas há grupos de reconhecimento por toda a área. Tem um de cem delas logo ao sudeste.

Um tremor passou por mim quando imaginei tentarmos enfrentar tantas delas com tão poucos guerreiros e 50 procriadores para protegermos. Assenti para Perseguidor.

– Obrigada.

Tegan ainda estava fazendo curativos nos feridos; seu rosto, um estudo sobre a tristeza. Ela não levantou o olhar para mim até eu colocar a mão no seu ombro. Depois, um choro soluçado escapou dela enquanto amarrava o tecido e mandava o homem machucado tomar seu caminho. Coloquei os braços em volta dela e a abracei com força, ela enterrou o rosto no meu ombro.

– Não é justo – ela sussurrou. – O pessoal da cidade precisa do Doutor mais do que nunca e ele não está...

– Eles têm a você – falei.

– Não sou tão boa. Tem tantas coisas que ainda não aprendi.

– Aposto que há um médico em Soldier's Pond. Assim que você chegar lá, encontre-o e diga que quer continuar seus estudos.

Isso fez suas lágrimas pararem.

– Vamos ficar lá tanto tempo assim?

– Não tenho certeza – falei com sinceridade. – Mas qualquer coisa que você aprender ajudará mais para frente e a deixará um pouco mais perto de sentir que ganhou o direito de ser chamada de doutora.

Tegan me abraçou de volta, depois soltou.

– Obrigada.

Não falei nenhuma das coisas carinhosas que borbulhavam no fundo da minha mente... Sobre ela poder chorar depois ou que o Doutor e a Sra. Tuttle tinham sido boas pessoas, que mereciam muito as lágrimas dela. Não havia tempo para moleza. Fui a passos largos até Morgan.

– Se seus homens estiverem prontos, podemos ir embora agora. Fiquei sabendo que estamos a um sopro de distância de uma batalha que não podemos vencer.

Devo dar a ele o crédito de não ter pedido detalhes. O fedor das construções em chamas misturado ao odor inconfundível de carne rasgada o motivou suficientemente. Em tons baixos, ele deu ordens aos seus homens, que começaram a reunir os feridos. Alguns deles precisariam de transporte, o que significava que aquela jornada levaria, mais provavelmente, três ou quatro dias, em vez dos dois que tínhamos conseguido com uma marcha apertada. Um nó se formou no meu estômago quando pensei em quantas coisas poderiam dar errado antes de eu conseguir levar os sobreviventes para Soldier's Pond.

Ardil

Vago veio até mim enquanto os homens de Morgan amarravam galhos para fazerem liteiras para os feridos. Apesar da situação grave, sua postura estava tranquila e solta. Diferentemente da maioria, ele tinha seu melhor desempenho em condições assim. Provavelmente fora essa característica que permitiu que ele sobrevivesse sozinho lá no subsolo. Quando outras pessoas desmoronavam, ele só ficava mais forte e determinado e, quanto mais lutava, mais ganhava, mais sua confiança aumentava. Eu não sabia se a vitória daquela noite melhoraria seu estado emocional, mas esperava que sim. Tegan deixara claro que não havia maneira de eu consertá-lo. A mudança tinha de vir de dentro da cabeça de Vago.

Meu corpo doía. Para acobertar minha fraqueza, perguntei:

– O que acha das nossas chances?

– Não gosto – ele admitiu. – Mas gostaria menos se não tentássemos.

Aquilo resumia minha opinião também.

– Não vamos dormir por um tempo. Espero que esteja pronto.

– Como se preparar para algo assim? Eu queria que não tivesse chegado ao ponto de uma evacuação desesperada... Mas é bom me sentir útil de novo.

Vago fez um gesto, apontando os rostos manchados de fuligem e as crianças aterrorizadas, para que os dois se calassem diante da queda do seu mundo bem ordenado.

Entre os cidadãos, vi Zachariah Bigwater, mas nenhum dos Bigwater mais velhos, nem sua irmã, Justine. O menino parecia mais envelhecido do que alguns dias antes, quando havia implorado para ir conosco porque gostava de Tegan. Em um piscar de olhos, tudo podia mudar. Ele trazia o desespero como uma gravata: curvava seus ombros e mantinha sua cabeça baixa. Por algum motivo, não conseguia olhar nos olhos de ninguém. Tegan tentou falar com ele, mas o rapaz se virou para o outro lado sem uma palavra.

– Ele está carregando um fardo muito grande – falei baixinho.

– Perder tudo não é fácil.

Vago sabia disso melhor do que ninguém. Certa vez, ele teve um padreador e uma matriz que o amavam. Primeiro, ela ficou doente e depois seu padreador adoeceu, acabando por deixá-lo sozinho. Um menino menos forte teria terminado nas gangues e deixado que elas levassem embora tudo o que os seus pais lhe ensinaram. Em vez disso, ele fugiu para os perigos e a escuridão do subsolo, determinado a continuar agarrado à pessoa que eles lhe ensinaram a ser. Mesmo lá embaixo, os anciãos não haviam tocado no cerne que o fazia ser especial. Eu o admirava por isso.

Eu o amava por tudo.

Enquanto analisava os refugiados, fiz que não com a cabeça, perplexa. Era ilógico imaginarmos que conseguiríamos guiar um grupo tão grande até Soldier's Pond e, ao mesmo tempo, não sermos detectados, mas falhar era impensável. De alguma forma, tínhamos de levá-los à segurança; do contrário, tudo de Salvação seria perdido. Eu entendia isso intuitivamente, constatando ecos das ruínas. Todas as pessoas que haviam vivido e amado em Gotham foram dizimadas. Não queria ver isso acontecer com as pessoas que tinham sido gentis o bastante para nos acolherem.

– Eles não têm chance sem nós – sussurrei.

– Vai ser uma questão de evitar grupos inimigos de reconhecimento – Perseguidor disse, juntando-se a nós.

– Você tem ideias para isso? – perguntei.

Ele deu de ombros.

– Talvez.

– Vamos ouvir.

– Poderíamos nos dividir em grupos menores, tentando levar as Aberrações para longe dos refugiados.

Fiz que não.

– Isso os deixaria sem defesa se a estratégia falhar.

– Se chegar ao ponto de uma luta direta, já perdemos – Perseguidor afirmou sem emoção.

Vago ganhou vida.

– Com essa atitude, o que você está fazendo aqui? Não devia estar salvando sua própria pele? Você é ótimo nisso, se bem me lembro.

Com a alusão velada a quando Perseguidor abandonara seus lobinhos ao primeiro sinal de problemas nas ruínas e se juntara a nós, porque sabíamos lutar contra as Aberrações, Perseguidor estreitou os olhos e deu um passo à frente. Embora eu não quisesse que eles discutissem, estava feliz por ver Vago ficar bravo com qualquer coisa, até estratégias.

Ainda assim, coloquei-me entre os dois e fiz que não.

– Deveríamos falar com o Morgan. Presumo que ele esteja lutando contra as Aberrações há mais tempo que nós.

Ele era mais velho, de qualquer forma, embora isso nem sempre significasse o que eu achava que deveria em termos de experiência.

– Vamos.

Com os meninos cada um de um lado meu, juntei-me ao soldado.

– Tem alguma ideia de como podemos manter essas pessoas vivas?

– Reze para todos os seus santos.

Eu não fazia ideia do que aquilo significava ou o que poderia ser um santo. Não parecia o momento para perguntar.

– Está falando sério?

– Mais ou menos – Morgan disse. – Mas não é a abordagem mais prática. Um grupo tão grande quanto o nosso com certeza vai atrair atenção. Proponho mandarmos patrulhas à frente para verificar se o caminho está livre e mantermos sentinelas se movendo no perímetro o tempo todo. Também vou precisar de um pelotão para proteger nossa retaguarda. Esse é o grupo que tem mais chance de entrar em combate.

– Vou lutar – afirmei.

– Eu também.

Vago falou quase tão rápido quanto eu.

Perseguidor não reagiu àquela discreta ressurgência da nossa antiga dinâmica; pelo menos, não estávamos perdidos em termos de equipe de luta.

– Se eu for bem-vindo, vou me voluntariar como patrulheiro avançado.

Morgan espiou na minha direção, provavelmente procurando confirmação de que era uma boa ideia. Assim, falei:

– Ele é o melhor que Salvação tem.

– Então, bem-vindo a bordo. Vá ver Calhoun para saber suas tarefas.

Perseguidor não olhou de novo para mim, apenas foi até o colega que Morgan indicou. Isso me mostrou que ele estava incomodado por eu não o ter deixado bater em Vago. Para mim, o guarda acrescentou:

– Vou deixar meus melhores lutadores com você.

– Você vai marchar com o grupo principal? – perguntei.

Morgan assentiu.

– Não sou o melhor soldado, apenas o homem em quem a coronel confia mais.

Eu entendi o porquê. Ele tinha um ar de firmeza e dava a impressão de que sabia se virar em uma crise. Isso nem sempre era o mesmo que pura habilidade de batalha.

– Tegan também vai ficar com você. Ela é o mais próximo que Salvação tem de um médico já que o Doutor Tuttle não conseguiu sair.

– Ela será bem-vinda. E eu vou cuidar dela pessoalmente.

– A perna a incomoda às vezes – Vago acrescentou.

Eu franzi as sobrancelhas para ele porque ela não gostava que as pessoas a tratassem como aleijada, mas, em uma situação como aquela, Morgan precisava saber. Ela já sobrecarregara a coxa indo de Salvação para Soldier's Pond e voltando. Tegan devia estar sentindo dor, mas se preocupava mais com aqueles que precisavam dela do que com suas próprias limitações físicas. Restava apenas uma coisa a fazer e, assim, serpenteei pela multidão caótica para ver como minha família estava.

Edmund parecia mais magro e com os olhos mais afundados do que da última vez em que eu o vira. Conforme me aproximei, ele colocou um braço em volta de Mamãe Oaks e, depois, me alcançou com o outro. De perto, ele tinha cheiro de fumaça de madeira e couro, embora eu não pudesse esquecer o motivo desse primeiro. Rex estava um pouco afastado, com a expressão apagada e chocada de alguém que não conseguia acreditar na perda repentina. Entrei no abraço deles, silenciosamente grata por minha família estar intacta quando tantas outras não estavam.

Mamãe Oaks beijou minha bochecha, sua mão carinhosa em meus cabelos.

– Simplesmente havia muitos deles. Você não deve se culpar. Não tínhamos a munição ou os soldados para segurar os muros.

Ela devia ter ficado tão assustada, mas havia pouca evidência disso naquele momento.

– E, então, eles descobriram como usar as tochas.

Edmund assentiu, apertando meu ombro com o braço.

– Mas eu disse para todos que você voltaria com ajuda... e aqui está você.

– Não é suficiente – falei baixinho.

Rex se assustou com isso. Quando ele falou, seu tom era de incredulidade:

– É mais do que qualquer um achava que você fosse conseguir. Quando o Ancião Bigwater disse que tinha mandado vocês quatro em uma missão de resgate, a maioria não imaginou que voltariam. Não esperávamos que você salvasse a cidade toda, Dois.

Aquilo era novidade para mim. Talvez fosse uma tarefa impossível, mas eu partira com a intenção de realizá-la. Aquela versão menor de sucesso doía. Ainda assim, eu aceitava 50 vidas em vez de nenhuma. Abracei cada um deles.

– O que aconteceu lá dentro? – perguntei.

Edmund suspirou.

– Como ela disse, não tínhamos a munição para segurar os muros. Smith não deu conta da produção e, assim que começamos a ficar sem, os mutantes tornaram-se mais ousados. Então, um dos monstros jogou uma madeira com fogo. Deu sorte e o muro foi atingido.

– Isso deu a ideia para os outros – supus.

– Depois que o fogo pega – Mamãe Oaks disse, cansada –, não há muito o que fazer.

– Por que o Ancião Bigwater não comandou a evacuação mais cedo?

A expressão de Rex ficou mais dura.

– Porque estava muito ocupado lidando com a esposa louca.

– Ah, não. O que ela fez?

Mamãe Oaks tombou a cabeça.

– Ela ficou reclamando que violar o acordo com os céus levou à nossa ruína... Que, se nos acertássemos com nossa fé... os Mutantes iriam embora. As pessoas que a apoiavam entraram no caminho da defesa e da brigada da água, como se orações já tivessem apagado fogo.

– Sou um homem muito devoto – Edmund disse –, mas não acredito que o Senhor trabalhe assim e não acho que esses monstros façam parte de um plano divino.

Rex assentiu.

– Nem eu. Refuto um deus que faria algo assim para testar pessoas que se esforçaram ao máximo para viver de acordo com as suas leis.

Eu tinha uma opinião sobre aquilo:

– Os Mutantes são como animais selvagens... ou eram. Agora eles se parecem mais com a gente. Eu adoraria saber de onde vieram... e por que estão mudando.

– Talvez alguém lá fora tenha respostas para você – Edmund disse.

– Algo em que você acredite mais do que nas nossas histórias – Mamãe Oaks acrescentou.

– Espero que sim.

Mudei de assunto e expliquei rapidamente o plano, depois concluí:

– É importante vocês seguirem as instruções e ficarem perto do Morgan. Vou me encontrar com vocês de novo em Soldier's Pond.

Tive um vislumbre de mil protestos nos olhos da minha mãe, mas ela não deu voz a nenhum deles. Isso a tornava corajosa de uma forma com a qual eu não conseguia me equiparar. Sempre que Vago estava em risco, eu queria permanecer bem ao lado dele, lutando. Estaria fora do meu alcance observar alguém que amo caminhar para o perigo sem mim, mesmo que fosse a melhor escolha. A força dela superava a minha de longe.

Com lágrimas nos olhos, Edmund assentiu.

– Ficaremos seguros, não se preocupe conosco.

Não havia como evitar, mas aceitei a garantia como ele desejou. Ele queria que eu fosse em frente e lutasse sem a segurança deles pesando na minha mente. Fiquei grata pelo gesto. Recompensei Edmund com um abraço especialmente apertado, depois fui para os braços de Mamãe Oaks. Ela os enrolou em volta de mim com força e eu inspirei seu cheiro, mais fumaça e sangue, por cima do mais leve aroma de pão. Fazia dias que ela não preparava pão, mas o cheiro se manteve para me lembrar de casa.

Quando cheguei até Rex, hesitei porque não o conhecia bem e a maior parte da minha interação com ele havia acontecido na forma de provocação. Ele tratou da minha hesitação ao me abraçar com delicadeza. Próxima, pude sentir que ele estava tremendo, mal segurando uma expressão de coragem com a perda da esposa.

Assim, dei-lhe um trabalho para distraí-lo.

– Cuide deles por mim. Estou fazendo com que você seja pessoalmente responsável pelo bem-estar dos dois.

– Entendido – Rex disse, ríspido.

Porém, os ombros dele se endireitaram quando nos separamos. Pude perceber que ele estava pensando nos seus pais então, e não em Ruth. Haveria tempo bastante para ficar de luto por ela da maneira que achasse adequada. Não naquele momento. Não com fogos ardendo a distância e rosnados abafados de Aberrações à espreita na floresta procurando sobreviventes. Eu não conseguia me lembrar de quando os riscos haviam sido tão grandes.

Em pouco tempo, nós nos dividimos em três: equipe de patrulha, grupo principal e escolta da retaguarda. Vago, eu e cinco dos melhores homens de Morgan, que tinham uma variação enorme de idade, formávamos a última. Dennis não era muito mais velho que Vago ou eu; magro e comum e, ainda assim, pela maneira como manuseava seu rifle e suas lâminas, eu podia ver que estava entre os melhores. Em contraste, todo o cabelo de Thornton ficara prateado, embora sua barba ainda carregasse traços de preto. Seus olhos escuros revelavam um conhecimento sagaz; ombros fortes e costas largas o faziam ser uma ameaça maior. Para mim, ele parecia um lutador, um homem que preferia força bruta à *finesse*. Também o reconheci como o homem que estivera ajudando Morgan em Soldier's Pond.

Supus que o terceiro, Spence, era mais ou menos cinco anos mais velho do que Vago e eu; pequeno, magro e forte com cabelos ruivos tosquiados. Na primeira vez em que vi aquele tom, fiquei fascinada, já que ninguém no subsolo tinha cabelos assim. Agora, só estava interessada em quão bem Spence sabia lutar, e seu comportamento não me dava dicas. Ele tinha um rosto sardento e sincero, despido de violência, ainda assim Morgan havia nos prometido os melhores. Por isso, eu conteria o julgamento até vê-lo em combate.

Morrow era o quarto. Magro e de cabelos escuros, ele tinha um sorriso fácil e um conjunto de canos pendurado nas costas; você o acharia um tolo até perceber o brilho em seus olhos. Subestimar aquele homem seria o último erro da sua vida; e eu o chamava de homem, embora devesse ser só dois anos mais velho que Vago. Ainda assim, passava a impressão de experiência.

O último membro se chamava Tulliver, Tully para facilitar. Seus olhos verdes eram penetrantes, afundados em um rosto forte. Ela era quase tão alta quanto Vago e mais velha que todos, exceto Thornton, mas seus cabelos ainda eram loiros. O mais intrigante é que ela usava uma arma interessante presa às costas. Nunca tinha visto nada como aquilo. Olhei para Vago tentando ver o que achava, mas ele não estava prestando atenção nos nossos recrutas. Em vez disso, estava me encarando como se eu fosse a última fatia de bolo em um prato e alguém lhe tivesse dito que ele não podia pegá-la.

Depois das despedidas sentimentais, Perseguidor avançou com a equipe de patrulha. Tegan partiu com os sobreviventes de Salvação, Morgan mostrando o caminho. Minha família lançou um último olhar na minha direção e, depois, seguiu também. Era uma jogada aterrorizante, e não saberíamos se teve sucesso até chegarmos a Soldier's Pond.

Massacre

– Morgan me colocou no comando – Thornton disse. – Se alguém tem algum problema com isso, é melhor falar agora para eu arrancar isso de você.

Ninguém fez barulho.

– Ótimo. Vamos indo. Lembrem, não estamos tentando ser mestres da floresta. Estamos deixando um rastro, que eles seguirão. Mais do que provavelmente, vamos ter combate antes de chegarmos em casa.

A palavra me provocou uma pontada. Eu havia acabado de começar a sentir que poderia fazer parte de Salvação quando Caroline Bigwater decidiu que eu era uma praga mandada pelos céus, o que quer que isso significasse, e que a única forma de a cidade ser salva era me sacrificar. Por motivos óbvios, eu não concordava com aquele plano, então havia ido buscar ajuda de acordo com os desejos do marido dela. Agora, Salvação queimava atrás de mim, nada além de madeira carbonizada e pilhas de cinzas. Eu conseguia achar a origem daquele momento lá atrás, na noite em que as Aberrações roubaram fogo do posto avançado; eu soubera, mesmo na época, que o roubo não significava algo bom.

– Mal posso esperar.

Tully deu batidinhas na faca gigante presa à sua coxa e, pela forma da bainha, ela tinha uma curva acentuada, perfeita para tirar as entranhas das Aberrações.

– É *melhor* aqueles Mutantes trazerem um exército, porque estou enfurecida depois do que eles fizeram aqui.

– Eram bons vizinhos – Spence concordou.

Eu hesitei, depois decidi que queria conhecer a primeira mulher guerreira que encontrara desde que fora para o Topo.

– Nunca vi esse tipo de arma antes.

Em matéria de cumprimentos, aquele foi grosseiro, mas o rosto da mulher se iluminou de entusiasmo.

– É uma besta. Eu atiro desde que era mais nova do que você. Faço as flechas sozinha.

– Ela é incrível – Spence observou.

Eu chegara àquela conclusão sozinha, mas, antes de poder perguntar sobre as flechas, que supus serem os projéteis no recipiente às suas costas, Thornton brigou:

– Chega. Vamos indo.

Conforme entrei na formação ao lado de Vago, recusei-me a pensar sobre o grupo de caça – cem Aberrações, Perseguidor dissera – e, embora minhas habilidades com matemática não fossem as melhores, mesmo eu podia imaginar que as chances eram ruins. A horda era muito maior, um número tão alto que eu não tinha capacidade de calcular. Se você somasse todas as almas de Salvação, mais aquelas que viviam em Soldier's Pond, não acho que chegaríamos a ter tantos humanos, e um número ainda menor de pessoas que soubessem lutar.

A primeira equipe de caça das Aberrações nos encontrou a alguma distância das ruínas de Salvação. Contei mais de vinte no milésimo de segundo que tive para avaliar nosso inimigo antes de o massacre começar. Quando elas nos atacaram por trás, Tully girou e puxou a estranha arma das costas. Ela era rápida com aquilo, lançando quatro projéteis, um logo após o outro. Três Aberrações morreram. Ela atirava bem, especialmente com iluminação irregular e alvos em movimento. Em seguida, elas estavam em cima de nós, uma massa de monstros rosnando. Golpeei com uma determinação inflexível, as adagas um borrão em minhas mãos. Como nos velhos tempos, Vago lutou às minhas costas e ele era a morte personificada, liquidando Aberrações com total eficiência.

Os outros lutavam à nossa volta; como eu pensara, Thornton era um homem de luta. Ele golpeou com punhos pesados, abriu caminho socando três Aberrações antes de eu perceber que ele estava amassando os crânios delas com força bruta. Aquilo aumentou minha admiração, ao mesmo tempo em que Spence se juntava ao combate ao lado de Tully. O ruivo usava as armas de metal mesmo bem de perto, um estilo de luta que eu nunca vira antes. Ele era adepto de derrubar a Aberração com o cano, depois atirar no peito a pouca distância e usar os cotovelos e os pés para terminar. Quanto a Morrow, ele preferia uma lâmina fina, mais longa do que qualquer adaga que eu já vira. Ele era elegante e gracioso enquanto lutava, seu rosto um exemplo de concentração. Dennis usava facas menores e protegia a lateral de Morrow; eu podia perceber que eles lutavam juntos havia um tempo, o que mostrava o quão bom Dennis era, apesar da idade.

Duas Aberrações correram para mim. Vago pegou a da esquerda com uma estocada violenta atravessando o pescoço, e seu golpe teve ferocidade o suficiente para quase arrancar a cabeça dela. Desviei me abaixando e girei para cortar a criatura atrás dos joelhos. Ela caiu e eu a liquidei com aço frio atravessando direto o coração. A clareira fedia a sangue, grama molhada de orvalho e coisa pior, escorregadia sob nossos pés. Deslizei até outra Aberração, já que Thornton estava cercado e eu não achava que tivesse muita chance. Independentemente de sua força, ele ainda precisava de ajuda.

Tully e Spence pareciam estar bem. Assim como Morrow e Dennis. Esfaqueei uma Aberração na coluna, recompensada por um berro de dor de outro mundo. O monstro se virou, golpeando com garras cheias de sangue nas pontas, mas, quando recuei depressa, ela não conseguiu me acompanhar. Eu a havia paralisado com aquele corte e Thornton matou a fera com uma pisada forte da sua bota. Duas Aberrações tentaram fugir, o que me deixou brava. Qual era a intenção delas? Sobrevivência ou algo mais, como levar uma mensagem? Tully atirou em uma nas costas, o cabo polido do projétil alojado em seu couro. Spence pegou a outra com uma morte limpa, mas o barulho me fez pensar o quão cedo veríamos mais delas.

Havia corpos por toda parte, tanta morte. Os cadáveres estavam caídos em pares e trios, os ossos saltados, sangue coagulado formando poças em volta de feridas fatais. Eu não conseguia esquecer que tinha visto aquelas criaturas cuidando das suas vidas, muito parecido com a forma como humanos faziam: comendo e conversando umas com as outras. Não havia existido selvageria naquela vila de Aberrações, nada de monstros se atacando. Aquilo dava uma nova camada de ameaça para a inimizade delas; elas não matavam mais indiscriminadamente por conta da fome infinita, o que significava que era mais do que um conflito por território.

Era guerra.

– Todos estão inteiros? – Thornton perguntou.

Fiz uma avaliação com uma olhada rápida. Todos nós estávamos levemente feridos, arranhões e mordidas aqui e ali, mas nada sério ou que pudesse ser fatal. Dennis enfaixou um corte no braço com uma competência calma. O resto de nós podia seguir em frente sem tratamento até chegarmos a Soldier's Pond.

– Bem o suficiente – Morrow disse.

Thornton fez um gesto para irmos em frente.

– Então, vamos andando. Não vai ser bom estarmos aqui quando outra equipe de caça achar os corpos. Vão levar para o lado pessoal.

O que me fez pensar que Thornton sabia da mudança no comportamento das Aberrações. Talvez a coronel tivesse compartilhado algumas das suas teorias e observações com ele. Nosso líder não parecia interessado em ouvir perguntas, no entanto, e aquilo me fez sentir a falta de Improvável ainda mais. Porém, não era o momento para tentar entender a situação. Coisas demais dependiam da distração que oferecíamos – muitas vidas inocentes – para que eu perdesse o foco.

Diferentemente da caminhada até Salvação, estávamos barulhentos. Já que era nosso objetivo atrair os inimigos e impedir que encontrassem por acaso os refugiados feridos, eu pisava com força como uma criança brava. Com um sorriso de diversão, Morrow pegou seus canos. Thornton deu um suspiro por conta disso, mas assentiu em aprovação e, em seguida, uma melodia alegre ecoou pelo campo. Se a música cadenciada não atraísse mais Aberrações para nós, então elas simplesmente não estavam perambulando pela área.

Foi uma estranha procissão pela floresta. Com a música que nos acompanhava, não seria errado se alguém pensasse que se tratava de uma festa e não da mais terrível das circunstâncias. Mantive minhas armas à mão, prestando atenção em cada barulho dos galhos, cada farfalhar da grama alta, mas, se os monstros estavam nos seguindo, com certeza não seriam sutis. Tinham a vantagem numérica e não precisavam ser discretos ou ter grande habilidade de caçada.

"A menos que estejam nos seguindo até Soldier's Pond."

Vago e eu tínhamos pensado que esse era o motivo de elas não atacarem o posto avançado de início, estavam esperando que nós as levássemos até mais humanos. O silêncio, conforme avançávamos ao longo do rio, me deixava nervosa. Árvores distantes se agitaram à brisa suave, galhos se mexendo como dedos esqueléticos. A cada passo que eu dava, esperava que a horda caísse sobre nós, mas não era tanto medo o que eu sentia, era mais expectativa. Ali, eu estava na minha essência, protegendo quem precisava de mim. No subsolo, nunca esperei viver muito. Desde que morresse lutando, estaria satisfeita.

Marchamos até amanhecer; conforme a luz do sol aumentava, Morrow continuava tocando. Logo, seus canos atraíram a onda seguinte de monstros. Eles os ouviram do outro lado do rio, raso o bastante para ser atravessado a pé, e vieram em uma corridinha sobre pedras úmidas com as presas expostas e as garras estendidas. Tully puxou sua besta e soltou uma flecha para cravar no peito da mais próxima. Eu não consegui ouvir o impacto com o barulho do rio, mas a criatura caiu e a correnteza a levou embora, a água ganhando uma espuma cor de rosa enquanto carregava o corpo por sobre as pedras.

Quando o resto se aproximou, Spence descarregou as armas, atirando primeiro com uma e, depois, com a outra. Ele abateu duas Aberrações e, então, Tully matou sua segunda e sua terceira. Pela minha contagem, sobravam dez, um grupo menor do que tínhamos enfrentado antes. "Há uma equipe de cem nos caçando. Ou talvez não." Era possível que tivessem se separado para cobrir mais terreno.

"Por favor, que as outras tenham se afastado de Salvação."

E, então, não havia tempo para tais pensamentos. Os monstros subiram correndo a margem do rio e a batalha começou. Eu ataquei com minhas adagas em golpes cruzados que abriram o torso da Aberração. Sangue espirrou do tiro seguinte de Spence, e Morrow lutou ao lado de Dennis, seu alcance mais longo repelindo as criaturas das costas do homem mais jovem. Todos eles eram soldados ferozes e sólidos, que mereciam ser Caçadores. Vago estava selvagem na sua determinação, seus movimentos tão graciosos que pareciam uma dança. Conforme ele girava, eu entrei na briga, e nós trocamos bloqueios e defesas, cortes e talhos com uma elegância natural que me emocionava até o âmago.

"Nem tudo está perdido. Ainda temos isto."

Com qualquer outra pessoa, eu teria tido medo de uma lâmina no lugar errado, mas Vago sempre sabia com precisão onde eu estava. Não retraí o corpo nenhuma vez, mesmo quando sua adaga cortou o ar, errando por pouco meu braço e enterrando-se na Aberração que se jogava em direção a mim. Ele girou a lâmina para aumentar a ferida, e o fedor estranho perdurou forte no ar, superando as gotas frescas do rio e o aroma de plantas amassadas na grama pisoteada. As aves estavam quietas no junco, e eu não ouvia insetos cricrilando, apenas o urro do meu coração enquanto eu defendia com toda minha habilidade.

Uma segunda onda nos atingiu enquanto lutávamos com a primeira. Dez era fácil; vinte ficou caótico. Spence atirava com ferocidade, mantendo-as longe de Tully, e a lâmina de Morrow atravessou uma fera que avançava direto para Dennis. Duas mais ultrapassaram sua proteção, e eu ergui minha adaga para lançá-la. "Lenta demais." Dennis caiu sob o peso combinado delas e, quando Morrow e eu as matamos, ele estava apertando sua barriga rasgada, sangue borbulhando da boca.

O resto de nós cercou nosso ferido em um círculo protetor. Lutei perto de Vago e Morrow, cortando os monstros determinada conforme eles avançavam. Provavelmente era a exaustão, mas a quantidade parecia infinita. Meus movimentos ficaram desajeitados enquanto eu bloqueava, deixando uma Aberração me empurrar um passo para trás. Por sorte, os outros estavam enfurecidos pela condição do seu camarada e lutaram como se fossem cem homens.

Thornton quebrou o pescoço da última Aberração e, em seguida, chutou-a para completar. Com a respiração difícil, desci até a água para limpar minhas adagas e, depois, minhas mãos. Queria que Tegan estivesse lá. Talvez pudesse ajudar Dennis.

– Como está? – perguntei, ajoelhando-me ao lado de Morrow.

– Ele não vai resistir.

Havia um terrível tom decisivo na sua voz.

Thornton se abaixou, ajoelhando.

– Como quer que seja, filho?

Por alguns segundos, achei que ele estivesse falando com Morrow, mas o homem mais velho mirou Dennis e seus olhares se ligaram.

– Seja rápido, pai.

– *Tá* – Thornton disse.

Em um gesto terrível e terno, ele pegou Dennis em seus braços e o carregou até o rio. Lá, segurou a cabeça do rapaz na água até ele parar de lutar. Quando Thornton puxou o corpo, ele estava com as pernas e os braços moles e a camisa ensanguentada. A expressão do homem mais velho, enquanto embalava o jovem, era dolorosa de testemunhar e, assim, desviei os olhos.

– Era o último menino dele – Tully sussurrou.

"Dennis era mesmo filho dele... como Rex e Edmund." Ficou claro para mim o quão sério era o sacrifício que eu pedira a Soldier's Pond.

– O que você quer fazer para o funeral? – Morrow perguntou quando Thornton voltou.

– Junte quantas pedras conseguir encontrar. Não temos tempo para fazer um trabalho adequado.

Trabalhamos em um silêncio triste, construindo uma pilha de pedras por cima do corpo de Dennis. A qualquer momento, eu esperava que mais Aberrações nos atacassem, mas continuei quieta. Thornton baixou a cabeça e sussurrou algumas palavras que não entendi. Meu coração apertou.

A última coisa que o homem mais velho fez foi tirar um machadinho da sua mochila. Em um movimento feroz e furioso, ele cortou a cabeça da Aberração que havia matado seu filho. Como o monstro já estava morto, eu não vi motivo, mas esperei que o fizesse se sentir melhor. Por fim, Thornton ordenou que fôssemos em frente. Com o tempo, fiquei cansada de ele cuspir ordens, mas, como era esperto e eu sentia pena dele, deixei de lado minha irritação. Sobrevivemos ao primeiro dia, deslocando-nos devagar, e matamos muitas Aberrações. Ao anoitecer, eu estava exausta e faminta, mas me mantive focada no fato de que, quanto mais tempo continuássemos vivos, lutando e atraindo os monstros, mais chances os outros grupos tinham de chegar a Soldier's Pond. Já que aquelas pessoas eram tudo o que restava de Salvação, inclusive minha família, eu lutaria até as adagas caírem das minhas mãos mortas para garantir que estivessem bem.

Ainda assim, não podíamos continuar indefinidamente sem descansarmos. Paramos ao lado do rio ao entardecer com a luz sumindo igual a ameixas maduras, em um roxo forte, de forma que dava a Vago um aspecto de machucado. Todos nós estávamos cansados; parecia fazer meses desde que eu deitara em uma cama. Havia pão, carne e queijo de Soldier's Pond. Thornton os dividiu bruscamente e comemos sem a animação dos canos de Morrow.

– Acha que eles estão bem? – perguntei baixinho a Vago.

Eu não estava preocupada com Perseguidor, ele tinha a habilidade de sobreviver ao que o mundo jogava nele. Mas e Tegan, Mamãe Oaks, Edmund e Rex? Sim, eu não podia deixar de temer por eles.

– É a melhor chance que eles têm.

Eu respeitava Vago por dizer a verdade, mas suas palavras não me davam consolo.

Eu não consegui me forçar a falar mais do que isso e, assim, terminamos a refeição em silêncio. Nos velhos tempos, ele teria colocado um braço em volta dos meus ombros, usando seu corpo para passar uma sensação de calor. Até aquele momento, eu não tinha percebido o quanto esperava por esses breves instantes, mas eles tinham acabado como o último brilho de sol abaixo do horizonte. As sombras se alongaram, um frio se firmou. Mordisquei meu pão, desejando poder tocar o ombro de Vago, sua bochecha, seu cabelo. No entanto, aquilo não lhe dava mais prazer, e momentos como aqueles em que ele colocava a cabeça em meu colo tinham de esperar até a reação dele mudar.

Spence e Tully se juntaram a nós, ainda comendo. O cabelo ruivo dele estava cortado tão curto que eu conseguia ver o couro cabeludo rosa. Ele não era grande, mas era rápido com suas armas, o suficiente para acompanhar Tully, o que eu vi como uma boa recomendação. Ela era 10 centímetros mais alta, dez anos mais velha também. Porém, a linguagem corporal deles me fazia pensar que formavam um conjunto.

– Vocês dois lutam bem – Tully disse.

Assenti.

– Fomos treinados lá embaixo.

Foi apenas depois de eu dizer isso que pensei que eles poderiam não fazer ideia do que queria dizer. Estávamos muitíssimo longe de Gotham e talvez as histórias deles não incluíssem sobreviventes nas ruínas.

Spence provou que essa suposição era verdadeira quando falou:

– Lá embaixo onde?

Com um olhar para Vago, que assentiu, expliquei com o mínimo de palavras possível. Quando terminei, tanto Spence quanto Tully estavam nos olhando de um jeito estranho.

– Vocês *realmente* moravam no subsolo? – ela perguntou, desconfiada. – Isso não parece muito saudável.

Não havia por que explicar nossa cultura: as piscinas de peixes e os cogumelos e a maneira como as Procriadoras forneciam leite e queijo para os pirralhos, ou que caçávamos criaturas nos túneis, garantíamos que eles não tivessem Aberrações. A vida que eu conhecera no enclave parecia pertencer a outra pessoa.

– Não era. Nós não vivíamos muito – falei baixinho. – Não como as pessoas vivem aqui em cima.

– Tully.

Spence evidentemente notou meu desconforto com o assunto.

– Menos conversa, mais comida. Thornton não vai nos deixar ficar sentados sem fazer nada.

Ele estava certo. Assim que o último bocado desapareceu, nosso líder gritou:

– De pé, soldados. Há mais batalhas à frente.

Juntamente com os outros, esforcei-me para levantar. Meu estômago estava cheio, mas o resto de mim doía. "E eu pensei que Seda era durona."

Santuário

Uma noite interminável de combate e derramamento de sangue veio depois. E, ao final dela, minhas adagas estavam com crostas de sangue seco, meus dedos doloridos nos cabos. Eu tinha três novas feridas além das minhas cicatrizes, e duas delas precisavam dos cuidados de Tegan. A luz de Soldier's Pond cintilou a distância, uma promessa de santuário depois da tormenta dos últimos dias.

Meus olhos ardiam conforme eu apertava o passo sem esperar que Thornton desse a ordem. Pela primeira vez na vida, não sobrava capacidade de lutar em meu corpo. Eu tinha de saber se os refugiados haviam chegado em segurança. Os outros foram contagiados pela minha ansiedade e, logo, todos nós estávamos correndo, pisadas dando baques surdos no chão úmido. Ouvi Aberrações rosnando a distância atrás de nós, mas estavam longe demais; não nos encontrariam antes de chegarmos ao perímetro da cidade.

Assim que nos aproximávamos, Thornton gritou a senha e os guardas passaram a desarmar as armadilhas. Ao luar, tive um vislumbre de espetos e pesos, todas as formas de morte esperando que Aberrações desavisadas atacassem. A cerca não era sólida como a de Salvação. Em vez disso, aquela era feita de metal, enferrujado, mas ainda funcional, e era possível ver através do portão com uma rampa que levava ao coração da cidade. Havia sido um tipo diferente de cidade no passado, limpa e aconchegante como Salvação, mas as fortificações roubavam todo o charme, deixando claro que as pessoas que moravam ali estavam prontas para lutar por suas vidas. Os habitantes de Soldier's Pond entendiam os riscos e as penalidades de falharem.

– Conseguimos – Vago ofegou ao meu lado.

Ele parecia tão cansado quanto eu me sentia. Com a respiração pesada daquela última corrida, segui os outros para dentro da cidade e depois os guardas de plantão protegeram a entrada de novo. Todos eles tinham rifles e outras armas, algumas das quais eu nunca vira. Antes de eu poder perguntar sobre os outros, nosso líder fez isso.

– Qual é o *status* do resto dos grupos?

– Os patrulheiros vieram faz horas – o homem de plantão contou.

– E os refugiados?

– Chegaram uma hora atrás. Alguns estão em péssimas condições. A coronel montou um centro médico no velho armazém no limite da cidade.

– Onde fica? – interrompi.

Não me importei se fui mal-educada, precisava ver Tegan e minha família. Embora Thornton tenha me virado um olhar cortante, ele me passou o caminho. Saí em uma corridinha. Havia percorrido uma boa distância quando percebi que Vago estava atrás de mim, mas não parei para questioná-lo. Já era suficiente ele não querer que eu saísse sozinha. "Eu a protejo. Não apenas quando for fácil. O tempo todo." Pelo menos, aquelas palavras ainda eram verdade. Todo o resto podia ser reconstruído com tempo e paciência.

Ali, as casas eram feitas de vigas iguais de madeira, com uma pintura caiada descascada e desbotada, adendos das estranhas estruturas uniformes no centro da cidade. O armazém era uma construção longa e alta, feita de pedras antigas. Do lado de fora, eu não podia ver que estava sendo usado para alguma coisa até me aproximar. Luzes cintilavam nas janelas. Bati duas vezes, sem querer assustar os ocupantes. Mamãe Oaks logo abriu a porta e notei pela sua expressão que estivera esperando por mim.

– Você conseguiu – ela ofegou e depois abraçou-me com tanta força que eu não conseguia respirar.

– Edmund e Rex? – perguntei.

– Estamos aqui – meu pai disse.

Seu rosto sujo e com rugas era uma visão bem-vinda e, assim, eu o abracei também. Oscilei a ponto de cair em lágrimas e não pude conter as desculpas:

– Desculpem por eu não ter conseguido salvar todo mundo. Tentei, mas não tinha soldados suficientes e a viagem era muito longa...

– Xiu – ele sussurrou contra o meu cabelo, passando a mão pelas minhas costas.

Mamãe Oaks me abraçou pelo outro lado até eu me sentir quente, mesmo em comparação com as gotas ardentes de lágrimas nas minhas bochechas. Rex ficou para trás parecendo acabado pela tristeza, o olhar morto de incompreensão havia desaparecido e fora substituído pela dor.

– Você faz ideia do que vai acontecer conosco? – Mamãe Oaks perguntou.

Fiz que não.

– Não tenho certeza de como Soldier's Pond funciona ou quem está no comando. Sei que Morgan está abaixo apenas da coronel quando se trata da defesa da cidade. Mais do que isso...

– Não ficamos aqui tempo o bastante para descobrir – Vago acrescentou.

– Vocês devem estar exaustos.

Mamãe Oaks tinha seu olhar de "quero cozinhar para você e ficar um pouco agitada", mas, ali, ela era dependente de outros para comida e abrigo. Pela forma como torceu a boca, aquilo realmente não combinava com ela. Eu estava aliviada por ela estar segura, mas não devia ser fácil sair da sua casa arrumada e cheia de comida nos armários para aquilo. Na minha experiência no subsolo, os refugiados tinham poucos direitos e alguns enclaves, como aquele onde eu cresci, iriam se recusar a sequer aceitá-los, devido aos recursos limitados. As coisas podiam ser diferentes ali em Soldier's Pond, mas eu tinha a sensação de que ninguém de Salvação iria relaxar até saber se era bem-vindo.

Como eu sabia que ela não receberia bem a minha compaixão, apenas assenti.

– Foi uma viagem difícil.

– Mas necessária – Rex disse. – Não estaríamos aqui sem os seus esforços.

O elogio me deixava desconfortável; a gratidão, ainda mais. Agradeci pelas palavras dele com um aceno curto de cabeça.

– Vou ajudar a Tegan.

– Você deveria descansar – Edmund protestou, mas eu o ignorei.

– Posso colaborar também – Vago afirmou.

O lugar era um labirinto de formas deitadas, dispostas com apenas um pouco de espaço entre elas. Aquele lugar apertado lembrava o enclave, mas, em vez das paredes improvisadas, construídas com pedaços de metal e cortinas esfarrapadas, não havia privacidade alguma. Nos feridos, eu vi cada mudança de expressão, cada tremor de dor. Parecia errado eliminar a dignidade deles, depois de tudo o que tinham sofrido e perdido. Lágrimas pingavam pelo rosto de uma mulher e ela estava fraca ou triste demais para enxugá-las. Um estranho fez isso por ela, logo antes de cuidar da queimadura na perna direita dela.

Tirei força daquela gentileza. Enquanto eu tivesse duas mãos, poderia trabalhar ao lado da minha amiga. Tegan devia estar sofrendo, tão cansada quanto eu, mas ainda permanecia de joelhos perto de um paciente, fazendo o que podia para dar conforto ao homem. Conforme me aproximei, reconheci Harry Carter, o homem ao lado do qual eu lutara no muro. Ele tinha um corte horrível em seu ombro e outro cruzando as costas, além de incontáveis mordidas. Seria um milagre se sobrevivesse, eu não sabia como ele tinha conseguido fazer a viagem desde Salvação.

Tegan leu meu olhar.

– Ele foi colocado em uma liteira. Parece que foi um grande herói antes de a cidade pegar fogo. Salvou quatro famílias.

Os olhos de Harry se abriram, vermelhos e atormentados em seu rosto sujo.

– Mas não a minha.

– Sinto muito – falei com delicadeza.

Ele fechou os olhos quando Tegan voltou a limpar seus ferimentos. No momento em que o adstringente gotejou na sua pele rasgada, deve ter doído, mas não vi mudança na sua expressão, talvez porque a maneira como ele se sentia por dentro fosse pior. Sem falar, entrei no nosso velho ritmo, entregando coisas a Tegan e limpando o sangue antes de ela pedir. Devia haver algumas palavras para melhorar a situação, mas eu não conseguia pensar em nenhuma. Talvez uma Procriadora tivesse a delicadeza de reconfortar a tristeza desoladora que vi de relance nos olhos de Tegan. Continuei trabalhando resoluta.

Era metade da noite quando esvaziamos a bolsa de Tegan; não havia pomada e antisséptico suficientes, então Tegan pediu provisões para as mulheres que estavam nos ajudando. Diferentemente das de Salvação, aquelas usavam calças verdes gastas e pareciam tão duronas quanto Tully e a coronel. Eu suspeitava de que, se não fosse pelas condições da nossa chegada, poderia ter gostado do tempo passado em Soldier's Pond. As mulheres debateram entre si antes de mandarem uma jovem mensageira para perguntar à coronel se poderiam ter acesso aos próprios suprimentos.

Tully espiou lá dentro, o cabelo desgrenhado e o rosto marcado de cansaço.

– Está tudo resolvido?

Eu não fazia ideia de por que ela estava perguntando para mim.

– Não exatamente. Mas fizemos o que podíamos por ora.

– Qual é o problema?

– Não temos material suficiente para os feridos. Mandaram alguém para pedir à coronel...

– Ah.

Ela entendeu, eu percebi.

– Ela está no comando?

– Para quem olha de fora, imagino que pareça que sim. Ela é mais ou menos uma ditadora benigna, mas é inteligente pra caramba e ouve seus conselheiros. Eu apenas queria que eles prestassem o mesmo tanto de atenção nos avisos dela. Se fosse assim, nós estaríamos operando em um estado de maior preparo agora.

Apenas uma parte de suas palavras fez sentido para mim.

– Preparo?

– Ela vem nos falando há um tempo que os Mutantes estão se organizando para uma grande ofensiva... Não são as mesmas criaturas sem raciocínio com as quais temos lutado há anos. Na última vez em que saí com ela, reparei na mesma coisa. Eles definem perímetros. Têm patrulhas agora. E usam grupos de reconhecimento.

Ela parou, seus traços revelando uma preocupação que me perturbava.

– E, então, em Salvação, vimos evidências de que eles aprenderam a usar o fogo. O que vem depois, ferramentas? Armas?

– Não vamos sobreviver a isso – falei, séria.

– Sei disso, acredite. Apenas não sei o que fazer. Sozinho, cada assentamento vai acabar exatamente como Salvação. E eu sinto essa perda em um nível pessoal... Porque, no inverno passado, quando a doença se instalou aqui, Improvável veio no meio da epidemia de gripe para nos trazer remédios. Uma mulher da sua cidade fez extratos com ervas e, sem ela, suponho que todos nós teríamos morrido.

– Será que ela sobreviveu ao incêndio?

– Se não, da próxima vez em que a febre de sangue atacar, estaremos perdidos. Ela tinha um aprendiz, alguém que sabia suas receitas?

– Não fiquei em Salvação por muito tempo – falei com um tom de desculpa.

– É verdade. Você vem das tribos do subterrâneo.

A entonação da sua voz parecia cética, como se eu tivesse brotado de uma terra mítica para além do seu conhecimento.

E talvez fosse exatamente isso, já que ela não conseguia compreender a maneira como eu fora criada, como a menina noite, longe do alcance do sol. Mesmo naquele momento, ele me machucava mais do que às pessoas normais, e meus olhos ardiam a ponto de eu colocar os óculos quando os outros estavam olhando direto para cima na direção da bola laranja brilhante como se fosse a melhor coisa que tinham visto o dia todo. Por dentro, eu o temia como ao fogo. Talvez ele pudesse nos aquecer e cozinhar nossos alimentos, mas podia ser fatal também.

Àquela altura, vi Vago, que estava andando com passos instáveis. Pelo que eu percebi, ele tinha sido colocado para levar água e descartar os baldes sujos e ensanguentados, os retalhos usados para limpeza e, no geral, o trabalho chato. Depois de uma dura batalha como a que passamos, ele devia estar se sentindo péssimo. "Queria que ele me deixasse abraçá-lo ou fazer cafuné, massagear seus ombros." Eu sabia que não poderia fazer tudo de ruim desaparecer com um beijo, mas me doía não ser possível mostrar o quanto me importava. Fazia pouco tempo que eu aprendera o poder de um toque gentil e agora aquela liberdade entre nós desaparecera.

Tully seguiu meu olhar até Vago, uma sobrancelha arqueada de curiosidade.

– Ele é seu?

Em certa época, eu talvez discutisse ou hesitasse em reivindicá-lo. Não mais. Assenti.

– Você parece um pouquinho nova para ser casada.

Não era aquilo que Vago e eu éramos um para o outro. Mamãe Oaks e Edmund tinham falado promessas em frente da cidade toda. Vago jurara que suas intenções eram honradas, o que eu achava significar que ele queria dizer aqueles votos um dia, mas não havíamos chegado a esse ponto. Ainda assim, era bom imaginar as coisas terminando bem, mais do que eu tinha me permitido prever antes. Geralmente, eu via minha vida terminando de forma sangrenta, cercada por Aberrações. Até aquele momento, eu sempre aceitara a obrigação de fazer esse sacrifício pelo bem da maioria.

Aquelas regras não valiam mais. Eu tinha permissão de querer coisas. Mais do que isso: de lutar por elas.

Com atraso, percebi que ela estava esperando uma resposta.

– Somos prometidos.

– Ah – ela disse. – Bem, você deveria ir cuidar dele antes que outra pessoa vá. Estou vendo a jovem Maureen olhando para ele de cima a baixo como se fosse um doce que ela quer provar.

– Vamos ver.

Cerrei os dentes e escolhi um caminho cuidadoso em meio a todas as camas improvisadas espalhadas pelo chão.

Vago estava dizendo, com a voz tensa:

– Estou bem. Não preciso de cuidados médicos.

– Mas seu braço... – ela começou a dizer, estendendo a mão para ele.

Quando ele se contraiu para sair do alcance antes de ela tocá-lo, senti um pequeno choque de alívio. Era pequeno e errado, sem dúvida, mas a reação provou que ele não estava sendo difícil. Seu problema não era algo que ele podia resolver só porque queria. O que as Aberrações haviam feito deixou um dano que levaria tempo para ser curado. Eu não estava feliz por Vago ter sido ferido, apenas por ele não estar mentindo para mim. Eu não devia ter duvidado nem por um segundo. Ele nunca mentia, mesmo quando era a solução mais fácil.

– Eu vou cuidar dele – falei para a menina.

Ela era da minha idade, mais ou menos, com cabelos ruivos presos em um rabo de cavalo alto. No entanto, seus olhos eram castanho-escuros, um contraste interessante. Os meninos provavelmente a achariam bonita, embora sua expressão decepcionada estragasse a visão geral. Pelo que eu me lembrava, Tully a chamara de Maureen. Depois de olhar de mim para Vago e não parecer gostar do que notara, saiu brava com os ombros endireitados.

– Obrigado – Vago disse.

– Você precisa me deixar fazer.

Dessa vez, eu encontrava-me preparada para a retração reflexiva dele.

– Eu sei.

Eu estava prestes a sugerir privacidade quando a mensageira voltou, carregada de caixas. "Então a coronel é generosa em momentos de necessidade." Pensei que aquele era um bom sinal para os refugiados. Vago me seguiu quando juntei, da pilha que a menina trouxera, os materiais necessários, apenas o suficiente para cuidar do ferimento dele. Havia outras pessoas precisando e, enquanto caminhei a passos largos na direção da parede dos fundos, Tegan voltou ao trabalho.

Ajoelhada, apoiei a pomada e os curativos e depois fiz um gesto chamando Vago. Ele se sentou ao meu lado, a expressão séria.

– O que posso fazer para que seja mais fácil para você?

– Apenas... seja rápida – ele respondeu.

Esperança

– Posso fazer melhor do que isso – respondi, quando me ocorreu uma ideia.

Pelo que eu entendia do problema dele, ser tocado lhe lembrava de tudo o que as Aberrações haviam feito com ele e a dor voltava, juntamente com a vergonha e o asco.

– O que você quer dizer?

– Pense na melhor coisa que você já sentiu, o momento em que foi mais feliz. Prenda isso na sua mente e não deixe sumir.

Vago me analisou, franzindo as sobrancelhas.

– Não é tão fácil.

– Tente. Isso não pode piorar as coisas enquanto faço o curativo em você.

– Bem verdade.

Com um suspiro profundo, ele fechou os olhos.

– Vá em frente.

Pela primeira vez, ele não se retraiu quando eu o toquei, mas, mesmo assim, fiz o trabalho rapidamente, limpando, espalhando o unguento e depois enfaixando a ferida. Ele soltou um sopro quando minhas mãos se afastaram. Seu olhar se encontrou com o meu, algo novo presente em seus olhos escuros: esperança.

– Foi melhor? – perguntei, sentando-me.

– Incrivelmente, sim. Quero dizer, não foi bom, mas eu consegui suportar. As memórias piscavam nos cantos e eu as ficava jogando para o fundo com aquele único momento feliz, como você disse.

– No que você...

Eu cortei a pergunta, temendo a resposta.

Porém, Vago sabia o que eu ia perguntar.

– Na noite depois do Festival das Cerejeiras em Flor. Eu te abraçando, beijando. Quando você disse que me amava... Foi o mais feliz que já fui.

Meu coração apertou.

– Amo. Não amava. Nada mudou.

– Eu mudei.

– Não de uma forma que importe para mim. Sinto muito por você estar sofrendo, mas, mesmo que eu nunca mais possa tocar em você, não vai mudar a maneira como me sinto.

– Não vai chegar a isso – ele disse, com uma determinação repentina. – Não vou deixar as Aberrações me derrubarem.

Bem no fundo, eu estava felicíssima de ouvi-lo dizer aquilo. O Vago que eu conhecia não aceitava a derrota, ele sempre lutaria – e venceria – enfrentando chances impossíveis. Mas eu não sentia que podia lhe dar ordens ou dizer que a atitude dele era errada, já que eu não tinha sentido a mesma dor. Podia apenas ficar ao lado dele e oferecer um ombro amigo, ele aceitasse ou não.

– Que bom.

– Vai levar tempo – ele avisou. – Não posso afastar isso só por vontade. Acredite, se pudesse, eu *faria*.

– Eu sei. E nós conseguimos aguentar antes, apenas pensando em nos tocar.

Ou eu tinha aguentado, de qualquer forma. Não tinha sido corajosa o bastante para acariciar os cabelos dele lá no enclave, mas passei muito tempo o observando e imaginando como seria.

– A imaginação pode me matar – ele murmurou.

Levei alguns segundos para processar o que ele queria dizer e, então, o calor inundou minhas bochechas. Então, ele também sentia falta.

– Bem, talvez isso seja bom.

– Eu estava sonhando com você. Quando elas me levaram.

Já que ele estava falando sobre o assunto – sendo que havia dito que contaria a história apenas uma vez –, tinha de ser bom.

– Foi carinhoso e lindo e eu meio que acordei, pensando que você estava vindo me visitar à noite. Como Frank encontrava-se lá, eu tive medo de fazer barulho, medo de que nós dois tivéssemos problemas. Eu estava errado e, então, tudo virou dor.

– Eu devia ter ouvido alguma coisa – falei, cerrando o punho.

– Não se culpe. Você não estava de vigia.

– Mas eu sabia que tinha um problema com as sentinelas. Eu podia ter interrompido. Mas acho que você estava certo... Nenhum de nós pode mudar o que aconteceu. Só podemos seguir em frente.

– Sabe o que mais me incomoda? Eu não senti o cheiro da Aberração que me levou. Repassei cada momento na cabeça e devia ter sentido o cheiro dela. Por que não senti?

– Todos nós devíamos – falei, franzindo a sobrancelha. – Mas também não havia nada de fedor na noite em que uma delas entrou escondida e roubou nosso fogo.

– Então, o que isso significa? – Vago perguntou.

– Nada de bom.

Eu estava cansada demais para especular naquela noite.

Não me dei ao trabalho de perguntar onde seria possível dormirmos. As respostas poderiam exigir que eu permanecesse acordada por mais tempo do que conseguiria. Meu corpo ordenava que eu ficasse na horizontal imediatamente. Se eu não o escutasse, iria despencar e, embora eu pudesse não ser uma Caçadora, também não queria ser vista como fraca. Assim, encontrei um canto tranquilo perto da parede dos fundos, longe dos feridos amontoados no centro. Vago e eu ficávamos bem no chão com um teto sobre as nossas cabeças, já tínhamos dormido em lugares piores.

– Descanse bem – falei baixinho e Vago respondeu com o primeiro sorriso de verdade que eu via em dias.

Ele se deitou a uma pequena distância, mas fora do alcance do meu braço, e eu me enrolei em minhas cobertas, virada para ele. Seus traços familiares me reconfortaram. Ao longo do meu tempo no posto avançado, eu tinha desenvolvido a habilidade de soldado de desligar o cérebro e cochilar quando podia, mas era um sono leve. Acordei com um toque e levantei um pouco o corpo, esperando ver alguém que precisava da minha ajuda. Em vez disso, encontrei Vago apertado contra mim, ainda enrolado em suas cobertas. Apertei os olhos por alguns segundos, assustada com a vontade de chorar, só pela pressão bem-vinda do braço dele contra a minha cintura. Era importantíssimo ele ser atraído para mim daquele jeito. Havia problemas na mente acordada dele, mas, quando sonhava, como tinha dito, era comigo. Eu não pude resistir. Delicadamente, toquei nos cabelos dele, passando meus dedos pelas mechas emaranhadas, e ele soltou um suspiro contente. Não foi o suficiente para acordá-lo.

Caí no sono, mais feliz do que me sentia desde antes de ele ser levado. Bêbada de cansaço, concluí que a última vez em que tinha me sentido tão bem fora na noite do festival; era o *meu* momento dourado também. Pela manhã, acordei com a luz inclinando-se para meus olhos. Vago ainda estava enrolado em volta de mim, dormindo, e não me mexi, embora precisasse, por vários motivos. Tinha medo de acordá-lo e ver o conflito em seus olhos.

Preparei-me para isso e, quando ele se virou, batendo contra mim, fiquei surpresa com o que ele devia estar sonhando. Ou talvez não houvesse nenhum motivo mental necessário. Até onde eu sabia, talvez os homens acordassem de manhã prontos para procriar. Eu tinha pouca informação sobre tais assuntos, mas, conforme ele se mexia, prendi a respiração. Não tinha ideia do que fazer, se devia encorajá-lo ou acordá-lo antes de ele realmente ansiar por algo que era impossível no momento, por todos os motivos.

– Dois – ele sussurrou, sonolento.

Aquilo fez com que minha confusão ficasse melhor, valesse mais a pena.

– Estou aqui.

A mão dele flutuou até meu quadril para me trazer para perto e não resisti. Pelo ângulo da luz, não achei que mais alguém estivesse acordado. Isso não significava que eu devesse encorajar aquela atitude, mas era tão bom estar perto dele. O amor subiu pelo meu corpo em uma onda que me afogou, precisei de todo o meu autocontrole para não enrolar meus braços em volta dele com o máximo de força que tinha e implorar que ele não se afastasse de novo.

"Fique. Fique comigo. Bem assim."

Porém, desejos são pensamentos vazios, jogados em um buraco escuro. Não se realizam se você não trabalhar por eles. Pelo menos isso eu tinha aprendido sobre o mundo.

Vago aninhou o rosto contra meu pescoço, seus lábios quentes na minha pele. Meu coração martelava como louco e foi um esforço permanecer parada e absorver qualquer que fosse a afeição que ele oferecesse enquanto dormia. Toquei com a ponta de um dedo na minha boca, que formigava, querendo um beijo de verdade. "Talvez se eu for devagar e em silêncio..." Briguei comigo mesma, discutindo a maneira certa de lidar com o momento, se deveria acordá-lo.

No final, o egoísmo ganhou. Enrosquei meus dedos nos cabelos dele e fui para trás até seus lábios estarem nos meus, nossas respirações se misturando. As pálpebras dele tremularam e, então, ele fez pressão. Era um beijo como uma borboleta delicada, como se ele nunca tivesse me tocado antes. Depois, provavelmente seu sonho mudou e o sabor do beijo, também. Ele ganhou camadas e calor, fome e ferocidade. Entorpecida, respondi na mesma intensidade, achando que aquilo fosse o que ele queria em segredo, no seu coração, e estivera com medo de me mostrar. Fui tomada pela necessidade dele e depois o desejo se tornou meu, até o momento em que ele acordou... e se lembrou.

Vago estremeceu. Eu comecei a recuar, mas ele colocou a mão no meu ombro.

– Não se mexa.

– Eu não...

– Eu sei. Eu cruzei o espaço na sua direção, não o contrário.

– É horrível? – perguntei em um sussurro ansioso.

– Não. Eu a desejo demais para sentir qualquer outra coisa agora.

Entendi isso como se ele estivesse extremamente interessado em procriar, um fato que eu conseguia confirmar através dos nossos cobertores.

– Qual é a solução?

– Eu só... preciso de um minuto. Depois, vou procurar um pouco de água fria para me afundar várias vezes.

A diversão sarcástica no tom da voz dele me fez sorrir.

Como prometido, ele rolou para longe, mas sem nada da repugnância que tinha mostrado antes. Pensei que ele estava muito preocupado em minimizar o constrangimento. No amanhecer cada vez mais claro, as bochechas dele estavam muito coradas e Vago baixou a cabeça ao sair discretamente do armazém, supostamente para encontrar o banho gelado que mencionara. Fiquei deitada nas minhas cobertas por alguns segundos, dividida entre frustração e orgulho silencioso. Não era algo com que uma Caçadora ficaria feliz, mas a menina dentro de mim estava contente por ele me querer o suficiente para me procurar durante o sono; e era mais do que necessidade física, eu suspeitava.

Contive um sorriso, rastejei para fora da minha cama improvisada e enrolei minhas cobertas apertadas, depois as enfiei na mochila. Verifiquei se ainda tinha o esplêndido legado da pasta de Improvável, contendo os mapas dos territórios com todas as anotações dele aprendidas durante longos anos em viagens de comércio. Com a confirmação, fui na ponta dos pés até Tegan, que estava começando a se mexer do outro lado do armazém. Conforme me ajoelhei, ela se sentou, tirando os cabelos escuros do rosto.

– Vamos encontrar um café da manhã – ela disse.

Assenti. Com dedos rápidos, controlei meu cabelo na trança que Mamãe Oaks me ensinara a criar, como uma dama, mas também boa para lutar. Amarrei o penteado com um pedaço de couro e depois acompanhei Tegan para fora da construção. Ela seguiu seu olfato até uma estrutura que parecia os alojamentos de Salvação, porém maior.

Lá dentro, o salão estava lotado de soldados, todos vestindo um verde sujo. Alguns pareciam mais alertas do que outros. Eles estavam em estágios variados do café da manhã. Havia uma fila para a comida e, com um olhar confuso para Tegan, entrei no final dela. Existia um lugar para pegar pratos e talheres, então fomos passando, dizendo para homens com colheres o que queríamos. A maioria da comida parecia nojenta, preparada em quantidades muito grandes, e alguns itens eu nunca vira antes, em especial um prato encaroçado, branco e marrom. Porém, aparentava dar uma boa sustentação e, assim, eu o apontei, junto com um pedaço grosso de pão. Também encontrei algumas maçãs, então peguei uma.

Uma olhada pelo salão me mostrou que não havia mesas livres. Quando Tegan veio para o meu lado, escolhi uma aleatória com alguns assentos vazios. Os homens que engoliam a comida não levantaram o olhar quando sentamos, simplesmente continuaram comendo com um foco exclusivo que não parecia natural para mim agora. Supus que eu tivesse me acostumado a pequenas cortesias em Salvação, já que, no subsolo, nós devorávamos as refeições assim que as pegávamos, temendo que alguém decidisse que não merecíamos aquele tanto de comida no final das contas.

Tegan ergueu uma sobrancelha para mim.

– Deve estar bom.

– Está horrível – um deles disse. – Mas comível, e nós sabemos que não devemos perder tempo no rancho.

Eu repeti as duas últimas palavras com um tom de pergunta em minha voz.

– É como chamamos o refeitório – outro homem esclareceu.

Aquilo não me ajudou, mas Tegan fez a ligação.

– Isto é uma instalação militar?

A pergunta a fez receber um olhar estranho, mas o soldado se mostrou disposto a responder.

– Há muito, muito tempo, esta era apenas uma pequena cidade. Depois das primeiras contaminações, o exército colocou homens aqui, preparou uma base para receber e apoiar os sobreviventes.

– Contaminações do quê? – perguntei.

Antes de o homem poder responder, um sino soou. Fiquei tensa... Estava com as adagas nas mãos e em pé antes de qualquer um na mesa reagir. Tegan só pareceu preocupada, mas ainda tinha a colher a meio caminho da boca.

Depois, alguém riu.

– Você é nervosa, menina. Esse é só o sinal de que o café da manhã acabou e aqueles de nós que estão de plantão precisam ir treinar, cuidar dos seus turnos ou fazer a ronda, dependendo do que foi designado.

– Bom saber – Tegan murmurou, voltando para o seu café da manhã.

Após o salão esvaziar, eu disse:

– Parece que eles sabem mais sobre o que aconteceu do que o pessoal de Salvação, algo mais real do que histórias religiosas.

– Nenhuma história é imparcial.

Pensei a respeito, comendo um bocado da comida encaroçada marrom e branca. Não era horrível, mas parecia precisar de mais alguma coisa, então, coloquei um pouco com a colher no meu pedaço de pão e dei uma mordida para experimentar. "Melhor."

– O que você quer dizer?

– Faz muito tempo, mas minha mãe costumava me ensinar coisas, antes de as pessoas ficarem doentes. Havia livros por toda a universidade, e ela lia para mim, explicando da melhor forma que conseguia.

– E ela disse que a história é parcial?

Eu não tinha total certeza do que "parcial" significava. Por conta da escola, eu sabia que história era o estudo de coisas que aconteceram no passado, mas não conseguia entender aonde Tegan queria chegar. Com certeza, ou algo é verdade ou não é.

– Não de propósito. Mas as pessoas veem as situações de jeitos diferentes. Então, eu posso ver uma flor azul crescendo embaixo de uma macieira e escrever tudo sobre a flor azul enquanto você só vê as maçãs. Seu relato iria conter informações sobre a fruta, sem nunca mencionar a flor.

– Porque a comida seria mais importante para mim – falei, compreendendo de repente. – Então, não é que as pessoas de Salvação estão tentando mentir. Elas apenas incluíram a parte das histórias com a qual se importavam.

– Exato. Como são pessoas devotas, interpretaram as coisas terríveis que aconteceram no mundo como punição de Deus por seus pecados. Não acho que vamos encontrar essa parcialidade aqui.

Então, eu entendi. Pensativa, tomei meu café da manhã em silêncio, imaginando tudo que poderíamos aprender em Soldier's Pond.

Porém, primeiro tínhamos feridos para cuidar.

Veredito

Pelo resto do dia, ajudei Tegan.

Não apenas os curativos precisavam ser trocados, cortes e queimaduras tinham de ser cuidados. Havia ossos quebrados também e, depois de lidarmos com o processo de tratar as pessoas, elas igualmente necessitavam de comida e sopa. Eu nunca tinha me visto como cuidadora, mas, como Tegan precisava das minhas mãos, eu estava disposta. Não sabia tanto quanto ela, porém seguia as instruções bem o bastante.

– Não, segure isso com a mão esquerda – ela disse, enérgica. – Não se mexa.

Ela era muito boa com os feridos, paciência infinita e gentileza. Eu tinha menos da aptidão natural dela, mas, como era apenas sua assistente, não a médica, minha habilidade não importava tanto.

⁂

Ao cair da noite, eu estava tão exausta quanto tinha ficado depois da batalha fora dos portões de Salvação.

– Quantos deles você acha que vão sobreviver? – perguntei a Tegan.

O armazém estava começando a feder a machucados pútridos, levemente mascarados por antisséptico e pomada curativa. Em alguns casos, a proficiência e a vontade de ajudar dela não seriam suficientes. Senti pena daquelas pobres almas porque uma morte lenta é o pior tipo.

Ela soltou um suspiro cansado.

– Metade, eu espero.

Era ainda menos do que eu esperava.

– Deve ser difícil.

– Queria que o papai doutor estivesse aqui – ela sussurrou. – Ele provavelmente conseguiria salvar mais.

– Você está fazendo o melhor que pode.

– Não é suficiente – ela disse, saindo brava.

Não levei para o lado pessoal. Tegan queria salvar todo mundo, mas a vida não funciona assim, não importa o quanto você deseje o contrário.

Quando saí do armazém, encontrei Perseguidor; ele havia entrado no grupo dos patrulheiros e saía regularmente com eles. Não parecia ter descansado muito, seus ossos apareciam afiados sob a pele e círculos escuros aninhavam seus olhos. Ele fez um aceno rápido com a cabeça e, depois, avançou para passar por mim. Eu o parei com um movimento para interrompê-lo sem tocar nele de verdade. Suspeitei pela sua expressão tensa que não haveria mais momentos silenciosos entre nós, e era melhor. Incentivo falso seria errado se meu coração pertencia tão completamente a Vago.

– O que foi? – ele perguntou.

– Eu só queria saber o que você viu lá fora e como foi a viagem de Salvação.

– Horrível. Eu não fazia ideia se você estava segura, se a veria de novo. E, dessa vez, eu nem ganhei um beijo de despedida.

– Não foi o que eu quis dizer.

Ele tinha de saber que eu estava procurando informações concretas sobre o terreno e a quantidade de Aberrações.

– Deixe para lá – ele falou. – A coronel está esperando meu relatório.

Era difícil entender o humor dele.

– Esse não é o único motivo de você sair correndo.

Perseguidor olhou para mim, a boca inexpressiva.

– Eu entendo, você prefere ter o outro, danificado, do que ter a mim, inteiro. Se isso não esclarecesse as chances que tenho com você, nada esclareceria. Mas você também não pode ter o que quer, Dois. Não posso ser seu amigo, sentindo o que sinto. Dê um tempo para mim e, depois...

Ele deu de ombros.

– Talvez. Sem promessas. Apenas... me deixe em paz.

– Cuide-se – falei com delicadeza.

Ele saiu a passos largos sem olhar para trás, os ombros eretos. "Pelo menos, a perna dele está curada." Parte de mim estava feliz por ter acabado... Por ele finalmente ter desistido. O restante se sentia mal por tê-lo machucado e haver lhe dado os sinais errados, por ignorância. Suspirei e me dirigi ao salão do refeitório, onde estavam finalizando o jantar; eu fui uma das últimas a ser servida e, então, vi Mamãe Oaks e o resto da minha família do outro lado do salão quase vazio. Costurei por entre as mesas e me sentei com eles. Todos pareciam um pouco melhor do que na noite anterior.

– Vocês ficaram sabendo de alguma coisa? – perguntei, em relação ao *status* oficial deles.

Edmund fez que não.

– Vai haver uma reunião do conselho esta noite para decidir nosso destino.

– Eles não iriam simplesmente nos recusar – Rex disse, mas não parecia tão seguro quanto queria.

Eu não respondi, já que o enclave tinha como prática exatamente isso. Em todos os anos em que morei lá, eles abriram uma exceção – para Vago – e apenas porque a vontade de viver do rapaz os fascinou, a maneira como ele sobreviveu selvagem e sozinho, privado de proteção ou ajuda. Aquela essência implacável me fazia admirá-lo mais, enquanto prometia a mim mesma que sempre estaria por perto para lutar por ele. Estava na hora de *alguém* fazer isso.

– É mesmo estranho aqui – Mamãe Oaks sussurrou então. – Eles não rezam antes das refeições, você reparou? E as mulheres andam por aí vestidas como homens.

Ela virou um olhar para mim, como se tivesse acabado de perceber alguma coisa.

– Foi assim que você se sentiu quando chegou a Salvação?

Sorri com a pergunta.

– Sim. Mas, se eu me adaptei, você também vai conseguir. Acho que as pessoas daqui não se importam se vocês tiverem seus próprios costumes.

Porém, aquilo trouxe uma questão para a minha mente.

– Como vocês não sabem mais sobre os outros assentamentos? Posso ver que nenhum de vocês já esteve aqui antes.

Minha mãe pareceu chocada com a ideia.

– É claro que não. Improvável cuidava de todo o contato com os de fora. Tem sido nossa política há centenas de anos para limitar nossa exposição aos costumes dos que não têm fé.

– Era para nos manter em segurança – Rex sussurrou.

Os ombros de Edmund se curvaram um pouco.

– Sim, nós acreditávamos que, seguindo as convenções que os colonizadores originais estabeleceram com os céus e levando vidas simples e modestas, Deus nos pouparia das provações que assolavam outros.

– Então... Improvável evitava que Salvação fosse... maculada?

Eu não tinha certeza se era a palavra certa, mas meus pais assentiram, assim eu devia ter chegado perto.

– Ele agia como uma proteção, cuidava de todas as nossas viagens de comércio e, quando caçadores e comerciantes vinham à cidade, negociava com eles fora dos muros – Rex acrescentou.

Disso eu me lembrava; só não sabia o porquê.

– Mas, se vocês estavam tão preocupados com a entrada de coisas ruins, por que deixaram nós quatro ficarmos?

Antes, eu apenas pensava que as pessoas de Salvação eram gentis. Não tinha percebido que eram tão fechadas. Agora, estava sinceramente curiosa.

Mamãe Oaks respondeu com uma citação do livro que Caroline Bigwater costumava levar por aí:

– Ensina a criança no caminho em que deve andar e, quando envelhecer, ela não se desviará dele.

– Vocês nos aceitaram porque somos jovens – supus. – Acharam que iríamos aprender seus costumes.

Edmund sorriu para mim.

– Não foi por isso que os recebemos, Dois, é apenas a política oficial da cidade com estranhos.

E, então, sua expressão ficou triste.

– Ou era.

– Não pense nisso – minha mãe sussurrou.

Edmund puxou um fôlego e esfregou o ombro de Mamãe Oaks.

– Podemos construir uma vida aqui, se formos bem-vindos. Com certeza, até os soldados precisam de sapatos bons.

Olhei para baixo, para as botas gastas e malfeitas que a maioria dos homens usava.

– Eu diria que estão desesperados por você aqui.

– Eu gostaria de ser aprendiz e estudar o negócio da família – Rex disse, hesitante. – No entanto, eu entendo se você não me aceitar de volta. Estou bem velho para começar do início e provavelmente já esqueci o pouco que você conseguiu enfiar na minha cabeça, antes...

Edmund sorriu.

– É claro, fico feliz de ter sua companhia. Logicamente, isso só vai entrar em prática se eu puder achar uma oficina aqui.

Mamãe Oaks estava inspecionando as calças e camisas verdes que todos usavam.

– As roupas deles estão em trapos. Será que sabem tecer ou costurar aqui? Eu poderia montar uma oficina também.

Era bom vê-los fazerem planos hipotéticos, imaginando como poderiam construir uma vida. A esperança deles renovou a minha, fortaleceu minha determinação de encontrar um lugar onde eu me encaixasse. Até então, eu gostava mais de Soldier's Pond do que tinha gostado de Salvação; não que eu quisesse que a cidade fosse destruída. Eles nos acolheram e nos mantiveram seguros o melhor que podiam, e eu sempre seria grata.

Logo depois de eu terminar minha comida, o resto dos homens saiu em fila. Rex se levantou para segui-los, e Mamãe Oaks e Edmund fizeram o mesmo. Fui por último, observando os soldados irem em uma corridinha na direção de um grande prédio no lado oposto da cidade. Imaginei que seria ali que a reunião aconteceria, mais organizada do que as sessões improvisadas que o Ancião Bigwater convocava no parque. Curiosa e apreensiva, entrei discretamente no salão com os últimos soldados.

Lá dentro, havia fileiras de bancos, parecidos com os do refeitório, mas nenhum estava manchado, e não existiam mesas. A madeira brilhava, confirmando o fato de discutirem assuntos sérios ali. Deslizei para um banco ao lado de soldados que não reconheci. Espalhados pela multidão, vi alguns rostos conhecidos: Spence, Tully e Morrow, mas não Thornton... E me perguntei se ele estava de luto pelo filho perdido.

A coronel estava de pé na frente, falando com o mesmo grupo que havia concordado em deixá-la mandar homens para Salvação. Junto com todos, esperei para ver qual era o veredito. Eu não conseguia entender a conversa daquela distância, embora pudesse ver que ainda estavam falando. O fato de continuarem a conversa significava que eu tinha motivo para ter esperança de um resultado positivo.

Depois de o salão se encher, dois homens fecharam as portas e, então, trancaram-nas. Eles levavam a pontualidade a sério em Soldier's Pond. Em seguida, a coronel iniciou a reunião dando uma pancada na mesa com um pequeno martelo de madeira. A multidão ficou em silêncio no mesmo instante, virou-se com expectativa para frente enquanto o conselho se sentava em seus lugares. Assim que todos estavam acomodados, a coronel se inclinou avançando o corpo.

– Foi feita uma moção para permitir que esse pessoal fique como residentes permanentes.

Em Salvação, as pessoas já estariam gritando objeções ou apoio, mas o salão permaneceu calmo e ordenado. A Coronel Park continuou:

– Eu agora inicio oficialmente esta reunião para apresentar nossa decisão. Sr. Walls, pode fazer as honras?

O homem grisalho de que eu me lembrava da primeira reunião de emergência se levantou.

– Sim, coronel.

Ele então se dirigiu à plateia.

– Depois de um extenso debate, decidimos oferecer cidadania provisória para todas as famílias dispostas a cumprirem com os termos, que são os seguintes. Um membro da família, homem ou mulher, deve ser voluntário para o exército e passar pelo treinamento básico, e depois assumir seu lugar na lista de trabalhos ativos. O resto, então, fica livre para adotar funções de apoio na cidade.

Embora eu não tivesse certeza, aquilo se parecia com entrar para a guarda de Salvação. Pelo que eu tinha visto do programa de treinamento ali, seria mais rigoroso; eles levavam a defesa e a disciplina a sério. Uma função de apoio deveria ser a de alguém que ajudava os soldados no seu dever, provavelmente fazendo sapatos, botas e uniformes. Então, isso significava que, se Rex ou eu se voluntariasse, os Oaks poderiam ficar ali a salvo. Bem. Relativamente falando. Alguém tão inteligente quanto a coronel devia entender a gravidade da ameaça. Seus patrulheiros eram bons, ou Perseguidor não estaria andando com eles. Ele tinha pouca paciência para incompetentes.

– Alguma pergunta? – a coronel falou. – Objeções?

Eu esperava uma avalanche de reclamações, mas os homens e as mulheres no salão apenas assentiram, concordando com a decisão. De certa forma, fazia sentido permitir sangue novo, mas uma decisão favorável nunca teria sido alcançada no enclave. Os recursos, no entanto, não eram tão apertados no Topo, então Soldier's Pond tinha condições de ser mais generosa em seus termos; e ainda recebia o benefício do influxo de novas caras. Aquela regra aumentava o tamanho da força de defesa deles.

Tully e Spence cochicharam entre si, embora eu não tivesse certeza de como eles se sentiam com o veredito. Morrow me observava e, quando olhei para ele, tocou na testa com dois dedos me cumprimentando. O gesto me fez sentir a falta de Improvável. Quando a reunião acabou oficialmente, fui a passos largos até a frente do salão, minha decisão tomada.

– Eu vou me voluntariar pela família Oaks.

A coronel franziu as sobrancelhas para mim.

– Quantos anos você tem?

– Dezesseis.

Ela suspirou e fez que não.

– Embora eu admire seu entusiasmo, você não tem idade suficiente, Dois. Exigimos que os menores de idade façam 18 anos antes de poderem ser voluntários.

O horror me varreu.

– Tenho treinado desde que consigo segurar uma adaga, senhora, e, de onde eu venho, as pessoas são consideradas adultas com 15 anos. Você não pode abrir uma exceção desta vez?

– Sinto muito. Respeito sua coragem, mas um adulto da sua família tem que cumprir o requisito. Venha me ver em dois anos.

Seria tarde demais. Mamãe Oaks podia ser forte e se recuperar rápido, mas, se Rex morresse servindo a cidade, não lhe sobraria nenhum filho. Eu não achava que ela fosse suportar e, mesmo que aguentasse, não devia ter de passar por isso. Edmund provavelmente não conseguiria cumprir o treinamento básico; eu reparara na forma lenta como ele se mexia de manhã, como se suas articulações lhe causassem dor, e as costas dele não eram as melhores depois de longos anos curvado sobre sua mesa de trabalho.

– E quanto aos feridos? – perguntei. – Alguns deles não têm família sobrevivente.

– Se não puderem se recuperar o bastante para servir, então têm que ir embora – a coronel disse. – Não temos como manter aqueles que não podem dar nada em troca.

Então, eles não eram totalmente diferentes do enclave ali. Apenas tinham recursos que permitiam uma fachada de gentileza, mas, no fim, o resultado não era muito distinto.

– Quanto tempo você vai dar para que eles se curem antes de mandá-los embora?

A coronel pareceu surpresa.

– Nós discutimos o assunto, e um mês parece justo. Então, vamos avaliar todos em 30 dias.

Eu tinha de admitir que era razoável. Se um paciente não estivesse de pé e em condições de lutar depois de todo esse tempo, era improvável ele um dia estar. Mandar os feridos para fora era o mesmo que uma sentença de morte, mas isso não era problema da coronel. Ela tinha de cuidar do bem-estar dos seus cidadãos em primeiro lugar. Eu entendia isso bem o bastante.

– E para quem está saudável? Se não tiverem ninguém para lutar por eles, quanto tempo até você pedir que sigam em frente?

– Nunca houve um limite de tempo estabelecido para comerciantes ou visitantes – a coronel disse. – Mas não teriam direitos de cidadãos.

– O que isso significa?

– Significa que eles precisam arrumar um jeito de ganhar sua comida e seu abrigo, e damos prioridade a negócios gerenciados por aqueles que têm alguém no exército.

Então os Oaks podiam ficar, mas não havia garantia de que alguém compraria na loja de Edmund. Com um suspiro leve, virei-me e andei na direção da saída. Os outros tinham, na sua maioria, deixado o salão; andavam de lá para cá discutindo a decisão em voz baixa. No geral, a reação parecia de aprovação. Parei de repente quando percebi que minha família estava esperando logo fora das portas.

– Você já se voluntariou por nós – Mamãe Oaks disse, com um toque de raiva.

O fracasso me doeu.

– Tentei. Não me aceitam. Disseram que não tenho idade suficiente.

Nunca me ocorreu que haveria uma idade arbitrária que me qualificaria como velha o bastante para lutar, já que estava fazendo isso havia anos. A exigência da escola em Salvação poderia ter me dado uma dica, mas, lá, o número mágico era 16, e eu o alcançara. Queria ter sabido da regra antes; para ajudar minha família, eu teria mentido. A frustração me inundou.

"Tarde demais."

– Você não tem – Edmund concordou.

Antes de eu poder protestar, Rex disse:

– Eu vou.

Perguntei-me se os pais notaram o desespero nos olhos dele. Ele não estava se oferecendo para que tivessem um lugar onde ficar. A perda de Ruth o corroía, fazendo com que simplesmente não se importasse com as consequências. Aquilo não podia acontecer.

Mamãe Oaks fez que não.

– De forma alguma. Já perdi um filho.

– Então, descansamos um pouco e juntamos suprimentos.

Edmund deu um olhar alegre e determinado.

– Depois, vamos em frente. Deve haver um assentamento que não exija serviço militar. É apenas uma questão de encontrarmos um que seja adequado para nós.

Dada a distância entre as cidades e o perigo do território, eu não tinha certeza de que seria tão simples assim. Mas, pela forma como Mamãe Oaks se animou, pude ver que as palavras de Edmund tiveram o efeito desejado. E eu não conseguia me forçar a chutar terra na fogueira de esperança deles.

Então, propus:

– Posso verificar os mapas. Improvável tem anotações sobre todas as cidades e os assentamentos nas rotas de comércio.

Edmund suspirou.

– Eu queria ter prestado mais atenção nas histórias dele, mas o resto de nós não tinha permissão para viajar, mesmo que quiséssemos. Então, pareceu melhor não me permitir a curiosidade.

Porém, eu havia notado que ele possuía uma ânsia secreta por conhecer mais do mundo que não tinha podido explorar, porque me fazia todo tipo de questionamento quando eu saía em patrulha. Perguntei-me se Edmund já tinha se sentido preso por sua vida em Salvação. Não o suficiente para querer que ela acabasse daquele jeito, eu imaginava.

– Não se preocupe – Rex falou. – Vamos encontrar algum local para ficarmos. Este é bom o bastante, mas talvez não seja o nosso lugar.

Concordei.

– Se eles não conseguem ver que sou capaz de lutar, não merecem minhas adagas.

– Eles não a conhecem – Mamãe Oaks disse. – Como nós, eles só entendem o que a vida lhes mostrou. E posso apostar que não há ninguém como você aqui.

Pelo sorriso que ela estava dando, pareceu um elogio.

Acomodações

Spence abandonou sua conversa com Tully quando viu que tínhamos terminado de discutir nossas opções.

– Se vierem comigo, vou mostrar o alojamento temporário destinado para vocês.

– Vocês têm casas vazias? – Edmund perguntou.

Era interessante, já que Salvação havia chegado a um ponto em que a terra dentro dos muros era caríssima. Alguns falavam que as famílias teriam de começar a morar juntas na geração seguinte. Isso nunca aconteceria agora, é claro. A tristeza se acomodou no meu estômago como um caroço de pedra; tantas pessoas haviam morrido. Eu via pouquíssimos rostos conhecidos em Soldier's Pond.

– Houve uma epidemia no inverno passado. Perdemos mais homens para ela do que para os Mutantes.

– Como é possível? – Mamãe Oaks questionou.

Se ela não tivesse perguntado, eu teria.

– Temos estoques de armas e munição. Depois de o exército ter recrutado este local, Soldier's Pond virou uma base militar. Eles não esperavam ficar aqui por muito tempo, então juntaram pouco de outras provisões.

– Como remédios – adivinhei.

Spence assentiu.

– Isso deixa a situação difícil. Há sempre muitas pessoas que podem ensinar a lutar. Em outros aspectos...

– Então, parece que gostariam de encontrar artesãos entre vocês, independentemente de nós estarmos dispostos a lutar ou não – Edmund disse no tom mais cortante que eu já ouvira dele.

– Você é ferreiro? – Spence perguntou.

Ele fez que não.

– Sapateiro. Eu fazia os melhores sapatos e botas em Salvação.

O homem analisou seus pés, cobertos por calçados não tão bons, obviamente.

– Vou falar com Thornton... ele cuida dos bens e suprimentos... e ver se consigo uma dispensa especial para vocês. Políticas sempre têm exceções.

Aquilo também era intrigante. Pelas regras, ele deveria obedecer à coronel, se as coisas funcionassem como deviam. A ideia de Thornton fazer o que queria discretamente, sem prestar atenção nos desejos da líder, tanto me interessava quanto me alarmava. Mas não falei do meu incômodo com aquele mal comportamento.

Mamãe Oaks se animou.

– É muito gentil da sua parte, senhor. Eu sou costureira. Isso ajudaria?

– Não tanto, senhora. Por aqui, por favor.

– Vocês vão – eu, então, falei. – Se conheço a Tegan, ela planeja cuidar dos feridos por toda a noite. Vou ajudar e, quando terminarmos, eu acampo no armazém como antes.

– Descanse um pouco – Edmund alertou e Mamãe Oaks apertou os lábios na minha testa.

Observei o caminho que tomaram caso precisasse encontrá-los depois e esperei na frente do salão até vê-los entrarem em uma casa escura. Em seguida, virei meus passos de volta ao armazém. No escuro, os caminhos entre as construções eram cheios de pedras e sulcos. Alguns deles pareciam os das ruínas, evidência de uma habilidade para construção que não possuíamos mais. O resto das trilhas estava apenas gasto na terra, aplainado pelo uso constante.

– O que você está fazendo aqui? – Tegan perguntou quando eu entrei.

– Dando uma mão.

– Por quê?

– Porque sou sua amiga e me importo com estas pessoas também.

Ela assentiu, seus olhos escuros cheios de tristeza. Como uma boa parte dos nossos voluntários do primeiro dia não voltou, levamos a maior parte da noite para terminar os tratamentos. O jovem guerreiro Morrow veio em algum momento após a meia-noite, com o intuito de ajudar. Tegan o colocou para trabalhar de imediato, virando os homens que eram muito pesados ou estavam feridos demais para nós conseguirmos sozinhas. De manhã, quatro dos nossos pacientes tinham morrido. Tegan chorou depois do primeiro; quando o terceiro parou de respirar, ela estava pálida e com os olhos secos, o que me preocupou.

– Não sei onde as famílias deles estão – ela falou sem emoção. – Ou que tipo de ritos funerários eles preferiam em Salvação.

– Eles eram religiosos – Morrow disse. – Não permitiam visitantes, ou eu saberia mais. Não tenho certeza se o líder religioso deles sobreviveu. Posso sair perguntando... e, se não, nosso capelão poderia dizer algumas palavras.

Ele hesitou, depois continuou:

– Eles não podem ficar com os vivos. Vai aumentar o risco de infecção.

Tegan foi ríspida:

– Sei disso. Vá em frente.

Pela primeira vez, entendi por que as pessoas sempre me diziam que eu era nova demais para lutar. Ao olhar para a minha amiga, pensei a mesma coisa. Alguém mais velho devia ter tirado aquele fardo das costas dela, ela não devia estar sofrendo daquele jeito. Porém, sem o Doutor Tuttle, Tegan era o mais parecido com um médico que aquelas pessoas tinham e não iria abandoná-las. Eu também não a deixaria lidar com aquilo sozinha. Morrow retirou os corpos com cuidado, isso eu devo dizer. Não os tratou como desconhecidos mortos. O tom agressivo, então, se suavizou um pouco.

– Obrigada – ela murmurou quando ele voltou pela última vez.

Morrow apenas assentiu.

– Precisamos dormir – eu afirmei então. – Os curativos todos foram trocados e você não vai ser útil para ninguém se cair no sono no meio do tratamento.

Com um aceno relutante de cabeça, ela concordou.

Aquele foi o ritmo definido para a semana seguinte. Eu quase nunca tinha estado tão cansada na minha vida, já que saía do armazém apenas para me limpar e comer e depois voltava direto. Sentia a maior satisfação do mundo quando nossos pacientes melhoravam o bastante para se locomoverem, cuidarem das próprias necessidades e irem ao refeitório em vez de abrirem as bocas para tomar o caldo como filhotes de pássaros. Eu vi Perseguidor e Vago poucas vezes. Ao final de dez dias, mais da metade das vítimas havia se curado, e 14, morrido. Naquele momento, restavam oito, entre elas o Harry Carter. Eu não tinha certeza de que ele sobreviveria. Seus ferimentos eram graves e, sem a família, ele não parecia se importar muito em melhorar.

Eu estava exausta e meu corpo todo doía quando saí cambaleante do armazém para comer. Já fazia mais de uma semana que eu não dormia em outro lugar além do chão, e ainda mais tempo que não me sentia descansada. Tegan devia estar tão mal quanto eu, mas tinha mais firmeza para aquele tipo de sofrimento. Com a minha própria dor eu podia lidar. Tinha aprendido a tolerá-la, afastá-la e continuar lutando. Nunca aprendera como lidar com a angústia das pessoas que estava ajudando. Talvez melhorasse nisso. Com oito pacientes ainda, não levaria muito mais tempo. E, então, o incêndio de Salvação seria apenas uma noite terrível que pertenceria à memória dos sobreviventes.

Colidi com Vago quando me virei em direção ao refeitório. As mãos dele vieram até os meus ombros em reflexo para me impedir de cair. Por instinto, esperei a mesma retração, mas estava cansada demais para me importar. Surpreendentemente, as mãos dele se demoraram depois de eu já estar estável.

– Você parece exausta – ele disse.

– Tem sido difícil – admiti.

Vago passou a me acompanhar. Esperei que ainda estivessem distribuindo comida, já que não havia outra opção para os refugiados. Dentro do prédio, havia uma pequena fila e o homem que servia, impaciente, estava oferecendo sopa com uma concha; mais à frente, peguei um pouco de pão velho. A comida não era boa, mas eu já comera coisa muito pior na estrada e no subsolo. Vago pegou sua refeição e me seguiu até a mesa.

– O que você tem feito? – perguntei.

– Ajudado Edmund.

Imaginei que eu saberia se tivesse visitado a oficina. As notícias tinham chegado até mim; quando os pacientes iam caminhar e depois voltavam mancando para o armazém, traziam informações sobre a cidade. Então, sabia que Spence tinha cumprido sua promessa de conseguir uma exceção para a minha família, e Edmund estava trabalhando pesado, curtindo couro e fazendo botas. Havia um pouco de material à mão e Edmund tinha a habilidade de fazer mais com as peles que as patrulhas traziam. Diferente do deles, o couro de Edmund era de alta qualidade e supermacio. Alguém ali sabia os rudimentos do ofício de sapateiro, mas o seu trabalho era de baixa qualidade. Porém, depois que os soldados estivessem equipados com peças melhores, eu temia que pedissem que minha família seguisse em frente.

– Por quanto tempo você acha que vamos ficar?

Vago deu de ombros.

– Não parece um lar, mas Salvação também não parecia. Estou acostumado a tirar o melhor proveito das coisas.

– O que *faz* um lugar parecer um lar?

– Você – ele disse baixinho.

– Então, você não se sentia em casa no enclave até me conhecer?

– Nunca me senti, lá. Mas você melhorou a situação.

Ele, então, mudou de assunto.

– Já viu bastante de Soldier's Pond?

– Basicamente o hospital de campanha.

Era como os soldados chamavam.

– E o refeitório, é claro. Estou extremamente familiarizada com o terreno entre os dois.

– Se achar que Tegan pode dar conta por um tempo, eu poderia mostrar a cidade para você.

– Eu gostaria disso... e acho que ela consegue. Só sobraram oito pessoas.

– Isso é bom ou ruim?

– Na maior parte, bom. Mas perdemos muitos pacientes, e Tegan está sofrendo bastante.

Ele assentiu.

– Ela acha que o Doutor Tuttle faria um trabalho melhor se estivesse aqui, porque não terminou seu treinamento com ele – falou.

– Ele podia conhecer tratamentos, mas com certeza não se importava mais do que ela.

Acabei minha refeição e, então, disse:

– Deixe-me falar com ela, para não ficar preocupada.

– Ela já comeu?

– Eu sempre a mando primeiro. Ela não sai se eu não obrigar.

– Então, vamos – ele falou.

Como tinha Vago ao meu lado, apesar do cansaço, corri pela distância até o armazém e entrei depressa. Naquele dia, não cheirava tanto a feridas pútridas, mais a antisséptico. O aroma de sangue havia se dissipado dias antes. Duas das camas improvisadas encontravam-se vazias e, assim, esperei que significasse que as pessoas estavam se locomovendo, não mortas. Não perguntei, já que Tegan não estava chorando; decidi presumir o melhor.

Na verdade, ela sorriu quando me viu entrar, Vago atrás de mim.

– Deixe-me adivinhar, você quer uma folga.

– Só um pouco. Você vai ficar bem?

– É claro. Você tem ajudado mais do que eu poderia pedir. Vá.

Ela fez um gesto com as mãos me dispensando.

Dessa vez, eu acreditei nela. Ao pisarmos do lado de fora, Vago me fez parar com um olhar. Quando tinha certeza de eu estar prestando atenção, estendeu a mão e enlaçou nossos dedos. O calor subiu espiralando da minha mão até o antebraço, mas eu estava com medo de me mexer, com medo de estar sonhando. Podia perceber a diferença nas pontas dos seus dedos, novos calos por trabalhar com Edmund. Ele esfregou o polegar nas costas da minha mão e eu estremeci de prazer.

– Está melhor? – perguntei ofegando.

– Não totalmente. Mas tenho feito o que você sugeriu, pensando nos momentos felizes quando a coisa fica ruim. Não gosto de ser agarrado de surpresa...

Pela expressão dele, aquilo era horrível.

– Mas eu... consigo lidar se for eu quem toca, e é ainda mais fácil com você.

– As memórias vão sumir.

Passei mais segurança do que sentia, mas parecia uma aposta razoável. Afinal, eu não me lembrava muito de passar fome quando pirralha, mas, durante os momentos difíceis, todos nós comíamos menos do que queríamos. O tempo dava um jeito de aparar as arestas.

– Imagino que você esteja certa – ele disse, surpreendendo-me.

Ele me levou na direção do portão da cidade; aparentemente, iríamos começar a explorar desde o início. À luz do dia, as coisas pareciam ainda mais ameaçadoras. Eu teria podido adivinhar que uma força militar era responsável por aquele assentamento mesmo que ninguém tivesse me dito. Das fortificações às defesas escondidas, Soldier's Pond parecia mais pronta para a guerra do que Salvação, apesar da falta de muros de madeira. Na minha mente, agora que as Aberrações tinham fogo, poderia ser uma vantagem. Enterradas na grama para além do portão, tive um vislumbre de contramedidas defensivas: saliências nada naturais no chão e buracos escondidos, suportes de fios, enrolados em dispositivos que eu não conseguia identificar.

A distância, ouvi cantoria, mas não consegui definir a fonte até um grupo de homens, todos vestidos uniformemente de verde, passar em uma corridinha. Fiquei impressionada com a cadência combinada dos passos deles, a maneira como as palavras repetidas vinham em perfeita harmonia. No mesmo instante, entendi o valor de tal treinamento; não apenas eles estavam fortalecendo seus corpos, mas a cantoria os acostumava ao ritmo uns dos outros, o que resultaria em uma sincronia de combate melhor.

Vago seguiu meu olhar.

– Quer correr com eles?

– Eles vão deixar?

– Oficialmente? Não. Mas também não vão interromper o passo para nos expulsar.

– Então, vamos.

Conforme os soldados se aproximaram, entrei no ritmo com eles. Fiz meu *tour* da cidade enquanto seguia em uma corridinha e observei tudo: as casas eram no máximo funcionais e algumas possuíam um visual estranho, como se não tivessem sido construídas por humanos. Os cortes eram perfeitos demais, e eu não fazia ideia de como uma pessoa podia construir alguma coisa com folhas de metal. Aqui e ali estavam os restos enferrujados de velhos maquinários, alguns dos quais já tinham sido carroças automatizadas, mas não se mexiam mais. A cidade toda era contornada com cercas abertas de aço, então era possível enxergar através delas e depois havia arame com espetos pelo topo. Eu imaginava que seria difícil de escalar, difícil de passar pela parte de cima, e ela também não queimaria. Havia oito torres de vigia fixadas ao longo do perímetro e, pelo que eu podia ver, os homens de plantão estavam totalmente alertas, passando os olhos pelo horizonte à procura de sinais de que o problema de Salvação tinha nos seguido.

Só aprendi a letra da cantoria de corrida na nossa terceira volta pela cidade. Àquela altura, eu a estava cantando juntamente com todos os outros. Ficava feliz por estar acompanhando o ritmo de soldados adultos, mesmo com o horário longo que eu dedicava ao hospital de campanha. Quando terminamos, eu estava suada, mas brilhando de orgulho. Vago mostrava-se mais ou menos igual quando passamos pelo que o líder chamou de exercícios para esfriar; na maior parte, eram alongamentos, flexões, curvaturas e caminhadas, mas ele estava certo. Era mais agradável quando se parava aos poucos.

– Tem certeza de que não quer entrar? – o líder perguntou a Vago. – Você é um recruta natural.

Ele fez que não.

– Não, obrigado. A Dois ainda não tem idade suficiente.

A expressão do homem fechou.

– Pense na resposta, filho. Seus 30 dias vão acabar em duas semanas. O que planeja fazer então?

Com atraso, percebi o que aquilo significava. Vago devia ter 18 anos, ou estar perto disso. Eu suspeitava de que ele não tivesse certeza do dia da sua nomeação, já que os anciãos haviam suposto a data lá no subsolo. Porém, com base na aparência e bravura dele, aqueles soldados estavam dispostos a acreditar nele sem provas.

Engoli em seco.

– Se você quiser se inscrever e fazer o treinamento deles, eu entendo.

– Você está louca se acha que um dia vou abandoná-la.

"Não foi o que você falou antes." Eu devo ter dito isso com meus olhos, já que nunca o faria em voz alta, porque ele percebeu minha dor com um olhar arrependido.

– Eu não estava pensando direito – ele disse baixinho. – Você não faz ideia do quanto eu me arrependo por tê-la machucado, do quanto eu queria poder retirar o que eu disse. Fico grato por você não ter ouvido.

Era assustador o tanto que ele me deixava feliz com um mero punhado de palavras, mas meu coração, pássaro estúpido que era, saiu cantando.

Rasgado

Antes de voltar ao hospital de campanha, tomei um banho rápido, havia instalações privativas para homens e mulheres. Eu tinha perguntado como eles conseguiram aquilo e recebi uma explicação sobre água da chuva, cisternas e gravidade. Para mim, simplesmente significava que eu podia puxar uma alavanca e um fluxo leve de água caía sobre a minha cabeça enquanto eu ficava parada em um pequeno espaço. Era parecido com o que tinha no subsolo, mas a água era quente em Soldier's Pond. Eles usavam o sol para esquentá-la de alguma forma.

O banho foi delicioso, mas não demorei. Depois eu me vesti e voltei correndo. Encontrei Tegan com seis pacientes, um dos quais era Harry Carter. As duas outras camas improvisadas tinham sido enroladas e empilhadas para lavar. Como Tegan estava sorrindo, entendi isso como uma boa notícia.

– Eles se recuperaram?

– O suficiente para decidirem ir embora – ela respondeu.

Seu olhar passou pelo meu cabelo molhado, as roupas ainda colando em minha pele úmida porque eu não tinha tirado tempo para me secar adequadamente.

– Você se importa se eu for até a sala de banho também?

Já fazia tempo o bastante que ela precisava desesperadamente se limpar, mas eu não quis dizer algo como "saia daqui logo, Tegan, você está fedendo".

– Posso me virar – falei.

Como eu já havia cuidado de uma quantidade três vezes maior de pessoas, não muito tempo antes, e não tínhamos nenhum tratamento a fazer por um período, deveria ser fácil. Por ora, eu estava satisfeita: barriga cheia, músculos agradavelmente soltos por causa da corrida com Vago, e sentindo-me secretamente feliz por conta dos momentos depois daquilo.

Embora a situação pudesse ficar terrível de novo em pouco tempo, naquele instante tudo parecia bem. Ou tanto quanto poderia estar, levando-se em consideração o que acontecera em Salvação.

Após Tegan sair, eu me acomodei no meio do armazém, para poder ouvir se alguém me chamasse. Às vezes, os pacientes precisavam de água ou tinham uma coceira onde não conseguiam alcançar. No começo, tudo ficou quieto, e então um sussurro se espalhou por toda parte e chegou até mim. Era um fiapo de som, meu nome murmurado em lábios secos. Levei o jarro d'água e sua concha comigo, esperando que Harry Carter quisesse beber. Porém, quando me acomodei ao lado dele, ele abriu os olhos. Seu rosto estava terrível e afundado, o que Tegan dizia que era ruim.

– Por que ainda estou vivo? – ele perguntou.

Era uma pergunta horrível, e eu inventei uma resposta:

– Porque você ainda tem trabalho a fazer.

– Você acredita de verdade que vou me recuperar o bastante para ser útil a alguém?

Ignorei as palavras amargas e bravas. Estávamos mantendo as feridas dele limpas, então verifiquei de novo. Ele deveria estar melhorando mais do que estava. Descobri que as mordidas tinham começado a infeccionar – de novo –, o que significava que precisavam ser abertas e limpas. Eu odiava aquela parte do trabalho. Puxando o fôlego para me preparar, peguei uma das facas de Tegan e a tratei com antisséptico como a vira fazer. Quando voltei, Harry se mexeu para longe de mim, o horror em seu olhar.

– Não faça isso. Não de novo. Nunca vou ficar inteiro. Apenas... deixe que eu parta. Melhor ainda, mate-me. Seria misericórdia. Por favor, Dois.

Era insuportável ouvir um homem forte como ele implorar e, por alguns segundos, fiquei tentada. A Caçadora dentro de mim queria dar a Harry o final que ele desejava já que lhe havia sido negada a morte de um guerreiro. Mas a menina dentro de mim fez que não veementemente. "Tegan nunca vai voltar a confiar em você se o machucar." Meus dedos tremeram na faca enquanto instintos diferentes lutavam em meu interior.

Delicada, falei:

– Não vou fazer isso, Harry Carter. Você pode ter perdido sua família, mas salvou uma boa parte da cidade. Ouvi dizer que lutou com uma fúria demoníaca, mantendo as Aberrações longe da casa dos Bigwater para outras pessoas poderem escapar.

– Isso acabou. Nunca vou segurar um rifle de novo.

– Isso é mentira – falei para ele. – Você sofreu a maior parte das feridas em outros lugares. Se simplesmente decidir melhorar, pode sair deste lugar e se vingar daqueles monstros.

A réplica dele estava afiada de amargura.

– "Não vos vingueis a vós mesmos, amados, mas dai lugar à ira, porque está escrito: Minha é a vingança; eu recompensarei, diz o Senhor."

Reconheci a citação como sendo do livro antigo que Caroline Bigwater tinha o costume de carregar.

– Não quero dar incentivo para você pecar, Sr. Carter, mas, se fosse eu, iria querer sangue em pagamento daqueles Mutantes, não a palavra de um homem que mora nas nuvens.

– Então, você não será misericordiosa? – ele perguntou, em voz baixa.

A Caçadora em mim protestou, "não é assim que eu quero terminar meus dias". Mas eu a ignorei.

– Não – falei. – E o que estou prestes a fazer pode parecer cruel.

Minhas mãos estavam limpas; minha faca, também. Com cuidado nas pontas dos dedos, contornei os cantos fofos da primeira mordida. Sim, estava quente e inchada, já se enchendo de pus de novo. Ele gritou quando abri a ferida e berrou mais enquanto eu a banhava e limpava. Os outros pacientes gritaram palavras para encorajá-lo conforme eu trabalhava, provavelmente esperando diminuir sua dor. Harry Carter era um homem forte, mas desmaiou quando cheguei à quarta lesão, o que foi uma bênção. Terminei minha tarefa depressa e, depois, enfaixei as áreas afetadas. Quando Tegan voltou, eu estava tremendo.

"Ser curandeira é mais difícil do que ser Caçadora."

– O que aconteceu? – ela questionou.

Não compartilhei com ela o que Harry me pedira para fazer. Em vez disso, fiz um gesto para seus curativos novos.

– Tive que o abrir de novo.

A expressão fechada dela se suavizou.

– Pobre homem.

– Espero que seja a última vez. Estou começando a me sentir má por fazer isso com ele.

Ela assentiu.

– Nunca tratei tantas mordidas de Aberrações antes, pelos menos não na mesma pessoa. É quase como se a boca delas fosse venenosa.

Eu a encarei, perguntando-me se era possível.

– Elas são?

– Preciso de mais informações. Tenho tratado como se fosse uma infecção, mas tão poucas pessoas sobrevivem a um ataque, ainda menos delas vivem depois de sofrer feridas como as do Sr. Carter. Queria que o Doutor estivesse aqui.

– Ele também não saberia o que fazer – falei, mas, pela expressão dela, aquilo não a consolava, então me calei.

– Fique com ele – ela ordenou.

Sentei-me de pernas cruzadas no chão, de olho no Sr. Carter. Pelo menos, os outros cinco tinham voltado a dormir, já que estavam todos se curando, até onde eu conseguia ver. Para mim, a recuperação daquele homem havia se tornado uma batalha pessoal. Ele *tinha* de melhorar; era um sinal do que viria no futuro. Enquanto eu observava, Tegan foi até sua bolsa e tirou alguns frascos tampados. Cada um continha ervas secas e esmagadas, e ela murmurou algo para si mesma à medida que colocava uma chaleira no fogo, acrescentava água e depois pitadas disto e daquilo. A mistura resultante tinha um odor realmente repulsivo.

– É para ele beber isso?

Ela fez que não.

– Vou despejar nas mordidas.

– O que é isso?

– Não faço ideia. Estou combinando ingredientes que o Doutor me disse que são bons para várias coisas; febre, picada de abelha, picada de cobra, dor, inchaço. Talvez piore a situação, mas preciso tentar.

Analisei Carter e não achei que fosse possível deixá-lo mais doente. Ele já estava implorando pela morte.

– Deveríamos fazer isso antes de as feridas se fecharem e termos que machucá-lo de novo.

– Foi exatamente o que eu pensei. Precisa esfriar um pouco primeiro, ou vai queimá-lo.

Isso levou um tempo. Porém, foi uma gentileza Carter não acordar enquanto ensopávamos seus ferimentos e os enfaixávamos de novo. Era cedo demais para dizer se tinha ajudado, mas eu gostava de estarmos tentando algo novo, não apenas repetindo os esforços anteriores e esperando pelo melhor. Eu o fiz beber um pouco d'água de uma colher e imaginei que era tudo que poderia fazer naquela noite.

Tegan sentou encostada para trás com um suspiro cansado.

– Agora vamos esperar e ver.

Porém, de manhã, nós vimos uma grande evolução. O tom da pele dele estava melhor – com brilho e corado – em vez do cinza pálido que marcava um homem para morrer. Tegan me abraçou, e eu a apertei de volta, embora não tivesse feito nada além de ficar por perto. Fomos rápidas nos nossos rituais da manhã, a limpeza e os cuidados. Pelo menos, não tínhamos mais de alimentar os pacientes; todos estavam bem o bastante para segurar uma xícara ou uma colher.

Os olhos de Carter estavam penetrantes e alertas quando lhe entreguei uma caneca de caldo. Com minha ajuda, ele se esforçou para se sentar pela primeira vez desde que chegamos a Soldier's Pond. Tomei aquilo como uma vitória pessoal. As mãos dele tremiam, mas engoliu o caldo todo.

– Mais? – ele pediu.

Eu enchi de novo a caneca.

– Decidiu viver, não é?

– Está óbvio que vocês não vão me deixar morrer, então é melhor eu parar de me fazer de doente e voltar à luta.

Na sua expressão silenciosa, vi gratidão.

– Agradeça à Tegan – falei. – Ela é a médica, não eu.

Eu me sentia incrivelmente orgulhosa dela. Sem a ajuda de ninguém, ela criara um tratamento de sucesso para mordidas de Aberrações. Eu esperava que se lembrasse das proporções exatas do remédio porque tinha a sensação de que precisaríamos daquele extrato de novo em um futuro próximo. As Aberrações não haviam desistido, apenas não tinham chegado a Soldier's Pond ainda. Então, isso significava que aquele momento era, no máximo, uma calmaria antes do pior da tempestade.

Parte de mim se sentia ansiosa e inquieta. Deveríamos estar montando planos de batalha, mas eu não tinha lugar em tais preparativos. Ali, eu nem possuía idade suficiente para entrar no exército. Mais uma vez, havia sido relegada ao nível de criança, independentemente do que podia oferecer. Não me arrependia do tempo que passara cuidando das pessoas, mas minhas habilidades combinavam melhor com lutar contra o inimigo.

Carter pareceu adivinhar meu humor e sua expressão se fechou.

– Não se preocupe. Eu vou estar na linha de frente quando chegar a hora.

– Isso significa muito para mim.

Eu não estava brincando. Se não podia ter Improvável, então Harry Carter era o segundo melhor. Ele era o herói de Salvação, e eu não tinha dúvidas de que, assim que recuperasse a saúde, seria uma força poderosa na guerra contra as Aberrações. Ele estava com uma expressão determinada, tão focado na recuperação quanto estivera no desespero. Se aquelas feras não fossem monstros assustadores, eu teria pena delas.

– Não quero ser grosseira – Tegan disse então. – Mas não está na hora de você voltar para a sua família? Agradeço pela ajuda e tudo mais, mas posso cuidar destes pacientes sozinha.

– Você está me dispensando?

– Acredito que sim.

– Vou passar por aqui amanhã para ver como você está – falei para Carter.

Ele assentiu.

– Esperarei por isso. Talvez eu até esteja forte o bastante para fazer minha próxima refeição no refeitório de que tenho ouvido falar tanto. Embora eu ainda diga que comida feita em um lugar com esse nome não pode ser muito gostosa.

Eu sorri.

– Você não está errado.

Apesar de Vago não ter me mostrado o caminho para a oficina de Edmund, segui meu olfato. Curtir couro criava um cheiro inconfundível, então foi bastante fácil localizar. A oficina ficava perto da casa designada para eles, mais perto do que fora em Salvação. Entrei nela, inalando os odores conhecidos. O processo de criar couro a partir de peles era fétido, mas o produto final cheirava melhor. Edmund estava atrás de um balcão improvisado, verificando medidas antes de cortar uma sola. Barulhos no fundo diziam que Vago e talvez Rex estavam lá também.

– Está se adaptando bem? – perguntei.

Uma alegria genuína apareceu no rosto do meu pai. Ele contornou o balcão para me abraçar. Eu nunca fora tocada tanto e com tanta facilidade e estava me ajustando à ideia de que isso não precisava significar fraqueza. Ainda assim, eu o abracei de volta, adorando minha habilidade de ser uma menina, não apenas uma Caçadora. Estava meio atrasada em alguns aspectos e queria corrigir isso.

– Já terminou na enfermaria? – ele perguntou.

Assenti.

– Tegan me mandou embora. Ela achava que vocês poderiam estar sentindo minha falta.

– Você não faz ideia – Edmund declarou. – Sua mãe está doente de preocupação, então eu tomaria como um favor pessoal se você fosse tranquilizá-la.

– O que ela achou que iria acontecer comigo, trabalhando com os feridos? – questionei, confusa.

– Você poderia pegar alguma doença ou uma infecção ou ser machucada por um homem delirante...

– Então, ela está inventando motivos para se preocupar e não ter que se concentrar no problema de verdade.

Calmo, Edmund assentiu.

– Vá ver sua mãe, por favor.

– Tudo bem se eu falar com Vago e Rex antes?

Fiz um gesto para a sala dos fundos.

– Vá em frente. Só não demore muito.

Eu podia perceber, pelos olhos apertados dele, que estava insinuando sobre pegar fogo, e suspirei.

Com Rex na sala, era improvável eu me jogar em Vago, mesmo se ele conseguisse suportar que eu o fizesse. Apesar de eu querer, nós ainda não estávamos de volta ao nosso antigo *status*. Apenas assenti enquanto passava por Edmund, contornava o balcão e entrava na sala mal iluminada onde todos os materiais eram reunidos. Vago estava espalhando alguma coisa com um cheiro horrível em uma pele esticada enquanto Rex cuidava de outra parte do processo. Os dois levantaram o olhar quando cheguei, e Vago até sorriu.

– Veio admirar meu trabalho? – ele provocou.

Fingi observar o trabalho e depois ofereci uma crítica claramente falsa, já que não fazia ideia do que eles estavam fazendo ou se estava bem feito. Rex riu, o que era a minha intenção. Era bom ver meu irmão de criação se dando bem com Vago. Conversamos um pouco, mas não podia me demorar, já que eles tinham trabalho a fazer, e eu precisava tranquilizar minha mãe mostrando que estava entre os vivos, apesar dos seus medos.

Com um aceno para Edmund, saí depressa da oficina. Embora estivesse escuro no dia em que os vi entrar na sua casa, encontrei-a sem problemas. Era menor do que a casa de Salvação, apenas um aposento cheio de camas, na verdade, e elas também eram estranhas, empilhadas umas sobre as outras, de forma que não havia nenhuma privacidade. Encontrei Mamãe Oaks varrendo um chão que não precisava. Lá, ela não tinha onde cozinhar, havia deixado seu amado cão para trás e os soldados não pareciam dar valor ao seu trabalho. Se pararmos para pensar bem a respeito, nossas circunstâncias eram parecidas.

Porém, ela se animou quando me viu.

– Estou tão feliz por você estar aqui.

Poucas pessoas haviam dito isso para mim com sinceridade. Além de Vago, não conseguia pensar em ninguém que me tratasse com tanta dedicação. Mamãe Oaks me amava de verdade, mesmo quando eu era difícil para ela entender.

– Este lugar é estranho – falei.

No máximo, era um abrigo. Com certeza havia casas normais, onde as famílias cozinhavam suas refeições e se juntavam na sala de estar para compartilhar histórias. Eu as vira salpicadas aqui e ali, mas minha família tinha recebido aquela. Porém, refugiados não tinham direitos e nenhum motivo para esperarem algo melhor.

No entanto, minha mãe não mostrou nem um toque de insatisfação.

– Fiquei sabendo que costumava abrigar soldados que não tinham família, mas muitas pessoas morreram de febre no último inverno e os Mutantes pegaram as outras. Então, estava vazia, esperando por nós.

Ela abriu um sorriso.

– Não foi uma sorte?

Eu amava tanto aquela mulher que meu coração doía. Queria manter toda a minha família segura e feliz e me machucava muito saber que poderia estar além do meu controle.

Convocação

Fiel à sua palavra, Harry Carter jantou na noite seguinte comigo e com Vago no refeitório. Ele fez caminhadas curtas pela cidade, aumentando sua força, e eu admirava sua determinação. No dia seguinte, um mensageiro veio à oficina quando eu estava lá ajudando. Já que não me deixavam treinar com os homens, tinha de me manter forte de alguma forma, e limpar servia para isso. Aquele soldado era jovem, pouco mais velho do que eu, mas aparentemente com idade para ser voluntário. Ele encarou o trabalho como se nunca tivesse visto pessoas praticarem um ofício antes.

– Precisa de alguma coisa? – Edmund perguntou.

– Fui mandado para buscar a menina e o amigo dela para a coronel.

Eu não conseguia imaginar o motivo, mas limpei as mãos nas coxas e, em seguida, chamei Vago:

– Você pode parar por um minuto?

Ele disse alguma coisa para Rex e, então, saiu para a sala principal.

– O que está acontecendo?

– A coronel precisa de vocês – o mensageiro disse.

Vago deu de ombros.

– Vamos ver o que ela quer.

Os soldados estavam correndo como sempre. Outros treinavam com armas para luta corpo a corpo. Do perímetro, as sentinelas gritavam que tudo estava limpo. A cidade não ficava muito longe, em termos de distância, então o silêncio do inimigo me perturbava. Se Perseguidor não estivesse tão bravo comigo, eu pediria uma atualização sobre a posição da horda; e não era a ira dele que evitava que eu perguntasse, apenas a certeza de que ele resmungaria e se recusaria a responder.

Imaginei que a líder da cidade tivesse um trabalho para nós. Não havia outro motivo para tal convocação. Vago ficou em silêncio até chegarmos ao quartel e depois disse:

– Quão ruim você acha que vai ser?

– Se ela tivesse alguém que pudesse fazer o que quer que seja o trabalho, não precisaria de nós – respondi.

Ele assentiu enquanto passávamos para a sala de administração. Talvez estivesse mais bagunçada do que antes, com documentos e papéis espalhados por toda parte. Havia um mapa enorme disposto em uma mesa desgastada e ele tinha marcadores, distribuídos sem um padrão que eu pudesse identificar, alguns vermelhos, alguns pretos. Morgan pigarreou para chamar a atenção da coronel, e ela conseguiu abrir um sorriso cansado. Aquilo me mostrou que a situação estava péssima. As pessoas no poder só sorriam quando queriam alguma coisa.

– Que bom, vocês receberam minha mensagem. Quanto vocês sabem das nossas preparações?

– Nada – murmurei. – Não me deixaram participar.

– Estamos tentando não envolver uma geração de crianças... Mas talvez não tenhamos escolha mais à frente. Se baixarmos a idade de alistamento, você será a primeira a saber.

Ela parou, olhando para nós de uma maneira que fez Vago se arrepiar.

– Mas posso abrir uma exceção para operações secretas e especiais.

Aquela parecia uma forma sofisticada de quebrar as regras, assim como haviam feito para Edmund, porque precisavam de novas botas. O governo de Soldier's Pond faria o que quisesse e depois inventaria uma explicação para justificar a decisão. Cruzei os braços e esperei, sem revelar nada para ela. Meu silêncio a fez andar pela sala, o que me mostrou que ela estava preocupada. Eu não tinha interesse em ir buscar ajuda, se era isso que ela tinha em mente. Não havia resgatado Salvação, e a tática também não iria funcionar ali. As Aberrações estavam em número muito maior do que nós, simples assim; precisávamos de uma nova estratégia para derrotá-las.

"Mas eu é que não sei o quê."

– O que é isso? – Vago perguntou, quando ficou claro que eu manteria silêncio.

– Operações especiais são iniciativas tomadas pelo bem da cidade, mas não são de conhecimento dos outros soldados.

– Um segredinho sujo então – falei.

– Não exatamente, mas posso ver por que parece ser. Em primeiro lugar, o quão familiarizados vocês estão com o que dispusemos aqui?

Ela indicou o mapa e todos os marcadores.

Dei de ombros.

– Posso ver o que é, mas não sei o que esses pedaços de madeira significam.

– Os pretos mostram assentamentos – ela explicou. – E os vermelhos representam todas as movimentações de Aberrações que as patrulhas viram nas proximidades.

– A horda se dividiu em grupos menores? – perguntei.

– Não. Esta é ela.

A coronel tocou na maior peça vermelha do mapa.

Ela cobria o que parecia uma área impressionante no meio do território, e também havia todas as forças menores para enfrentarmos. Eu não fazia *ideia* de que estava tão ruim assim. "Perseguidor provavelmente sabia. E ele não contou para você." E não havia nada que eu pudesse fazer a respeito. Cerrei os punhos. Minhas adagas eram irrisórias contra tal ameaça.

– O que você quer? – Vago perguntou. – Tudo bem nos mostrar o quanto a coisa está ruim, mas não foi para isso que nos chamou.

– Não. Depois de falar com alguns dos meus homens e ouvir histórias, algumas nas quais eu não acredito totalmente, cheguei à conclusão de que vocês dois talvez sejam os mais adequados para assumir uma missão designada por mim.

– Deixe-me adivinhar... – comecei a dizer.

A coronel ergueu uma mão.

– Não desperdice meu tempo com sarcasmo. Ouçam. É um simples sim ou não. Precisamos de informações de um assentamento ao noroeste... Isso vai nos ajudar a combater os Mutantes. No entanto, atravessar linhas inimigas não será fácil, e eu preciso de alguém que esteja acostumado a viajar depressa e em silêncio. A missão de vocês é simples, evitem serem notados sempre que possível, encontrem o Dr. Wilson, consigam os dados científicos e voltem rápido para cá.

Vago arqueou uma sobrancelha.

– Ele é médico?

"Boa pergunta." Se fosse o caso, Tegan iria querer conhecê-lo com certeza. Agora que seus pacientes estavam melhor, ela trabalhava com o médico de Soldier's Pond, mas não tinha uma boa opinião sobre as habilidades dele. Assim, talvez eu pudesse persuadir Dr. Wilson a vir para Soldier's Pond. Se ele não estivesse acostumado a viajar, a jornada de volta poderia ficar difícil, mas valeria a pena para ver Tegan sorrir de novo.

Porém, a coronel fez que não.

– Não exatamente. Ele é cientista e tem estudado os Mutantes há 20 anos. No último contato que tivemos, ele estava perto de descobrir uma fraqueza, algo que possamos explorar para combater sua maior quantidade.

– Isso não vai ser suficiente – falei. – Você precisa de um exército, não de fatos e números.

O rosto dela ficou sem expressão.

– Temos um exército, mas não vou mandá-lo lá para fora sem preparo sendo que Wilson provavelmente pode salvar vidas.

– Seu exército é muito pequeno.

Eu estivera pensando nisso fazia um tempo, e a verdade ficou cristalizada para mim como o doce que Mamãe Oaks costumava fazer.

– A única maneira de vencermos é se todos os assentamentos se juntarem, reunirem seu pessoal e seus recursos.

Ela riu para mim e depois fez que não, triste.

– É uma boa ideia, Dois, mas o pessoal se acostumou muito à sua independência. Mal conseguimos chegar a um consenso *aqui*, o que dirá de conseguir que outra cidade concorde com a atitude que devemos tomar. Os territórios se tornaram uma porção de cidades-estados separadas... Não cooperamos há mais de cem anos.

Eu não sabia o que era uma cidade-estado, mas parecia contraproducente. "É improvável ganharmos esta guerra com todas as cidades atuando sozinhas." Mas a coronel não estava interessada no meu conselho, apenas em me usar.

– Então, já perdemos – Vago afirmou. – E esta viagem é inútil. Nós bem que podemos continuar com nossas tarefas até a horda atacar. Vocês vão durar mais porque suas fortificações são de metal e vocês têm um estoque de munição, mas, cedo ou tarde, elas vão dominá-los.

A avaliação dele era igualzinha à minha, e eu assenti com um aceno rápido. A coronel apoiou as mãos nos quadris, tentando nos encarar até cedermos, mas não funcionou. Seda tinha um olhar muito pior e suas punições eram verdadeiramente cruéis. Eu duvidava de que a coronel tivesse qualquer traço impiedoso como aquele... até ela provar que eu estava errada.

– Você sabe o que significa conscrição? – ela perguntou para mim.

No mesmo instante, fiquei tensa, mais com o tom dela do que com a palavra.

– Não.

O sorriso dela me assustou de verdade.

– E quanto à compulsão?

– Quando a pessoa não para de comer?

Imaginei que não fosse isso.

Ela fez que não, confirmando a suspeita.

– Historicamente falando, os exércitos e as forças navais podiam exigir que uma pessoa se alistasse para um serviço e garantir que a exigência fosse cumprida por qualquer meio necessário em tempos de guerra. Eu diria que esta situação se qualifica para tanto, você não?

Já que eu, havia muito tempo, achava que as Aberrações não estavam apenas nos matando por comida – que nos viam como inimigos –, mal podia contestar a argumentação dela. Assim, encarei-a sem desviar, esperando que sentisse meu desgosto crescente. No tom suave dela, eu senti uma armadilha; apenas não conseguia enxergar sua forma ainda.

– Não precisa responder. Seus olhos estão falando com clareza suficiente. Então, sendo esse o caso, talvez eu não tenha escolha a não ser chamar outra pessoa para o serviço ativo, se você recusar a missão.

Ela fez uma pausa delicadamente, dando um ou dois passos, como se pensasse em quem poderia ser.

– Seu irmão Rex, talvez. Ele parece forte, vigoroso o suficiente.

– Você mandaria Rex lá para fora? Seria o mesmo que o executar. Ele não tem habilidades para sobreviver.

As palavras explodiram antes de eu conseguir interrompê-las, mostrando à coronel que ela me colocara na exata posição que queria.

Não importava o que eu achava daquela tarefa, ou o valor relativo da informação que ela queria que eu conseguisse. Mamãe Oaks ficaria de coração partido se alguma coisa acontecesse com seu único filho vivo, em especial depois do saque e da pilhagem em Salvação. Ela estava se agarrando aos fiapos de fé que uma vida dura havia lhe deixado, e eu faria qualquer coisa para manter seu humor tão animado quanto podia ser. Mordi o lábio inferior para conter os palavrões que surgiram na minha mente, alguns deles eu aprendera com Gary Miles e seu bando, mas, de alguma forma, duvidava de que fosse ter sucesso em chocar a coronel, que agora me observava com um sorriso fraco.

– Depende de você – ela disse com suavidade. – Não vou arriscar meu pessoal e preciso desses dados.

Vago resmungou, dando um passo em direção a ela. Estendi uma mão, sem tocá-lo, mas impedindo-o de ir até ela. Ele não ficava totalmente racional quando as pessoas me ameaçavam, e aquilo era uma ameaça. Porém, era mais coerção psicológica do que perigo físico, e ele sabia, o que provavelmente foi o motivo de recuar com meu gesto. No entanto, pela sua expressão, ele estava furioso... e eu também.

– Não espere que eu entre para seu exército – falei com um tom baixo e letal. – Você vai conseguir este trabalho de mim e nada mais, nunca. Além disso, tenho algumas condições.

A boca dela se retorceu.

– Mal posso esperar para ouvir.

– Esvazie a sala.

– Meus conselheiros podem saber qualquer coisa que você...

Puxei minha adaga e girei-a na palma da mão, um hábito que tinha deixado os homens de Salvação nervosos.

– Eu disse para esvaziar a sala. Não vou pedir de novo.

Ela pareceu chegar a uma decisão rápida.

– Saiam todos. Deem cinco minutos para nós.

– Mas, coronel... – um dos homens protestou, e ela fez um gesto para afastar as preocupações dele.

– Se eu não puder evitar que uma menina me mate, então vocês precisam de outra pessoa liderando suas forças armadas. Coloque um guarda na porta e garanta que não sejamos incomodados.

– Farei seu trabalhinho sujo de boa vontade – falei quando ficamos sozinhos – com uma condição.

– Qual é? – ela perguntou com um sorriso fraco.

– Você me deixar tentar convencer seus homens. Quero montar um exército que não deva lealdade a nenhuma cidade. Estará cheio dos melhores e mais inteligentes da humanidade e nós iremos, em algum momento, lutar a batalha contra a horda. Seu papel é simples – imitei o tom cortante que ela empregara antes, usando quase as mesmas palavras –, você vai me deixar falar e não proibirá ninguém que queira marchar comigo. Eles vão, livres e sem compromisso, quando eu sair de Soldier's Pond. E, por fim, vai deixar minha família em paz. Chega de ameaças contra eles ou juro que vou encontrar um jeito de cortar sua garganta enquanto você dorme.

A Coronel Park realmente pareceu abalada pela minha ferocidade. Depois, para minha surpresa, inclinou a cabeça, assentindo rapidamente.

– É justo, em especial porque meus homens vão rolar de rir com a ideia de entrar em um exército criado por uma menininha. Então, você pode ficar com qualquer um louco o bastante para segui-la, desde que conclua a missão antes.

A zombaria dela me feriu, mas eu já passara por coisa pior. E, talvez, quem sabe, eu a surpreendesse. Não seria a primeira vez que alguém me subestimava.

– Fechado – falei, oferecendo minha mão.

Nós nos cumprimentamos e, em seguida, ela tentou executar uma manobra de contenção, provavelmente para diminuir meu moral, mas Perseguidor havia me treinado para aquele movimento em Salvação. Bloqueei e torci seu braço, de forma que ela teve de se ajoelhar, ou eu o teria quebrado. Meus olhos cinza devem ter parecido tão frios quanto gelo sujo quando os virei para baixo na direção dela.

– Fiz aquele gesto de boa-fé. Agora, jure, por algo sagrado para você, que vai manter sua palavra.

– Eu prometo – ela ofegou.

Soltei a pressão antes de causar um dano permanente, e ela se levantou depressa, cambaleando alguns passos para trás. Havia uma nova cautela no seu olhar e vi que ela me levaria a sério dali em diante. Isso poderia não ser algo bom, mas também significava que eu não era mais uma ferramenta para ser usada.

Com um movimento fácil, deslizei minha adaga para a bainha. Vago ficou perto de mim, pronto para o caso de a coronel decidir continuar com a luta. Por fim, os ombros dela relaxaram. Ela precisava de nós para a missão; portanto, não podíamos ser executados, nem mesmo punidos. Em pouco tempo, eu descobriria se a promessa dela valia alguma coisa.

– Mostre no mapa aonde vamos – falei, sorrindo. – Há planos a serem feitos.

Mal direcionado

Vago e eu saímos discretamente da cidade no começo da manhã seguinte. A coronel estava realizando um treinamento com participação obrigatória de todos, criando comoção suficiente para ninguém notar nossa ausência até ser tarde demais. Vago estava preocupado por deixar Edmund na mão com a oficina, e eu me sentia culpada por não contar à minha família sobre a tarefa, mas eles apenas iriam se preocupar por mais tempo se soubessem, além disso, eu teria de lidar com outra despedida emotiva. Às vezes, era mais conveniente dar conta do trabalho e pedir desculpas depois.

Desde nossa chegada ao Topo, Vago e eu não fazíamos uma viagem sozinhos. Embora não tenha dito em voz alta, era bom tê-lo só para mim. Não havia ninguém para reparar com que frequência eu admirava seus passos seguros ou a força dos seus ombros largos. Imediatamente, reprimi tais pensamentos. Eles não tinham lugar fora da segurança dos limites da cidade; em campo aberto, um instante de distração poderia ter consequências desastrosas.

– De acordo com os mapas, é uma corrida de três dias – falei.

– Acha que conseguimos ser mais rápidos?

– Espero que sim. Se ficarmos fora por uma semana, Mamãe Oaks vai ficar histérica.

Essa era uma palavra nova, uma que eu adorei. Quando tinha perguntado o que significava, Edmund descrevera de uma maneira tão exagerada que eu não queria ver um ataque assim pessoalmente, caso ele estivesse dizendo a verdade.

– Em momentos assim, é quando mais sinto falta dos meus pais – Vago disse baixinho.

– Porque também queria estar encrencado?

– Não. Eu queria ter alguém para se preocupar comigo.

– Você tem – eu disse a ele. – Eu fico preocupada com você o tempo todo. Só não falo nada porque não parece ser algo que você gostaria de ouvir de mim.

Ele abriu um sorriso rápido para mim conforme deixávamos Soldier's Pond para trás.

– Fique à vontade para se desesperar um pouco. Eu não acharia ruim.

Passou pela minha mente, então, que a vida dele havia sido privada de pequenas gentilezas, como quando ele colocava a cabeça em meu colo e eu acariciava seus cabelos. Para mim, não era uma questão tão importante; eu nem soubera que deveria querer tais coisas, até conhecer Vago. Porém, com o desejo dele de ser tocado, lutando contra o peso das lembranças ruins, eu não tinha certeza se ele conseguiria suportar; e não faria nada para machucá-lo ou incomodá-lo, mesmo com a melhor das intenções. Mas, talvez, aquela viagem pudesse dar a ele a certeza de que era forte e competente... de que as Aberrações não tinham mudado nada.

O sol estava começando a subir pelo horizonte quando iniciei a corrida. Era uma sensação boa estar longe do assentamento, mesmo que também apresentasse um risco. Eu estava acostumada a isso e menos preparada para a dor e a exaustão que cuidar de pessoas me provocara. Vago seguia em uma corridinha ao meu lado e eu me lembrei da nossa jornada desesperada de Nassau no subsolo. No Topo, a luz era melhor, e o ar era limpo. Senti o cheiro das folhas que morriam e da grama esmagada sob meus pés, percebi o leve odor almiscarado de fezes de animais e o sopro adocicado de trevos no ar. Dali a alguns meses, a neve viria; minha família precisava estar acomodada antes disso.

Conforme o primeiro dia chegava ao fim, desviamos de patrulhas de Aberrações como se fosse nossa razão de vida. Elas estavam a apenas horas de distância de Soldier's Pond, mas imaginei que o assentamento militar tinha lhes dado motivo para temerem um ataque direto. Eu preferiria lutar e limpar a área, mas havia sido instruída a chegar ao destino sem ser detectada e, tinha de admitir, seria apenas uma complicação se tivéssemos monstros nos seguindo. Com apenas dois de nós na jornada, nosso cheiro não devia ser forte o bastante para atrair um grupo de caça grande. Arrepios deslizaram pelo meu corpo quando eu percebi o odor distinto das Aberrações no vento; não o antigo fedor podre, mas o novo cheiro de carne animal. Ele me dizia que aquelas criaturas haviam mudado para melhor e, se não pudéssemos descobrir como ou por que, talvez não sobrevivêssemos ao conflito iminente.

O medo poderia ter me paralisado se não fosse por Vago. Ele assentiu para mim com um olhar determinado e depois me guiou contornando a área de perigo. Mantive meus passos leves e suaves enquanto passávamos e, a distância, eu ouvi: a folhagem se agitando e os galhos se quebrando, o que indicava que tínhamos companhia. As Aberrações chamaram umas às outras com uma linguagem de latidos e rosnados, como talvez os cães fizessem se soubessem falar. Eu mal consegui segurar a pergunta até estarmos fora de alcance.

– Você acha que elas têm a própria língua? – sussurrei.

– Acho que sim.

A voz dele estava baixa e grave.

– Tenho certeza de que elas conversaram entre si quando estavam comigo. Mas não estou com vontade de ficar por aqui e perguntar.

Estremeci.

– Nem eu.

Não havia como sabermos quantas delas estavam à espreita, por perto, sem uma patrulha. Pela primeira vez, desejei que Perseguidor tivesse vindo conosco. Se alguém podia nos dar um relatório da área e nos avisar de perigos à frente sem ser visto, era ele. Mas Vago e eu conseguiríamos. Havíamos conseguido antes, embora nunca tivéssemos tido tanto a perder.

– Por aqui. O ar parece limpo.

Aquele não era mais um sistema à prova de falhas, mas não tínhamos opção melhor. Com o coração martelando feito louco, segui Vago. Enquanto íamos em frente, ele se mantinha na sombra das árvores, já que a floresta ficava mais densa e sem trilhas abertas a noroeste de Soldier's Pond, com o rio cintilando a distância como uma cobra prateada. O dia esquentava conforme avançava lentamente, uma daquelas perfeitas manhãs de outono com o céu tão azul que parecia uma pintura, porém o sol não estava tão forte a ponto de machucar meus olhos. Por causa disso, eu preferia aquela estação a todas as outras, mesmo às plantações da primavera.

Quando o sol chegou ao ápice, Vago encontrou um ponto sombreado embaixo do dossel tingido de vermelho. Eu servi o pão, a carne-seca e a água e depois comi com uma velocidade eficiente. Havia tantas coisas que eu queria dizer a ele, mas tínhamos pelo menos mais quatro horas de corrida à frente. A vida na cidade havia me amolecido, reparei na dor do cansaço como não teria feito antes. Também tinha engordado, ficando mais mole de maneiras que às vezes eram inconvenientes, embora eu não tivesse me importado quando Vago examinou aquelas curvas.

Ao cair da noite, tínhamos nos desviado de quatro patrulhas de Aberrações e passado as árvores, o que nos deixou apenas com campo aberto onde acampar. Poderíamos ficar sem fogueira, mas esfriaria conforme a noite avançasse. Comi apenas um pouco da comida que levamos, imaginando que poderíamos precisar dela antes de a viagem acabar; as coisas quase nunca saíam de acordo com o plano. A água eu engoli em porções generosas, já que ouvia o rio borbulhando por perto. Não estávamos acampados na margem – isso seria o mesmo que pedir problemas, uma vez que Aberrações precisavam parar para beber –, mas ele estava perto o bastante para nos tranquilizar. Água limpa sempre era uma preocupação lá fora.

– Posso ver o mapa?

Eu o entreguei a Vago.

– Como nos saímos?

– Economizamos um pouco de tempo da estimativa. Mas, se mantivermos esse ritmo, estaremos só o bagaço quando chegarmos a Winterville.

– A alternativa é alongar a viagem. Porém, quanto mais cedo chegarmos lá, encontrarmos esse tal de Dr. Wilson e voltarmos com os seus dados, mais rápido poderemos ter Soldier's Pond do nosso lado.

– Você falou sério?

– Sobre o quê? – perguntei.

– Montar um exército.

Eu tombei a cabeça.

– Uma cidade não vai ser suficiente para derrotar a horda. Com as Aberrações se organizando e se unindo, temos que fazer o mesmo. Não pode importar de onde uma pessoa é ou por que quer lutar. Só importa se está comprometida.

– A coronel riu. Você acha mesmo que podemos fazer isso?

Embora fosse um afago no coração ouvir aquele "nós" instintivo, a pergunta também mostrava o quanto as Aberrações haviam prejudicado a confiança dele. Ele tinha me apoiado na reunião, mas agora as dúvidas emergiam.

– Acho que já perdemos se não tentarmos – falei.

– Então, estou com você.

Ele baixou a voz para não ser ouvido a distância e, naquele momento de doçura infinita, pareceu um pacto secreto, Vago e eu contra o mundo.

Mais cedo do que de costume, a escuridão caiu e nos embalou na noite. Tínhamos ido longe o bastante de Soldier's Pond para não haver luzes além da lua e das estrelas. Que estranho eu ter podido esquecer tão depressa que escuridão como aquela existia, impossível de ser banida com velas ou com o brilho inteligente das luzes do velho mundo. Levantei a mão até o meu rosto, maravilhando-me com as linhas borradas. Para meu incômodo, estava agitada demais para dormir.

– Eu fico com o primeiro turno – falei.

Vago fez que não.

– Nós dois precisamos descansar. Vou colocar galhos secos pelo perímetro. Se alguma coisa cruzar, o barulho vai nos acordar.

– Boa ideia.

Eu o ajudei a reunir os galhos e depois criamos o contorno longe o bastante dos nossos colchõezinhos para nos dar tempo de sacar nossas armas.

O tempo passado no posto avançado me fizera ter um sono ainda mais leve. Embora nunca tivesse mencionado meus pesadelos a ninguém, entre as memórias do enclave e o sequestro de Vago, eu não dormia bem na maioria das noites, de qualquer forma. Com meus problemas para dormir e as precauções de Vago, eu duvidava de que as Aberrações conseguissem chegar até nós sem notarmos. É claro que, antes de acontecer, eu também teria dito que elas não podiam roubar fogo ou levar dois homens de um acampamento armado. Aqueles fatos me deixaram levemente nervosa.

– Vai fazer frio esta noite.

Eu assenti enquanto me enrolava em minhas cobertas, preocupada demais para me espantar com a afirmação. O motivo dela ficou claro quando Vago acrescentou:

– Você poderia dormir perto de mim.

– Não teria problema?

– Isso era antes. Eu rolei na sua direção... e bem que poderia economizar essa etapa para nós.

– Eu gostaria disso se não for um incômodo para você.

Ele soltou a respiração devagar e com um tremor óbvio.

– Eu aviso.

Com a sensação de estar domando uma criatura selvagem, aproximei minhas costas da frente do corpo dele pouco a pouco e parei quando podia senti-lo levemente. Ele se aproximou mais um pouco por conta própria, de forma que o calor ficou imediatamente palpável. A alegria cascateou pelo meu corpo quando ele baixou o braço por cima da minha cintura. Preparei-me para a rejeição, mas, em vez disso, ele pareceu estar se acomodando, e senti a rajada quente da respiração dele contra minha nuca.

– Você não faz ideia do quanto isto me deixa feliz – sussurrei.

A voz dele estava melancólica:

– Faz com que me sinta menos destruído. É útil quando eu posso, primeiro, planejar e considerar todos os motivos que fazem isso ser uma coisa boa. Eu ainda tremo como uma criança com barulhos altos, toques repentinos, pessoas aparecendo perto de mim inesperadamente...

– Isso é normal – falei, embora não tivesse ideia se era.

E, então, eu soube como poderia ajudá-lo mais: garantindo que ele não estava sozinho.

– Eu nunca contei isto para você, mas eu tenho pesadelos. O menino cego do subsolo, geralmente. Desde que viemos para o Topo, tem mais... Ser pega pelos Lobos e, depois, quando tive medo de tê-lo perdido para sempre... Este é o pior: estou na floresta de novo, é escura e estou sozinha, e cercada pela horda, mas, desta vez, encontro-me coberta pelo meu próprio sangue, não com as entranhas das Aberrações, então elas permanecem todas me encarando. Sei que vou morrer... que fracassei com você e será por *minha culpa* que...

As lágrimas me surpreenderam, engasgando minhas palavras.

"Que você morre. Eu não o salvei."

Antes daquele momento, eu não tinha percebido que minha fraqueza teria importância para ele. Vago se levantou apoiado no cotovelo e puxou meu ombro. Entendi que ele queria que eu o olhasse. Outro puxão delicado e eu cedi. Os olhos dele estavam arregalados e gentis, até mesmo surpresos, ao luar, como se não tivesse imaginado que eu poderia sofrer do mesmo jeito que ele. Bem, talvez não do mesmo jeito, mas, se ele estava machucado, eu com certeza estava também. Estrangulei meu choro com alguns fôlegos rápidos.

– Você não é forte como eu pensava.

– Eu sei – falei, triste. – Seda sempre disse isso. Ela me falou várias vezes que eu tinha coração de Procriadora e nunca seria uma Caçadora de verdade.

– Você é mais forte. Por mais que eu a ame, sempre pensei que não sentia as coisas como eu. Mas a verdade é que apenas esconde melhor. Você carrega os sentimentos por aí sem nunca pedir a ajuda de ninguém para lidar com eles. Eu sinto muito. Eu simplesmente... a deixei abandonada, sofrendo, e estava tão preocupado em ser merecedor que nunca suspeitei de que você precisasse de mim.

Minha voz saiu baixinha no escuro.

– Eu preciso.

Pela primeira vez, a Caçadora estava em total acordo com a menina.

Vago estremeceu quando tocou no meu cabelo.

– Prometo que não vou embora de novo, nem mesmo dentro da minha cabeça. E você vai me contar sobre os pesadelos de agora em diante. Por favor, não esconda. Não de mim.

– Então, para ser totalmente sincera, eu realmente queria que você me beijasse agora.

Além de ter se aconchegado cegamente enquanto dormia, ele não tinha me tocado assim desde a sua volta. Se levarmos em consideração que não fazia tanto tempo assim que começáramos a pegar fogo, eu sentia muita falta. A respiração dele umedeceu minha testa e Vago deixou um beijo ali, delicado como a asa de uma mariposa. Não era o que eu tinha em mente, mas estava com medo de assustá-lo. Ele deu beijos bem leves pela minha têmpora descendo para a maçã do rosto e, então, não consegui evitar. Virei o rosto para que minha boca encontrasse com a dele. Ele soltou um som baixo dentro da minha boca, e eu estava de total acordo.

Eu não o agarrei, embora quisesse. Ele tinha me contado que tocar era mais fácil quando ele estava no controle – preparado para aquilo – e, assim, mantive as mãos paradas. De alguma forma, isso apenas me deixou mais consciente do deslizar quente dos lábios dele e da maneira como o seu corpo acendia o meu, como uma noite de verão, toda calor e luzes de estrelas. A língua dele roçou a minha, tive de usar toda a minha força para não pular nele. Orgulhosa do meu autocontrole, deitei-me no círculo feito pelo braço dele, após Vago interromper o beijo, sonhando com o dia em que poderia tocá-lo livremente de novo.

Com um suspiro suave, Vago apoiou a testa contra a minha.

– Temos que dormir. Amanhã vai ser outro longo dia.

Ele estava mais certo do que sabia.

Winterville

As Aberrações nos atacaram durante todo o dia seguinte.

Depois do amanhecer, elas sentiram nosso cheiro, e Vago e eu corremos como se o diabo estivesse logo atrás de nós. A certa altura, cruzamos o rio, esperando que elas nos perdessem na água, mas não tivemos tal sorte. Como era raso o suficiente para atravessarmos, elas também conseguiram. Eu achei interessante que duas pessoas fora das cidades pudessem atrair tanta atenção. Era possível elas suspeitarem da importância da nossa missão? Se fosse o caso, tínhamos mais problemas do que eu estimara.

Com elas à espreita no nosso rastro, não tínhamos chance de parar para mais do que intervalos mínimos de comida, bebida e higiene. Dormir estava fora de questão e, assim, corremos noite adentro, até a escuridão profunda fazer com que fosse provável quebrarmos o tornozelo no terreno irregular. Diminuí a velocidade, passando os olhos pelo horizonte conforme os barulhos aumentavam atrás de nós. Se eu não achasse abrigo, as Aberrações nos encontrariam e acabaríamos lutando no escuro. Minha visão noturna podia compensar, mas Vago talvez não se saísse tão bem. Assim, eu estava determinada a encontrar um lugar para nos escondermos.

Virei em todas as direções e, então, apontei.

– Por aqui.

Preciso dar crédito a Vago, pois ele não fez perguntas. Apenas me seguiu enquanto eu corria. O ponto se desintegrou conforme me aproximei. Àquela distância, eu conseguia ver uma casa abandonada, maior do que aquela onde acampamos no primeiro inverno depois de sairmos das ruínas. Havia anexos na propriedade também e, pelas minhas aulas de história, eu suspeitava de que tivéssemos esbarrado em uma fazenda. Maquinário antigo estava em volumes enferrujados, criando formas sinistras na escuridão. Eu as ignorei ao passar depressa.

A porta ainda estava no lugar, embora pendurada como um bêbado nas dobradiças. Eu havia esperado por um local seguro, talvez secreto, mas aquele teria que servir. Dentro da casa, encontrei insetos e animais que comem lixo, fezes e ninhos antigos. Uma escada instável levava para cima e, no topo, havia uma porta com uma tábua de madeira atravessada. Eu a fechei silenciosamente e baixei a tábua no lugar. Se as Aberrações nos rastreassem, poderíamos nos defender melhor no lugar do que em um campo aberto e, além disso, elas gastariam força e energia tentando arrombar a porta.

– É o melhor que vamos ter – falei, supervisionando o espaço empoeirado.

Meus músculos tremiam de exaustão. Ao relembrar, eu não fazia ideia de como Vago e eu tínhamos sobrevivido no subsolo com tão pouca comida. Não era de se admirar que meu povo morria jovem.

– Pelo menos temos um teto e quatro paredes. Mais do que tínhamos na noite passada.

"Mas na noite passada tínhamos beijos."

Aquele não parecia um protesto válido, no entanto. Afundei no chão sujo, uma mão em minhas adagas. Se as Aberrações provassem ser tão implacáveis como haviam sido o dia todo, logo estariam lá. Não sugeri dormirmos por motivos óbvios. Vago se sentou perto de mim e ficamos ouvindo.

Ele escutou primeiro e se arrastou até a janela comigo logo atrás. Através do vidro manchado e imundo, tive um vislumbre de um pequeno grupo de Aberrações nos rastreando determinadas na direção da casa. Contei pelo menos dez, um bando grande para nós dois. Porém, se elas tinham passado a viajar em pequenos batalhões, então estávamos com sorte por não haver mais delas.

– Não sei se consigo dar conta de cinco – admiti em um sussurro. – É assim o envelhecimento? Primeiro, você se sente incrivelmente cansado, enfraquece e depois suas reações ficam mais lentas...

Vago estava dando uma risadinha.

– Você é ridícula. Não está envelhecendo, Dois. Só foi uma corrida difícil, e você descansou pouquíssimo, ajudando a Tegan. Também está se recuperando de vários ferimentos e tivemos uma viagem exaustiva até Soldier's Pond.

Visto por esse lado, *tinha* sido um mês duro.

– Se luta direta está fora de questão, o que deveríamos fazer?

– Tenho uma ideia – ele falou.

As Aberrações chegaram à entrada no andar de baixo agora. Eu as ouvia rosnando no quintal e, em seguida, a porta da frente abriu com força. As garras delas rasparam no chão de madeira enquanto elas vagavam abaixo de nós. Apesar da minha fé na esperteza de Vago, um arrepio correu pelo meu corpo.

– Faça algum barulho – ele me disse enquanto empilhava coisas no centro do aposento: pedaços quebrados de móveis e trapos que podiam ter sido cortinas, tempos antes.

Parecia um plano ruim, mas eu confiava nele o bastante para não discutir. Bati os pés andando em círculos e depois ouvi os monstros se arrastarem escada acima. O primeiro corpo atingiu a porta e a tábua se curvou com a pressão; ela não era forte o suficiente para mantê-las do lado de fora indefinidamente. Uma discussão em rosnados se seguiu, como se elas estivessem debatendo suas opções.

Entendi quando Vago tocou com o isqueiro do pai nos trapos e na madeira seca. As chamas subiram espiraladas no mesmo instante, espalhando-se para o chão, que estava lotado de coisas podres. Ele correu para a janela e deslizou o caixilho para cima. Com um gesto impaciente, ele me chamou.

– Precisamos sair daqui e acender mais algumas fogueiras lá embaixo. Com sorte, essas Aberrações não fazem parte do grupo que queimou Salvação, então não vão entender o perigo até ser tarde demais.

"Ele quer queimá-las vivas."

Sem mais hesitação, arrastei-me por cima do peitoril e fiquei pendurada pelas pontas dos dedos. Não havia galho de árvore para o qual pular como na casa dos Oaks e, assim, soltei e torci para dar certo. Caí pesada, mas não quebrei nenhuma parte do corpo. Vago desceu com mais graciosidade e me puxou para me levantar. O tempo era determinante. Juntamos mais lixo para começar o fogo e incendiamos a casa pelas duas portas, na frente e atrás. O fogo se espalhou depressa, soprado pela brisa que atravessava o lugar. Logo, toda a construção estava engolida por chamas laranja, criando um brilho enorme contra o céu da noite. Isso poderia causar problemas para nós mais à frente, se as labaredas atraíssem mais inimigos, mas não estaríamos lá para ver. Demorei-me apenas o bastante para ouvir os monstros gritarem enquanto queimavam, depois corri atrás de Vago, que já estava indo embora.

– Elas não vão nos incomodar mais – ele falou com certeza.

Ainda assim, por segurança, viajamos a noite toda e não paramos até termos oito horas completas de distância entre aquela equipe de caça e nós. Por fim, caímos no chão, resfolegando, e eu não conseguia continuar. Vago estava igual a mim, o rosto vermelho queimado pelo vento. Ele se inclinou contra mim, parecendo não reparar no quanto o gesto foi fácil, e eu não o lembrei.

– Não vamos chegar até Winterville sem um intervalo – ofeguei.

– Durma. Eu vou ficar de vigia.

Antes ele diria que poderíamos descansar ao mesmo tempo. Sua precaução devia significar que achava que havia mais Aberrações na área. Eu não as ouvia nem sentia seu cheiro, mas Vago tinha instintos melhores para coisas assim, sem dúvida aperfeiçoados pelos anos sozinho no subsolo, onde sua sobrevivência dependia de saber onde os monstros estavam antes de o encontrarem.

– Apenas uma ou duas horas, depois você. E continuamos em frente.

Ele nem concordou nem discutiu, e eu me deitei. Vago apoiou a mão no meu cabelo. Eu achei que ficaria tão atenta, por tê-lo perto de mim, que não conseguiria dormir, mas subestimei minha exaustão. Quando ele me sacudiu algumas horas depois, não consegui acreditar no quão profundamente eu apagara.

– Algum problema?

– Alguns esquilos jogaram nozes em você.

– Não é o tipo de problema que eu quis dizer.

Ele sorriu.

– Eu sei, mas ficou tudo quieto. Seu turno?

– Deixe comigo.

A sorte durou o bastante para Vago cochilar, e eu tinha comida pronta – ainda que não muito saborosa – quando o acordei. Bebemos e comemos em silêncio. Eu esperava que chegássemos a Winterville logo e, por isso, verifiquei o mapa, comparando as anotações de Improvável com onde estávamos. Às vezes, era difícil adivinhar, já que ele se mantinha na maior parte do tempo nas rotas para carroças, enquanto Vago e eu corríamos por fora das trilhas e estradas, pegando o caminho mais direto. Porém, até onde eu podia ver, as Aberrações só tinham nos tirado um pouco do curso. Improvável e eu não havíamos conversado muito sobre os outros assentamentos e, assim, eu estava feliz por ele ter escrito lembretes pelos cantos dos seus mapas. Era como receber conselhos dele quando eu mais precisava.

Outro dia de viagem em alta velocidade e de desvios de monstros nos levou ao lado de fora dos limites da cidade grande. Digo cidade grande porque lembrava as ruínas, apenas não estava danificada da mesma forma. Também não era nem de longe tão grande quanto Gotham. Nos cantos, Winterville possuía construções feitas de tijolo e pedra, altas se comparadas com as estruturas caseiras que eu tinha admirado em Salvação. Gramados bem cuidados contornavam as avenidas, que eram pavimentadas com pedras e perfeitamente varridas. Também não havia portão – nada de muro de madeira ou cerca de arame farpado –, mas eu desconfiei de meus olhos. Com certeza, nenhum assentamento seria totalmente desprotegido. Vago e eu trocamos um olhar rápido enquanto nos aproximávamos. Eu esperava encontrar alguma medida de segurança, alguma ameaça escondida, como um homem com um rifle mirado em nós, mas passamos para dentro de Winterville sem um único aviso.

– Isso me deixa desconfortável – falei.

Porém, não senti cheiro de nada, ou, pelo menos, o odor era muito leve para eu reconhecer. Se as Aberrações tivessem destruído aquele lugar, ainda estariam ali, e as construções não estariam tão intactas. Os monstros costumavam quebrar janelas e portas no seu desespero de matar todos os humanos escondidos no lado de dentro. Ali, era como se coisas ruins nunca acontecessem, como se Winterville fosse um lugar especial e abençoado. Mamãe Oaks diria que seu deus tinha sorrido para a cidade.

Bem quando eu estava começando a pensar que não havia ninguém lá, uma mulher saiu pela porta da frente da sua casa. Ela pareceu surpresa de nos ver, mas levantou a mão em um cumprimento cauteloso.

– O que os traz aqui, estranhos?

"Não há nada mais estranho do que isto."

Vago respondeu por nós:

– A coronel nos mandou de Soldier's Pond. Ela disse que o Dr. Wilson tem trabalhado em um projeto e deve ter algumas informações.

– Ah.

O conflito na expressão dela desapareceu.

– Então, vocês devem seguir nesta rua principal atravessando a cidade. Quando chegarem ao anexo de pesquisa, virem à esquerda. Depois andem dois quarteirões, virem à direita e batam na porta dos fundos do laboratório.

– O que é um quarteirão? – perguntei.

Ela me olhou como se eu fosse imbecil.

– Duas ruas. O laboratório é onde o Dr. Wilson trabalha. É o prédio branco, sem nenhuma janela.

Devia ser bem fácil de encontrar, embora Winterville fosse maior do que eu esperara, com base no que vira do mundo até então.

– Todas essas casas estão ocupadas?

– Não – ela respondeu, triste. – Menos da metade agora.

– Os Mutantes pegaram as pessoas?

Vago se lembrou de usar a palavra do mundo do Topo.

– Não. Desde que o Dr. Wilson espalhou os feromônios, tivemos menos problemas com os ataques, mas... houve outros problemas.

Ela não se ofereceu para dizer quais foram e eu não perguntei. Nosso trabalho não era consertar Winterville, apenas conseguir as informações necessárias e sobreviver à viagem de volta. Mas eu estava curiosa:

– Vocês têm um exército fixo?

Mais uma vez, ela fez que não.

– É possível coexistir em paz com os Mutantes se você souber evitar irritá-los.

Com um sorriso educado, decidi que ela era maluca. Segui suas instruções, esperando que não fossem tão loucas quanto ela. Independentemente dos seus delírios pessoais, ela realmente nos disse como achar o Dr. Wilson. Enquanto estávamos parados do lado de fora do prédio do laboratório, senti-me adequadamente agradecida.

– Parece uma caixa gigante – falei.

A falta de janelas tornava o lugar único, mas também o aparentava bastante com uma jaula, um lugar onde se escondem coisas que você não quer que a luz revele. Controlei meus nervos, contornei o lugar e bati com força na porta dos fundos, conforme as orientações. Esperei o que pareceu muito tempo antes de repetir a batida. Vago tamborilou com o pé, tão descontente com o atraso quanto eu.

Por fim, ouvi movimentos arrastados lá dentro e um homem de cabelos brancos abriu a porta, apertando os olhos para mim, obviamente incomodado. Ele parecia não tomar banho havia dias e um fedor horrível soprou da escuridão atrás dele.

– O que vocês querem? – ele perguntou. – Sou um homem ocupado.

– Tenho certeza – Vago disse com educação.

– Será que podemos entrar? Trazemos um recado da coronel de Soldier's Pond.

– Ah, Emilia, é claro... Já passou tanto tempo? Imagino que sim, ou vocês não estariam aqui. Só me deixem pegar minhas notas, venham.

Ele balbuciou as palavras quase sem parar para respirar, arrastando os pés de volta pelo caminho de onde veio com a aparente expectativa de que o seguiríamos sem fazer perguntas.

Foi o que fizemos.

Vago fechou a porta atrás de nós. A batida fez com que eu me encolhesse, mas também significava que a porta era boa e sólida e não cederia, não importando quanto as Aberrações batessem nela. Mas a mulher louca dissera que eles não tinham problemas com invasões; e o estado da cidade dava suporte à sua alegação, por mais bizarra que parecesse. Dr. Wilson seguiu à nossa frente, virando à esquerda e à direita, aparentemente de forma aleatória. O corredor era mal iluminado e, assim, fiquei piscando quando entramos em uma sala grande e bem clara.

Aquelas luzes eram similares às de aparência mágica de Soldier's Pond, que eles diziam ser alimentadas pelo sol. Porém, se possível, eram ainda mais fortes. Nunca vira nada como elas e, enquanto Wilson espiava uma bagunça de papéis, eu me aproximei devagar da lâmpada. Ela machucou um pouco os meus olhos.

– Não toque nisso – o doutor brigou.

Afastei minha mão, culpada.

– Desculpe.

– Você vai se queimar. Imagino que seja uma selvagem, nunca viu eletricidade antes?

Wilson suspirou com a pergunta.

Fiz que não, embora não tivesse certeza do que ele estava perguntando. O cientista se lançou em uma explicação complicada sobre moinhos de vento, redes elétricas, fontes de energia e corrente, e eu não entendi nada daquilo.

Porém, Vago estava olhando para ele impressionado.

– Meu pai me contou histórias sobre as antigas maravilhas. E você as tem em funcionamento?

– Não é nada de mais, a menor das minhas descobertas – Wilson disse com modéstia.

Claramente, Vago estava começando a criar uma veneração por aquele herói. "Tegan adoraria conhecer Wilson", pensei, "perguntar todo tipo de coisa de médico". Porém, a coronel tinha dito que ele não era um homem da medicina e, assim, talvez seu conhecimento sobre moinhos de vento significasse que não podia dizer nada sobre consertar o corpo humano.

– Posso relatar um sucesso limitado nos testes – ele falou –, mas não consegui usar os feromônios como arma, da forma que Emilia tinha esperado, e houve... complicações.

Aquilo era apenas blá-blá-blá para mim, mas, antes de eu poder dizer isso, um rosnado ecoou pelo labirinto de corredores. Eu congelei, conhecia aquele som até meu sangue e meus ossos.

De alguma forma, havia Aberrações ali.

Choque

Eu esperava que o velho entrasse em pânico, mas ele não pareceu preocupado. Balançou a mão sem se importar, ainda remexendo nos seus papéis.

– É só o Timothy, nada para se alarmar.

Vago disse:

– De onde viemos, senhor, Mutantes dentro de uma residência representam um grande problema.

O cientista suspirou.

– Vocês não vão ficar satisfeitos até eu provar que não existe ameaça, não é? Venham então. Vamos acabar com isso.

Ele nos guiou para fora da sala principal, que estava cheia de equipamentos, os quais eu não saberia nomear, mas reconheci pertencerem ao velho mundo, que eu acreditara estar perdido. Estava um pouco impressionada com o fato de qualquer uma daquelas coisas ainda funcionar e o Dr. Wilson as usar como algo comum. Soldier's Pond tinha mais de tais artefatos do que Salvação, onde as pessoas haviam evitado a antiga tecnologia por opção, mas aquilo era um verdadeiro tesouro de equipamentos em bom estado. O Guardião das Palavras – o homem que protegia nossas relíquias no subsolo – ficaria pasmo.

As mesmas lâmpadas – longas faixas de luz que tremulavam – iluminavam os corredores, dando às paredes pálidas um tremor leitoso. Vago ficou por perto e eu reparei que ele mantinha uma mão na faca presa à sua coxa. Wilson abriu uma porta à direita e o fedor era inconfundível; a situação me lembrava dos túneis, onde as Aberrações tinham vivido e se reproduzido por anos sem serem perturbadas, exceto pelos encontros ocasionais com nossos Caçadores.

Eu esperava encontrar uma brecha na segurança dele. Em vez disso, vi uma fileira de jaulas do tamanho de homens. Estavam todas vazias, a não ser por uma. Para meu total choque, uma Aberração a ocupava. O monstro chacoalhou as barras, tirando um suspiro de Dr. Wilson.

– Sim, tudo bem. Já passou da hora de comer. Só tenha paciência.

Ele foi até uma unidade retangular branca e retirou um balde, depois apanhou uma porção substancial de carne ensanguentada, que então jogou dentro da jaula como se a Aberração fosse seu animalzinho de estimação.

A fera caiu sobre a comida com suas garras e comeu com voracidade, encurvada porque a jaula não era grande o bastante para ela ficar ereta. Eu observei com uma sensação de horror cada vez maior. Qual era a finalidade daquilo? Tegan tinha dito uma vez que gostaria de estudar as Aberrações para entender como seus corpos trabalhavam e possivelmente identificar o que as movia. Será que era isso que o Dr. Wilson estava tentando fazer ali?

– Isso parece cruel – falei.

– Não se preocupe. Timothy está velho, só lhe resta mais ou menos um ano. Lá fora, já teria sido massacrado por conta da sua fraqueza. E está contribuindo para a minha habilidade de entender a cultura deles.

– Minha amiga Tegan tem curiosidade sobre eles também. O que você aprendeu a respeito da visão deles?

Eu me lembrei de como ela tinha ficado intrigada quando ouvira a história sobre a forma com que passei escondida entre a horda para resgatar Vago.

– É igual à nossa, o que significa não boa. Eles contam mais com o sentido do olfato.

– O que você quer dizer com "não boa"? – Vago perguntou.

– Comparados com alguns animais, os humanos têm uma visão terrível. Um falcão, por exemplo. Porém, as mutações têm uma percepção de cheiro avançada, parecida com a de um cão farejador ou de um lobo.

Com isso, a Aberração levantou o olhar do seu banquete repulsivo, fiapos de carne enrolados entre as presas amareladas. Agora que Wilson tinha falado, eu conseguia ver que ela não tinha quatro dentes, os fundamentais para rasgar e partir. Pelo contexto, imaginei que ele estava falando da sociedade das Aberrações... E, certa vez, eu havia achado a ideia absurda... Elas poderem ter costumes e rituais parecidos com os nossos, mas isso fora antes de eu ver a vila delas escondida entre as árvores. Percebi que o Dr. Wilson provavelmente poderia nos dar uma ideia melhor do que acontecera com o mundo... e do que poderíamos fazer a respeito.

Assim, deixei de lado meu choque e perguntei:

– Viemos pegar informações para a coronel, mas queria saber se você poderia responder algumas perguntas antes.

– Desde que não seja sobre Timothy.

A Aberração olhou de um para o outro, como se reconhecesse que Wilson estava falando dela. Eu estremeci.

– Na verdade, é sobre o que aconteceu antes.

– Você quer uma aula de história? Bem, eu tenho tempo para lhe fazer esse favor. Então, vamos tomar alguma coisa e responderei às suas perguntas.

Vago ainda estava encarando a Aberração, mas nos seguiu quando saímos da sala. A coisa choramingou enquanto Wilson puxava a porta, como se estivesse solitária. Aquilo também me incomodou. Eu não queria simpatizar com os monstros, nem um pouco; isso deixaria mais difícil matá-los.

Dessa vez, Wilson nos levou para a cozinha, embora fosse diferente de todas que eu já vira. Não havia fogo para cozinhar, apenas mais unidades retangulares como aquela de onde ele pegara a carne. No entanto, era clara e limpa e ele fez um gesto para nos sentarmos à mesa. Eu o fiz, sentindo como se o mundo tivesse mais uma vez parado de funcionar de acordo com as regras que conhecia. Vago se empoleirou ao meu lado, ele parecia tão atordoado quanto eu me sentia.

O doutor virou uma alavanca e água jorrou para dentro do bule que segurava. O cientista mexeu em um botão redondo e anéis concêntricos pegaram fogo, brilhando em laranja. Era impressionante. Depois acomodou o bule para ferver, pelo menos isso não tinha mudado. Ele se juntou a nós à mesa com um olhar de expectativa.

– Vão em frente então. Vou conceder a vocês o tempo necessário para a água esquentar e para a infusão das nossas bebidas.

Eu assenti.

– A esta altura, senhor, nem tenho certeza do que perguntar. Então, o que quer que você possa me contar sobre o que deixou Gotham em ruínas e Mutantes por toda parte, bem, acho que consideraria útil.

– Vocês realmente não sabem nada? – ele perguntou, visivelmente surpreso.

– Apenas o que conseguimos reunir dos antigos papéis, mas eles não eram claros – Vago entrou na conversa.

– Então, deixem-me ser conciso. Há muito tempo, em laboratórios parecidos com este, cientistas desenvolveram todo tipo de coisas horríveis. Vocês provavelmente não sabem o que são armas biológicas ou químicas, sabem?

Ele parecia ter pena da nossa ignorância.

Eu endireitei os ombros. Estávamos tentando consertar aquela falha, não estávamos?

– Não sei.

Vago fez que não em silêncio. As histórias do seu pai só iam até certo ponto e ele era pequeno quando a mãe morreu. Havia um limite no que se podia aprender quando as pessoas que o criaram não sabiam a verdade também.

– Elas tinham muitas formas... gás, pó, líquido... Mas apenas uma finalidade, morte e destruição. Sempre que tais coisas são criadas, pessoas ruins querem testá-las. Isso levou à guerra entre as grandes nações da terra. Estão me acompanhando até agora?

Eu percebia que ele estava simplificando as coisas para nós e, embora outra pessoa pudesse se sentir insultada, eu agradecia. De que serviriam as respostas se eu não as entendesse? Assim, assenti e disse:

– Eu ouvi parte da história, mas com um ponto de vista religioso. Meu pai de criação me disse que os homens eram cheios de arrogância e se metiam em assuntos que era melhor deixar com Deus.

– Algumas pessoas podem concordar com ele – Wilson falou.

– Edmund também contou que havia carruagens sem cavalos e carroças voadoras – Vago sugeriu, em dúvida.

– Ele está certo, mas eram chamadas de carros e aviões. Você pode achar destroços delas até hoje.

– Vocês ainda usam? – perguntei.

O cientista fez que não.

– Combustíveis fósseis não estão mais em produção. O único motivo de ainda podermos usar tecnologia que funciona com eletricidade é porque temos um posicionamento favorável para nossos moinhos de vento gerarem energia suficiente e, assim, manter a cidade funcionando.

– O que é um moinho de vento? – Vago quis saber.

– Se vocês vieram de Soldier's Pond, não os viram.

Wilson pegou um pedaço de papel e desenhou, depois se lançou em uma explicação complicada sobre como a coisa girava com o vento e isso gerava a energia.

Eu não tinha interesse naquilo. Enquanto o bule assobiava, eu entendi que a paciência limitada do homem com a nossa curiosidade logo chegaria ao fim. Ele tinha um trabalho importante a fazer.

– E quanto aos Mutantes? Como o mundo acabou ficando assim?

– Eu falei da guerra – ele disse, colocando algumas ervas em três xícaras com uma colher. – Ela foi... longa. Mas não foi travada com armas de fogo e bombas. Nós testamos novos horrores uns nos outros, de novo e de novo, geralmente nas cidades, onde as populações eram maiores. O último desses ataques sincronizados foi mais virulento do que se previra.

– Virulento? – Vago perguntou.

– Poderoso. Teve efeito rapidamente e os resultados foram horrendos. Um número grande de pessoas morreu e a arma biológica criou pragas menores que nos incomodaram durante anos. Os governos criaram centros de quarentena e tentaram controlar o contágio, mas todas essas medidas falharam. Na verdade, uma vacina até piorou o problema.

Nesse ponto, seu relato vacilou.

– Meus antepassados foram responsáveis por parte disso... e eu continuei o terrível trabalho deles.

– Você deve ter tido um bom motivo – falei.

Ele ergueu um ombro, continuando a história:

– Mas nem todos morreram. O patógeno afetou outras pessoas de um jeito diferente. Algumas cadeias de DNA sofreram mutação, uma regressão sistêmica. Elas se tornaram primitivas e selvagens, preocupadas apenas com a ânsia de se alimentarem.

– As Aberrações – ofeguei, esquecendo de usar o nome do Topo para elas.

Embora eu não compreendesse tudo, tinha a informação central.

O cientista pareceu interessado.

– É assim que vocês os chamam. Bem adequado, suponho. E, sim.

Ele fez uma pausa como se tentasse imaginar como colocar em palavras uma ideia complicada para nós entendermos.

– Outras simplesmente mudaram. O DNA é o bloco de construção dos nossos corpos, contendo todos os códigos que nos fazem ser quem somos. É o motivo de você ter cabelos castanhos e olhos azuis acinzentados. Ele também carrega quantidades incríveis de dados sobre nossos ancestrais e nossa linhagem.

Eu encarei as costas da minha mão, pasma.

– Você consegue ler esse código?

Os olhos de Vago estavam arregalados porque aquilo parecia como mais uma das histórias de Edmund.

– O código pode ser decifrado?

– Não é um criptograma nesse sentido, mas, sim, se eu tivesse o equipamento adequado, poderia mostrar a vocês o que estou dizendo.

Ele pegou seu lápis e desenhou o que parecia um oito longo deitado de lado.

– É disto que estou falando.

– E isto está escondido no nosso corpo? – perguntei.

– De alguma forma, acho que isso não é pertinente para o que você realmente quer saber. Você está curiosa quanto ao pessoal que mudou, certo?

Assenti, lembrando-me de Jengu e das pessoas pequenas que tinham salvado a minha vida no subsolo. Eles haviam mudado, definitivamente, mas não eram monstruosos como as Aberrações, então eu entendia o que Wilson estava falando.

– Esta é uma hipótese não comprovada, é claro, mas suspeito de que uma rota evolucionária alternativa foi ativada no DNA delas. Algum outro animal em sua história genética teve prevalência, criando uma fisiologia divergente e, como o patógeno era tão poderoso, ele forçou essas mudanças muito mais rápido do que deveria ter sido possível na natureza, às vezes com resultados terríveis. Tal mudança demoraria milhões de anos naturalmente.

– Então, o mundo foi envenenado – Vago disse – e isso transformou algumas pessoas em monstros e mudou outras, e várias morreram?

– Resumidamente, sim.

– Mas por que tudo está tão destruído? – perguntei.

Wilson coou nossas bebidas tirando as folhas e as trouxe para a mesa. Decidi bebericar devagar, para poder continuar conseguindo informações. Eu não tinha certeza total se acreditava nele, mas seu relato se encaixava no de Edmund, apenas sem as variações religiosas. Vago envolveu sua caneca com as mãos e me perguntei se ele se sentia tão completamente abismado quanto eu.

– Depois que os centros de quarentena não deram certo, os governos tentaram proteger seus dignitários. Evacuações dos ricos, influentes e poderosos aconteceram em cidades de todo o mundo.

– O que deixou Gotham vazia, a não ser pelas pessoas que eram dispensáveis – Vago disse com tristeza.

– Sim. Elas foram deixadas para se virarem sem apoio ou infraestrutura.

– Esses governos ainda existem por aí? – perguntei.

– Até onde eu sei, não. As informações que eu tenho vêm de registros históricos. Esses novos enclaves caíram no caos que ocorreu em seguida, e novas cidades e assentamentos surgiram, habitados por bolsões de sobreviventes.

– Como Salvação e Soldier's Pond?

O cientista assentiu.

– É claro que, como eu não tenho formas de comunicação a longa distância, não posso dizer a vocês como é a situação em outras partes do mundo. Porém, se as coisas fossem diferentes em outra parte... e se eles tivessem como... com certeza já teriam feito contato a esta altura.

Isso fazia sentido para mim.

– Como você sabe tudo isso?

– Diários. Meu povo sempre foi de cientistas e eles mantinham anotações meticulosas sobre tudo o que acontecia, até onde podiam. Gostaria de vê-los?

Quando fiz que não, Wilson pareceu perturbado.

– Eu queria ter uma criança para quem passar esse legado. Minha esposa morreu e eu nunca encontrei ninguém... Oh, esqueça. Não foi por isso que vocês vieram.

Naquele momento, eu vi quem ele era, um velho homem cercado de relíquias de uma era perdida, inalteravelmente sozinho, com apenas a companhia de uma Aberração enjaulada. Ele talvez fosse a pessoa mais inteligente que eu já conhecera, mas também era a mais triste. Contive a vontade de dar uma batidinha na sua mão, achando que ele não gostaria disso.

Por sorte, Vago distraiu o homem de pensar na esposa morta.

– Eu tenho mais algumas perguntas, se você não se importar. De outro assunto.

– Vá em frente.

– Meus pais morreram, os dois, de uma doença nas ruínas. Ela passou varrendo e levou muitas pessoas. Foi uma das pragas menores de que você estava falando?

– O estabelecimento inicial foi há tanto tempo – Wilson disse com delicadeza. – Então, eu duvido. Porém, há várias doenças que poderiam ter sido responsáveis por isso. Quais foram os sintomas?

Vago lhe disse e depois o cientista fez várias perguntas sobre as condições de vida dele e a água que bebiam.

– Parece disenteria, mas não tenho como ter certeza.

Pela expressão de Vago, não parecia ter ajudado ter um nome para o que levara seus pais embora. Porém, era bom saber que nossas histórias do subsolo não passavam de um monte de bobagens; que o veneno que começara os problemas já sumira havia muito tempo, deixando o mundo para se curar o melhor que podia.

– Por que eu não morri também? – ele quis saber. – Eu bebia a mesma água, vivia como eles.

Wilson deu de ombros.

– Talvez seu sistema imunológico fosse melhor. Ou é possível que apenas tenha tido sorte. Você se lembra se chegou a ficar doente?

Vago fez que não, claramente frustrado.

– Talvez um pouco, mas nunca tanto quanto a minha mãe, no começo, e, anos depois, meu pai.

– Você disse que tinha mais de uma pergunta. Qual é a outra?

Era óbvio que estávamos enrolando com nossas bebidas, percebi que o homem permanecia ansioso para voltar ao trabalho pela forma como sacudia o joelho.

– Os Mutantes... Por que eles estão ficando mais espertos?

No momento em que Vago fez a pergunta, eu desejei ter pensado nisso.

Wilson pareceu muito feliz com aquela questão.

– Mais uma vez, não é uma teoria comprovada, mas eu suspeito de que as mutações tenham o que eu chamaria de memória genética.

Vago e eu trocamos um olhar e, então, eu disse por nós dois:

– Não entendo.

– Memória genética é quando uma espécie se lembra de tudo o que seus ancestrais sabiam e, assim, a cada geração sucessiva, os filhos são um pouco mais inteligentes do que aqueles que vieram antes.

– Então, seria como se eu me lembrasse de tudo que minha matriz e meu padreador sabiam, e a matriz e o padreador deles... – eu me calei, sem conseguir aguentar a ideia.

– Mas não devíamos ter visto uma mudança tão rápida – Vago protestou.

– Em geral, não. Mas o ciclo de vida das mutações é muito mais curto do que o de um humano normal. Acho que é o preço que pagam pela sua velocidade, sua força e seu olfato excepcional.

– Curto como? – questionei.

– Dois anos de infância. Quatro até a maturidade e elas raramente vivem mais do que dez anos.

– Porém... as do subsolo não mudaram tão rápido – comentei.

– Imagino que havia menos recursos, então elas provavelmente estavam famintas. Com várias dissecações, eu deduzi que elas evoluíram para se tornarem predadores perfeitos, mas, em épocas de privação, os corpos não conseguem dar conta. Elas canibalizam seus próprios sistemas para sobreviver, no entanto, assim que começam a digerir suas proteínas cerebrais, a capacidade cognitiva não pode deixar de sofrer.

Vago disse baixinho:

– Elas parecem, cheiram e agem diferente agora. Aquelas com quem estamos lutando aparentam ser organizadas e não estão mais cobertas de feridas.

– Só posso fazer suposições, jovem senhor, mas diria que a mudança evolutiva delas se estabilizou e elas estão se tornando seres capazes de competir com humanos em todos os níveis.

Descarga

Aquelas perguntas esgotaram a paciência de Wilson. Ele virou a bebida em um gole e depois nos levou mais uma vez à sala principal, onde voltou a reunir documentos para a coronel. Por fim, ele nos entregou uma pasta de couro, parecida com a que guardava meus preciosos mapas. O cientista estava com uma expressão dura enquanto passava os papéis para nós.

– Não deixem de dizer a Emilia que os feromônios não são uma solução. As complicações de que falei antes têm um impacto significativo na população geral.

– O que isso significa? – perguntei.

Ele suspirou.

– Para algumas pessoas, a exposição aos feromônios mutantes as deixa impregnadas de certas vontades irresistíveis. Ficam violentas e, em alguns casos... selvagens.

– Então, elas atacam e tentam comer os outros? – eu estava horrorizada. – Como isso pode ser melhor?

Eu preferia lutar contra Aberrações; pelo menos, eu entendia por que elas nos odiavam e queriam nos matar. Se elas se lembrassem de verdade de tudo o que seu povo tinha sofrido ao longo dos anos, então eu estava certa, *realmente* culpavam a humanidade pela sua dor. Isso não significava que eu as deixaria nos aniquilar.

– Não é – Wilson disse. – Eu pensei que, se destilasse um composto, com base nas excreções do sistema endócrino das mutações, poderia fazer com que elas pensassem que este território já estava ocupado pelos seus irmãos e o deixariam sem necessidade de conflito. Essa parte do spray funciona conforme o esperado. Mas eu não previ como certas fisiologias humanas iriam reagir.

Disso, eu apenas entendi que ele estava cobrindo a área com fedor de Aberração e isso estava deixando o pessoal da sua cidade louco.

– Esse é o plano da coronel? Os soldados dela vão massacrar uns aos outros.

– Se forem suscetíveis. Então, não deixem de dizer a ela, esta não é a cura milagrosa que está procurando.

Vago riu.

– Ela não está superfeliz com a gente no momento. Não posso garantir que vá escutar.

– Como não estou mandando nada do tratamento com vocês, ela terá de enviar outro representante se quiser discutir a questão mais a fundo. Espero que não – Wilson acrescentou, parecendo preocupado. – Não tenho pessoal para defender o laboratório se ela decidir levar o composto à força.

– Destrua-o – falei, sem emoção.

Percebi que ele estava em conflito porque aquela era uma ideia que ele tivera e funcionara de verdade, ainda que não como queria, mas, no final, chegou à mesma conclusão. A coronel não podia ter os meios para soltar aquela praga em Soldier's Pond. Pessoas usando misturas questionáveis umas nas outras foi o que iniciara aquele problema, para começo de conversa, muito tempo antes. Não precisávamos de outra bagunça antes de organizarmos a primeira.

– Agora, preciso que vocês vão embora. Tenho trabalho a fazer e uma rodada de experimentos prontos para verificação.

Coloquei o pacote de papéis na minha mochila.

– Obrigada pela atenção, Dr. Wilson. Somos mais gratos do que você pode imaginar.

O velho chegou mesmo a corar.

– Foi um prazer esclarecer um pouco do mundo para você. Não costumo fazer o papel de instrutor. Será mais seguro se vocês viajarem de dia, mas imagino que já saibam disso. É verdade que as mutações não são mais noturnas do que nós, porém existem algumas exceções especiais. Tem uma mulher que pode alugar um quarto para vocês por uma noite, se tiverem algo de valor para trocar.

Ele nos deu instruções e depois acrescentou:

– Fiquem longe do lado sul.

Não havia necessidade de nos dizer que estava cheio de humanos selvagens, que poderiam tentar comer nossos rostos.

– Por que você simplesmente não os matou? – perguntei.

– Porque estou trabalhando em uma cura. Foi mais humano prendê-los até eu poder descobrir como curá-los.

Porém, ele não parecia esperançoso mais, então talvez não conseguisse suportar admitir o fracasso e ordenar que aquelas pobres pessoas fossem mortas.

Identifiquei a cautela e o arrependimento em seus olhos quando Wilson levantou a mão para nós em despedida. Vago saiu do laboratório primeiro, seguindo as viradas com perfeição. Ele tinha um senso de direção excelente no Topo, melhor do que o meu. Em pouco tempo, estávamos do lado de fora da casa onde poderíamos alugar um quarto; eu tinha menos certeza do que usaríamos para fazer isso. Antes de bater, procurei na minha mochila e depois olhei para Vago.

– O que você acha que ela vai querer?

Vago deu de ombros.

– Vamos perguntar. Precisamos de uma boa noite de sono antes de começarmos a viagem de volta.

Notei que ele não falou "para casa", e me sentia da mesma forma. Na melhor das hipóteses, estávamos ganhando tempo em Soldier's Pond. Sem motivo, eu pensei em como controlaria os selvagens da parte sul de Winterville, mas não tinha a intenção de ir ver o quão grave era. No entanto, isso explicava por que o lugar estava tão silencioso; imaginei que tivessem acontecido acidentes.

Vago bateu na porta e, momentos depois, uma mulher jovem atendeu, devia ser, no máximo, cinco ou seis anos mais velha do que eu. Não era como esperava; acho que estava procurando alguém parecida com Mamãe Oaks, já que fora ela quem nos abrigara quando chegamos a Salvação. Pigarreei.

– Dr. Wilson disse que você poderia nos acolher por uma noite.

– Ele disse? Então, é melhor eu não fazer do velho bode um mentiroso. Entrem. Meu nome é Laurel, a propósito. Prazer.

Do lado de dentro, a casa dela era alegre, decorada com almofadas de tecidos coloridos. No entanto, os móveis eram velhos e gastos, o que me dizia que eles não tinham muitos carpinteiros habilidosos em Winterville. Ela esperou que nos sentássemos e depois disse:

– O que vocês oferecem pelo alojamento por uma noite?

– Notícias – respondi.

Pela sua expressão, eu a surpreendi.

– Se você não achar útil ou interessante o que sabemos, vamos acampar do lado de fora. Sem problemas.

A mulher assentiu.

– Parece justo.

Em voz baixa, resumi o saque em Salvação, a horda reunida e a situação turbulenta em Soldier's Pond. Depois finalizei com:

– Sei que vocês têm o tratamento que deveria manter os Mutantes longe, e até agora está funcionando, mas isso não é bem uma solução permanente.

– Não – ela disse, trêmula. – Não é. Há pessoas na cidade que darão grande valor a essa informação, então posso usar isso como vantagem.

Não perguntei o que ela queria dizer com aquilo.

– É suficiente para você nos abrigar durante a noite?

– Vou acrescentar uma sopa para cada um – ela respondeu. – Venham ver o seu quarto.

Vago e eu estávamos tão cansados que pegamos no sono imediatamente e só acordamos quando Laurel bateu na porta muito mais tarde para nos dizer que estava na hora da refeição da noite. Comemos depressa e depois nós nos retiramos de novo. Eu me sentia como uma pão-duro, acumulando sono, porque ele com certeza seria escasso na viagem de volta.

Pela manhã, Laurel embrulhou um pouco de pão para levarmos na viagem. Eu hesitei, pois não tinha discutido aquela ideia com Vago, mas pareceu certa para mim. Por isso, ao partir, eu disse:

– Você pode avisar os homens da cidade de que estamos montando um exército em Soldier's Pond? Quem quiser se alistar deve ir até lá e pode marchar conosco. Não há outra forma... temos que lutar.

Se os homens achassem que eu estava falando da coronel, bem, não era minha culpa. Um olhar tremulante de Vago me mostrou que ele percebera a leve fraude, mas não disse nada.

Laurel assentiu.

– Alguns talvez façam a viagem. Não somos guerreiros, no geral.

– Isso é tudo que podemos pedir.

Como tínhamos dormido quase um dia inteiro e comido bem, a viagem de volta foi mais fácil. Aberrações ainda estavam à espreita atrás de nós, mas fomos mais rápidos do que elas e, em algumas circunstâncias, mais espertos. Foram necessários dois dias e meio de corrida constante com apenas pequenos intervalos para comida e descanso. Não dormi mais de três horas seguidas até ver a cerca de arame farpado brilhar ao sol da manhã.

– Conseguimos – falei para Vago, soltando um sopro de exaustão.

Passei da corrida para a caminhada então, enquanto soava o grito das sentinelas para não atirarem em nós. "Tranquilizador." Corpos de Aberrações estavam deitados em intervalos irregulares fora do perímetro. Então, uma equipe de caça tinha testado as defesas ali em Soldier's Pond enquanto estávamos fora; haviam se saído muito mal também, mas não demoraria até outras virem à procura das suas irmãs perdidas. Eu previ uma repetição do que acontecera a Salvação, embora aqueles guerreiros pudessem aguentar um cerco mais longo.

Conforme nos aproximávamos, eles neutralizaram as defesas por tempo suficiente para entrarmos. Vago apertou o passo, sem dúvida ansioso para acabar com aquela tarefa. Eu concordava com ele. Porém, não chegamos à coronel antes de Tegan nos achar. Eu *nunca* a vira tão brava.

– Você me abandonou! – ela gritou e depois preparou-se e me bateu.

Eu fiquei tão atordoada que nem tentei bloquear o golpe e, assim, ela me socou bem no nariz. O esmagamento resultante doeu como o diabo, sangue escorreu por cima do meu lábio superior e entrou na minha boca. Olhando para ela boquiaberta, eu procurei um pedaço de tecido na minha mochila para me secar.

– Você tem treinado – falei.

– Na verdade, não.

Pela expressão chocada dela, não tinha esperado acertar o golpe e agora estava parecendo levemente horrorizada com sua própria violência. Porém, Tegan não deixou que isso a desviasse de sua queixa.

– Não acredito que, depois de tudo que passamos, você simplesmente foi embora e não me avisou. Tem alguma ideia do quanto ficamos preocupados?

– Eu ia voltar – falei, culpada.

– Nós não sabíamos disso! Sua mãe tem caído no choro há dois dias. Dois dias! Qual é o seu problema? Não entende o quanto os Oaks a amam? Se os Tuttle tivessem sobrevivido, de forma alguma eu iria... Nunca iria...

E Tegan desabou, lágrimas escorrendo pelas bochechas.

Eu a abracei porque não sabia o que mais fazer e sussurrei:

– Sinto muito. Mesmo.

– Não fale para mim. Fale para Mamãe Oaks, e Edmund e Rex.

Tegan espetou Vago com um olhar cortante em seguida.

– E você. Achei que fosse mais inteligente do que isso. Dois tem os instintos naturais de uma perdiz selvagem, mas você já teve família. Por que a deixou fazer isso?

Ele arrastou os pés e meio que me agradou vê-lo tão perdido. Por fim, ele murmurou:

– Tente impedi-la de fazer alguma coisa depois de ter decidido.

Ele estaria certo em culpar a coronel, que estava por trás de tudo aquilo. Foi uma atitude louvável apenas aceitar a raiva dela sem desculpas. Nós *tínhamos* ferido as pessoas que se importavam conosco e não interessava o porquê. Hora de corrigir a situação. A coronel podia esperar.

Foram necessárias duas horas de comida, explicação e desculpas constantes antes de sermos perdoados. No final, acho que minha família simplesmente estava tão feliz de me ver de volta e viva que não conseguiam manter a raiva. Além disso, quando Mamãe Oaks viu meu nariz inchado e dois olhos roxos, sua empatia maternal a dominou. Ela brigou com Tegan por implicar comigo, o que eu achei hilário.

Porém, minha mãe não ficou feliz quando eu disse:

– Preciso ir ver a coronel antes que ela mande alguém para me arrastar até lá. Demorar pode dar motivo para ela decidir não honrar nosso acordo.

Edmund estava dizendo "que acordo?" com uma expressão preocupada enquanto eu saía, Vago logo atrás de mim.

Encontramos a Coronel Park no seu lugar de costume, debruçada sobre mapas que rastreavam a movimentação de Aberrações por perto.

– Vejo que vocês tiveram um pouco de ação na nossa ausência – falei.

Ela deu de ombros.

– Nada com que não conseguimos lidar ainda. Vocês estão com meus dados?

Entreguei o pacote a ela e depois repeti o alerta do Dr. Wilson.

Pelos olhos apertados dela, estava achando que eu inventara o obstáculo, até abrir os lacres e começar a ler. E, então, sua expressão franzida se tornou uma carranca, mas vi a preocupação escondida por trás. Quando um guerreiro fica diante de um inimigo que não pode ser derrotado nas condições existentes, é motivo genuíno para se alarmar. Se os homens dela descobrissem o quão mal equipados estavam para encarar a horda, a disciplina ruiria. Ainda assim, eu me solidarizava com a situação dela. Ela não podia despir a cidade de todos os defensores e partir em marcha, deixando o lugar desprotegido. A coronel estava entre a cruz e a espada, sem dúvida.

– Como foi em Winterville? – ela perguntou, surpreendendo-me.

Adivinhei o motivo escondido na pergunta no mesmo instante.

– Quieto de um jeito nada natural. Acho que tinham o dobro da população antes de ele espalhar a poção. Vago e eu vimos apenas três almas enquanto estávamos lá... A maioria se escondendo, imagino, por causa dos problemas ao sul.

Com um suspiro exausto, ela deixou a informação de lado, baixando a cabeça. Vi o momento em que decidiu abandonar a ideia, escolhendo não sacrificar seu próprio povo. Eu gostei mais dela por isso também.

– Então, foi uma perda de tempo. Imagino que você queira falar com os homens agora.

Inclinei minha cabeça.

– Cumpri minha parte do acordo.

– Deixe-me reuni-los para você, mas não me culpe quando rirem e a expulsarem da plataforma.

Os nervos se arrepiaram na minha barriga. Aquele era o verdadeiro começo da nossa resistência. Eu sentia em meu sangue e em meus ossos, mas também poderia terminar antes de começar. Falar nunca tinha sido minha especialidade; eu era boa com armas, não palavras.

– Você consegue – Vago disse baixinho.

Com a fé dele em mim, endireitei os ombros e segui a coronel. Ela nos levou ao pátio de treinamento, onde parou alguém e disse:

– Reúna todos os homens, exceto as sentinelas.

Foi necessário um tempo para trazer soldados dos cantos distantes da cidade. Pela forma como se comportavam, estavam incomodados por serem arrastados de seus afazeres. Em pouco tempo, aqueles olhares estariam voltados para mim.

A coronel subiu na plataforma que usava para falar com as tropas.

– A mensageira de Salvação quer dizer algumas palavras. Por favor, deem a ela a mesma atenção e cortesia que teriam por mim.

Meu estômago apertou quando subi. Estava sozinha lá em cima e eles achariam que eu era uma pirralha idiota, que estava sendo doida e presunçosa. A secura formigou na minha garganta. E, então, vi minha família no fundo da multidão, os olhos focados em mim. Estranhamente, Mamãe Oaks parecia orgulhosa e Edmund estava assentindo. Eles não faziam ideia do que eu estava tramando e ainda achavam que eu poderia ter sucesso.

Eu soltei um suspiro e levantei a voz para ela ser ouvida.

– Alguns de vocês não me conhecem. Serei breve. Eu venho das tribos do subsolo, um lugar tão escuro que vocês nem podem imaginar. Eu nunca tinha visto a luz do sol até ter 15 anos. Mas eu vim para a superfície e sobrevivi, mesmo com todos dizendo que era impossível.

Um burburinho recebeu aquelas palavras; claramente, eles duvidavam de mim. Ignorei aquilo e continuei:

– Encontrei pessoas que queriam me matar nas ruínas de Gotham. As meninas não lutavam nas gangues... mas eu, sim. E eu sobrevivi. E fiz amizade com um daqueles selvagens e o trouxe comigo.

Perseguidor olhou nos meus olhos e assentiu rapidamente, suas cicatrizes bem saltadas em comparação com os rostos lisos à sua volta. Tomei coragem com a raiva dele. Daquela vez, eu não tinha certeza se era comigo.

– Nós tínhamos apenas histórias sobre a segurança no norte. Devia ser impossível encontrarmos ajuda em um espaço tão vasto. Havia Mutantes por toda parte e nós não possuíamos mapas. Ainda assim, conseguimos. Improvável nos guiou até Salvação e eles nos abrigaram. Lutei por eles até meu último suspiro, mas não foi suficiente. Mandaram-me buscar ajuda e eu cheguei muito tarde, fui muito lenta. Isso me assombra.

Eu não tinha palavras chiques para persuadi-los, apenas a verdade da minha vida. Assim, enfiei a mão no bolso e tirei minha carta de baralho ensanguentada.

– Eu me chamo Dois e recebi meu nome do dois de espadas. Estou dizendo para vocês agora, pelas coisas às quais eu sobrevivi e pelos lugares por onde estive, que não existe isso de impossível. De acordo com todas as outras pessoas, eu não deveria estar aqui. Mas estou.

O pátio ficou silencioso como a morte e os soldados tinham perdido sua irritação. Em alguns rostos, vi incredulidade e diversão. Outros estavam apenas ouvindo. Um homem batia o pé.

Reuni o resto da minha coragem e concluí:

– Só é uma derrota certa quando paramos de tentar. Precisamos de um exército que lute pelo mundo todo, não por uma cidade, e eu quero criá-lo. Sua coronel me deu permissão para recrutar entre vocês. Se se juntarem a nós, a partir deste ponto, sua lealdade será apenas por essa causa. Deem um passo à frente, almas corajosas. É hora de fazer o impossível mais uma vez.

Ônus

Ele viu que a criatura era um lobo gigantesco, correndo direto até ele.

(George MacDonald, *O Menino Dia e a Menina Noite*)

Absurdo

Quando meu discurso terminou, eu esperava por uma enorme manifestação de apoio. Eu dei a eles tudo o que sabia ser verdade e, em troca, a maioria nem tirou um tempo para rir de mim. Eles voltaram para as suas tarefas e velhas rotinas. Sentindo-me idiota, pulei da plataforma, meu estômago um nó de constrangimento e vergonha.

Um soldado disse:

– Isso é absurdo. Não acredito que a coronel achou que valia a pena perdermos tempo com isso. Aquela menina nem consegue se defender de um soco no nariz.

A humilhação me inundou. Minha história não significava nada para eles. Provavelmente não acreditavam em mim, e aquela era uma dor desconhecida. Ninguém tinha pensado que eu era mentirosa antes.

Depois de o pátio esvaziar, algumas pessoas permaneceram. Eu as olhei com cautela, perguntando se queriam começar uma briga. Porém, conforme me aproximei, eu as reconheci: Morrow, Spence, Tully e Thornton. "Todo exército tem um início, não importa o quão humilde seja." Cuidadosa, escolhi um caminho até eles.

– O que posso fazer por vocês? – perguntei.

– Estamos nessa – Tully falou, eu presumi, por todos eles.

– Por quê?

Thornton estava com um olhar melancólico.

– Sou um homem velho e não me resta família. Prefiro morrer lutando contra Mutantes a ter uma doença que ninguém consiga descobrir como curar.

– Gostamos de viver perigosamente.

Spence trocou um olhar com Tully que eu não consegui interpretar. Porém, não importava de verdade por que eles estavam se juntando a mim, apenas que sabiam lutar, e eu os vira em ação.

– E você? – perguntei a Morrow.

– De coração, sou um contador de histórias – ele disse. – E essa parece que pode ser uma boa.

Aquilo poderia ser divertido lá fora e eu já sabia que ele era bom em situações difíceis. Assim, inclinei a cabeça.

– Estou esperando notícias de Winterville. Vamos dar a eles tempo de fazerem a viagem e depois sairemos. Assim, é melhor vocês descansarem.

– Sim, senhor – Tully respondeu, e ela não pareceu estar sendo sarcástica.

– Mandarei avisar na noite antes de partirmos. Isso é tudo.

Parecia estranho dar ordens a pessoas que eram mais velhas do que eu, mas imaginei que me acostumaria. Com Vago ao meu lado, cruzei o pátio para conversar com Edmund e Mamãe Oaks. Podia ver nos olhos dela que estava com medo por mim, mas sua boca permanecia sorrindo. Aquilo me parecia amor, quando fazemos cara de coragem com o coração partido porque é disso que a outra pessoa precisa.

– Há outras cidades – Edmund disse, encorajador.

Mamãe Oaks assentiu.

– Esses homens apenas não têm imaginação suficiente para entender o que você está tentando fazer. Estão seguindo ordens há tempo demais. Será diferente em outros lugares.

No fundo, eu não estava tão certa daquilo, mas agradecia pelo apoio.

– Talvez alguns homens venham de Winterville.

– Como era lá? – Edmund perguntou, fascinado.

Ele parecia quase tão interessado nas minhas histórias quanto eu estivera nas dele, antes. Enquanto andávamos, Vago e eu nos revezamos em explicar o que tínhamos visto e aprendido. Tanto Edmund quanto Mamãe Oaks se maravilharam com as luzes elétricas e os moinhos de vento e as Aberrações mantidas em jaulas. Tegan e Perseguidor nos acompanharam, ouvindo o relato.

Perseguidor me parou do lado de fora da casa dos Oaks. Eu esperava que se tratasse de consertar nossa amizade, mas, a julgar pela expressão dele, provavelmente não era. Aquela estrutura quadrada sem fogo para cozinhar me deixava triste. Mamãe Oaks nunca seria feliz em Soldier's Pond; tinham tirado o trabalho da sua vida, bem parecido com o que Salvação fizera comigo, mas, pelo menos, ela estava a salvo.

– Entrem – falei para Vago e minha família.

Eles entraram, depois de Vago me virar um olhar cheio de significado.

– Fiquei sabendo que o recrutamento não foi tão bem quanto você esperava. Na minha opinião, você não usou força o bastante. Você quis tocar o que há de melhor neles. Devia tê-los chamado de covardes que não têm colhões para lutar com as Aberrações. Isso teria motivado mais deles.

Dobrei os braços.

– Se você veio só fazer piada comigo, não estou interessada.

Ele fez que não.

– Não é por isso que estou aqui. É apenas um conselho para a próxima vez.

– Então, o que você quer?

– Não vão mais existir palavras doces entre nós. Não vou mais implorar por uma migalha da sua afeição.

– Nunca pedi que fizesse isso – protestei.

– É justo. Aqui está minha proposta e você deve saber que tenho outra oferta disponível. Você me dá o comando dos patrulheiros e aceita que não sou subordinado a você. Eu lidero meus próprios homens. Vou lutar com o seu grupo, mas estamos livres para ir e vir, escolher nossas próprias batalhas.

– E se eu não concordar?

– Então, vou ficar em Soldier's Pond. Não espero que você se importe. Mas eles gostam das minhas habilidades. Não vou ficar encarregado dos patrulheiros, mas posso escalar até o topo. E isso vai me afastar de você.

Ele disse aquilo como se a distância fosse uma cura necessária para uma doença contra a qual ele estivera lutando uma batalha perdida.

– Talvez seja melhor você ficar aqui. Não quero machucá-lo, Perseguidor. Nunca quis isso. Exceto quando você nos capturou da primeira vez. Naquela hora, minha intenção era matá-lo.

Uma risada relutante escapou dele.

– E eu tinha a intenção de que você liderasse os Lobos ao meu lado. Imaginei que você veria as vantagens em pouco tempo.

– Não – falei com delicadeza. – Eu teria morrido lutando contra você. Não tenho a tendência de me curvar. Para mim, sempre foi o Vago. Sempre será.

Ele fez que sim, os olhos frios.

– Entendo. E posso viver com isso. Temos um acordo?

Parte de mim não achava que fosse uma boa ideia levá-lo conosco, mas ele era um patrulheiro excelente. Apenas o fato de que queria liderar seus próprios homens o tinha levado a oferecer aquele acordo. Sempre estivera no poder com os Lobos e não gostava muito de seguir ordens, o que teria de fazer se ficasse em Soldier's Pond e entrasse formalmente na hierarquia deles. Embora os patrulheiros pudessem ter mais liberdade, ainda havia uma cadeia de comando, e Perseguidor queria estar no topo.

– Neste momento, não há ninguém para você liderar, mas eu aceito.

Ele assentiu.

– Isso é tudo. Já vi o que você sabe fazer.

Aquilo se parecia muitíssimo com um voto de confiança. Antes de eu poder agradecer, ele se virou e saiu a passos largos. Com o tempo, eu esperava que ele superasse a mágoa. Sentia falta de treinarmos juntos. Vago saiu da casa quando eu me aproximei da porta.

– O que ele queria?

Mas seu tom não estava ríspido nem medroso, e isso também era um alívio. Ele não precisava lidar com ciúmes além de todo o resto.

Rapidamente, resumi a oferta que Perseguidor tinha feito.

– Ele vai se sair bem nisso, desde que a gente consiga encontrar alguns patrulheiros para ele.

Eu suspirei.

– Estamos longe de ter certeza sobre isso, a esta altura.

– Pelo menos, você está tendo atitude. Todas as coisas grandes começam pequenas.

Talvez eu só estivesse cansada, mas aquilo pareceu profundo. Vago tomou um fôlego e depois emoldurou meu rosto em suas mãos, contato iniciado totalmente por ele. Levantei meu olhar, aproveitando o calor das suas palmas contra minhas bochechas. Em seguida, ele deixou um beijo leve na minha testa, com divertimento em seus olhos escuros.

– A Tegan acertou bem.

– Acertou.

Eu baixei a cabeça.

– Mas eu mereci.

Ele beijou minha têmpora então e eu fechei os olhos com um tremor de prazer.

– Obrigado, Dois.

– Pelo quê?

– Ser paciente. Não sei por quê, mas é melhor e mais fácil quando eu estou no controle. Quando você simplesmente me deixa... Você sabe.

A mão de Vago se enrolou em um punho porque era claro que estava frustrado por não conseguir explicar.

– Apenas é melhor.

– Isso é tudo que me importa. Se significa que eu preciso esperar que você segure minha mão ou me beije, tudo bem. Eu realmente acredito que chegará um momento em que você nem vai mais pensar nisso.

– Pode demorar um pouco – ele me alertou.

Eu sorri.

– Então, terei de depender da sua vontade de me tocar.

– Você *pode* contar com isso.

Seus olhos escuros tinham uma luz voraz, como se ele quisesse me devorar. Eu queria muito deixar.

Naquela noite, todos nós dormimos no mesmo aposento, a pequena casa de alojamento que fora cedida para os meus pais. Edmund roncava um pouco; Rex, também. Em certo momento, Vago desceu do seu beliche para o meu. Como ele estava quente, não protestei... e, já que queria estar perto de mim, tomei como uma vitória pessoal. Seus braços me envolveram, tão naturalmente que eu caí no sono no mesmo instante. Quando acordei, ele tinha saído, provavelmente para a oficina com os outros dois homens.

Mamãe Oaks estava varrendo sem ânimo o chão, que não precisava daquilo, quando rolei para fora da cama e juntei umas roupas limpas, com a intenção de ir à sala de banho. Por impulso, fui até ela e a abracei. Ela me apertou de volta, dando tapinhas nas minhas costas como se fosse eu quem precisasse de consolo. E talvez precisasse. O dia anterior, com certeza, não tinha sido como eu esperava.

– Vou encontrar um lugar melhor para nós – prometi a ela. – Apenas aguente e, quando a guerra acabar, procurarei uma cidade que combine mais com a gente.

Ela sorriu.

– Seria impossível eu ter uma filha melhor ou amá-la mais do que a amo.

Recuei e peguei as mãos dela nas minhas, sentindo tantas coisas que simplesmente não tinha palavras para elas.

– Sinto muito pelo que aconteceu em Salvação. Eu queria ter conseguido fazer mais, se tivesse impedido aquela Aberração que roubou o fogo...

– Oh, querida, não. Largue esse fardo. Não cabe a você carregá-lo. O Senhor manda provações como acha melhor. No fundo, eu pensava que você poderia se esforçar mais para se adequar a Salvação. Eu a amo, mas nem sempre entendia. Talvez esse seja o jeito Dele de me fazer compreender.

– Acha que ele tirou sua casa para ensinar alguma coisa para você?

Parecia algo malvado e mesquinho a ser feito por alguém que, supostamente, tinha todo o poder.

– Pode ser. Mas especular é inútil. As ações Dele estão além da nossa compreensão.

Assenti, afastei-me e recolhi minhas coisas. Eu teria de me apressar para me limpar e conseguir pegar o serviço de café da manhã no refeitório. Corri até a sala de banho, depois do centro da cidade, onde várias casas haviam sido demolidas, e era ali que eles tinham suas plantações. Além disso, havia jardins logo dentro da cerca de metal. Soldier's Pond fazia um uso excelente do espaço que defendia. Era eficiente, com certeza. Havia também um cercado cheio de animais, mas eles usavam a carne com economia, pelo que eu vira. Tomei banho depressa e cheguei quando os últimos atrasados estavam entrando na fila. Não gostava daquela parte da nossa nova vida, preferia o jeito de Salvação de comer as refeições em casa. Preparada em quantidades tão grandes, a comida era sem graça e sem sabor.

"Não vou comê-la por muito mais tempo."

Passei os olhos pela multidão e não vi ninguém que conhecesse até Morrow fazer um gesto para eu me aproximar. Ele estava sentado sozinho com um maço de papéis, os dedos manchados de tinta. Conforme me aproximei, ele os colocou de lado, abrindo espaço para o meu prato. Sentei-me no banco em frente a ele.

– Você não estava brincando – falei, surpresa.

– Quando as pessoas param de escrever suas histórias, a alma do mundo é perdida.

– Então, como foi crescer aqui? Você pôde escolher ser soldado?

Eu não sabia bem como aquilo funcionava.

– Não sou daqui e não sou soldado de verdade. Eu venho e vou como o vento.

Embora seu tom fosse leve, ele definitivamente falava a verdade.

– Mas a coronel o mandou com a gente para Salvação, entre seus melhores homens.

– Você viu como eu manejo o florete. Não concorda que eu tenho habilidade?

Eu não podia discutir com aquilo. Ele continuou:

– E ela não me mandou. Eu *escolhi* ir. Tem uma grande diferença.

Levantei uma sobrancelha.

– Porque achou que daria uma boa história?

Morrow indicou os papéis espalhados.

– Sobre o que você acha que estou escrevendo?

Eu não sabia como me sentia com aquilo. De certa forma, parecia desrespeitoso transformar em entretenimento o que as pessoas de Salvação haviam sofrido. No entanto, outra parte de mim dizia que era bom e apropriado elas serem lembradas. Enquanto ponderava os dois pensamentos conflitantes, engoli o resto da comida sem aproveitar muito.

– Obrigada pela companhia – falei, levantando-me. – Vou entrar em contato em alguns dias, assim que souber quantos homens vêm de Winterville.

– Não muitos, eu acho. Por isso o Dr. Wilson estava trabalhando em uma solução pacífica para o problema dos Mutantes.

Eu me perguntei como ele sabia dos feromônios ou se sequer sabia alguma coisa. Morrow poderia estar me testando para ver o que conseguiria descobrir para as suas histórias detestáveis. Embora eu precisasse das suas armas, não confiava por inteiro nele ou nos seus motivos; ele tinha sua própria razão para se juntar a mim. Ainda assim, era melhor ter homens que sabiam pensar por si mesmos em vez daqueles que obedecem cegamente.

Três dias depois, quatro homens chegaram de Winterville. Eles estavam exaustos e dois apresentavam-se feridos de uma luta com as Aberrações. Tegan cuidou das feridas, que não eram graves. Todos ficaram bravos quando perceberam que a mensagem não tinha vindo da coronel, mas eles haviam perdido as famílias para a loucura que o Dr. Wilson criara quando passou spray na cidade. Assim, não tinham nada para que voltar e traziam um motivo forte que justificava lutar.

No dia seguinte, enquanto nos reuníamos no pátio de treinamento, eu fiz uma contagem. Quatro de Soldier's Pond. Quatro homens de Winterville. Quando Tegan se apresentou sem dizer nada, olhos raivosos me desafiando a protestar, somamos nós quatro das ruínas de Gotham. Isso chegava a 12, um número muito pequeno para partirmos em direção a um objetivo tão grande. Minha família saiu para nos ver ir embora. Não houve fanfarra, os soldados não pararam seu trabalho ou treinamento. Provavelmente imaginaram que iríamos morrer.

Cabia a nós provar que eles estavam errados.

Otterburn

Eu nunca estivera no comando de nada antes.

Assim, quando Perseguidor tomou a frente e interrogou todos os homens novos de Winterville, e depois pegou dois para serem patrulheiros, eu deixei, em parte porque precisava de sentinelas habilidosas e em parte porque me sentia culpada por não me importar com ele do jeito que ele queria. Era uma reação ilógica e eu tinha de afastá-la. Mas seria útil para o restante do pelotão, por menor que fosse, ter boas informações. Os patrulheiros ainda lutariam quando fosse necessário. Antes de partirmos, verifiquei os mapas e memorizei o caminho para Otterburn. Não ficava longe de Soldier's Pond, apenas um dia rio acima com um passo apertado. Carroças levariam muito mais tempo. Eu não achava que fôssemos ter problemas, mas era melhor estarmos preparados.

– Perseguidor, você se importa de...

– Vamos patrulhar – ele disse.

Sua equipe saiu apressada para verificar o caminho à frente. Eu entendi por que ele não me permitiu terminar. Estava deixando claro que sua missão resultava da sua escolha, não do meu pedido. Virei-me para os outros.

– Vamos. Chegaremos a Otterburn ao anoitecer se nos esforçarmos.

Tegan alcançou meu ritmo, parecendo envergonhada.

– Desculpe-me por ter te batido.

– Você estava brava. Eu entendo o porquê.

– Achei que você fosse me *impedir*.

– E a assustei e magoei. Isso merecia um tapa na cara.

Sorri para ela, estremecendo um pouco com a maneira como repuxava meu nariz machucado.

– Só estou feliz por você ter vindo com a gente, de qualquer forma. Vamos precisar de uma médica com um pouco de coragem antes de isto acabar.

– Eu não quero só remendar as pessoas – ela falou. – Quero ser capaz de me defender. Não quero sempre ser a mais fraca do grupo.

Assenti.

– Vamos descobrir qual arma funciona melhor para você e partiremos daí.

Tegan não me abraçou em volta dos ombros porque éramos soldados agora, mas pude perceber que ela queria.

– Obrigada, Dois.

Os patrulheiros encontraram um caminho livre para nós até Otterburn, mas havia Aberrações farejando por toda a extensão do rio. Fiquei incomodada por não poder mais sentir o cheiro delas tão forte, apenas um leve toque de deterioração carregado pelo vento. As coisas estavam mudando mais rápido do que eu conseguia acompanhar. Parte de mim duvidava da minha capacidade de concluir aquela tarefa que eu definira para mim mesma.

Uma voz mais baixa estava dizendo "só encontre um lugar seguro para se esconder, você não pode salvar essas cidades e é louca por pensar nisso".

Depois, a Caçadora empurrou para fora a covardia, lembrou-me de que eu preferia morrer lutando, como Thornton disse. Se aquele fosse o caso, bem, pelo menos como Improvável, eu faria com que minha morte tivesse significado. Se vivesse no subsolo, não teria muitos anos a mais, de qualquer maneira. Assim, faria com que eles valessem a pena no Topo; a Caçadora que sempre seria parte de mim, assim como minhas cicatrizes, não me deixaria fazer menos do que isso.

O sol estava afundando abaixo da linha do horizonte quando chegamos aos limites da cidade, longos traços de laranja e rosa manchando o céu. Otterburn era mais parecida com Salvação do que outros assentamentos que eu vira. As construções eram rústicas, mas não havia muros ali, nada caiado também. A madeira estava gasta, mas não era como Winterville. Havia pessoas nas vias de lama, cuidando dos seus assuntos. Ainda assim, aquele era um pequeno assentamento sem meios visíveis de proteção. A proximidade de Soldier's Pond significava que talvez recebesse ajuda em momentos difíceis, mas eu não gostaria de confiar na boa vontade de um vizinho se morasse ali. Contei 30 construções, no total, 25 das quais pareciam ser habitadas. As outras provavelmente eram para comércio. Dada a aparente falta de precauções, eu não tinha ideia de como eles não haviam sido varridos do mapa.

Virei-me para os recrutas de Soldier's Pond, incluindo Morrow no campo de visão.

– O que vocês sabem sobre esse lugar? Já estiveram aqui antes?

Tully e Spence fizeram que não, e ele disse:

– Nossas patrulhas não chegavam até aqui.

– Fiz viagens de comércio por um tempo – Thornton disse –, então já estive aqui, mas foi há muito tempo. Eu me aposentei da estrada depois de meus meninos nascerem.

Um tremor de tristeza mudou sua expressão fixa, um lembrete de que ele viera conosco porque não lhe restava mais ninguém em Soldier's Pond.

O contador de histórias acrescentou:

– Eu já estive aqui, mas não vi nada que fizesse valer a pena ficar.

Ele provavelmente era o membro mais viajado do grupo, o que me deixava feliz por ter se voluntariado.

– Você se lembra da planta do local?

– Não – Thornton disse.

Morrow admitiu:

– Eu não memorizei nada. Esse lugar é um pouco cruel para os olhos.

– Não importa. Vamos descobrir – murmurei.

Tegan ainda estava ao meu lado, embora estivesse mancando depois de um dia de viagem. Mas sua perna não parecia tão fraca quanto já fora, então ela estava melhorando. Exigir mais de si mesma apenas melhoraria sua resistência também. Com ela, eu não estava preocupada, pois conseguiria nos acompanhar. Com todo o resto? Certamente.

Eu fiz todos pararem no centro da cidade e depois falei para Perseguidor:

– Avalie o lugar. Veja se consegue encontrar o local onde o pessoal se reúne. Uma loja ou mercado?

Vago havia me contado a respeito disso muito tempo antes, sobre as pessoas se encontrarem para trocar coisas. Um lugar assim seria exatamente do que precisaríamos.

Diferentemente de outros assentamentos, não havia guardas. Nada de sentinelas. Pessoas andando com bolsas e cestas olhavam para nós mais de uma vez, mas ninguém perguntou o que queríamos. Dado o que sabíamos sobre o mundo, eu não entendia como aquele local conseguia continuar existindo, a longo prazo, sem todos morrerem em um massacre. Dei uma olhada no restante dos meus homens e vi que eles também não compreendiam.

As pessoas pareciam bem alimentadas. Usavam roupas simples, como as que o pessoal vestia em Salvação, exceto pelo fato de as mulheres estarem com calças também. Eu senti cheiro de pão sendo assado juntamente com o aroma forte e salgado de sopa. Depois da lavagem que havíamos comido em Soldier's Pond, meu estômago rugiu.

– Concordo com você – Thornton disse.

Antes de eu poder responder, Perseguidor voltou.

– Encontrei o que eles chamam de taverna. Metade dos homens da cidade parece estar lá dentro.

– Então, é para lá que precisamos ir.

O lugar que Perseguidor mencionou tinha uma varanda pela frente e era mais barulhento que outras construções. Entrei, enrugando o nariz com o odor forte. Cheirava a fruta podre, porém com mais fermento, levemente combinado com corpos sem lavar. A conversa parou com nossa chegada e foi retomada alguns segundos depois conforme os homens lá dentro decidiam que não éramos tão interessantes.

– É uma casa de bebidas – Morrow disse.

– O que é isso? – perguntei, baixinho.

– Eles servem álcool.

Ele previu minha pergunta seguinte, explicando:

– Ele deixa a pessoa idiota, barulhenta e retira uma boa parte da sua coordenação.

– Parece um jeito ruim de passar o tempo se você quer viver – Tegan disse.

Mais um motivo de Otterburn não se parecer com outras cidades. Eu apenas não fazia ideia do porquê.

Havia um homem atrás de um balcão, grosseiro, careca e grande, com o rosto marcado de cicatrizes, e um cassetete ainda maior atrás de si. Por motivos óbvios, ele parecia estar no comando e, assim, escolhi um caminho em meio às mesas e disse:

– Você se importa se eu falar com os homens?

– Depende. Não quero que você cause problemas aqui e provoque uma briga.

Não achei que minhas palavras fossem ter aquele efeito, mas parecia melhor não o deixar bravo.

– Estou procurando soldados para lutar contra os Mutantes.

Uma grande gargalhada vinda desde a barriga emergiu dele.

– Por que diabos faríamos isso?

Vago saiu de trás de mim, sua linguagem corporal declarando que ficaria feliz em bater naquele grande idiota até transformá-lo em uma pasta. Ele não gostava quando as pessoas faziam piada comigo, não importava o motivo. Levantei a mão, sem querer provocar o cara quando não entendia o que estava acontecendo.

– Vocês não têm problemas com eles aqui? – Thornton perguntou, e era claro que estava cético.

– Eu não me meto nos *seus* assuntos – o homem disse.

Tegan tentou usar um tom conciliatório.

– Se você nos contasse como conseguem ficar em segurança, poderia ajudar muitas outras cidades.

Eu já sabia que não podia ser uma solução técnica como tinham tentado em Winterville. Nada em Otterburn me fazia pensar que eles estavam usando estratégias de proteção do mundo antigo. Como em Salvação, havia lampiões e velas ali, colaborando para o fedor do salão. O homem do balcão esfregou o queixo, parecendo pensativo.

– Uma história por outra história – Morrow sugeriu.

– Faça a sua ser mais divertida do que a minha e eu acrescento sopa e cerveja para a sua turma.

O homem fez um gesto para o público.

– Uma plateia feliz fica... e bebe por mais tempo.

Nosso contador de histórias assentiu.

– Explique como funciona e vou fazer todos rirem.

– Antes, a gente tinha problemas com os Mutantes, como todo mundo. Eles eram na maioria feras idiotas e a gente se escondia nos armazéns no subterrâneo. Eles eram imbecis demais para nos encontrar. Por isso, quebravam portas e móveis, farejavam por aí até perderem o interesse. Às vezes, comiam um atrasado que não tinha se escondido a tempo. Mais ou menos um ano atrás, tudo isso mudou.

– Como? – Perseguidor perguntou.

Todos nós estávamos prestando muita atenção, até os homens amargos e silenciosos de Winterville. Aposto que queriam ter sabido aquele segredo antes de o Dr. Wilson infectar a cidade e fazer as famílias enlouquecerem, de forma que tiveram de ser enjauladas longe de todo o resto. Porém, o que mais se pode esperar de um cara que mantinha uma Aberração como bicho de estimação? Por mais esperto que fosse, ele não estava certo.

– Uns seis meses atrás, os Mutantes organizaram uma reunião. Em vez de atacarem, mandaram um deles que sabia falar.

Um burburinho de descrença ecoou pelo nosso pequeno grupo, seguido por alguns palavrões criativos. Memorizei alguns deles. Até Morrow pareceu cético... e ele era especialista em histórias. No entanto, eu não dispensei a afirmação com tanta rapidez. Lembrei-me da Aberração falando comigo com a voz rouca. Quando a luta estava no seu ponto mais feroz do lado de fora dos portões de Salvação, eu tinha golpeado a mão de uma Aberração que me atacava, e ela a puxara de volta, gritando sua dor. Seus olhos sombrios e quase humanos tinham brilhado para mim em choque, eu pensara.

"Acha que eu iria simplesmente deixar que você me comesse?", eu tinha perguntado.

"Me comesse", ela rosnara de volta.

Eu havia ignorado as palavras, achando serem um truque da fera, um ato de imitação. Agora, pelo que o cara de Otterburn dizia, eu me perguntava se tinha errado. Talvez aquele tenha sido o começo da estabilização evolutiva dos monstros, como o Dr. Wilson chamava. Eu não sabia exatamente o que aquilo significava, mas não era nada bom para nós; isso era certo.

– O Mutante falou com você? – Thornton esclareceu em um tom que costuma ser reservado para os bobos.

– Isso mesmo. E nos ofereceu um acordo.

– De que tipo? – Vago questionou.

– Ficamos dentro dos limites da nossa cidade. Não caçamos Mutantes lá fora. E um dízimo regular para mostrar nossa boa-fé.

Ah, eu tinha um mau pressentimento sobre aquilo.

– O que você quer dizer?

As mãos de Vago deslizaram para as minhas, eu não sabia se por cautela ou para reconfortar, mas provocou as duas coisas. O homem do balcão estreitou os olhos como se pudesse sentir o peso do meu julgamento.

– Foi melhor assim. E a situação tem sido muito mais fácil desde que o acordo foi fechado.

– Só termine a sua história – Morrow disse. – Para eu poder contar a minha.

– O dízimo é simples. A gente oferece comida para os Mutantes e deixamos em um certo local, uma vez por mês.

Talvez não fosse tão ruim quanto eu temia. No enclave, nós dávamos a eles nossos mortos para acalmá-los e, assim, eles pareciam menos interessados em tentar romper nossas barricadas. Um costume similar em Otterburn seria inteligente e prático, embora eu imaginasse que a maioria dos habitantes do Topo acharia a ideia repugnante. Quando olhei em volta, o resto dos meus homens parecia silenciosamente horrorizado, então não dei aquela informação.

– Estamos falando exatamente do quê? – Tully disse pela primeira vez.

O homem pigarreou.

– Qualquer um que morra naturalmente, eles recebem os corpos.

– E se não tiver mortes? – questionei.

A vida era melhor na superfície e, assim, imaginei que, em épocas boas, as pessoas não deviam morrer com muita frequência. E as Aberrações não iriam entender se as pessoas não conseguissem honrar os termos acordados. Fiquei chocada em saber que eles tinham oferecido um trato para início de conversa, em vez de atacarem sem pensar. Aquela nova informação era... mais do que preocupante.

O grosseirão curvou os ombros.

– Não foi ideia minha – ele disse em voz baixa. – Mas, para pagar o dízimo, a gente sorteia. E quem perde vai para o lugar de encontro.

– Isso se parece muitíssimo com sacrifício humano – Spence afirmou, ríspido.

O homem esticou as grandes mãos no balcão, tanto bravo quanto na defensiva.

– A gente não mata ninguém.

Thornton se inclinou.

– Os Mutantes fazem isso por vocês. Por quanto tempo acham que podem manter sua população, pagando esse preço?

– Não é uma solução permanente e vocês não entendem como todo mundo ficava assustado depois de os ataques terem aumentado, como nós estávamos cansados de nos esconder. Nunca dava para saber quando os Mutantes iam invadir ou quem ia conseguir abrigo. Pelo menos dessa forma, as mortes são previsíveis e você tem a chance de se despedir.

Era horrível, mas verdade. Isso não significava que eu conseguia me ver aceitando tal acordo.

O homem do balcão continuou:

– E é por isso que eu não vou deixar que você fale o que quer aqui. Ninguém deseja irritar os Mutantes incentivando o pessoal que tem a intenção de matar as feras.

– Então, vou honrar minha parte do combinado – Morrow falou. – Se você cumprir a sua.

– Com certeza – o homem respondeu.

Era óbvio que ele ficou aliviado quando juntamos algumas mesas e depois Morrow pulou em cima de uma. No começo, os homens de Otterburn gritaram para ele descer, parar de se fazer de palhaço, mas ele tocou algumas notas na sua flauta e eles ficaram interessados. A história que se seguiu era doida e improvável: sobre um menino bruxo que morava em um armário e, então, um gigante foi buscá-lo para ir a uma escola mágica, começando então uma série de aventuras. Todos nós estávamos vidrados nas palavras de Morrow, quando ele finalizou:

– E esse é o final... por ora.

Para minha surpresa, eu tinha sopa fria e uma bebida morna em frente a mim. Se tivesse algo de valor, pagaria a ele para continuar falando. Infelizmente, não tinha, e Morrow devia estar morrendo de sede. Comi minha refeição depressa, triste pelo povo de Otterburn e sentindo pena de mim mesma. Não havia guerreiros ali e, assim, falhei na primeira etapa da minha jornada. Não poderia derrotar a horda sem mais homens.

Depois, deixei a autopiedade de lado porque eu tinha, sim, uma pequena tropa e precisava cuidar dela. Assim, fiz um sinal para o homem do balcão e perguntei a ele:

– Senhor, se eu prometer que vamos embora pela manhã, você permitiria que dormíssemos no chão perto do fogo? Seria bom passar a noite debaixo de um teto quente antes de voltarmos lá para fora.

Ele pareceu indeciso e, então, Morrow observou:

– Eu marquei quantos jarros de cerveja você vendeu enquanto eu estava contando aquela história.

Porém, o homem estava com uma expressão perspicaz.

– Isso era parte do nosso acordo anterior, mas eu estou pensando em oferecer outro para vocês, se estiverem interessados.

– Não do tipo que vocês fizeram com os Mutantes, espero – Thornton murmurou.

Virei para ele um olhar pacificador.

– Estou disposta a um trato.

– Então, vocês limpam o salão comum depois de eu fechar e, desse modo, podem mexer nas mesas e deitar. Parece justo? Saibam que eu durmo lá em cima e vou contar os jarros e as garrafas antes de ir para a cama. Se estiver faltando mesmo que uma gota de manhã, *vamos* ter problemas.

– Certo.

Eu não tinha interesse em mais da cerveja quente dele, que cheirava a mijo para mim.

Algumas horas depois, estávamos passando esfregão todos juntos. Aquele não era o tipo de ação que eu tinha em mente quando partimos, mas talvez a cidade seguinte nos desse mais sorte.

Com certeza, não poderia piorar.

Fracasso

É sempre um erro provocar o destino com pensamentos assim.

Tegan tinha explicado a ideia de destino, um conceito passado pelos pais dela. Ela sabia várias coisas estranhas como aquela. E eu não devia ter pensado o que pensei, porque a situação sempre podia deteriorar. No mês seguinte, visitamos Appleton e Lorraine. A primeira era uma vila parecida com Salvação, embora tivesse mais comodidades modernas; eu podia ver por que Improvável tinha gostado das viagens de comércio. Nas duas cidades, usei o nome dele para abrir portas e as pessoas ficaram tristes de saber que ele tinha falecido, e ainda mais ao descobrirem o destino de Salvação. Aqueles fatos foram suficientes para conseguir que eles me deixassem dizer o que eu queria.

No entanto, eu tinha passado a reconhecer o brilho nos olhos de um homem antes de ele rir, menosprezando. Quando eram 40 ou mais, o som podia ser desmoralizante. Eles davam uma olhada no meu grupo maltrapilho, ouviam minha ideia e depois caiam em gargalhadas barulhentas. E esses eram os educados. Alguns homens jogavam comida.

Naquele dia, estávamos nos limites de Gaspard. Tínhamos feito um circuito completo e, agora, nos encontrávamos na costa. Fazia tanto tempo desde que eu vira a grande água que, em vez de continuar em direção à cidade que eu mirava a distância, parei na praia rochosa para me maravilhar. Os homens vieram para o meu lado, cansados e sujos da viagem. Eu os havia forçado muito para pouco resultado, mas, até então, ninguém reclamara. No entanto, eu não tinha a ilusão de que eles continuariam a me seguir se permanecêssemos vagando sem progresso.

– Eu nunca tinha visto o oceano – Thornton disse.

Eu virei o olhar para aquelas águas azuis acinzentadas, as ondas balançando em direção à margem.

– Vale a pena ver.

Voltei-me para Morrow.

– Isto vai entrar na sua história?

– Talvez – ele respondeu.

Gaspard era construída em uma saliência de terra que se estendia por cima da água. Parecia imprudente. E se uma grande onda afogasse todos? Porém, com Aberrações vagando por aí, talvez o mar fosse a menor das preocupações deles. Na frente, eles tinham o oceano como um bastião e, atrás, haviam esculpido um muro elevado na rocha e coberto de argamassa. Era mais alto do que qualquer defesa que eu já vira, impressionante o suficiente para deter fogo e garras, qualquer ataque que as Aberrações pudessem inventar. Havia apenas uma passagem estreita limitada por um portão de metal. A cidade tinha um ar ameaçador, mas era uma fortaleza.

"O mundo é maior do que eu poderia ter acreditado lá no subsolo."

Se alguém tivesse me dito que havia tantas pessoas vivendo no Topo, eu teria dado risada. Todos sabiam que o mundo lá em cima estava arruinado, inabitável. Era difícil ver um lembrete constante do quão mal informadas as pessoas eram. Aquelas cidadezinhas não eram enormes como Gotham já fora, mas cada uma abrigava centenas de pessoas, todas vivendo de acordo com diferentes regras. Agora entendia o quão boba a minha proclamação para a coronel tinha sido. Eu simplesmente iria unir todo mundo porque precisava que fosse feito? Não era de se admirar que ela tivesse dado risada... e que as pessoas continuassem a rir.

– Eu não entendo uma coisa – Perseguidor disse.

Virei-me para ele.

– O que é?

– Qual é a finalidade do dízimo? Não é como se uma pessoa fosse suficiente para alimentar um número grande de Mutantes, então não deve ser uma questão de comida.

"Ah." Então ele ainda estava pensando em Otterburn. Eu tinha de admitir que me sentia confusa também.

– É simbólico – Morrow afirmou.

– Explique.

Vago parecia curioso.

O rosto do contador de histórias ganhou um aspecto melancólico.

– Significa que os Mutantes estão deixando aquelas pessoas viverem em resignação. Eles são os vitoriosos, os senhores, e a batalha nem foi iniciada.

– Você acha que poderia ser como um experimento? – Tully perguntou. – Em pequena escala. Eles estão se questionando como os humanos vão reagir a acordos assim e se podem confiar em nós para o cumprimento dos termos.

– Se a história for verdadeira – Thornton falou, cuspindo na areia –, então a situação está desoladora para nós. Não queremos que nosso inimigo aprenda mais sobre nossos costumes, sobre como intimidar assentamentos para que fiquem de joelhos.

"Talvez não haja nada que possamos fazer." Mas não falei o quão abatida eu estava.

No mapa, aquele assentamento tinha uma marca de corte ao lado. Eu conseguia interpretar a maioria dos símbolos de Improvável, mas aquele foi impossível. Porém, se Gaspard fosse perigoso, com certeza ele teria anotado de uma maneira mais óbvia. Não havia nada a fazer além de continuar. Virei-me de costas para o oceano e liderei o caminho, subindo a praia e passando pelo terreno irregular até chegarmos à treliça de metal que selava a cidade. Um homem de capacete apareceu; sua armadura era feita de couro reforçado e, assim, dava-lhe um ar marcial. A visão me deu esperança. Talvez houvesse guerreiros ali e alguns poderiam estar interessados em entrar na luta contra as Aberrações.

Seu olhar duro varreu nosso grupo e depois o guarda falou, ríspido:

– Não abrimos o portão para pedintes e ladrões. Vão pedir caridade em outro lugar.

Indignada, respondi:

– Temos peles para trocar.

Após dois fracassos impressionantes, eu sabia que não deveria compartilhar nossa verdadeira intenção com um homem que trabalhava nos portões. Embora pudesse fingir ser importante, se ele fosse mesmo o responsável pelas decisões, não estaria postado ali. Atrás de mim, Vago levantou o cordão de peles que carregava. Tínhamos caçado enquanto viajávamos e Perseguidor preparou as peles para que sobrevivessem tempo o bastante, dando assim um crédito plausível ao nosso motivo em visitar Gaspard.

– Vocês são um grupo bem grande de comerciantes de peles – o homem disse, em dúvida. – Os que eu conheci viajavam sozinhos ou em dupla, para evitar melhor as Aberrações.

Morrow tombou a cabeça, de um jeito zombeteiro.

– Você não vai ganhar uma armadura nova com essa atitude, meu chapa.

O guarda soltou um palavrão.

– Certo. Vocês podem entrar e trocar, mas, se eu ficar sabendo de algum problema com seu grupo, vou colocar todos no tronco antes de a noite cair.

Por causa de Salvação, eu conhecia aquele castigo. E definitivamente devia ser evitado. A única coisa positiva de viajar tanto foi termos ficado bons em evitar sermos detectados pelas Aberrações, já que elas vagavam em grandes bandos. Era como se estivessem fazendo um tipo de avaliação dos assentamentos, e eu me perguntava se isso significava que queriam oferecer acordos similares aos outros lugares, com a conquista silenciosa de Otterburn.

"Talvez não fosse ser tão ruim", pensei, "se elas ao menos nos deixassem viver".

Porém, meu estômago se revirava com a ideia de oferecer nossos mortos, agora que eu sabia que era errado, e não podia ficar sentada sem fazer nada enquanto alguém que eu amava se sacrificava pelo bem maior. Mesmo a antiga Dois, a que queria desesperadamente ser uma Caçadora pura, teria criticado aquele dízimo. As Aberrações não podiam ter permissão para ganhar a guerra daquela maneira.

O portão fez barulho quando foi levantado. Dei passos largos para frente antes de o guarda mudar de ideia. Lá dentro, vi que haviam sido necessários seis homens para abrir a coisa, o que significava que era incrivelmente pesada. Isso oferecia segurança, mas também deu a sensação de entrarmos em uma armadilha quando foi batido e fechado atrás de nós. Todos os guardas estavam sujos, com a barba por fazer e com um olhar duro. Ao reparar nisso, Tegan se aproximou mais de mim, ao passo que Tully, por instinto, colocava a mão na sua arma, interrompendo o movimento quando percebeu que não seria inteligente parecer hostil.

Diferentemente das outras cidades que tínhamos visitado mais no interior, todas as casas eram feitas de pedra. Isso colaborava para o ar frio e ameaçador, quando eu estava acostumada a aconchegantes estruturas de madeira. É claro que, às vezes, como em Winterville, a cidade havia sido expandida usando restos salvos do velho mundo, mas mesmo aquilo parecia mais receptivo do que fileiras infinitas de construções de pedra baixas e largas. A maioria das janelas estava fechada àquela hora do dia, o que eu achei incomum. Se eu morasse em uma casa como aquela, iria querer todo o calor que conseguisse.

– Onde é o mercado? – Morrow perguntou.

Sem palavras, o guarda apontou. Aparentemente, ele não queria mais perder tempo com uma porção de caçadores excêntricos. Tínhamos conhecido mercadores assim e o homem grosseiro estava certo: eles costumavam viajar em grupos com no máximo duas pessoas. Era comum vermos um homem sozinho, coberto de pelos e peles, com a barba descendo até o peito. Era provável que ao se vestir daquela forma – com tantas partes de outros animais – tornasse difícil para as Aberrações o rastrearem.

Depois de entrarmos mais na cidade, não mandei Perseguidor patrulhar. Não conseguia explicar o instinto, apenas sentia que era melhor ficarmos juntos. Vago permaneceu por perto, atrás de mim, também, e eu podia perceber pela expressão de Tegan que ela sentia a sensação de ser observada por incontáveis olhos, como se a cidade inteira estivesse colada espiando pelas venezianas. Um arrepio passou por mim e não tinha nada a ver com a temperatura do dia.

No começo, temi que o guarda tivesse nos dado a orientação errada por birra, mas, em certo momento, a via estreita entre construções se alargou e virou uma praça pública. Vendedores ofereciam seus produtos em cestas e carrinhos de madeira; havia comida, roupas, pilhas de itens para a cozinha e artigos usados. Fiz um gesto para Vago e peguei um caminho reto até o homem que estava passando uma faca por algumas peles molhadas, preparando-as para serem transformadas em couro.

– Quero fazer trocas – falei.

O curtidor passou as mãos pelo nosso embrulho, examinando cada pele com um olhar crítico. Depois, assentiu.

– Posso usar essas.

Ele contou 50 pedaços de metal e, em seguida, entregou-os para mim. Eles tilintaram na minha palma.

– O que é isso?

Ele fez uma expressão de desprezo.

– Nunca passou um tempo em uma cidade de verdade? Isso é dinheiro, sua idiota. Você compra coisas com isso. Comida e abrigo, bens e serviços.

Eu já não gostava de Gaspard.

– Outras cidades usam itens diferentes, como peças de madeira.

O curtidor ficou menos crítico.

– Eu não sabia disso. Interessante.

Era provável que eu tivesse viajado mais do que ele, em especial depois do mês anterior, mas não fiz mais comentários. Aquele parecia um bom lugar para dar minha mensagem, mas eu tinha dúvidas. Disse a mim mesma que só estava com fome e fazia sentido comprar alguns suprimentos, já que tinha vales locais. Após terminarmos nossos assuntos, eu faria meu discurso.

"Odeio isso. Muito."

Dei quatro pedaços de metal para cada pessoa do grupo, com dois sobrando, e nos dividimos em duplas para fazermos as compras. Vago foi comigo. Ele deslizou sua mão para a minha sem pensar a respeito e a natureza casual do gesto fez meu coração flutuar. Paramos primeiro para ver uma cesta cheia de quadrados de madeira pintados de cores fortes.

– O que é isso? – perguntei ao vendedor.

Feliz, ele quebrou a coisa em pedaços.

– É uma caixa-segredo. Ela é montada assim.

Eu o observei fazer e pareceu fácil, mas, quando tentei, achei impossível montá-la formando um cubo perfeito. Em vez disso, eu tinha uma bagunça de peças indo para todos os lados. Com um sorriso, Vago a pegou de mim e a montou de volta.

– Mas o que ela *faz*?

O vendedor pareceu confuso.

– É um brinquedo. As crianças brincam com isso.

Não havia diversão lá no subsolo. Mesmo os pirralhos aprendiam o conhecimento básico necessário para a sobrevivência e, quando não estavam treinando, faziam pequenas tarefas de manutenção e limpeza das quais os cidadãos mais velhos do enclave não tinham tempo de cuidar. Eu me lembro de correr o tempo todo, com poucos momentos para mim mesma. Como Caçadora, eu tinha tido mais tempo livre, porque meu trabalho era muito perigoso.

– Obrigado pela atenção – Vago disse, recolocando a caixa na cesta.

Ele conhecia minhas opiniões muito bem. Como contávamos com oito pedaços de metal, os dois juntos, tínhamos de comprar coisas de que o grupo precisava, não uma caixinha engraçada. No final, adquiri carne seca e ervas e uma panelinha leve para podermos comer ensopado enquanto viajávamos. Depois, encontramos os outros no meio do mercado, suas mochilas cheias com quaisquer que fossem as coisas nas quais haviam gastado seu dinheiro.

Eu não podia atrasar mais.

Respirei fundo e subi em um engradado virado. Mas a reação não foi a comum. Sem risadas. Sem escárnio. O silêncio, de alguma forma, era pior, mas continuei até ter terminado. Foi o mesmo discurso que usara em Soldier's

Pond, eu não era boa com as palavras. E talvez fosse por isso que sempre fracassava.

E, então, um vendedor gritou:

– Chamem a guarda! Eles estão perturbando a paz!

– Ouviram o que ela disse? Saiu da terra de onde vivia no subsolo... Ou ela é louca ou é uma bruxa!

Eu não fazia ideia do que era uma bruxa, mas reconheci medo e raiva ao ouvir aquilo. Não terminaria bem para nenhum de nós. Contive um palavrão. Se fôssemos parar no tronco, os poucos homens que eu tinha, provavelmente, me deixariam assim que nos libertassem. Corri em direção ao portão, esperando ser mais rápida que a comoção no mercado. Não tive tal sorte. Homens armados nos cercaram, suas lâminas parecidas com a de Morrow, porém não tão leves e graciosas. Aquelas eram armas feitas para brutalidade e força, poderiam arrancar uma cabeça ou um membro com a mesma facilidade.

– O que eu falei para vocês sobre causarem problemas? – o guarda quis saber.

– Você era contra isso, pelo que me lembro – Tegan falou.

Foi horrível, mas eu queria rir; ela parecia tão pequena e inocente, a menos provável em nosso grupo de discutir com alguém, mas as aparências podem enganar. No entanto, em um instante, as circunstâncias mudaram. Meus homens puxaram suas armas e avançaram para me proteger. Colocaram seus corpos entre os guardas e mim. Não me mexi, não protestei.

Não fazia ideia de como resolver aquele impasse.

Mudança

– Você ouviu o que ela disse, sargento? – um guarda perguntou.

O comandante brigou com ele:

– Não, eu estava trabalhando, como você deveria estar.

As bochechas dele ficaram coradas.

– Só passei no mercado para tomar alguma coisa e lá estava ela, superatrevida, discursando como uma louca. Ela quer roubar nossos soldados!

"Roubar" era uma palavra forte. Puxei minhas adagas, calculando as probabilidades. Poderíamos matar aqueles homens, mas não ajudaria a nossa causa se fôssemos caçados pelo pessoal de Gaspard. Com as Aberrações se juntando, aquela era uma complicação de que não precisávamos e, assim, uma solução pacífica seria melhor.

– Não sabíamos que havia regras sobre discursos públicos – Morrow disse, tranquilizador. – Por que não chamamos isso de um mal-entendido? E vamos embora imediatamente.

Era humilhante ele falar em meu nome, mas ele *era* melhor nisso. Talvez devesse fazer os discursos de recrutamento dali em diante. As pessoas achavam que *eu* era doida. Mas o guarda fez que não e seus homens se aproximaram mais.

– Levamos a sério o respeito às regras aqui. Você as quebrou. Então, você vai pagar a pena.

– Por falar no mercado? – perguntei, incrédula.

– Por incitar uma perturbação pública – o guarda corrigiu.

Aquilo era claramente um absurdo. Não parecia um grande problema algumas pessoas terem ficado agitadas e gritado um pouco. Por isso eu merecia ir para o tronco?

Porém, o guarda continuou:

– E agora você está resistindo à prisão. Diga aos seus homens para recuarem imediatamente. Se não fizerem isso, será uma ofensa paga com enforcamento.

Vago rosnou. Eu sabia o que aquele som significava. O menino meio selvagem tinha sono leve dentro dele e aquela ferocidade o manteve vivo de alguma forma no subsolo. Eu queria poder acalmá-lo, mas, dado seu precário estado emocional, aquilo poderia piorar a situação. O toque era um gatilho e eu não queria que Vago incendiasse como uma pederneira em lenha seca.

– Mude as regras para variar – Perseguidor sugeriu em voz baixa. – Deixe-nos ir. Ou não. A vida é sua.

Não pude ter certeza se foi a maneira como o restante dos homens ergueu as armas ou o brilho em seus olhos de gelo. De seu maxilar apertado a suas cicatrizes arroxeadas, naquele momento ele parecia inteiramente um selvagem, como se pudesse massacrar todos eles sozinho. Os guardas de Gaspard deram um meio passo coletivo para trás, dando-nos algum espaço.

Um deles sugeriu, baixinho:

– Talvez só desta vez...

– Saiam – o sargento disse, ríspido. – Se voltarem, vou garantir que morram, nem que seja a última coisa que eu faça.

Ele cuspiu uma ordem para que os homens levantassem o portão. Atrás de nós, os cidadãos do mercado estavam se reunindo, gritando perguntas e protestos. Saímos o mais rápido que conseguimos e o portão foi batido. Em vez de nos oferecerem alguns recrutas, eles tinham nos ameaçado com um enforcamento e nos botado para correr da cidade.

"Excelente."

Meu moral chegou ao ponto mais baixo enquanto eu procurava um terreno de acampamento adequado para nós. Graças à praia rochosa e à baixa encosta do morro, consegui achar um bloqueio para o vento. Os outros estenderam seus colchões enquanto Tully e Spence faziam uma fogueira. Coloquei uma panela sobre ela e usei nossos suprimentos frescos para ferver uma sopa. Cada um de nós trazia colheres e tigelas rasas de madeira, mas, até então, quase só tínhamos comido frutas e nozes recolhidas, além de carne assada no espeto. Aquilo me remetia à lembrança agradável da nossa jornada para o norte, saindo das ruínas, e senti saudades de Salvação com uma pontada dolorida. Não tinha adorado todas as regras deles, mas a cidade oferecia segurança com comida boa e camas quentes.

– Não foi para isso que vim – Dines disse baixinho.

Ele não era muito de falar, havia bastante tristeza e amargura nele. Ao lado de Hammond, Sands e Voorhees, tinha viajado de Winterville em resposta ao que acreditava ser o chamado da coronel. Vieram à procura de batalha e

Porém, sua expressão não estava acompanhada de um anseio esperançoso. Perseguidor tinha enfim fechado a porta para aquele desejo. Segui-o de volta ao acampamento, onde Spence estava mexendo a sopa. Todos os outros conversavam baixinho, cuidavam de suas armas, ou as duas coisas.

Pigarreei para chamar a atenção deles.

– Sinto muito por nossos esforços não terem dado tantos frutos quanto eu esperava. Mas essa parte acabou. Daqui em diante, vamos levar a luta até o inimigo, com força. Talvez não possamos enfrentar a horda, mas podemos manter nossa porção do mundo a salvo.

A partir disso, dei uma visão geral da estratégia com a qual Perseguidor e eu tínhamos concordado. Os homens pareceram entusiasmados, até ansiosos, para defender a floresta perto de Soldier's Pond. A satisfação substituiu uma fração da vergonha. Podíamos não estar marchando com um exército para encarar a horda, mas aquilo nós conseguiríamos fazer. Eu me lembrava de que as Aberrações haviam criado uma vila em uma floresta perto de Salvação; faríamos o mesmo com elas em Soldier's Pond e conheceríamos cada raiz, galho e árvore, ou sombra, até não haver onde elas pudessem nos encontrar. Se não podíamos enfrentá-las em grupo, mataríamos uma a uma.

Seríamos fantasmas da floresta.

Naquela noite, todos pareciam com um humor muito melhor. A viagem de volta nos custou mais de uma semana, já que havíamos viajado constantemente para o leste desde que partíramos de Soldier's Pond – até o oceano – e era uma distância difícil. Havia assentamentos a oeste também, mas não tínhamos chegado tão longe antes de o fracasso me esmagar como a um inseto. Porém, eu me sentia melhor, agora que tínhamos um objetivo possível.

Nove dias de viagem árdua depois, tive um vislumbre das árvores verdes e espetadas se erguendo a distância. Soldier's Pond estava do outro lado, alinhada ao rio, mas não iríamos tão longe. Além das caças ocasionais, nossos suprimentos de Gaspard estavam aguentando bem e tínhamos de conseguir nos manter lá fora. As Aberrações eram espertas o bastante para estudar nossos hábitos e, assim, se fizéssemos viagens regulares para a cidade, elas atacariam quando pisássemos em campo aberto.

Eu não tinha a intenção de facilitar.

– Podemos não ser muitos, mas ensinaremos as Aberrações a nos temerem. Já nos acovardamos tempo demais nas ruínas e nos assentamentos. Está na hora de retomarmos nossa terra.

Sim, era apenas um pedaço de floresta, mas eu sentia como se estivéssemos definindo um limite. Talvez fosse só otimismo, mas eu o preferia ao desespero. Os homens sabiam que não deviam aplaudir, mas levantaram as mãos em uma ansiedade silenciosa pela matança que viria. Alguns puxaram suas armas e fizeram floreios com elas. Aquilo colocou um sorriso no meu rosto. Eu podia ainda não ter um exército, mas escolheria aqueles valentes guerreiros em vez de uma horda em todas as situações.

– Pode fazer o reconhecimento da área? – pedi a Perseguidor.

Ele assentiu.

– Vou levar Hammond e Sands.

– Encontrem um bom lugar para nós, algo que possamos defender – sugeri.

Ele mostrou que ouviu a observação com um gesto vago e os três saíram andando. O restante de nós esperou na sombra verde das árvores. Folhas de grama seca cobriam o chão aqui e ali, relíquias de uma estiagem. Tegan veio até o meu lado, ela estava magra e bronzeada pelo nosso tempo na estrada e quase não mancava mais. Também não cometi o erro de perguntar como sua perna estava. Ela era mais do que um antigo ferimento.

– Não foi assim que imaginei quando partimos – ela falou.

– Nem eu.

Eu tinha me imaginado à frente de um exército glorioso, diferente de todos já vistos desde que o mundo implodiu. Em vez disso, ao final de seis semanas, ainda tínhamos 12 voluntários e estávamos nos preparando para estabelecer uma posição em uma floresta perto da cidade onde começamos. Mamãe Oaks diria que aquela era uma lição de humildade, ensinando-me a não colocar a carroça na frente dos bois e, provavelmente, ela estaria certa.

Spence falou:

– É melhor estar aqui fora, nos preparativos para a luta. Faz com que eu sinta que estou fazendo alguma coisa, pelo menos.

Tully virou um sorriso carinhoso para ele.

– Ele odiava os treinamentos sem fim. Dizia que faziam ele se sentir como se estivesse sendo treinado para um dia que nunca chegaria.

– Eles nos querem prontos para lutar, mas não querem entrar em uma batalha com os Mutantes na verdade – Spence comentou, bravo. – Não passamos tempo suficiente em patrulhas, nem perto disso, e não dominamos o terreno razoavelmente. Se eu quisesse trabalhar no galpão dos animais, não teria me alistado.

pescoço com suas garras e, então, o sangue se espalhou por toda parte. Seus soldados reagiram com menos pânico do que eu tinha esperado, mas, sem a liderança, eles precisariam ser mais focados para derrotar oponentes com um plano de batalha e uma localização superior.

Do lado de Tully, Spence disparou em mais duas. Usar armas de fogo era um risco. Se houvesse mais Aberrações nas proximidades, elas ouviriam o barulho e viriam ajudar suas irmãs, mas a alternativa era colocar o resto de nós no chão antes de as termos amolecido. Pelo que Perseguidor dissera, a horda estava a leste de Salvação, não a oeste. Depois que encontrassem Gaspard, era provável que ficassem saqueando aquela área por um tempo, não que fosse ser bom para elas. Da maneira como aquela cidade estava situada, a menos que as feras pudessem chegar pelo mar ou encontrassem uma forma de passar por cima do muro gigantesco, o único jeito de ferirem as pessoas lá dentro seria matá-las de fome.

Aquilo nos deixou com 17 Aberrações para liquidar. Assenti em aprovação para Tegan, que ainda estava com o meu rifle. Ela avançou devagar na plataforma, preparou-se e atirou. Embora sua mira não fosse tão boa, o ponto de vantagem ajudou. Eu suspeitava que ela não teve a intenção de acertar uma pelas costas, mas funcionou. O monstro gritou de raiva e girou, rosnando em desafio. Não foi um tiro fatal. Ela disparou de novo, dessa vez acertando a Aberração no peito e acabou. Pela expressão exultante dela, era boa a sensação de afirmar sua força. Aquilo não diminuía o valor das suas habilidades de cura, mas a capacidade de se defender faz uma pessoa se sentir poderosa e Tegan precisava disso.

Tully recarregou e matou mais uma, Spence cuidou de outras duas. Era por aquilo que eu estava esperando... chances um pouco melhores. Os homens precisavam de uma vitória decisiva para restaurar o moral que tínhamos perdido vagando por aí e implorando ajuda. Eu dei o sinal para pularmos e comecei o estágio seguinte da batalha. Todos juntos, atacamos de cima. Para mim, os outros eram um borrão de punhos e lâminas. Eu estava com as adagas a postos antes de a primeira Aberração chegar até mim. Ela se jogou e eu reagi com um movimento super-rápido do meu pulso.

Foi boa a sensação de cortar a garganta dela.

Outra assumiu seu lugar. A clareira era uma massa de rosnados e garras rasgando, presas abocanhando. Vago encontrou um caminho até chegar ao meu lado e tomou sua posição às minhas costas. Lutamos como sempre fazíamos, como se fôssemos um só, e a beleza dos nossos movimentos coordenados fazia parecer que estávamos pegando fogo. Perseguidor era um redemoinho de selvageria graciosa; em todos os lados para onde ele se movia, as feras caíam. A arma de Tegan ficou em silêncio e eu suspeitava que ela não confiasse em si mesma para atirar enquanto estávamos lutando. Eu a respeitava por saber suas limitações, enquanto uma das flechas de Tully acertava o monstro com o qual eu estava duelando.

Conforme eu enfrentava outra, dei uma olhada em Thornton, que deixara uma fera atordoada com seu punho pesado, e Morrow, que a espetou. Eles eram eficientes juntos, força bruta acompanhada de *finesse*. Morrow me viu olhando e deu uma piscada, depois virou-se de volta para a luta. Atrás de mim, Vago guerreava com todo o seu corpo – cotovelos, ombros, joelhos – enquanto evitava com destreza as mordidas. Bloqueei um golpe simulado na minha direção e, em seguida, tentei uma nova manobra; dei um chute e, quando a Aberração pulou para trás, a fim de evitá-lo, eu abri a sua barriga em um movimento rápido, para baixo e para frente.

Nosso plano se transformara em uma briga caótica, com Aberrações se mexendo loucamente. Algumas atacavam quem quer que estivesse por perto, outras fugiram. Tully e Spence derrubaram as duas últimas enquanto elas corriam em direção ao limite da clareira. Eu estava com a respiração difícil, mas eufórica. Aquilo definitivamente contava como uma vitória. Por toda a minha volta, os homens estavam comemorando.

– É só uma luta – falei –, mas é aqui que começa.

Eles responderam batendo os pés e gritando. Tegan avançou entre nós, verificando como estávamos. Exceto por Tully e Spence, todos nós tínhamos pequenos arranhões, machucados e marcas de garras, mas nada sério, sem ferimentos que demandassem muita atenção médica. Precisáramos provar nossa habilidade daquela forma, iria dar força para a nossa determinação nos momentos difíceis, e eu não tinha dúvida de que eles estavam surgindo no horizonte.

Continuei:

– Vamos tirar esses corpos daqui. Logo vão fazer o lugar feder.

– O que devemos fazer com eles? – Spence perguntou.

Depois de pensar em como as Aberrações tinham nos atormentado e, no final, destruído Salvação, a resposta surgiu para mim. Meu coração pareceu frio como o gelo quando respondi:

– Arrastem os corpos para além do limite da floresta. Tirem as cabeças. Depois queimem o resto.

rações. Em alguns casos, queriam vingança. Outros precisavam sentir que estavam deixando o mundo um pouco mais seguro. Quanto a Morrow, eu não fazia ideia do que ele estava fazendo ali, mas, à luz da fogueira, rabiscou algumas anotações em um livro que guardava no bolso.

Havia um riacho não muito longe e, assim, Vago e eu levamos alguns jarros a fim de carregar água para bebermos e tomarmos banho. Eu não achava que fosse haver mais problema – suspeitava que tivéssemos limpado todas as Aberrações da área próxima –, mas ainda estava alerta quando levamos os recipientes cheios de volta para o acampamento. À luz do luar, Vago parecia tão cansado quanto eu me sentia.

– Quanto tempo vamos ficar? – ele perguntou.

– Até elas pararem de vir ou nós morrermos.

– Acha que são capazes de aprender a ter medo de nós?

– Espero que sim. Não sei o que mais fazer. Quando a horda marchar nesta direção, não haverá como resistir a ela, a menos que a gente more em um lugar como Gaspard.

– E a maioria dos assentamentos não está tão bem localizada – Vago disse baixinho.

Aquilo me incomodou. Vi o futuro de Otterburn para todas as cidades desprotegidas e não acreditava que as Aberrações fossem honrar aquele acordo para sempre. Era uma manobra para fazer os humanos se sentirem seguros sob a custódia dos monstros. Na minha cabeça, era uma forma de acostumar os moradores de lá com a ideia de se curvarem... de serem subjugados. Eu me lembrei dos cercados onde as Aberrações tinham prendido humanos – e de como haviam tratado Vago –, o que me disse tudo de que eu precisava saber sobre suas verdadeiras intenções.

Aquela parte da floresta era tão escura, apenas pequenos feixes de luar gotejando em meio ao dossel de folhas, mas, para mim, era o suficiente para que eu visse a forma das árvores e seu leque de folhas, outras com galhos cheios de folhinhas pinicantes. Ouvi o borbulhar distante do riacho e o chiado baixinho de insetos. O ar tinha cheiro de seiva e doçura, ervas esmagadas e o leve odor almiscarado de fezes animais. Notas amargas vazavam da fogueira distante, um carvão fumacento cheio de ossos queimados.

Eu queria que as chamas pudessem afastar os monstros para sempre, mas não funcionava assim e, de acordo com Edmund, desejar é apenas algo que fazemos quando olhamos as estrelas. Ali, eu não conseguia vê-las e, por alguns segundos, ansiei pela relativa inocência de quando tinha imaginado que as luzes vinham de uma cidade localizada no alto do céu. As coisas eram muito mais simples naquela época, minha missão era menor. Havíamos encontrado segurança em Salvação, mas ela não durou. Só poderia haver paz se nós a forçássemos pela garganta abaixo das Aberrações e as engasgássemos com ela.

Parei, curvando a cabeça.

– É horrendo.

Vago baixou seu jarro, ele o estava carregando em vez de arrastá-lo, pois era mais forte do que eu. Embora ele estivesse melhor, eu não esperava que tocasse em mim. Havia me acostumado a me manter sozinha, sem braços fortes ou corpo quente para me apoiar e, assim, por alguns segundos, fiquei imóvel, como se fosse eu quem tinha problemas com ser tocada. Depois, derreti contra ele, os olhos se fechando.

– É mesmo – ele concordou.

– Neste momento, eu me sinto tão pequena.

Os lábios dele roçaram o topo da minha cabeça.

– Eu acredito que você consegue fazer isso. Eu sobrevivi a todas as suas histórias impossíveis e sei que são verdadeiras. Por isso, se alguém pode mudar o mundo, é você.

com a perna fraca, armas de fogo talvez fosse o melhor... Ainda assim, traziam a preocupação com munição e Spence já estava ficando sem.

Dessa forma, decidi fazer algumas perguntas.

– De quem é o estilo que você mais admira? Esqueça por um minuto o que sabe fazer, apenas pense nas nossas lutas.

– Morrow – ela acabou dizendo.

Havia muito a gostar na sua graciosidade flexível e sua forma elegante; ele também usava agilidade em seus giros e provocações, saltos e floreios que eu não tinha certeza se ela conseguiria copiar – e seu equilíbrio provavelmente não era bom –, mas seria possível adaptarmos o estilo para se adequar a ela. Assim, fiquei em pé e desci, fazendo um gesto para ela me seguir.

Perseguidor tinha acabado de alinhar suas duas lâminas na garganta de Morrow quando o outro homem levantou o braço em uma manobra relâmpago. Foi tão rápido que Perseguidor perdeu uma das suas adagas curvadas, algo que eu nunca vira antes. Porém, em vez de reagir com raiva ou ultraje, seus olhos pálidos se estreitaram.

– Mostre para mim – ele exigiu. – De novo.

Obediente, Morrow repetiu o movimento até Perseguidor conseguir rebatê-lo. Os dois estavam com a respiração pesada quando repararam em Tegan e em mim.

Morrow tirou um chapéu imaginário, um gesto do qual ele gostava. Eu não conseguia imaginar onde o aprendera, mas uma leve cor tocou o pescoço de Tegan e subiu em direção às suas bochechas. Perseguidor esperou para ouvir o que queríamos. Os outros seguiram com suas tarefas, mas senti o interesse deles.

– Tegan já sabe usar um rifle... e não podemos desperdiçar munição praticando pontaria aqui fora. Mas ela quer aprender a lutar melhor.

– É uma boa ideia – Perseguidor disse.

Morrow pareceu pensativo.

– Que arma você escolheu?

Ela deu de ombros.

– Já usei armas. Uma clava, certa vez, mas não era muito boa com ela.

– Era pesada demais.

Eu sentia falta daquela clava, no entanto, porque o meu companheiro Pedregulho, dos tempos de pirralha, a fizera para mim. Não pela primeira vez, perguntei-me o que tinha acontecido com ele e Dedal e por que eles haviam acreditado tão depressa nas acusações que os anciãos jogaram em mim.

No subsolo, acumular objetos era um crime e eu fora acusada de guardar tesouros do mundo antigo para ganho pessoal. Como eu adorava coisas brilhantes, não teria feito sentido que eu escondesse pilhas de material de leitura. Às vezes, eu gostava das imagens, mas, mesmo depois de frequentar a escola em Salvação, ler dava trabalho e, assim, seria a última coisa que eu roubaria. Fiz que não, balançando a cabeça com a tolice daquela acusação e me concentrei em Tegan.

– Ande para eu ver – Morrow disse com delicadeza.

Os olhos de Tegan brilharam de tristeza, mas ela obedeceu, mostrando a ele o seu passo. Seu rosto estava muito corado quando ela voltou na nossa direção, mas não baixou o olhar. "Sim, eu manco", ela disse com uma levantada silenciosa e desafiadora do queixo. "Mas ainda posso lutar." Porém, Morrow não parecia estar prestando atenção nisso... Pelo menos, não de forma a julgá-la.

– O que você acha? – perguntei.

Ele se dirigiu a Tegan, não a mim:

– Você precisa de uma arma que a ajude a compensar e use seus pontos fortes. Você é pequena o bastante para ser um alvo que engana e forte o suficiente para surpreender seus inimigos quando eles chegarem perto de você.

– O que você sugere? – Tegan parecia feliz, confiante de que ele poderia ajudá-la.

Como resposta, Morrow saiu correndo floresta adentro. Perseguidor o olhou partir, uma sobrancelha erguida.

– Bem, isso foi estranho.

No entanto, eu sabia aonde ele fora... e por quê. E, de fato, ele voltou em alguns minutos com um galho de árvore relativamente reto. Com alguns entalhes criteriosos, daria um bom bastão. Um pequeno aro de metal no topo e no pé – o que poderia ser feito assim que voltássemos a Soldier's Pond para buscar suprimentos – e a arma serviria.

– Isto é para você – ele disse, oferecendo-o a Tegan.

– Quer que eu mate Aberrações com uma vara?

– Deem espaço – Morrow pediu.

O restante de nós atendeu e, em seguida, ele demonstrou alguns dos movimentos. Em suas mãos, o galho se tornou bonito e perigoso, girando em defesa, batendo com força, bloqueando golpes fantasmas. Quando ele terminou a demonstração, até Perseguidor parecia impressionado.

– Eu poderia mesmo aprender a lutar assim? – Tegan perguntou.

sabia que eu nunca ofereceria, não podia aninhá-lo como se fosse um pirralho precisando de consolo. Ele interpretaria como incentivo e o ciclo começaria de novo. Talvez um dia, como ele dissera, pudéssemos ser amigos sem todas as complicações. Eu havia odiado o selvagem que conhecera nas ruínas, mas Perseguidor não era aquele menino mais, assim como eu não era uma Caçadora pura. O mundo era grande, cheio de maravilhas, e tinha ensinado muitas coisas a nós dois. Pelo bem dele, desejei que nem tantas lições tivessem sido difíceis e tristes.

– Eu sou feliz. Na maior parte do tempo – falei.

Também alternava pânico e exultação.

– Tem uma coisa que eu queria saber...

– O que é? – perguntei.

– Por que tem que ser você?

Eu não tinha certeza do que ele queria saber... e lhe disse isso.

– Você está aqui fora, quando poderia estar segura em Soldier's Pond ou até em Gaspard, se não tivesse quase começado um tumulto. A qualquer momento, poderia baixar suas armas. Ninguém está mais mandando que lute. Então, por quê? Você parece tão comprometida com melhorar a situação. E eu não entendo.

A resposta parecia óbvia.

– As pessoas cuidam das suas vidas, tentando ser insignificantes, esperando que as Aberrações matem outro em vez delas, ataquem outra cidade. Por quanto tempo evitar funciona, até o mundo todo estar afundando em sangue? Alguém tem que estabelecer o limite. Se não for eu, quem será?

Era uma compulsão, eu supunha. A ideia de ficar sentada sem fazer nada enquanto tudo queimava? Eu simplesmente não conseguia. Seria meu fim não fazer nada se podia lutar. Talvez não tivesse nascido para uma vida pacífica e podia aceitar isso. Meu único arrependimento seria se não conseguisse melhorar um pouco o mundo antes de partir.

Perseguidor me analisou com um misto de emoções que eu não conseguia interpretar.

– Nós teríamos dominado as ruínas, você e eu.

Não discordei da sua avaliação. Em uma outra vida, eu poderia ter sido a rainha das gangues, como ele previu, mas nunca em uma vida em que eu conhecesse Vago. Aquela também era uma verdade imutável.

Era minha vez de perguntar:

– Por que você acha que não tinha Aberrações na sua parte de Gotham?

– Eu me perguntei isso. Você disse que elas estavam lá no subsolo com vocês, desde que consegue lembrar. Talvez tenham começado ali. Pessoas morreram de doença no Topo, em nosso território, mas nunca encontramos nenhum Mutante, não como vimos em outras ruínas no caminho para o norte.

– Então, você acha que as mutações aconteceram no subsolo e elas eram muito idiotas ou fracas para encontrar uma saída no começo?

Ele assentiu.

– Pode ser. Conforme ficaram mais espertas, localizaram as saídas.

Um pensamento repentino e assustador me veio à mente.

– Então, isso significa que as Aberrações que agora tomaram conta de Gotham vieram dos enclaves, não importa há quanto tempo.

Perseguidor pareceu pensativo.

– Você nos contou que, segundo Wilson, os monstros nasceram das armas criadas no mundo antigo. Foi uma doença no começo e a... vacina piorou?

Assenti.

– Bem, não sabemos como doenças se espalham. Então, talvez as pessoas tenham ido para o subsolo para se esconder, sem saber que já estavam doentes.

– Faz sentido – admiti.

Era assustador e horrível. Eu odiava a ideia de que doenças possam se abrigar no seu corpo e você parecer perfeitamente saudável enquanto as passa para amigos e família. Eu preferia inimigos que podia enfrentar. Pelo menos, o mundo antigo, com seus perigos ocultos, estava há muito perdido.

E agora os monstros vinham com garras e presas, não em latas e garrafas.

O caçador pareceu interessado então.

– O que você propõe? Não imagino que esteja interessada nestas peles. Com todas as armadilhas que vi no caminho até aqui, vocês devem saber caçar.

– Você deve ter aprendido alguns truques ao longo dos anos. Então, passe um tempo com os meus patrulheiros. Ensine a eles o que você sabe e, também, como achou nossas defesas e qualquer dica que tem para deixá-las menos visíveis.

Dei uma olhada para Perseguidor, perguntando ao erguer silenciosamente as sobrancelhas se ele tinha algo a acrescentar à minha oferta.

Ele respondeu com um leve balançar da cabeça.

– É justo – o caçador respondeu, parecendo satisfeito. – Eu me chamo John Kelley, a propósito.

– Dois. Prazer em conhecê-lo.

Assim, nós nos cumprimentamos com um aperto de mão e, lá fora, era o mesmo que uma promessa de que não tentaríamos matar um ao outro.

– Está com fome?

– Eu poderia comer.

Preparei para ele uma tigela de ensopado. Por ora, tudo ficou quieto; os patrulheiros que estavam em campo iriam nos avisar se detectassem um ataque iminente e, com certeza, Kelley teria comentado se tivesse visto Aberrações nas proximidades. Nas semanas anteriores, tínhamos ficado bons em reagir rápido à chegada de inimigos.

– De onde você veio? – Morrow perguntou.

– Mais recentemente, Gaspard. Eu tinha crédito o bastante para ficar lá por um tempo. Mas depois os vales acabaram e eu tive que fazer um estoque de peles para poder pagar um lugar quente onde passar o inverno.

Foi *lá* onde eu o vira antes. Ele tinha feito parte da multidão que observara a discussão com os guardas. Senti-me melhor depois dessa descoberta, ela aliviava a suspeita incômoda de que ele viera por outro motivo que não a curiosidade.

– Você tem um trabalho perigoso – observei.

– Diz a menina que acampou em uma floresta cheia de Mutantes.

Ele estava certo.

– Mas vi como vocês se comportaram na cidade. Estão tentando manter a área limpa?

Assenti.

– Será melhor para Soldier's Pond se os Mutantes acharem que este território dá mais trabalho do que vale a pena.

– Vocês são de lá?

– Alguns de nós.

Não me dei ao trabalho de contar minha real história.

Porém, no momento em que saí para cuidar de outros assuntos, Morrow contou. Eu o ouvi passar o relato, como eu fizera em meus vários discursos, apenas com consideravelmente mais eloquência. O calor inundou minhas bochechas e fingi que eles não estavam falando de mim. De vez em quando, Kelley virava para mim um olhar incrédulo como se estivesse pensando: "Sério? Aquela menina?" Porém, Morrow era um contador de histórias e, assim, não havia como imaginar que floreios ele podia estar acrescentando. Ainda bem que ele era tão habilidoso com sua lâmina, ou talvez eu o acertasse.

– Seu rosto está pegando fogo – Vago falou, sorrindo. – Apenas pense que John Kelley vai poder dizer que a conheceu bem quando tudo estava começando.

– O quê?

Eu ergui uma sobrancelha.

– Seu plano para salvar o mundo.

Eu nunca colocara naqueles termos precisos, mas realmente queria melhorar as coisas. Algumas pessoas – como Tegan – eram inteligentes e podiam aprender o que quisessem; elas seriam capazes de aprimorar a vida de diversas maneiras, mas eu tinha apenas um talento, um só. Seria errado não o usar da melhor forma possível.

Curvei os ombros, sentindo-me boba.

– Eu não sei se ele pode ser salvo. As coisas estão bastante estragadas. Mas talvez eu possa criar uma trincheira e defender um canto dele.

– Isso é mais do que qualquer outra pessoa já tentou fazer.

Com cuidado, Vago envolveu meu ombro com um braço e eu me apoiei nele.

O suporte silencioso dele significava muito. A maioria dos outros só queria matar Aberrações. Não tinha nenhuma fé de que aquilo servia para um propósito maior. Para dizer a verdade, eu também não tinha. Havia aprendido uma lição difícil. Só porque eu quero algo, não significa que posso conseguir no mesmo instante, e aquele objetivo talvez estivesse fora do meu alcance. Eu também percebera o que já devia saber: que tudo o que vale a pena fazer exige grande esforço. Não havia varinha como nas histórias de Morrow, em que os problemas sumiam em uma fumaça roxa.

– O que você quer? – questionei.

– Floresta sua. Não passar. Se não passar, não matar.

Parecia ser preciso pensar muito para a criatura produzir aquele escasso número de palavras.

Esclareci:

– Você reconhece que a floresta é nossa? E quer que a gente pare de matá-los se vocês ficarem fora dela?

Eu suspeitava que ela estivesse nos pedindo para deixar as Aberrações em paz, desde que elas não ultrapassassem para dentro da floresta. Como elas tinham de passar em meio àquelas árvores para chegar a Soldier's Pond, parecia ser um passo à frente, um sucesso do qual eu podia me orgulhar, quando voltássemos à cidade. A testa proeminente da Aberração se franziu enquanto ela aparentemente tentava extrair o significado de todo o meu falatório.

Depois disse:

– Sim.

Ainda assim, eu não sabia se podia confiar nela.

– Dê para mim uma boa razão para não acrescentar seu corpo à pilha aqui.

– Se não voltar, outros juntar com grupo grande.

"Ela fala da horda." Um tremor correu por mim.

– Então, vocês não estão com eles?

A Aberração pareceu reconhecer meu medo.

– Não. Pode fazer aliança. Ruim para você.

Aquela era uma revelação impressionante: havia diferentes facções entre as Aberrações. Significava que elas tinham planos diferentes? A cada geração, as ideias e prioridades delas mudavam mais. Já que os humanos não tinham todos os mesmos objetivos, eu conseguia acreditar que as Aberrações pudessem discordar quanto ao melhor caminho e talvez a maioria delas – a horda – quisesse nos matar, algumas supusessem que deveriam nos dominar, como em Otterburn, e um pequeno número nos temesse. A situação apenas iria piorar também, se elas continuassem a ficar mais espertas. Logo, saberiam os nossos truques e, se a horda convencesse o resto com a ideia de extinguir a raça humana, bem... Naquele ritmo, não demoraria muito.

Portanto, se as Aberrações que vagavam perto de Soldier's Pond concordassem com uma trégua, daria tempo ao assentamento para melhorar suas defesas, além de um pouco da muito necessária tranquilidade. Ainda assim, eu não podia concordar rápido demais. Faria com que parecêssemos fracos...

e aterrorizados com a horda, o que estávamos, mas era melhor o mensageiro não ver isso.

Tegan perguntou:

– A quem essa trégua se aplica? Digo, quais de vocês vão honrá-la?

– Meus – a Aberração respondeu. – Todos os meus.

Aquilo não me dava informações suficientes, já que existiam diferentes subgrupos – tribos – em meio ao todo. Eu adoraria saber quantas, onde seu território terminava. Tínhamos especulado sobre isso quando encontramos a vila de Aberrações perto de Salvação. Alguns monstros caçavam e matavam, e havia pequenos, o que significava que eles se reproduziam como qualquer criatura natural. Uma parte devia ficar em casa para cuidar dos mais novos, mas eu não tinha outras ideias sobre seus costumes ou cultura.

Vago me puxou de lado antes de eu poder fazer outra pergunta.

– Tem certeza sobre isso? Eu não confio nela.

Morrow avançou com uma mão na sua lâmina, garantindo que o monstro não tentasse nada enquanto estávamos distraídos. Eu agradecia pela vigilância dele, enquanto John Kelley soltava o rifle da posição desconfortável às suas costas. Vago e eu não dispúnhamos de muito tempo para conversar antes de aquele encontro ficar feio e eu não tinha motivo para duvidar da Aberração quando dizia que os sobreviventes da área se juntariam à horda, se ela não retornasse. Não era o resultado mais desejável. Vago possuía lembranças terríveis do seu tempo como cativo, e me doía pensar em aumentar seu sofrimento.

– Você não acha que devemos aceitar?

Ele apertou a mão em um punho.

– Eu preferiria matá-la. Mas eu quero todas mortas. Então, não sou imparcial.

Virei-me de volta para a Aberração.

– A sua tribo já pegou reféns humanos?

Era a única pergunta que eu podia pensar em fazer para talvez dar a Vago alguma tranquilidade quanto àquele acordo. Se a resposta fosse afirmativa, eu recusaria, não importava quão graves pudessem ser as consequências.

– O que é "refém"? – ela perguntou.

Tegan ajudou:

– Humanos roubados, mantidos para serem comidos?

– Velhos fazem. Para nós, muito trabalho. Humanos barulhentos.

– Os velhos fazem parte do grupo grande que você mencionou? – Morrow questionou.

Para casa

Embora tenhamos esperado por dois dias inteiros, os patrulheiros não viram nenhuma Aberração dentro do limite declarado. Àquela altura, dei ordens para que partíssemos. E foi bom, pois, enquanto reuníamos o resto dos suprimentos, os primeiros flocos brancos desceram flutuando em meio aos galhos desfolhados. Eu estava um pouco triste de ir embora, mas não conseguiríamos sobreviver durante o inverno ali. A caça seria pouca e a exposição acabaria conosco.

John Kelley viajou com nosso grupo para Soldier's Pond.

– Eu estava vindo para cá, de qualquer forma. A excursão para ver o que era o seu sinal de fumaça foi um desvio.

Aquilo me fez lembrar.

– Isso é comum? Uma vez, alguém nos salvou porque viu nossa fogueira. Isso costuma significar que o grupo precisa de ajuda?

– Depende – Kelley respondeu. – Mas, geralmente, sim. Um viajante esperto não acende uma fogueira, a não ser que precise dela por algum motivo vital, e nunca deixa que fique grande o bastante para ser vista a quilômetros de distância. Qualquer um que faça isso está basicamente convidando todos os outros viajantes da área. Pode ser inofensivo, um convite para trocas, pode ser alguém doente ou ferido, pode ser uma armadilha. Assim, é melhor estar preparado se, algum dia, você atender a um chamado como eu fiz.

"Como Improvável fez."

– Entendo.

– Sinto que preciso perguntar. Tudo o que aquele malandro do Morrow me disse é verdade?

– Sobre mim?

Dei de ombros.

– Algumas coisas. Não a parte sobre eu ter sido criada por lobos, amamentada por ursos e saber voar.

Kelley riu. Porém, antes de ele poder responder, estávamos nos aproximando de Soldier's Pond, perto o bastante para o guarda gritar, surpreso:

– Pensei que vocês estivessem mortos. Ficaram fora por muito tempo.

Morrow berrou de volta:

– Diga para a coronel que ela me deve uma bebida.

Aquilo não fazia sentido nenhum para mim, mas não tive a chance de perguntar o que ele queria dizer, pois os guardas estavam baixando as defesas para permitir que entrássemos. A cidade parecia mais ou menos igual, soldados correndo mesmo com aquele clima, todos vestidos de verde sem graça. Guardas no portão nos bombardearam com perguntas sobre onde tínhamos estado – que cidades, como era lá fora – e me veio à cabeça que ali não era tão diferente de Salvação. As pessoas estavam sendo escondidas em Soldier's Pond em nome da segurança. A Coronel Park as mantinha seguras, à custa de suas almas. Mais do que nunca, eu queria mudar as condições existentes para que as pessoas pudessem visitar Winterville ou Otterburn, ali perto, sem perderem suas vidas.

– Por aqui – Morrow disse, desviando das perguntas.

Por cima do ombro, ele gritou:

– Se vocês queriam compartilhar nossa aventura, deviam ter se oferecido. Agora vão ter que ficar imaginando.

Aquela atitude não combinava com ele, mas o resto de nós o seguiu. As pessoas olhavam e cochichavam conforme passávamos. Algumas chamaram John Kelley, que aparentemente não era desconhecido. Era provável que tivesse visitado as mesmas cidades que nós, apenas com menos resistência e dificuldade. Uma mulher o parou e pediu notícias de Appleton. Ele acenou para me avisar que nos acompanharia depois.

O resto de nós foi direto para o QG com toda nossa sujeira da floresta. Não era tão ruim quanto poderia, já que havia um riacho por perto, mas se esfregar com galhos de pinheiros arranha, não é suficiente e o deixa cheirando a seiva. Eu não lavava o cabelo direito havia semanas. Porém, não estava preocupada com nada disso quando Morrow interrompeu a reunião da coronel com o grande prazer de alguém prestes a provar um argumento.

Eu abri a boca, mas ele fez com que eu me calasse. Olhei para os outros e percebi que eles não faziam ideia do plano dele, mas obedeci e fiquei quieta. Nesse momento, ele enveredou por uma história impressionante sobre uma longa jornada e um objetivo impossível cheio de obstáculos e monstros. Foi quando eu entendi que ele estava criando uma história adequada sobre o que conquistamos desde que partimos. Quando ele terminou, todos no prédio estavam quietos, até a Coronel Park.

Ela o encarou.

– Jure para mim, pela sua mãe, que tudo o que disse é verdade.

– A essência – ele prometeu. – Eu sempre coloco floreios, mas nunca minto, Emilia.

E, então, para a minha surpresa – e acho que de todos na sala – ele a beijou nas duas bochechas. Estava claro que eu não entendia a relação deles.

– Isso muda tudo – comentou Morrow.

– Eu não achei que fosse possível aqueles monstros aprenderem – ela disse, quase que para si mesma.

Eu falei pela primeira vez:

– Eles estão definitivamente mudando.

Não estava claro para mim qual era o nosso papel em Soldier's Pond. Não éramos subordinados a ela, mas parecia educado apresentar o conhecimento que ganhamos em troca de suprimentos e abrigo. Assim, peguei de onde a história de Morrow parara e acrescentei os detalhes, a maior parte em relação ao comportamento alterado das Aberrações, mas também sobre as cidades que visitamos e o acordo que as Aberrações ofereceram em Otterburn.

A expressão normalmente desinteressada dela vacilou, revelando um traço de horror puro. Ela a controlou depressa, mas não antes de eu ver a verdade. A coronel desviou o olhar, direcionando-o para seus mapas. Com um lápis, contornou o território que tínhamos garantido.

– Então, prometeram que esta parte está livre de Mutantes?

Assenti.

– Não estávamos lutando contra a horda, apenas grupos de caça, mas isso deve ajudar. Porém, se o grupo maior resolver atacar, a trégua não significa nada.

– É mais do que eu esperei que vocês conseguiriam quando partiram – ela admitiu.

– Pense só no que poderíamos fazer se seus homens não fossem todos tão covardes – Perseguidor disse, sem emoção.

As coisas foram ladeira abaixo dali para frente. Pouco depois, deixei o QG ansiando por um banho e por ver minha família, definitivamente naquela ordem. Eu me curvei mais para dentro do casaco que Edmund fizera para mim, era de couro macio forrado com lã tirada de ovelhas que eles mantinham nos cercados. Aquela parte da cidade era barulhenta e fedida, inevitável por conta do espaço limitado. Em Soldier's Pond, eles cuidavam do problema fazendo as pessoas dormirem em caminhas estreitas empilhadas umas sobre as outras, havia pouco foco em espaço privado como existia em Salvação. De alguma forma, aquela cidade era mais semelhante ao subsolo, com sua concentração no dever em relação ao coletivo, a falta de comodidades e a comida sem sabor. O lado bom era que eles não pareciam ligar para quem lidava com matar ou usava calças. Pelo que eu conseguia ver, todos ali trabalhavam como Caçadores. Eles apenas tinham que prestar atenção em outros trabalhos também. Isso provavelmente explicava por que as roupas apresentavam-se mal costuradas e a comida era horrível. Qualquer um com uma pitada de bom senso sabia que são necessários Construtores como Edmund também.

– A gente se vê no refeitório para o jantar – falei para Vago, que beijou o topo da minha cabeça.

Levantei a mão em despedida e corri para a sala de banho, vazia naquele horário. O pouco sol fazia com que a água estivesse só um tantinho melhor do que congelante; eu suportei, embora o sabão suave não limpasse muito e eu tenha levado o dobro do tempo para esfregar a vida selvagem das minhas roupas e do meu cabelo. Depois desenterrei as roupas de viagem limpas que eu deixava separadas para ocasiões especiais. Enquanto enfiava as calças marrons acinzentadas com um laço na cintura, senti um rápido arrependimento pela perda dos vestidos que nem tinha querido no começo. No entanto, após colocar a camiseta, minhas lindas botas polidas e o casaco forrado, não me importava muito. Era melhor estar quente do que bonita.

Meu cabelo foi arrumado em tranças bem feitas e eu esperei não congelar ao sair para o ar supergelado. A neve havia nos seguido da floresta, estrelas brancas agora caindo de um céu cinza. Corri até a casa onde encontraria meus pais esperando, já estava tarde o bastante para Edmund ter parado de trabalhar na oficina. Para minha alegria, encontrei todos lá, bem quando se reuniam para o jantar.

– Dois!

Mamãe Oaks estava com os braços em volta de mim antes de eu ter passado da metade da porta.

– Acho que nunca disse isso, mas eu amo todos vocês... muito.

Edmund e Rex me apertaram até eu estar esmagada de todos os lados. Chegava bem perto da melhor sensação que eu já tivera. Tentei abraçar minha família toda ao mesmo tempo, mas meus braços não eram longos o bastante. Minha mãe me beijou por todas as minhas bochechas frias. Seus olhos estavam brilhando quando ela recuou para me olhar.

– Bem, você não está sangrando, então imagino que sua missão foi um sucesso?

– De certa forma. Vou contar tudo para vocês durante o jantar.

– Você vai ficar em casa por um tempo? – Edmund perguntou.

Eles pegaram seus casacos e saíram. Meu pai olhou fixo para o céu, nervoso, e eu percebi sem que ele dissesse que estava preocupado que viajássemos com aquele clima.

– Acho que sim. Não há muito que possamos fazer durante os meses de neve.

Mamãe Oaks assentiu, satisfeita.

– É estranho aqui, mas estamos fazendo a nossa parte, e os homens parecem gostar muitíssimo do trabalho de Edmund.

– Eu imagino.

Eu vira o que eles usavam antes, os sapatos de Edmund eram mágicos em comparação.

– Eles nos fizeram produzir cabos de couro para armas – Rex acrescentou.

– Acho que vão abrir uma exceção permanente para vocês – falei. – Se quiserem ficar.

– Para onde iríamos? – Mamãe Oaks perguntou.

Era uma excelente pergunta. Até então, nas minhas viagens, eu não encontrara um lugar que achasse mais adequado para eles. Se pensasse em todos os soldados, nas defesas de metal e nas armas escondidas, além do espaço de respiro extra que eu conseguira das Aberrações, não podia imaginar um lugar mais seguro. Se eles estavam felizes e confortáveis, se realmente se sentiam em casa, essas eram perguntas que eu não ousei fazer.

Para minha surpresa, quando entrei no refeitório, eclodiram aplausos. Alguns homens ficaram em pé e me saudaram, assim como faziam com a coronel ou alguma outra pessoa importante que andasse por aí cuspindo ordens. Olhei por cima do ombro por reflexo, achando que deviam estar cumprimentando outra pessoa, e Edmund me deu um empurrãozinho.

– Você tem que reconhecer a recepção de alguma forma, para eles poderem voltar a comer.

Aquilo era completamente novo para mim e, assim, revirei minha cabeça em busca de algo que servisse e, depois, toquei na testa com dois dedos como Improvável fazia quando mostrava respeito por alguma boa ideia. Os soldados adoraram, alguns pisaram forte e outros bateram talheres na mesa até o cozinheiro gritar para eles diminuírem o barulho.

– Minha nossa – Mamãe Oaks disse. – Mas o que foi que você fez lá fora?

– Vamos pegar nossa comida, então eu conto para vocês.

A história estava na metade, embora não tão emocionante quanto Morrow fazia parecer, quando Vago chegou. Como o restante de nós mal havia tocado na comida, ele tinha bastante tempo para nos alcançar. Rex e Edmund ofereceram as mãos para cumprimentá-lo e Mamãe Oaks se contentou com um sorriso carinhoso, embora quisesse apertá-lo. No entanto, ela era uma mulher muito observadora e, sem dúvida, tinha reparado na maneira como ele puxava o corpo quando era cercado por pessoas.

– Você perdeu sua recepção de herói – provoquei.

Vago deu de ombros.

– Era para você, de qualquer forma.

– Todos nós fizemos por merecer.

– Eu tenho tanto orgulho de você – Mamãe Oaks disse.

Antes, aquele tipo de observação teria me deixado confusa. Ela não tinha nada a ver com o meu treinamento, então por que sentiria alguma coisa em relação às minhas conquistas? Porém, agora eu sabia que o amor fazia com que ela se importasse com tudo relativo a mim, e eu sentia o mesmo. Nunca diria a eles, porque os deixaria mais preocupados, mas talvez eu estivesse mais interessada em esperar o tempo até ter idade suficiente para me alistar e, então, só me juntar discretamente aos soldados dali, se não fosse por eles. No entanto, eu queria que fossem felizes, queria lhes dar um lar tão aconchegante e seguro quanto o que haviam me oferecido de boa vontade. Conseguir isso, exigia mais do que mera paciência.

Minha família nos fez perguntas que outros não pensaram em fazer, como qual tipo de sapatos e roupas as pessoas usavam em outras cidades. Achava que eles sabiam usar moldes? O jantar transcorreu de maneira agradável e, quando saíamos, Vago suspirou:

– Eu gostaria muito de ter um tempo a sós com você.

Não havia privacidade nos beliches onde nós todos dormíamos, e eu não sabia de nenhuma casa convenientemente vazia por ali. Devo ter parecido indecisa porque ele acrescentou, em voz baixa:

– Só me encontre lá fora, nos fundos, depois de todos dormirem.

E, então, Edmund o arrastou para ver algumas melhorias que ele fizera na oficina, e Rex foi com os dois. Assim, segui com Mamãe Oaks no caminho para casa. Ela colocou um braço em volta dos meus ombros, o que foi um pouco complicado, pois eu era um pouquinho mais alta do que ela. Curvei-me um pouco para facilitar e ela me virou aquele olhar cintilante, aquele que dizia todo tipo de coisas felizes, como "eu te amo" e "estou orgulhosa" e "estou exultante por você estar aqui". Antes de eu conhecer os Oaks, ninguém se importava muito com minhas idas e vindas, desde que seguisse as ordens.

– Tenho pensado em uma coisa – falei, quando entramos na casa.

Dessa vez, eu olhei melhor o lugar e vi que ela o deixara mais parecido com um lar. As camas haviam sido mudadas para uma organização menos rígida e ela encontrara algumas cadeiras, ou talvez Rex e Edmund as tivessem construído. Havia outros pequenos toques também: enfeites nas paredes que, com certeza, ela fizera de retalhos, a maioria dos quais era verde. Parecia ser a única cor que aquele assentamento sabia produzir.

– O quê?

– Algumas pessoas têm dois nomes, como você e John Kelley, o caçador que conhecemos. Por quê?

– O primeiro nome é o que os meus pais me deram, o último é de família.

Ela fixou um olhar severo em mim.

– E você tem um segundo nome sim, mocinha. Você é Dois Oaks. Nós a reivindicamos como nossa, e vou contar para o Edmund se ouvir alguma bobagem sobre você rejeitar nosso sobrenome.

Eu fiquei pasma.

– Ninguém me disse que entrar para uma família significava pegar o nome dela.

– Imagino que não.

O olhar dela ficou mais suave.

– Mas e quanto ao Vago? Ele é Jensen agora?

Fechei a mão em um punho, pronta para lutar contra a ideia de que ele tinha de carregar um lembrete permanente de um homem que o machucara.

Ela fez que não.

– Ele é um dos nossos também.

– Então nós *dois* somos Oaks? – perguntei.

– Na minha cabeça, são. Eu amo aquele menino como um filho.

– Mas se eu sou sua filha e ele é seu filho...

Ela me interrompeu com um aceno cansado da mão.

– Não complique as coisas, Dois. Não há relação de sangue.

Aquilo nem era o que eu ia dizer. Eu sabia que não tinha parentesco com Vago na linha de sangue, de forma que não pudéssemos procriar se eu quisesse mais para frente.

– Não, você me disse uma vez que, quando as pessoas se juntam e fazem suas promessas, elas adotam o mesmo nome. Quer dizer que Vago e eu já fizemos isso?

Eu estava um pouco confusa com aquela questão.

Ela suspirou.

– Não. Mas vocês já estão com tudo pronto para quando se juntarem.

Eu gostava do fato de ela não ter dúvidas de que nós dois devíamos ficar juntos... Como o Menino Dia e a Menina Noite, ficaríamos um com o outro para sempre. Era bom o bastante para mim... Porém, por mais que eu gostasse daquela reunião, mal podia esperar para minha família pegar no sono.

Interlúdio

A lua era um crescente de prata clareando o céu enevoado da meia-noite. Com a neve ainda caindo em floreios preguiçosos, eu via o frio nos redemoinhos de fumaça da minha respiração. Olhei para cima enquanto seguia Vago em silêncio. Meus pés esmagavam a camada de neve, intocada, a não ser pelos vigias que patrulhavam a cidade à noite. Não havia toque de recolher, mas, se nos pegassem vagando àquela hora, fariam perguntas. Eu não imaginava que eles fossem tratar com gentileza o "estávamos com saudades de pegar fogo" como resposta.

A mão de Vago estava quente quando ele a enrolou em volta da minha. Ele me puxou.

– Vamos.

– Aonde estamos indo? – perguntei.

Ele fez sinal para eu ficar em silêncio com uma satisfação tão óbvia que não tive coragem de perguntar de novo. Ele queria me surpreender e, assim, eu deixei. Nosso destino era uma construção de tamanho médio com fumaça subindo. Isso significava que havia um fogo aceso dentro e, considerando-se o quão frio tinha ficado e quanta neve havia se acumulado durante o dia, fiquei feliz em vê-lo. Depois de sacudir a porta com cuidado, ele a abriu. Dentro, havia um tipo de ponto de encontro, porém mais confortável do que o QG. Em vez de mesas, existiam poltronas acolchoadas e sofás espalhados por toda parte. Prateleiras continham alguns livros velhos, a maioria em condições piores do que *O Menino Dia e a Menina Noite*.

– O que é isto? – perguntei ao entrar.

– O clube dos oficiais. É para onde eles vêm nas horas de folga a fim de beber e evitar suas famílias.

Aquilo parecia estranho.

– Tem certeza de que ninguém vai nos pegar?

Ele fez que não.

– Eles já estão dormindo agora. Já vim aqui para pensar, mais de uma vez, e ninguém me incomodou. Os homens alistados têm medo de punições e, assim, não invadem. Desde que a gente não acenda nenhuma luz nem faça muito barulho, nenhum dos vigias vai entrar.

O fogo queimava baixo e, por isso, Vago foi mexer nele, revirando as faíscas laranja brilhantes em meio às cinzas, depois acrescentou um pedaço de madeira da pilha. Com um manejo cuidadoso, a chama pegou e, então, Vago acenou para eu ir até o sofá mais perto da lareira. Era velho e gasto, como a maioria das coisas em Soldier's Pond; eu conseguia ver os lugares onde o couro havia sido remendado de qualquer jeito.

Estava quente e confortável ali em comparação com lá fora. Eu me imaginei na floresta e tremi. Vago me puxou para baixo ao seu lado, provavelmente achando que eu estava com frio. Não lhe expliquei nada enquanto me acomodava contra seu corpo. O calor formigou por cima da minha pele, tanto pelo fogo alegre quanto pela proximidade de Vago.

– Esta é uma boa surpresa.

Eu não sabia que havia um lugar para onde poderíamos escapar ali.

– Não é o mesmo – ele falou.

Eu sabia o que ele queria dizer. Na primeira noite em que ficamos juntos, houve velas e beijos, palavras sussurradas e doçura impossível de descrever.

– Só há uma maneira de saber.

Segurei o olhar dele no meu e esperei até ele oferecer permissão na forma de um aceno rápido da cabeça. Depois, toquei na sua bochecha com pontas de dedos gentis, contornando sua têmpora. Passei a mão levemente em seus cabelos. Ele prendeu a respiração, mas não achei que fosse porque o estava machucando ou por estar assustando-o. Mesmo assim, parei para ter certeza de que ele ainda permanecia comigo. Seus olhos estavam escuros e quentes, meio fechados.

– Mais – ele sussurrou.

Obedeci. Contornando a forma da cabeça dele com as pontas dos dedos, e o acariciei como tinha feito na noite em que ele dormira com a cabeça no meu colo. E, pela sua expressão, ele lembrava. Talvez eu pudesse ajudar ao recordá-lo de todas as sensações boas que vinham com ser tocado. Fui devagar e com delicadeza, sem movimentos repentinos, e, quando rocei na sua nuca com minhas unhas, ele chegou mesmo a estremecer. Vago se inclinou mais para perto e depois enrolou seus braços em volta de mim. Ele não parecia mais estar pensando em nada, o rosto suave e sonhador.

Quando ele beijou a lateral do meu pescoço, eu mordi o lábio. Senti-me surpreendentemente bem. Ele continuou com mais beijos logo abaixo da minha mandíbula. A pele dele raspou de leve na minha, lembrando-me de que ele era um homem, não um menino, e tinha tirado a barba bagunçada, crescida ao longo de semanas fora da cidade. Os batimentos do meu coração aceleraram conforme a boca dele ficou mais quente e ele nem tinha tocado meus lábios. Ele estava com a respiração rápida quando colocou a mão no meu ombro. Inclinou-me para trás no sofá e eu deixei porque tinha o estranho desejo de que ele me cobrisse como um cobertor. Vago soltou um som satisfeito enquanto deitava e depois ele me beijou.

Meus olhos se fecharam. A sensação explodindo como brasas da lareira, ardendo até queimar por completo. Era o céu de verão em forma de beijo, sem fôlego e infinitamente azul, cheio da doçura de frutinhas e da luz do sol. Aquele sabor longo e exuberante se transformou em beijos menores, nossos lábios se tocando de novo e de novo, até nós dois estarmos tremendo, apesar do calor da sala. Vago se afastou e emoldurou meu rosto nas palmas de suas mãos, eu podia ver a poderosa emoção presente em seus olhos.

– Eu estava com medo – ele sussurrou. – Mas estava errado. Isto... isto ainda é perfeito, mesmo que eu não seja.

– Também não sou – murmurei.

Eu me mexi embaixo dele e sua expressão ficou mais dolorida. Ele me empurrou de volta antes que pudesse evitar, provocando nós dois. Naquele momento, eu teria lhe dado qualquer coisa.

– Isto é...

Sua voz sumiu enquanto eu me acomodava embaixo dele, encontrando o encaixe certo.

– Nós poderíamos.

Eu sabia exatamente o que estava sugerindo.

– Aqui, não, não tem garantia de privacidade. Deve ser especial.

Vago então se mexeu, puxando-me para os seus braços. Nós nos enroscamos como árvore e videira, suas pernas emaranhadas nas minhas, e eu me deitei de forma a sentir o calor da lareira nas minhas costas. Beijei o pescoço dele.

– Eu te amo.

A voz dele saiu baixa e rouca.

– Eu te amo também.

Minha resposta foi suave e fácil, como se eu tivesse esperado a vida toda para oferecer a ele aquelas palavras. Sem dúvidas, sem hesitações. Aquele sentimento foi costurado em mim até parecer que eu morreria se ele fosse arrancado.

– Obrigado por não desistir de mim.

– Você já me viu fugir de uma luta?

Eu curvei uma sobrancelha, desafiando-o.

Vago deu uma risadinha.

– Nunca.

– É melhor voltarmos antes que alguém nos pegue... ou Mamãe Oaks perceba que saímos.

Com um gemido, ele me soltou. Entendi que tinha concordado. Quando saímos escondidos do clube dos oficiais, a noite ainda estava silenciosa, com a luz sendo refletida na neve recém-caída. Nossos rastros haviam sido cobertos e, assim, fizemos novos de volta para o alojamento.

Porém, Vago me deixou lá balançando a cabeça, pesaroso:

– Não posso ir para a cama ainda. Vou dar uma corrida.

Fiquei corada porque entendi o motivo. Assim, esgueirei-me até a cama, mas não antes de Mamãe Oaks levantar apoiada no cotovelo e me encarar com olhos sonolentos e diretos. Eles diziam "você não conseguiu se safar de nada". Por algum motivo, eu queria rir, mas isso acordaria Edmund e Rex e, assim, apenas rolei para debaixo das cobertas. Mas me mexi quando Vago foi para o beliche acima do meu.

E, pela manhã, tudo estava diferente.

Não entendi a mudança no começo, mas soldados que eu não conhecia me cumprimentavam usando meu nome. Alguns me paravam para perguntar dos colares de presas de Aberrações que meus homens usavam e uma sentinela gritou da torre:

– Aplausos para a Companhia D!

No refeitório, encontrei todos os meus homens sentados juntos, inclusive os patrulheiros de Perseguidor. Acenaram para que eu me juntasse a eles. Levei minha comida, surpresa com a camaradagem. Suponho que tanto o sucesso quanto o fracasso criem laços e nós tivemos nossa cota de cada um deles enquanto viajamos.

– Alguém sabe por que estamos ganhando tratamento VIP? – Tully quis saber.

– O que é VIP?

Fiquei feliz por Perseguidor perguntar, porque eu também não sabia.

– Para pessoas importantes.

Morrow abriu um sorriso largo.

– Talvez eu tenha algo a ver com isso. Com o meu relato do acordo e a Aberração falante, eles acham que nós podemos mover montanhas.

– Em especial a Dois – Spence observou.

Murmurei um palavrão.

– O que você *contou* para eles?

– Então, qual é o plano para a campanha de primavera? – Thornton interrompeu, mudando de assunto.

Eles tomavam como certo que sairíamos de novo, que não ficaríamos acomodados com nossas conquistas anteriores depois que o clima frio passasse. Para ser bem sincera, eu não tinha nenhuma grande estratégia, mas não gostaria de decepcioná-los. Assim, pensei a respeito enquanto tomava meu café da manhã, ouvindo-os trocarem brincadeiras. Vago sentou-se ao meu lado, quieto, mas não de um jeito triste ou preocupado, mais como uma observação silenciosa, da maneira como ele tinha sido antes de as Aberrações o levarem.

– Patrulha inicialmente – falei no primeiro momento de silêncio. – Depois do degelo. Para planejar, preciso de informações sobre quanto da horda sobreviveu ao inverno. Por sorte, os Mutantes não são tão bons em estratégia ainda.

– Ainda – Tully sussurrou.

Assenti para ela.

– Quem sabe em quanto tempo vão aprender? Assim que soubermos quantos restaram e para onde estão indo, poderemos decidir o que fazer.

Ninguém riu nem disse que 12 soldados não podiam fazer a diferença. Já tínhamos feito.

– Sabem qual é a minha parte favorita?

Spence sorriu largo enquanto fazia a pergunta.

Fiz que não.

– Qual?

– Estamos dispensados das listas de tarefas regulares. Isso significa nada de vigílias à meia-noite, nada de patrulhas do lado de fora da cerca, nada de cozinhar, limpar a sala de banho ou trabalhar nos cercados dos animais.

Thornton abriu um sorriso maldoso.

– Essa *é* uma vantagem. Não me lembro da última vez em que tive um inverno tranquilo.

– Se alguém reclamar – Morrow acrescentou –, diga que você faz parte da Companhia D.

Dei uma olhada para Tegan, que fez que não.

– Eu ouvi, mas não sei o que significa.

– É o nome do nosso esquadrão – Morrow disse.

– Quem inventou? – Perseguidor perguntou.

A expressão do contador de histórias ficou mais maliciosa.

– Os homens que querem entrar. Eu espalhei a história do nosso sucesso e eles decidiram que o esquadrão devia receber o nome da Dois.

Eu suspeitava que houvesse mais a ser dito, mas ele não falou, e eu estava feliz demais, por saber que tínhamos recrutas em potencial, para insistir no assunto. Naquele dia, dez homens se aproximaram de mim discretamente e perguntaram se eu pensaria em deixá-los ser voluntários quando saíssemos pela segunda vez, Harry Carter entre eles. Ele tivera vontade de ir antes, mas não estava forte o bastante. Eu não tinha certeza se era o primeiro gostinho do sucesso ou a ideia de ficar de fora da lista de tarefas, mas disse a todos que eles eram bem-vindos. Na noite seguinte, falei com mais cinco.

Uma semana depois, Zach Bigwater se aproximou de mim. Ele foi o único membro da sua família a escapar do fogo e, por um tempo, não tive certeza se ele sobreviveria. Durante semanas, não falou, e foi um esforço para Tegan fazê-lo comer. Porém, ele veio até mim naquela tarde.

– Quero entrar na Companhia D – ele disse sem preâmbulos.

– Por quê?

– Porque estou cansado de me sentir tão impotente.

– Acho que você precisa me contar o que aconteceu em Salvação.

Ele fechou os olhos apertados.

– Tantas pessoas morreram por minha causa.

– A cidade estava sob um cerco. Não foi culpa sua.

– Estava – ele disse com pesar. – Eu corri e me escondi. Fiquei paralisado quando os muros caíram. Eu devia ter contado sobre o túnel para alguém mais cedo, mas não conseguia me forçar a me mexer, mesmo enquanto as pessoas morriam por toda a minha volta. Sou um covarde.

As ações dele não o recomendavam como voluntário, mas eu achava que entendia por que ele queria lutar.

– E você está querendo se redimir agora, provar alguma coisa?

– Se for possível – ele sussurrou.

– Então, seja bem-vindo.

Eu iria ficar de olho nele, mas não podia recusar ninguém.

O número de novos voluntários foi diminuindo conforme as semanas passavam, e a neve se acumulava mais. Durante os meses frios, mantive meus homens em forma. Eu pedi – e recebi – um pátio coberto de treinamento. A coronel reagiu com a sua típica ambivalência... e nos colocou no celeiro das vacas. Com os animais nas suas baias, havia espaço para lutarmos... e eu forçava os outros, e a mim também. Treinávamos com empenho, praticamos combates em grupo, criamos sinais de comando silenciosos e estratégias de batalha para todos os tipos de situações. A notícia de nossas sessões se espalhou e os homens que pediram para entrar no esquadrão, mas ainda não faziam parte oficialmente da Companhia D, trabalhavam nas suas horas de folga, preocupados em manter nosso ritmo.

Quando a neve começou a derreter, todos nós estávamos mais fortes, e Tegan estava maravilhosa com seu bastão, adequadamente envolto em metal para melhorar o impacto. Por toda Soldier's Pond, chamavam-nos de unidade de elite, o que significava que éramos muito bons em lutar.

Para minha surpresa, eu repetia os antigos sermões de Seda. "Acho que ela ficaria feliz."

– Não gastem energia. Matem depressa. Vamos enfrentar grupos maiores, então economizem energia. Nada de se exibirem, só derrubem o oponente e passem para o próximo.

Eu os observei lutarem por alguns segundos, fazendo que não.

– Thornton, você está se forçando demais. Sim, você é bruto, mas esmagar crânios é exaustivo. Preciso que você mate mais rápido.

– Sou um homem velho.

Porém, não era um protesto e sim uma declaração; era inacreditável que aquele veterano grisalho aceitasse críticas minhas com tanta disposição.

– Mostre para mim um jeito mais fácil.

Ao longo do mês anterior, tinha ficado claro que ele havia passado por pouco treinamento corpo a corpo e, assim, eu o coloquei com Perseguidor. Por fim, consegui que ele usasse dois pequenos machados em vez do peso dos seus punhos. As armas eram pesadas o suficiente para ele se sentir confortável com elas, bem adequadas para movimentos de corte eficientes que deveriam derrubar as Aberrações mais rápido.

No começo de março, Perseguidor e cinco patrulheiros saíram para localizar a horda. Era uma missão arriscada, e eu fiquei preocupada durante todo o tempo em que estiveram fora. O restante de nós continuou treinando; eu precisava ter confiança de que saberíamos trabalhar juntos quando partíssemos. Uma semana depois, a equipe de patrulha voltou, meio congelada e faminta, mas cheia de informações interessantes. Perseguidor dispensou os outros enquanto eu e ele íamos ao refeitório. Não estava aberto para refeições, mas sempre havia bebidas.

Servi duas canecas de chá de ervas de um bule quente e me acomodei na nossa mesa de costume. A pele de Perseguidor estava vermelha e seca, os lábios rachados. Apesar da neve derretendo e de raios de sol ocasionais, o clima ainda estava frio. Eu esperava que isso fosse ruim para o inimigo. Com tantos animais hibernando, a caça era pouca naquela época do ano. Com alguma sorte, a horda teria de direcionar a maior parte da sua atenção para encontrar comida em vez de atacar assentamentos humanos.

– É ruim – ele disse baixinho. – Appleton já era.

Aquilo me atingiu fundo. Tinham dado risada de nós lá, algo menos extremo do que a força com que nos ameaçaram em Gaspard, mas ainda assim ruim o bastante para eu ter memórias desagradáveis do lugar. Appleton era maior do que Salvação, porém menos defensável; imaginei que não tivesse sido um problema quando as Aberrações eram incômodos esparsos. Pessoas que nunca viram a horda antes de ela as varrer não podiam imaginar a quantidade... ou o horror e, assim, eu não as culpava pela reação, mas era terrível terem pagado um preço tão alto por seu ceticismo.

– Sobreviventes?

– Não. Massacraram o pessoal da cidade e a horda parece estar comendo bem. Aparentemente são menos membros do que da última vez, mas ainda há alguns milhares deles.

– Eu esperava que o frio fosse dizimar mais delas.

Perseguidor fez que não, bebericando sua bebida quente.

– Aposto que foi por isso que tomaram Appleton. Estão assando o pessoal da cidade, além disso, têm abrigo e suprimentos. Vão ficar bem até a primavera.

Era o exato tipo de notícia que eu temia. Eu tinha certeza de que a relativa falta de defesas de Appleton havia contribuído para a decisão da horda de saquear aquela cidade antes. Soldier's Pond teria exigido muito mais tempo e esforço. E, no frio, com uma força menor, fazia sentido pegar um alvo mais suave. No entanto, quando chegasse a primavera, todas as cidades dos territórios estariam em risco.

– Você vai falar para a coronel? – perguntei.

Ele assentiu, abrindo um meio sorriso.

– Agradeço por você me perguntar em vez de mandar.

– Você faz as patrulhas, não eu. Apenas pensei que ela pode tirar proveito da informação.

Se a perda de uma cidade a duas semanas de viagem não a alarmasse, a coronel não era tão esperta quanto eu pensara. Isso dava à horda uma posição firme e aterrorizante na área. Quando o clima melhorasse, as Aberrações pensariam em qual alvo eliminar em seguida. Se viessem para Soldier's Pond, significaria um cerco longo e horrível. Em algum momento, as Aberrações descobririam como passar – ou destroçar – as cercas, ou o estoque de munição acabaria.

Eu não podia deixar isso acontecer com a minha família. Não de novo.

Súplica

Foi apenas depois da refeição do meio-dia que o mensageiro chegou de Winterville. Eu estivera preparada para más notícias desde que ouvira o relatório de Perseguidor e, assim, não fiquei surpresa com a urgência. O mensageiro achava-se esfarrapado e magro e, pelos vários ferimentos dele, não estava acostumado a viajar. Porém, o mais estranho em suas feridas... era que não pareciam ter sido causadas por uma Aberração. Fui a passos largos até os guardas que ouviam suas palavras gaguejadas e sem fôlego e meu *status* na cidade havia mudado até o ponto de nenhum deles questionar minha presença. Eles estavam acostumados a me ver entrar e sair do QG, discutindo preocupações da Coronel Park, que ela não compartilhava com ninguém além dos seus conselheiros.

– Precisamos de ajuda – o homem estava arfando.

– Mutantes? – Morgan perguntou.

Eu descobrira que ele era casado com a coronel, não que fossem efusivos mostrando sua afeição em público.

Como Winterville era mais perto do que Salvação, era possível que conseguíssemos montar uma defesa bem-sucedida, dependendo da natureza do ataque. O clima não era o ideal para mobilização, mas, se fizéssemos bem as malas e andássemos depressa, talvez pudéssemos atacá-los pelas costas. Pelo que me lembrava, o anexo de pesquisa era, na maior parte, construído com um metal peculiar e amassado e, assim, pelo menos não pegaria fogo antes de chegarmos lá. Porém, o resto das casas poderia já ter sumido.

O mensageiro fez que não, surpreendendo todos.

– O Dr. Wilson falou para encontrar a Dois. Ele disse para contar a ela que há problema no lado sul... Que ela vai saber o que significa.

Reprimi um palavrão. O que quer que tivessem feito com seus humanos ferozes, a contenção devia ter dado errado. E, pelo que eu me lembrava de

Winterville, eles não tinham pessoas designadas apenas como guerreiras. Era uma cidadezinha estranha, sem dúvida, mas não significava que todos eles mereciam ser mortos porque Wilson era um louco que inventara uma poção doida e a testara no seu próprio povo.

– Consigam cuidados médicos para este homem – falei aos guardas. – Depois deem comida quente para ele. Eu assumo daqui.

Foi apenas quando eu já estava me afastando e ouvi Morgan dizer "venha, vamos levá-lo para ver a Doutora Tegan primeiro" que compreendi totalmente o quanto a situação havia mudado.

Aqueles homens acataram minhas ordens *sem perguntas* e nem faziam parte da Companhia D. Endireitei minha postura, e andei mais altiva no caminho para o QG. Lá dentro, a coronel estava esperando minhas informações sobre a situação.

Rapidamente, resumi o problema e depois lembrei-a do que Wilson havia me dito. Ela ouviu com a intensidade de sempre. Desde a nossa discussão meses antes, quando eu ameaçara cortar sua garganta, a coronel me tratava com cautela e respeito. Eu chegara à conclusão de que ela não era má pessoa; porém, como Seda, tinha a habilidade de fazer escolhas terríveis para o bem do grupo. Não era um traço de caráter que eu cobiçava.

– Você faz ideia da quantidade de almas infectadas?

Fiz que não.

– Mas não serão tão espertas quanto os Mutantes com que temos lutado. Wilson disse que sua função cerebral superior foi comprometida.

Embora eu não soubesse com exatidão o que aquilo significava, imaginei que seriam como as Aberrações contra as quais eu lutara primeiro, no subsolo.

– Então, não sabe de quantos homens precisa.

– Eu tinha 45 na última contagem.

Uma equipe tão pequena, comparada com a horda, mas provavelmente seríamos suficientes para os problemas em Winterville.

– Então, cuide disso. A propósito, decidi incumbir a Companhia D formalmente de operações de resgate. Dado o que sabemos das intenções e da vantagem numérica das mutações, parece provável que mais pedidos assim cheguem. Você vai manter o comando e avaliar todas as ameaças e determinar a melhor reação, de acordo com nossos recursos.

– Pensei que não tivesse idade o bastante para me alistar – falei.

– E não tem. Esquadrões de elite não estão sujeitos às mesmas regulamentações.

Pelo seu sorriso satisfeito, ela estava feliz de contornar as regras e, ao mesmo tempo, ainda achar uma utilidade para a minha equipe.

– Com todo o respeito, senhor, eu recuso sua oferta. Tenho a intenção de aceitar qualquer um que queira entrar no esquadrão, não apenas homens de Soldier's Pond.

Tive dificuldade para articular minha explicação.

– Nossa causa ainda não é para defender cidades... A Companhia D tem o objetivo de acabar com a ameaça dos Mutantes. Assim, embora cuidemos de pedidos de ajuda que venham enquanto estivermos na cidade, não posso garantir que ficaremos aqui. A luta está lá fora e a minha intenção é estar também, enquanto o clima permanecer firme. Neste momento, não temos quantidade para enfrentar a horda, mas um dia...

Eu parei de falar, o significado do meu discurso estava claro.

Daquela vez, ela não riu.

– Entendo.

Seus olhos estavam tristes, mas seu tom foi enérgico quando ela acrescentou:

– Você precisa avisar seus homens e ir andando. Não sabemos o quão ruim estão as coisas em Winterville.

– Sim, senhor.

Eu não a saudei ao sair, como os outros faziam.

A Coronel Park não era minha líder. Eu compartilhava informações com ela por respeito, não obrigação. Tinha falado sério quando dissera que ela não conseguiria mais nada de mim. Eu não era uma pecinha preta nos seus mapas, disposta a se mexer contra os marcadores vermelhos como ela quisesse.

Quando encontrei os homens, já reunidos no barracão para o treino da tarde, passei para eles um relatório rápido. Terminei com:

– Peguem seus equipamentos. Vamos sair em uma hora.

Não demorei ao vasculhar meu baú e preparar minhas coisas para a viagem. Estava amarrando as botas quando Mamãe Oaks me encontrou. Ela carregava um fardo; no começo, pensei que tivesse feito mais roupas para mim. Depois, ela desdobrou o tecido e a forma o mostrou inadequado para uma camisa ou um vestido.

O material era simples, o primeiro que eu via, desde minha chegada, que não fora tingido de verde-oliva sem graça. Ela o cortara em um triângulo e cobrira as pontas de verde. Bem no meio estava uma versão costurada do meu emblema pessoal, um naipe de espadas preto com um dois em cima. O emblema escuro pareceu poderoso contra o fundo pálido, ainda mais porque ela costurara uma borda vermelha. Ela tinha pouquíssimos materiais restantes do seu trabalho de costureira em Salvação e eu não podia acreditar que os usara para fazer algo assim para mim.

Também não sabia o que era.

– É uma flâmula – ela explicou. – Li em um livro que guerreiros as usavam para mostrar suas cores quando iam para a guerra, a fim de que todos os inimigos os vissem e se desesperassem.

Aquilo... aquilo era o amor mais verdadeiro. Ela odiava cada vez que eu saía, mas, como me amava, dava apoio, embora isso a assustasse. Um punho se apertou em volta do meu coração.

– Obrigada – falei. – É maravilhosa. Como devo exibi-la?

– Em um pequeno mastro, eu acho. Coloquei Edmund para trabalhar nisso.

– Vamos partir logo – falei, detestando decepcioná-la.

– Eu sei. Ele já vem.

Mamãe Oaks fez uma pausa.

– Você confia em mim, Dois?

– É claro.

– Então, me dê seu emblema.

Minha mão foi para o bolso escondido da minha camisa por reflexo. Ao longo das minhas viagens, a carta tinha ficado mais manchada de sangue, mas eu nunca a perdera. Lutei contra o ímpeto de perguntar o porquê; em vez disso, provei minha fé pegando-a e oferecendo-a para Mamãe Oaks sem dizer nada. Minha mãe sorriu ao pegar sua agulha e, em seguida, costurou a carta no centro da bandeira.

– Agora está terminada. Isso representa seu espírito de luta e eu realmente acredito que, enquanto você a mantiver segura, não vai fracassar.

Lágrimas brotaram em meus olhos por conta de como ela combinara sua maior habilidade com meu costume, um hábito no qual ela provavelmente nem acreditava. Tremendo, eu a abracei e sussurrei:

– Obrigada.

Ela soltou um longo suspiro e depois falou:

– Rex quer ir com você.

Eu congelei.

– O que você acha disso?

– Quando chegamos aqui, ele estava sofrendo pela Ruth e eu tinha medo de que fizesse algo idiota. Mas agora já passou tempo o bastante...

Eu ouvi o que ela não disse. Ela queria que ele seguisse seu coração, mesmo que fosse preocupante.

– Ele não disse nada para mim nem participou de nenhum dos nossos treinos. Diga a ele que, se ainda quiser entrar no esquadrão, precisa ser depois de ter trabalhado um pouco com a gente.

– Ele vai querer saber por que você aceitou estranhos, sem perguntar nada, e não ele.

– Porque são soldados treinados e ele, não. Seria irresponsável levá-lo para a ação sem ensiná-lo como lutar primeiro.

– Parece justo.

Era claro que ela estava aliviada por não sermos nós dois a sair marchando naquele dia.

Terminei a discussão com um abraço, mas não podia me demorar. Não pegaria bem se eu ordenasse aos homens para estarem prontos em uma hora e aparecesse atrasada. "Lidere dando o exemplo", Seda sempre dizia; e, embora eu não concordasse com tudo o que ela tinha gritado para mim, aquele princípio ficou na minha cabeça. Mamãe Oaks me acompanhou até o portão e, como prometera, Edmund chegou logo depois com um bastão de metal leve. Não era tão longo a ponto de ser complicado ou pesado demais, difícil de carregar. Em movimentos eficientes, ela costurou a flâmula ao mastro enquanto eu contava as cabeças. Vago estava lá, Thornton e Tegan também... Zach Bigwater, Harry Carter, todos os patrulheiros, junto com Morrow, Tully e Spence. Eu memorizara o nome de todos os homens porque eles não eram números para mim. Passei a lista mentalmente.

– Todos presentes – falei. – Companhia D, vamos sair.

Foi uma marcha triste, embora nossa bandeira oficial alegrasse os homens de forma considerável. Eles se revezaram para carregá-la e, por fim, passaram a apostar quem teria o privilégio. Eu não tinha nada a ver com aquilo, eles davam a honra um para o outro por motivos divertidos: uma boa música, movimentos sorrateiros, uma história alegre. Embora eu esperasse que alguns dos homens novos reclamassem, já que não estavam acostumados com a vida em campo, nenhum deles resmungou. Era um bom começo.

O chão variava de macio e úmido da neve derretida a congelado e, assim, tomei cuidado onde pisava. Perseguidor e seus patrulheiros corriam à frente, encontrando para nós uma rota boa e segura para Winterville. Como eu não sabia o que enfrentaríamos ao chegarmos, parecia melhor não gastar nossas energias mais do que o necessário. Com certeza, haveria luta na cidade e eu odiava a ideia de matar humanos. Do punhado de vezes em que eu o fizera, só gostei de uma. Gary Miles, o soldado de Salvação que achava que meninas só serviam para uma coisa, não fazia falta para o mundo.

Apesar do clima, não demoramos.

Nos limites de Winterville, esperei enquanto Perseguidor e seus patrulheiros supervisionavam o oponente. O resto de nós estava tenso, de ouvidos atentos para qualquer sinal de que as pessoas afetadas estavam se aventurando além dos limites da cidade. De vez em quando, eu ouvia berros humanos, resmungos sem palavras, terríveis, mas diferentes de qualquer som que eu já ouvira as Aberrações proferirem.

– Isso é horrível – Tegan sussurrou.

Assenti. A equipe de patrulha demorou para retornar.

Embora o ex-Lobo fosse durão, mesmo ele estava perturbado quando voltaram.

– Nunca vi nada assim – Perseguidor disse, ainda arfando. – Todas as casas estão barricadas pelo lado de dentro, janelas e portas. E a cidade em si...

– Continue – incentivei.

– Tem pessoas por toda parte, atacando tudo o que se mexe... *comendo* umas às outras.

O horror correu por mim. Independentemente de o cientista, Wilson, ter boas intenções, ele havia feito experimentos sem considerar as consequências e agora parecia que seu trabalho acabaria tão mal quanto aqueles que haviam começado todo o problema, para início de conversa. "Se essas pessoas virarem Aberrações..." Com algum esforço, contive minha ânsia de especular e me concentrei nos fatos.

– Quantas? – perguntei a Perseguidor.

– Entre 75 e 100. É só uma estimativa.

– Elas estão trabalhando juntas?

Perseguidor fez que não.

– Não. Na verdade, estão competindo para entrar nas casas. É... repugnante, talvez a pior coisa que já vi. Vai entender quando avançarmos.

Considerando-se o que ele e eu já tínhamos passado, era uma afirmação importante. Porém, eu não duvidava dele. Armada com aquelas informações perturbadoras, voltei para perto dos outros e dei ordens.

– Vamos nos dividir em quatro equipes de 11. Vou nomear líderes de esquadrão para cada uma e vocês vão seguir as instruções deles como se fossem as minhas. Entendido?

– Sim, senhor – eles responderam em coro.

Continuei:

– Temos uma confusão dos diabos para arrumar. Embora seja verdade que não somos os culpados por ela, as pessoas presas naquelas casas contam conosco. Não faço ideia se o que Wilson fez com esses pobres loucos é contagioso, então protejam-se dos dentes deles.

Tegan deu pulinhos, o que eu interpretei como se ela tivesse algo a acrescentar.

– O sangue carrega doenças também, então tenham cuidado. Tentem não deixar que caia nos seus olhos ou nas suas bocas e, se tiverem feridas abertas, não deixem de cobri-las antes de a batalha começar.

– Mais alguma coisa, doutora?

Ela corou de prazer quando a chamei assim, mas fez que não. Aqueles eram todos os seus avisos, aparentemente.

– Excelente. Alguns de vocês podem hesitar quando compreenderem de verdade... que vamos lutar contra pessoas. Mas, lembrem-se, não há como ajudá-las. Por isso, Wilson as mantinha em cercados; ele estava tentando achar uma cura, mas elas estão tão estragadas que não há conserto e é uma gentileza abatê-las.

As palavras pareceram duras e frias aos meus ouvidos, mas os homens estavam assentindo.

– Agora, líderes de equipe, Perseguidor, Vago, eu e Morrow.

O contador de histórias pareceu surpreso por ser chamado, mas ele era esperto e lideraria seus homens com o mesmo cuidado e a mesma sabedoria que oferecera a Tegan durante suas sessões de treinamento. Para evitar questionamentos de favoritismo e pelo bem da rapidez, os homens se contaram de quatro em quatro e depois se dividiram de acordo. Acabei ficando com Thornton e Spence, mas não Tully, juntamente com Tegan, três patrulheiros, Zach Bigwater e três recrutas novos. Era uma boa mistura de habilidades, com veteranos o bastante para podermos compensar caso Zach entrasse em pânico com a pressão.

– Todos sabem quem está no seu esquadrão? – perguntei.

Eles concordaram em uníssono.

– Que bom. Então, Perseguidor, fique com a seção leste. Eu vou para o oeste. Vago, você fica com o norte e, Morrow, você está com o sul, onde o problema começou. Mas, pelo que Perseguidor disse, temos confusão por toda Winterville agora.

– Sei bem qual é o objetivo – Perseguidor disse.

Morrow inclinou a cabeça.

– Eu também.

Porém, Vago se aproximou, fazendo um gesto para seus homens esperarem um pouco. Eles estavam verificando as armas, falando em voz baixa sobre a luta que viria.

Ele se inclinou com a testa franzida.

– Tem certeza de que me quer no comando?

Eu entendi que ele pensava que não era o Caçador que já fora e tinha dúvidas sobre sua liderança. No entanto, Vago precisava parar de andar na minha sombra; ele era tão corajoso e forte quanto antes, talvez mais. Pouquíssimas pessoas conseguiriam sobreviver a uma experiência como a dele. Ainda menos seriam capazes de entrar na batalha depois daquilo. Era uma das pessoas mais fortes e valentes que eu já conhecera e já passara da hora de ele reconhecer isso.

"Um passo de cada vez."

Quando olhei nos olhos dele, não o fiz como a menina que o amava ou a Caçadora que foi sua parceira no subsolo. Meu tom mostrou-se firme e frio:

– Está questionando minha avaliação?

Vi o choque na expressão dele, rapidamente disfarçado por um golpe dos cílios espessos. Depois ele recuou.

– Não, senhor. Tenho a minha missão.

Levantei a voz para ser ouvida:

– Quando limparem seu quadrante, sigam para o laboratório no centro da cidade. Vocês vão reconhecê-lo.

Descrevi o prédio por garantia.

– Agora vamos cuidar disso.

Açougue

Dentre todas as coisas, Perseguidor entendia de caos e massacre.

Winterville fedia a infecção e morte. O vento carregava o cheiro horrível de todas as esquinas, o que não me dava nenhuma indicação de onde encontrar as pessoas afligidas. Evitei uma poça de sangue e passei os olhos pela área antes de levar meu grupo para oeste. Marcas de mãos ensanguentadas destacavam-se em relevos marcantes no metal claro dos prédios. Zach Bigwater era uma ajuda duvidosa, mas, por sorte, eu tinha veteranos para compensarem sua inexperiência, e o resto da equipe devia ser competente. Meus nervos ficaram tensos enquanto eu ouvia com atenção. Ao lançar um olhar rápido para Tegan, confirmei que ela escutara também.

Quarenta passos à frente, encontramos a fonte do barulho. Dez humanos ferozes cercavam uma casa, arranhando as janelas com barricadas, e a total inadequação deles me furou como uma lâmina. Conforme nos aproximamos, eles viraram-se – mais um impulso incontrolável do que uma decisão – e correram para nós com os lábios curvos mostrando os dentes. Vi de relance olhos enraivecidos com raios de sangue nos cantos, mãos humanas normais com unhas negligenciadas até estarem curvadas e amareladas.

Embora eu tivesse aconselhado minha equipe a não hesitar, odiei pegar minhas adagas. Aquelas pessoas não mereciam; Wilson fizera aquilo com elas – na melhor das intenções, mas, ainda assim, ele podia ser culpado pelo sofrimento delas. Quando a primeira se jogou em mim, vi que era da idade de Edmund. Talvez tivesse sido fazendeiro antes, um homem normal que amava sua família e odiava cherovia. "Por favor, dê-me forças para fazer o necessário."

Com uma onda de tristeza, eu o abati, e aquela morte definiu o tom para todo mundo. Olhei ao redor em busca de Tegan, ela estava executando as manobras que Morrow lhe ensinara usando o bastão com precisão total. Todos nós matamos uma pessoa, exceto Zach; ele congelou enquanto o restante de nós resistia. Depois curvou-se e perdeu seu café da manhã.

– Como vocês *podem*? – ele perguntou em um sussurro. – Eram pessoas.

Lágrimas encheram os olhos de Tegan.

– Eu sei. Mas foi misericórdia. Elas nunca mais poderiam ser quem eram antes. Se estivessem pensando com clareza, não teria sido necessário.

Verifiquei todos os corpos para garantir que estavam mortos, tomando cuidado com o sangue deles como Tegan sugerira. Thornton observou e, em seguida, fez o que eu aprendera ser o sinal da cruz. Já tinha visto Morgan fazer o mesmo e ele me explicara que possuía significado espiritual quando eu perguntara. Minha família era religiosa, mas não tinha aquele gesto como hábito.

– Qual é o problema? – perguntei a ele.

– Deitados ali, eles parecem tão normais, quase como nós – o homem mais velho respondeu.

– Eu sei.

Era sinistro. Devia ter sido assim muito tempo atrás, antes de todas as pessoas terem mutações; tive um vislumbre da gênese das Aberrações naqueles pobres lunáticos e tremi até os ossos. Com cuidado, fechei todos os olhos para que não ficassem encarando o céu com fome eterna. Por fim, convencida de que estavam todos mortos, eu me endireitei, embora parte de mim não conseguisse evitar um medo primitivo de que aqueles cadáveres fossem se erguer e se arrastar atrás de nós. Aparentemente, os outros sentiam o mesmo porque recuaram sem se virarem até estarmos a mais de 50 passos de distância.

Acompanhei o ritmo de Zach, mantendo a voz baixa para que os outros não pudessem ouvir, embora pudessem muito bem adivinhar o que eu estava dizendo:

– A próxima luta talvez seja mais desafiadora e não podemos fazer a sua parte. Não me decepcione.

Ele assentiu, parecendo envergonhado.

– Não vai acontecer de novo, prometo.

Eu senti pena dele, o menino que havia perdido a família toda e agora tinha que aprender a lutar, sendo que aquele não fora seu papel desde o início, como acontecera comigo. Porém, naquele mundo, as pessoas tinham de se adaptar, ou morreriam. A covardice o assombraria por toda a sua vida se ele não encontrasse a coragem para erguer uma arma e ser firme. Não que eu achasse que as pessoas que não sabem lutar fossem inúteis; aquele julgamento vinha de dentro, bem fundo, do menino. Ele precisava merecer seu próprio respeito.

O grupo seguinte correu até nós virando uma esquina. Não houve sons que denunciassem sua chegada, mas, em um piscar de olhos, havia 20 deles em cima de nós. Eu devia ter sentido o cheiro, mas o miasma pairava por cima de toda a cidade; o fedor era horrendo e eles estavam quase morrendo de fome. Alguns tinham roído a própria carne – ou talvez tivessem feito isso uns com os outros –, mas as mordidas estavam infeccionadas e com hematomas, pele cor de leite azedo carimbada com marcas vermelhas de dentes selvagens.

No entanto, nossos treinos funcionaram. Os homens se colocaram em círculo como havíamos praticado, forçando o inimigo a ultrapassar se quisesse nos cercar. Eu esperava que Zach vacilasse de novo, mas, dessa vez, ele levantou suas facas e manteve a linha. Estávamos em menor número, mas aquelas eram criaturas de loucura e fome, da maneira como as Aberrações antigas eram. Não sabiam nada de táticas ou estratégia, apenas a necessidade que queimava como fogo em seu sangue. A luta virou uma complicada dança da morte. Quando Tegan balançou o bastão para desestabilizar as pernas de um, derrubando-o, Thornton acabou com ele com um golpe eficiente do seu machadinho.

Eu trabalhei com Zach, mantendo-os longe dele enquanto ele descobria sua confiança. Podia não ser um guerreiro nato, mas estava determinado, bloqueando e fingindo atacar para atrair os dentes mordedores. Aquilo expôs uma garganta, e eu a cortei, dando um chute em seguida para evitar o espirro de sangue. Um pouco salpicou minhas calças, mas não havia como desviar. Spence lutava, como normalmente fazia, com faca, arma e bota. Não contei quantos matei, apenas lutei até todos estarem caídos e eliminados.

– Ferimentos? – perguntei. – Alguma mordida?

Houve um silêncio pesado e angustiante enquanto todos examinavam com atenção seus companheiros.

– Eu.

Danbury era um dos homens novos, recentemente recrutado. Ele aninhou o antebraço e, quando me aproximei, vi a ferida roxa com um núcleo vermelho onde dentes haviam perfurado a pele. O machucado melhoraria, mas tive um vislumbre de puro medo nos olhos dele.

– Você não vira Aberração com mordidas – falei, embora fosse uma garantia sem valor. – Talvez isso não se espalhe da mesma forma.

Tegan comentou:

– Eu falei para vocês evitarem o sangue por precaução. Essas pessoas enlouqueceram depois da exposição àquela poção que o Dr. Wilson criou, não de morderem umas às outras.

– É melhor você atirar em mim – Danbury disse. – Por garantia.

Fiz que não.

– Vamos terminar de limpar a cidade e depois precisamos falar com o Dr. Wilson. Vou perguntar a ele se tem algum risco.

Danbury fechou a mão em um punho.

– Se eu ficar mal, prometa que não vai me deixar virar aquilo.

Baixei o olhar para os corpos.

– Eu vou cuidar de você. Não se preocupe.

A declaração parecia gentil, quando era, na verdade, uma promessa de acabar com a vida dele.

– Deixe que eu limpe e faça um curativo nisso.

Tegan pegou o braço do soldado. Ela colocou luvas de couro finas e, então, derramou antisséptico na mordida para limpá-la. Depois, espalhou um pouco de pomada curativa e a envolveu com um pedaço de pano. Os soldados a observaram fascinados, eu não sabia se era a graça dos seus movimentos ou a ameaça silenciosa do que poderia estar por baixo da bandagem.

Spence colocou a arma no coldre.

– Isso não é desafio algum. Estou surpreso pelo pessoal da cidade não conseguir lidar com eles.

Thornton acrescentou:

– Eles são idiotas e fracos, isso ajuda.

– O pessoal daqui não é treinado para lutar – Zach observou.

Ele estava certo, isso fazia diferença. A maioria das pessoas, quando diante de um pesadelo, costuma correr e se esconder. É rara aquela que pega qualquer arma que esteja à mão sem experiência prévia. Porém, outra pessoa poderia ser capaz de explicar por que a maioria dos humanos foge e apenas um entre cem decide guerrear.

Depois disso, encontramos apenas retardatários, um tão fraco que estava de joelhos quando o encontramos. Spence murmurou "pobre rapaz" e mandou uma bala na cabeça dele. O louco tombou para trás e eu juro que, no momento da morte, ele ficou aliviado por ter acontecido… Ou talvez fosse apenas o que eu queria ver na sua expressão atormentada, porque, do contrário, aquele dia criaria um peso grande demais para ser carregado.

– Eu gostaria de falar com esse Dr. Wilson também.

Thornton bateu o cabo do machado na palma da mão, o que eu entendi como se ele quisesse cortar a cabeça do cientista fora.

Levantei a mão, sinalizando silêncio. Depois de alguns segundos, tive certeza. Havia mais deles por perto. Quantos, eu não conseguia estimar. Desejei que Perseguidor tivesse podido oferecer uma contagem mais precisa. Os homens se mexeram atrás de mim, seus colares de presas e ossos chacoalhando. No fim da rua, achei a fonte do barulho. Aquela casa mostrou-se incapaz de suportar o massacre e a porta da frente estava aberta como uma ferida larga. Uma trilha de sangue levava para dentro.

Engoli meu medo, sussurrando:

– Não vai ter espaço para todos nós. Preciso de quatro comigo, seis de fora mantendo guarda.

– Vou com você – Thornton disse.

Spence não respondeu, mas se aproximou. Depois, Zach veio... e Danbury. Aqueles dois não teriam sido minha primeira escolha, mas era melhor para o moral do esquadrão se eu não tivesse favoritismo. A casa estava escura com as janelas fechadas, sombras pesadas como as almas dos mortos. Inspirei, provando o ar, um cheiro horrível de algo velho, manchado por podridão. Eu então ouvi movimentos mais para dentro, e todos os cabelos da minha nuca se eriçaram.

Alguns segundos depois, a criatura que entrou cambaleando no nosso campo de visão, arrastando um braço cortado, mal lembrava um humano. Sua pele estava muito esticada, inchada pelo banquete que tínhamos interrompido. Seus olhos brilhavam, mas estavam afundados em seu rosto dilatado e tão manchado de sangue que eles eram os únicos pontos de luz em uma confusão vermelha. Ela se arrastou até nós e nos espalhamos, permitindo a Spence um tiro direto. Não havia por que deixá-la se aproximar o suficiente para morder. Ele nivelou a arma e deu o tiro de segurança bem em seu peito, mas não foi o bastante. Apesar do ferimento, ela continuou vindo.

– De novo – Thornton falou, ríspido.

Spence atirou pela segunda vez, acertando-a bem no meio dos olhos. Ela caiu como uma pedra.

Soltei um fôlego que não percebi que estava segurando.

– Duvido que ela tenha deixado alguém vivo, mas precisamos ter certeza. Thornton, venha comigo. O resto de vocês, vigie a porta.

– Sim, senhor.

Era uma casa de tamanho moderado. Pelo que pude ver, originalmente tinha sido um espaço único, quase como uma unidade de armazenamento, mas fora reaproveitada como lar e alguém construíra divisórias instáveis. Muito em Winterville me lembrava do subsolo. Diferentemente de muitos assentamentos, aquele parecia não combinar; mais da metade era feita de itens antigos recuperados, usados por pessoas que não entendiam por completo o que fazer com eles, e aqueles materiais desconhecidos davam um toque estranho ao novo mundo.

A casa toda estava banhada de sangue e fezes, como se a mulher louca que a invadira fosse um animal selvagem. Ela comia e excretava e, pelo que Thornton e eu vimos, isso era *tudo*. Na área de dormir, encontrei a pior cena que já vira.

"Appleton está pior do que isto?"

Thornton pegou meus ombros quando bati nele em uma retração instintiva. Pedaços de carne e osso espalhados por toda parte e os antigos residentes estavam tão mastigados que eu não sabia dizer que pedaço pertencia a qual pessoa. Era um aposento transformado em açougue, uma cena que me assombraria para sempre. Os galpões onde cortavam a carne em Soldier's Pond tinham mais delicadeza. E, então, a mulher, que estava meio devorada da cintura para baixo, abriu os olhos e sussurrou:

– Me mate.

– Deixe comigo – Thornton falou.

Eu não teria conseguido entrar naquele quarto – meus pés estavam congelados – e, assim, ele atravessou o chão manchado de sangue a passos largos e, com um golpe certeiro do machado, acabou com a dor dela. Recuei até não conseguir mais ver o massacre, fechei os olhos apertados, mas as imagens não sumiram. Tremores fortes chacoalharam pelo meu corpo e fiquei envergonhada da minha fraqueza, até sentir as mãos grandes de Thornton em meu braço.

– Menina, eu ficaria preocupado se você conseguisse aguentar aquilo. O único motivo de eu suportar é porque trabalhei nos galpões dos animais, matando as criaturas.

Não perguntei que tática mental empregara, mas suspeitava de que tivesse fingido que ela era um daqueles animais e que ele tinha o dever de ser rápido. Thornton continuou me segurando quando saímos e vasculhamos o resto do lugar. Meu coração estava na garganta, temendo que pudesse haver pirralhos, mas não encontrei nenhum. Corri para a porta da frente e acho que minha expressão entregou o quão ruim a situação estava porque ninguém me fez nenhuma pergunta.

– Vamos – falei. – Temos mais área para cobrir antes de escurecer. Não posso falar em nome de vocês, mas eu não vou acampar até ter certeza de que matamos todos.

– Você está cem por cento certa – Spence disse com um olhar duro.

Naquele dia, eu matei mais seis humanos selvagens; depois do que eu vira na casa, estava agindo apenas maquinalmente. Meu esquadrão deu conta de mais deles, mas a situação era tensa. Danbury ficou se desesperando por causa da sua mordida enquanto o resto o olhava como se quisesse cortar sua garganta como precaução. Por fim, encerrei a missão, depois de vasculharmos cada estrutura da nossa parte da cidade. Tinha sido exaustivo e o sol já se fora, a escuridão expulsando os riscos de cores vibrantes.

– A cidade toda está amaldiçoada – Zach comentou, sua pele pintada de vermelho pelo sol poente. – Há relíquias do mundo antigo por toda parte, não é de se espantar o que eles tenham sofrido. Deus os abandonou.

– Chega de falar loucuras – Spence brigou com ele.

Antes de as palavras ríspidas poderem evoluir para uma discussão completa, eu fiz um sinal.

– Vamos achar os outros. Espero que não tenham encontrado mais problemas do que podiam dar conta.

Aquilo deu início a uma conversa franca sobre a capacidade dos outros esquadrões, que durou até chegarmos ao prédio do laboratório do Dr. Wilson. A equipe de Perseguidor já esperava; eles estavam ensanguentados, mas relativamente bem. No mesmo instante, Tegan entrou em ação com sua bolsa de remédios e cerca de metade dos soldados parecia que andaria sobre carvão quente por ela. "Há um apelo em uma menina que pode curá-lo... ou rachar sua cabeça com um bastão."

Assim que me viu, Perseguidor veio até mim a passos largos para dar seu relatório.

– Matamos uns 30 humanos selvagens. Encontramos alguns cidadãos mortos. Ainda não tenho certeza de quantos sobreviveram ao ataque.

Eu dei de ombros.

– É difícil saber. Provavelmente não vão sair até terem certeza de que é seguro.

– Verdade.

Quando fiz uma contagem, percebi atrasada que ele tinha um homem a menos.

– O que aconteceu?

– Houve... resistência dentro de uma das casas. Quando cheguei até ele, era tarde demais.

Pela expressão de Perseguidor, ele estava bem abalado com a perda e, assim, apenas assenti.

Logo, a equipe de Vago se juntou a nós. Ele tinha vários ferimentos novos, mas, depois de eu o analisar dos pés à cabeça, fiquei aliviada de não achar mordidas. Não havia chance de eu conceder a Vago uma morte misericordiosa, se chegasse a isso. Seria melhor pedir a Spence que atirasse em mim. Morrow chegou por último, também com um homem a menos. Isso deixava nosso número em 42. Cumprimentei Vago com um sorriso, embora quisesse beijá-lo. Seus olhos se demoraram na minha boca e, com esforço, eu me fiz voltar ao trabalho. Não podíamos continuar como Procriadores em campo.

– Está na hora de o Dr. Wilson explicar essa bagunça – murmurei.

Calmaria

A porta estava trancada ou barricada pelo lado de dentro e, assim, bati na entrada do laboratório com os dois punhos até Wilson gritar:

– Quem está aí?

– Companhia D! – os homens berraram antes de eu poder responder.

Foi o suficiente para tranquilizá-lo, aparentemente, porque eu ouvi o som de trancas sendo soltas e, em seguida, a porta foi aberta. Senti-me mais segura depois de todos nós termos entrado, porém não mais feliz. Se possível, o homem parecia mais velho, em anos em vez de meses, desde a última vez que tínhamos estado lá e estava mais magro também. Eles usavam moinhos de vento para gerar energia – isso eu sabia –, mas não tinha certeza de quão bem o comércio da cidade enfrentara a crise. Se as pessoas que enlouqueceram costumavam trabalhar em algum negócio, eram fazendeiras ou produziam bens para comerciar, os suprimentos deviam estar acabando. Itens recuperados só levavam as pessoas até certo ponto.

– Tranquem, por favor – Wilson disse.

O soldado mais perto da porta obedeceu e depois nós seguimos Wilson até a grande sala onde ele nos recebera da primeira vez. Meus homens não relaxaram, nenhum parecia à vontade naquele lugar. Era estranho para eles, assim como fora para mim, e eu esperava que o cientista não desse seu sermão sobre moinhos de vento de novo. Talvez fosse a última gota.

– Alguém enforque esse cretino.

O pedido veio de um dos patrulheiros, mas eu não conseguia ver quem tinha falado.

Eu girei, fixando um olhar bravo neles.

– Estamos aqui para ajudar, não impor punições. O povo dele vai decidir se ele é culpado de alguma coisa.

Wilson bateu a mão no balcão, chacoalhando seus vários vidros.

– Quem vocês acham que me implorou para achar uma solução? Eu disse a eles que levaria *anos* e que as mutações poderiam ter mudado até lá. Eles insistiram em um teste em tempo real apesar de todas as minhas objeções e eu tinha a pressão da Emilia em Soldier's Pond também.

Aquilo fez todos se calarem por alguns segundos.

Pela primeira vez, percebi o quão silencioso o laboratório estava, sem rosnados ou resmungos, e também não havia fedor de Aberração para acompanhar.

– O que aconteceu com o seu bichinho de estimação? – perguntei.

Wilson ergueu um ombro, a postura do desgaste total.

– Velhice. Depois que se instala, eles vão morro abaixo depressa. Fiz o que pude para deixá-lo confortável.

O resto de nós estava horrorizado, ele estivera cuidando de um monstro enquanto seu povo corria em um frenesi assassino e comia os companheiros? Wilson era louco mesmo.

Porém, Tegan mostrou sinais de fascínio.

– Você aprendeu alguma coisa sobre a fisiologia da criatura enquanto a manteve cativa? Nunca soube de ninguém que estudava uma mutação.

– Nós estudamos todo tipo de coisa – Wilson disse. – Ou estudávamos. O último ano tem sido difícil para a comunidade científica.

– De que diabos você está falando? – Tully quis saber.

Wilson suspirou.

– Winterville sempre esteve dividida em duas linhas, os cientistas que se juntavam para estudar o vírus Metanoia, e um dia desenvolver uma vacina para ele, e as pessoas leigas que os apoiavam.

– Você quer dizer aquelas que faziam o trabalho de verdade – Thornton falou baixinho.

Pelo murmúrio de aprovação, os outros homens achavam o mesmo. Percebi que o clima estava piorando, depois de tudo o que vimos naquele dia. Para evitar um enforcamento, precisava desviar a atenção deles, mas Tegan fez isso por mim. Ela estava claramente curiosa, andando pela sala com aparente atenção total.

– Então, aqui era uma unidade de pesquisa mais do que uma cidade? – ela perguntou.

O cientista apontou para o laboratório, lotado de toda sorte de aparelho.

– É o único motivo de eu ter esse equipamento. A maioria parou de funcionar há bastante tempo, é claro, já que as pessoas que sabiam consertá-los morreram faz muitos anos. Algumas coisas meu pai me ensinou a manter e, por isso, eu consegui extrair material genético suficiente para criar aquele sérum.

Sua expressão fechou.

– No final das contas, foi uma ideia pavorosa.

– Para mim, parece que você não chegou nem perto de pagar o suficiente – Spence disse. – Você armou esta bagunça e depois quase fez um pobre homem morrer ao nos chamar para limpar.

– Marcus chegou lá em segurança? – Wilson perguntou então.

Teria sido minha primeira indagação e sua preocupação tardia não o tornou mais querido pelo resto dos homens. Eu conhecia bem como os humanos pensavam, queriam alguém para culpar pelo mal que tinham testemunhado ali. Uma ou duas vezes, eu fora acusada de coisas que não fizera, de acordo com aquela justiça das massas. Assim, por mais que eu fosse gostar de enforcá-lo, não podia deixar meus homens fazerem de Wilson um bode expiatório.

– Chegou – respondi. – Ele estava confortável e com boa saúde quando partimos.

– O que é o vírus Metanoia? – Tegan perguntou.

– Foi o que começou o fim de tudo.

– Ah.

Sem dúvida, ela se lembrava do resumo da nossa conversa com o Dr. Wilson e do que ele nos dissera sobre o que havia levado ao colapso.

De olhos vermelhos e com medo, Danbury pigarreou, lembrando-me de que tínhamos um problema. Eu falei:

– Preciso saber o quanto é perigoso se formos mordidos por uma das pessoas afligidas.

– Não mais perigoso do que mordidas humanas – Wilson respondeu. – A boca humana é imunda. Mas a deterioração mental que você viu surgiu de uma biorreação adversa aos feromônios mutantes que eu liberei, não de infecção viral ou bacteriana.

O cientista fez que não.

– Independentemente das pressões externas, não sou descuidado o bastante para fazer experiências com vírus. São a forma mais perigosa e traiçoeira de contágio.

O que ele fizera com a poção parecia bem irresponsável para mim, mas eu não sabia o que era um vírus e, então, talvez fosse pior. Daquele momento em diante, Tegan olhou para o Dr. Wilson como se ele usasse uma coroa de prata e o bombardeou com perguntas a respeito de coisas que eu poderia ter questionado também se o resto dos meus homens não estivesse cansado e faminto, e Winterville, ainda uma bagunça tão grande.

– Pela manhã – falei –, vamos informar ao pessoal da cidade que tudo está seguro e ajudar com a limpeza. Por hora, achem um lugar para deitar e comam o que tiver sobrado nas suas mochilas. Vou garantir que a gente tenha uma refeição quente amanhã.

Danbury estava franzindo as sobrancelhas. Ele arrancou o curativo para olhar a mordida em seu braço. O afligido devia ter morrido antes de ele ou ela poder enterrar os dentes de verdade.

– O que tudo aquilo significa?

– Apenas observe se tem infecção. Você não vai enlouquecer.

Isso pareceu aliviá-lo. Por todo o laboratório e no corredor, homens deitavam seus colchõezinhos. Eu não fazia ideia do quão tarde era, mas, entre os horrores do dia e a viagem difícil que passamos, estava cansada demais para ter fome. Por impulso, deixei o laboratório e segui as voltas do corredor até encontrar as gaiolas onde o Dr. Wilson havia mantido Timothy. Todas estavam vazias e haviam sido limpas, assim, a sala tinha um cheiro forte de vinagre, sem nenhum traço de Aberração.

Sem me virar, reconheci os passos de Vago quando ele surgiu atrás de mim.

– É tão estranho pensar nelas morrendo de velhice.

– Como pessoas.

Aquilo era parte do que me incomodava naquela situação toda. Quanto mais as Aberrações mudavam, mais ficavam parecidas conosco. Quantas mais gerações até elas falarem e pensarem tão bem quanto nós conseguíamos? Àquela altura, o desenvolvimento acelerado delas significava que iriam avançar mais do que nós no departamento de procriação. Outra questão me corroía: talvez os monstros *devessem* sobreviver. Não nós. E como eu poderia lutar contra a natureza em tal escala?

Exausta, inclinei a cabeça contra o batente da porta. Devia voltar e liderar, dando o exemplo, mas precisava ficar quieta por um instante. Só um. Vago colocou os braços em volta de mim, enrolando-os para poder apoiar o queixo no meu ombro. O calor dele era gostoso e os homens estavam seguros por ora. Aquele era um fardo pesado, pensar em tantas pessoas o tempo todo. Eu nunca iria querer ser anciã se isso significava passar por tamanha pressão. Talvez fosse por isso que tantos deles perdiam a cabeça e tomavam decisões pelos motivos errados.

– Você estava certa – ele falou baixinho.

– Sobre o quê?

– Eu precisava liderar hoje, embora estivesse bravo por você me forçar a isso.

Ah. Imaginei que nossa posição atual significava que ele tinha superado o problema.

– Você trouxe toda a equipe de volta, então eu soube que a missão correra bem. Mas não tinha dúvidas.

– Eu tinha – ele admitiu. – Eu tinha medo de travar ou entrar em pânico.

– Você lutou desde que foi levado.

– É mais difícil quando as suas escolhas afetam outras pessoas – ele observou.

"Muito verdadeiro."

– Mas você conseguiu lidar. Não importa o que a vida ofereça, você simplesmente luta com mais força. Eu amo isso em você.

Eu percebi que ele estava sorrindo quando aninhou a curva dos lábios no meu pescoço.

– Vamos ver se encontramos um lugar para nos limparmos.

Já que não gostava da ideia de dormir com a poeira da viagem e o sangue das batalhas do dia, eu o segui. O complexo do laboratório era maior do que parecia de fora, já que corredores cruzavam sua extensão e largura. Também havia escadas para o andar de baixo, mas eu já tivera o bastante de escuridão e, assim, virei nosso caminho para longe de lá. Depois de um bom tempo, encontramos uma sala de limpeza com uma torneira que forneceu um esguicho de água.

Vago e eu nos revezamos na limpeza e eu estava bem ciente do meu coração batendo na garganta enquanto vestia desajeitada roupas limpas. Eu queria ver como ele era sem nada, mas aquele não era o momento nem o lugar. Amaldiçoei aqueles impulsos de menininha enquanto Vago saía a passos largos com cabelos úmidos caindo pesados em seus olhos. Nos meses de inverno, ele costumava deixá-los desarrumados, oferecendo mais calor, e, conforme o sol brilhava mais forte, geralmente os tosava. Não importava para mim o que ele fazia com eles, eu gostava de olhá-lo independentemente de qualquer coisa. Pela sua expressão, o sentimento era mútuo.

Vago me avaliou com olhos calorosos e escuros e foi tão poderoso quanto um beijo.

– Eu poderia olhar para você para sempre e nunca me cansar do seu rosto.

Suas palavras me inundaram de um prazer tão cortante que me furou como uma dor. Era melhor do que dizer que eu era bonita, embora ele tivesse feito isso antes. Daquela vez, parecia algo eterno, porque ele me via quando olhava nos meus olhos, e eu sempre seria aquela pessoa, não importava como os anos me mudassem. Com aquele doce peso entre nós, voltamos para o salão principal. Quando os homens viram que tínhamos encontrado instalações de higiene, exigiram saber como chegar lá. Em duplas ou trios, eles saíram para se ajeitarem também antes de partirem o pão e eu decidi que não tinha me saído tão mal ao liderar dando o exemplo. Uma menina podia fazer coisas piores do que inspirar soldados a se banharem. Vago e eu comemos carne-seca e pão velho, comida típica da estrada. Enquanto eu os fazia descer com água morna, imaginei um ganso assado como Mamãe Oaks costumava fazer em Salvação com todos os adornos: batatas-doces cremosas nadando em manteiga e mel, pão integral, vagem e frutas vermelhas em creme.

– Você parece estar sofrendo – Perseguidor disse.

Seu rosto estava preocupado, olhos sombreados à luz bruxuleante. Eu suspeitava que a morte do seu companheiro de equipe pesasse sobre ele. Tínhamos perdido muitos homens bons nas patrulhas de verão também, mas é diferente quando você é responsável por eles. Em vez de um azar na batalha, parecia um fracasso pessoal.

– Um pouco.

Eu disse para os dois o que estivera imaginando e Vago resmungou.

– Você se delicia com a crueldade.

Existia uma doçura na provocação dele que eu não via havia muito tempo, como antes, quando éramos apenas eu e ele contra o mundo.

Perseguidor se virou para Vago com uma expressão educada. Ela ficava estranha no seu rosto marcado de cicatrizes, como um chapéu feito para outra cabeça.

– Eu gostaria de falar com a Dois em particular, se você não se importar.

– Não cabe a mim – Vago respondeu.

Perseguidor assentiu.

– Não é pessoal, se estiver preocupado com isso. Não tenho intenção de causar nenhum problema entre vocês dois. Apenas preciso dar uma palavrinha.

Parte de mim se sentia incomodada por ele ter perguntado a Vago, como se ele estivesse no comando de quem podia falar comigo. Porém, o resto agradecia pelo gesto, reconhecendo assim que Perseguidor entendia como era a situação entre mim e Vago. Ignorei aquelas reações conflitantes e o acompanhei até a porta. Parecia precaução excessiva, se ele temia que alguém ouvisse. Os homens estavam todos cuidando das suas próprias necessidades.

Ele respirou fundo.

– Há algumas coisas que eu preciso dizer, se você me ouvir.

– Vá em frente.

Ele cruzou os braços, mas não de uma maneira defensiva, mais como se ele precisasse de um abraço e não houvesse ninguém para lhe dar um. Não me mexi. O toque era um presente precioso e eu não o oferecia de graça. A distância entre nós vinha de um bom motivo, já que Perseguidor não parecia capaz de separar o carinho discreto de uma amiga em oposição à maneira como eu reagia a Vago, que tinha direitos de beijo exclusivos.

– Na gangue, se eu resolvia fazer alguma coisa, ela acontecia. E eu comecei a acreditar que não havia obstáculo que eu não pudesse superar, ninguém que eu não pudesse dobrar pela minha vontade.

– Se ninguém nunca o corrigiu, eu entendo como isso pôde acontecer.

Eu não sabia bem o que aquilo tinha a ver comigo, mas confiava que ele fosse chegar ao assunto.

– Assim, quando eu a conheci... eu a quis para mim, imaginei que seria apenas uma questão de tempo até você mudar de ideia. Não considerei seus pensamentos e desejos. No começo, você era mais um prêmio para mim do que uma pessoa.

Ele suspirou fundo.

– Peço desculpas por isso. E, quando percebi que você nunca corresponderia aos meus sentimentos, não aceitei bem. Não sou bom em perder.

– Poucas pessoas gostam disso – falei, seca.

– O que eu quero dizer é que gostaria de aceitar sua oferta de amizade, se ainda estiver de pé. Vou falar com Vago, deixar claro que não quero entrar no caminho dele. Entendo por que ele não gosta de mim. Ele tem motivo.

– Eu gostaria disso.

"De tudo isso." Nunca quis nenhuma competição entre eles.

– O próximo assunto é que preciso que você tranque a porta depois de eu sair.

Fiquei tensa. Parecia uma despedida.

– Por quê?

– Não se preocupe. Eu volto. Só preciso andar por aí um pouco. Não vou conseguir dormir hoje.

Assenti, imaginando que a perda de um homem sob seu comando o estava incomodando. Ele provavelmente achava que, se tivesse sido mais rápido ou esperto, poderia ter salvado seu patrulheiro. Porém, a morte de Improvável me ensinara que, algumas vezes, não há o que fazer, não importa o quanto você queira, porque as outras pessoas tomam suas próprias decisões, independentemente de você não concordar. Às vezes, eram corajosas e heroicas; outras vezes, era apenas estupidez, e essas perdas tornavam-se as mais difíceis de suportar.

– Tenha cuidado – falei.

– Terei.

Perseguidor abriu as trancas e correntes e saiu apressado para o escuro.

Recuperação

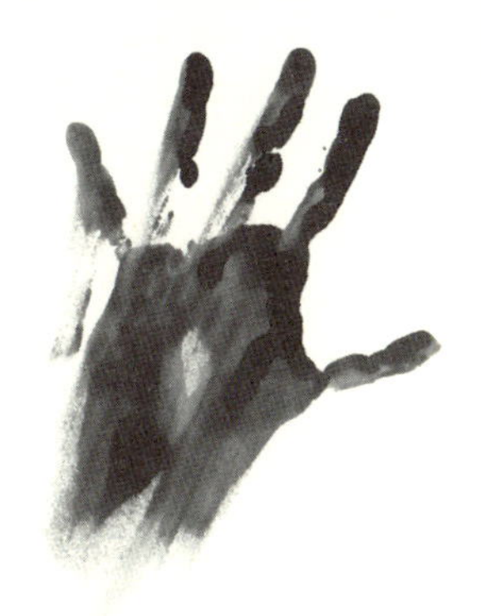

Dormi mal naquela noite.

A conversa com Perseguidor me incomodou. Eu esperei ouvir uma batida na porta a qualquer momento durante a noite e, assim, fiquei deitada sem dormir, prestando atenção, mas ela nunca veio. Eu consegui meu descanso em brechas inconstantes, mas me levantei junto com todos os outros, usei meu turno para me limpar e depois saí a fim de ver como Winterville estava. Os homens me seguiram, o que me pareceu estranho, embora fosse o que eu quisesse. À luz do dia, o dano estava aparente, mas parecia ser possível reparar com facilidade. Dr. Wilson se juntou a nós, fazendo sombra nos olhos como se raramente visse a luz do sol. Já que a maior parte do seu trabalho acontecia no laboratório, podia ser verdade.

– Há um sino a quatro quarteirões naquela direção – ele disse –, na igreja. É o prédio com a ponta no topo. Se você o tocar, o pessoal da cidade vai saber que está seguro.

Eu estava pronta para deixar aquela cidade triste e destruída para trás, mas dissera que meus homens ajudariam com a limpeza e, apesar do meu desejo de seguir em frente, manteria a promessa. Um dia gasto com reparos e recuperação não nos custaria a guerra.

– Por aqui – falei, seguindo as instruções de Wilson.

Conforme nos afastávamos, ele voltou para dentro. Tegan passou a me acompanhar.

– Cadê o Perseguidor?

– Ele está perturbado com a morte de Hammond.

Do chão, eu conseguia ver o sino, mas era necessário que eu entrasse na igreja. Deixei meus homens do lado de fora, levando apenas Vago comigo. O estrago parecia especialmente ruim ali; a madeira estava marcada com incontáveis arranhões, mais sangue e excrementos dos humanos selvagens que se abrigaram lá. O cheiro era forte e desagradável, como morte e podridão; cobri a boca enquanto avançávamos pelo interior escurecido até a escada à direita. Ela era íngreme e muito apertada, levando a uma torre estreita onde o sino estava pendurado. Vago puxou a corda e o repique ressoou, ecoando em todos os cantos da cidade.

– É pior – ele disse. – Saber que pessoas provocaram toda essa destruição.

A causa e o efeito me assombravam. Muito tempo antes, as pessoas tinham medo umas das outras e, assim, inventaram coisas terríveis, capazes de criar monstros. Depois os monstros mataram tantas pessoas que estávamos correndo risco de extinção. Por isso, mais uma vez, criamos algo horrível, tentando afastar as feras. Era um ciclo inquebrável e me deixou exausta, fez com que me perguntasse se estava louca por achar que poderia fazer a diferença. Eu preferia imaginar que tinha sobrevivido à longa caminhada para servir a algum propósito, mas podia ser que o mundo não funcionasse assim. Talvez não houvesse motivo, apenas uma corrente eterna de ruim e pior, pontuada por um brilho ocasional.

– Sim. É.

Vago enlaçou nossos dedos quando saímos da igreja. Às vezes, parecia que eu podia sentir quando meu coração atingia seu poço mais fundo e, então, com o menor sinal dele, ele saía voando de novo, subindo no vento como um pássaro. A leveza não podia durar, é claro, com a natureza medonha da tarefa à nossa frente, mas era suficiente para evitar que eu só visse escuridão.

Os cidadãos de Winterville emergiram de suas casas lentamente, cautelosos como esquilos. Uma mulher idosa perguntou:

– A quem devemos agradecer pela nossa salvação?

– Companhia D! – os homens responderam juntos.

Uma comemoração irregular começou. Nos rostos pálidos e cansados deles, tive um vislumbre de verdadeira adulação. Eu a vira algumas vezes nos rostos dos pirralhos do subsolo, que queriam profundamente a minha aprovação. Vários homens e mulheres pegaram minhas mãos, até as beijaram, e eu olhei confusa para Vago. Ele levantou um ombro, evitando a atenção devota, mas não de uma maneira que me fizesse temer que estivesse prestes a entrar em pânico e atacar as pessoas. Ele apenas pareceu desconcertado.

– Chega – falei. – Há muito trabalho a ser feito. Quem está no comando aqui?

Um grupo foi para a frente da multidão; com rugas, mas não incapazes, eles pareciam ter a idade dos Oaks.

– Sou a prefeita, Agnes Meriwether, e este é meu marido, Lem.

– Você tem a intenção de punir o Dr. Wilson? – perguntei.

Ela fez uma expressão como se eu tivesse sugerido matar uma criança.

– Por quê? Ele só fez o que imploramos para fazer. Por anos, não tivemos necessidade de nos defender. Os Mutantes eram diferentes antes. Não se juntavam em grupos como agora... e conseguíamos lidar com um sozinho à procura de comida. Não era diferente de afugentar um lobo raivoso. Porém, no último ano, mais ou menos, as coisas pioraram muito. Não tínhamos nenhum homem treinado nem muitas armas. Então, achamos que a ciência poderia oferecer uma solução.

– Pelo que eu vi – Tegan disse, sensata –, não se pode ter rapidez e segurança ao mesmo tempo. Simplesmente não é possível.

– Sabemos disso agora. Eu devia ter ouvido quando o Dr. Wilson me avisou que não acabaria bem. Mas funcionou no começo. Os grupos de Mutantes simplesmente desviavam daqui, porém, depois, as pessoas começaram a enlouquecer. Quatorze pessoas morreram enquanto nós as estávamos juntando...

– Há um campo de prisioneiros ao sul – Morrow disse para mim, em voz baixa. – Bárbaro. Teria sido mais gentil matar todos.

– Foi o que eu disse – Lem comentou.

Agnes pareceu genuinamente atormentada.

– Eu não podia suportar que tantas pessoas morressem, se houvesse uma forma de evitar. Pedi para o Dr. Wilson criar um tratamento.

Assenti.

– Mas ele não conseguiu. E a prisão temporária não aguentou.

– Não quero essa responsabilidade – ela disse baixinho. – Cometi erros demais.

Uma mulher gritou da multidão:

– Se você acha que vamos limpar sua bagunça, está louca, Sra. Meriwether. Você que conserte esta cidade.

Cortei a discussão com um gesto de impaciência. Depois de partirmos, não me importava quem ficasse no comando. Meu objetivo era devolver Winterville a uma aparente ordem. Assim, dividi nosso grupo como fizera no dia anterior, porém, dessa vez, estávamos arrastando corpos. Pareceu desrespeitoso queimá-los como tínhamos feito com os cadáveres das Aberrações e, então, coloquei cinco homens para abrirem uma cova enorme. Não era muito melhor, mas levaria muito tempo cavarmos tantas individuais. No subsolo, nós os teríamos dado como alimento para as Aberrações, mas eu passara a entender que isso era errado e, no Topo, atrairia outras em busca de comida.

Trabalhei ao lado de todos os outros, arrastando fardos ensanguentados para fora dos prédios até onde pudessem ter um enterro decente. Ao meio-dia, minhas costas e meus braços já estavam doendo; foi o trabalho mais repugnante que eu já fizera. Apenas Tegan cuidou de outras tarefas, ela examinou o pessoal da cidade e ajudou quem podia. Vi sua frustração ao encontrar doenças ou ferimentos que não sabia como tratar. A culpa queimava como um sinal de fogo em seus olhos; ela achava que, se o Doutor Tuttle tivesse sobrevivido em vez dela, seria mais útil.

Após terminarmos de mover os corpos, buscaram para nós algumas pás e todos ajudaram a plantar os mortos. Quando eu ficara sabendo daquele costume, tive pesadelos, porque se parecia muito com colocar sementes no chão; e minha mente adormecida conjurou todo tipo de plantas horrendas que poderiam brotar de um corpo. Era um trabalho silencioso, jogar terra escura sobre os rostos dos mortos. Eu ouvia apenas o raspar das pás e dos rastelos e a respiração daqueles que trabalhavam ao meu lado. Escuro e imóvel, o monte recém-cavado erguia-se da grama ao redor. Deveria haver alguma marca para relembrar a tragédia, mas talvez a memória das pessoas que os haviam amado e perdido fizesse isso. Depois os homens de Winterville vieram com madeira e pedras, pregos e martelos e construíram um monumento. Descansei na sombra por perto, exausta de corpo e alma. Depois de o barulho acabar, a Sra. Meriwether chamou o sacerdote, que tinha um livro sagrado parecido, mas não igual, ao que Caroline Bigwater lia quando desaprovava alguém.

Eu me juntei em volta dele com todos os outros. Aquelas palavras eram suaves e deslizavam como seda da boca do homem abençoado.

– Tudo tem o seu tempo determinado e há tempo para todo o propósito debaixo do céu. Há tempo de nascer e tempo de morrer, tempo de plantar e tempo de arrancar o que se plantou. Não chorem mais, meus filhos. Ele enxugará dos seus olhos toda lágrima e não haverá mais morte, nem haverá mais pranto, nem clamor, nem dor. As coisas anteriores já passaram.

Depois de a cerimônia terminar, as pessoas de Winterville engoliram suas lágrimas, fingindo que seus entes queridos tinham ido para um lugar melhor. Eu não sabia a verdade e, então, talvez eles estivessem certos. A Companhia D ficou em silêncio respeitosamente durante os ritos deles e depois os homens se reuniram em volta de mim. Já estava tarde àquela altura, então, embora eu não tivesse um desejo especial de passar outra noite ali, não achei que fosse sábio deixar o perímetro protegido com a escuridão chegando. Os feromônios – embora tivessem levado parte da cidade à loucura – ainda pareciam estar funcionando como repelente para as Aberrações. Assim, poderíamos descansar em paz ali, eu imaginava. No entanto, antes de eu poder anunciar a decisão, a Sra. Meriwether veio em direção a mim.

Eu a encontrei na metade do caminho, sobrancelhas erguidas em questionamento.

– Mais alguma coisa, senhora?

– Gostaríamos de agradecer a vocês. No momento, não temos muito, mas é costume compartilhar uma refeição em honra dos falecidos. Preparamos as comidas favoritas deles, conversamos sobre os bons momentos e nos lembramos deles com bondade.

Ela ergueu o ombro rechonchudo.

– Pode ser uma tradição boba, mas consola as pessoas e supostamente permite que o espírito siga em frente, como em um rito de passagem.

Após tanta morte, parecia inteligente pacificar os espíritos. Eu não estava convencida de que tais coisas existissem, mas, se existiam, seria ruim as almas selvagens permanecerem por ali. Logo enlouqueceriam os sobreviventes.

Assim, eu assenti.

– Ficaríamos honrados de compartilhar uma refeição com vocês esta noite.

As casas eram pequenas demais para receber tantas pessoas; não havia refeitório como o de Soldier's Pond, portanto deram um jeito usando a praça da cidade. As pessoas levaram o que restava em seus armários e homens e mulheres dividiram o trabalho de cozinhar; uma boa ideia, eu pensei. Logo, havia carne sendo assada em vários fogos, legumes borbulhando e doces sendo mexidos em caçarolas. Outras pessoas da cidade cuidaram da tarefa de remover todos os sinais do banho de sangue do dia anterior. Homens de expressão severa e exaustos trabalhavam com trapos e baldes. Por um tempo, aqueles serviços fizeram as pessoas esquecerem o alto custo da sobrevivência.

"O que eles vão fazer com a prisão improvisada que construíram para abrigar os afligidos? E por que simplesmente não os confinaram em suas casas?" Era possível que tivessem tentado e essa medida tivesse falhado. Fechei os olhos por alguns segundos, aspirando os cheiros salgados. Com demora, percebi que estava faminta. Carne-seca e pão tinham sido a norma no caminho e eu forcei muito meus homens. Estava com medo de que chegássemos tarde, mas agora podia relaxar um pouco. A crise havia passado.

Alguém se sentou ao meu lado e, em seguida, reconheci a voz de Tegan:

– Você acha que a situação um dia vai voltar ao normal aqui?

– Não sei – respondi com sinceridade.

– Para onde vamos de manhã?

Eu estivera pensando muito nessa questão.

– Vamos tentar nossa sorte por perto, ver se nosso sucesso no outono foi suficiente para mudar a opinião das pessoas.

– Boa ideia.

Quando os cozinheiros terminavam a refeição da noite, uma equipe de comércio chegou de Lorraine e isso pareceu um sinal. Eram homens grisalhos com a pele rachada do sol e barbas prateadas. O jeito simples deles me lembrava de Improvável e um buraco se abriu dentro de mim. Já tinha perdido pessoas antes, mas nunca assim. Ninguém jamais pensara tanto em mim a ponto de morrer para que eu pudesse sobreviver e eu estava achando difícil carregar aquele presente, já que não havia forma de retribuir.

– O que aconteceu aqui? – o líder perguntou, pois era óbvio que a cidade estava se recuperando de um ataque.

– Disputa interna – a Sra. Meriwether lhe disse.

– Não Mutantes? – o homem quis saber. – Há um grande problema com eles em Appleton. A cidade inteira ocupada.

A mulher empalideceu e fez que não.

– Até agora, não vimos nenhum deles.

– Eu não me desesperaria. Ouvi dizer que há um exército em marcha. Fiquei sabendo na estrada por John Kelley. Esses soldados mataram cerca de mil mutações lá fora, depois de Soldier's Pond.

O comentário do comerciante abriu um sorriso em meu rosto. Como prometido, o caçador estava espalhando – e exagerando – a notícia sobre nossos grandes feitos. Eu não sabia o quanto suas histórias iriam ajudar, mas eram divertidas, de qualquer forma.

Agnes Meriwether arregalou os olhos;

– É mesmo? Bem, teremos uma festa esta noite, então vocês chegaram a tempo de comer bem.

– Agradecemos de verdade. Estamos todos famintos o bastante para comermos um urso cru.

Uma estratégia nascente se solidificou na minha mente enquanto eu ouvia sua conversa educada, as carroças estavam cheias de mercadorias das quais Winterville precisava desesperadamente. Com sorte, os cidadãos encontrariam coisas de valor para oferecer em troca, apesar das circunstâncias. O pessoal da cidade se apressou para reunir itens espalhados e oferecê-los em troca de suprimentos frescos. Improvável me contara que os homens saíam em viagens de comércio durante a primavera e o outono, então podíamos esperar ver mais caravanas, mais alvos para as Aberrações também.

Procurei Vago para perguntar sua opinião. Ele estava esparramado embaixo de uma árvore com flores, as pétalas brancas e doces no ar fresco. Mesmo sujo e cansado, ele era o homem mais lindo que eu já vira.

– Você parece ter algo em mente.

Assenti, largando-me ao seu lado.

– Eu estava pensando que devemos proteger as rotas de comércio. A maneira mais rápida de sermos queridos pelas pessoas das cidades que restam é manter suas economias a todo vapor.

– Você acha que isso vai fazê-las sentirem que estão em dívida, com mais chances de mandarem homens para fortalecer nosso número?

– Espero que sim. É a única ideia que ainda tenho.

Além de conseguir mais terreno para Soldier's Pond, não podia imaginar como nosso esquadrão faria a diferença contra a horda.

– É uma boa ideia – ele concordou.

– Precisamos aumentar a Companhia D... Ou, no minuto em que as Aberrações abandonarem Appleton, elas vão pisotear direto a cidade seguinte.

Pela proximidade, Lorraine era a que mais precisava se preocupar, já que o assentamento ficava a apenas quatro dias de distância. Um grupo grande talvez levasse mais tempo para chegar, mas não o suficiente para os cidadãos fazerem a evacuação e, além disso, para onde iriam? A sensação de urgência me apertou com dedos quentes e afiados, mas não havia nada que eu pudesse fazer no momento. Aquilo não caiu nem um pouco bem.

Vago se preparou e me tocou então. Parecia que ficava mais fácil cada vez que ele o fazia, mais natural. Eu esperava que chegasse um dia em que ele pudesse fazer isso sem precisar daquela pausa mental, quando me tocar fosse a melhor coisa do mundo, a mais fácil.

– Tente não se preocupar. Por ora, estamos seguros e juntos. Deixe que seja o suficiente.

Era mais do que suficiente, era tudo.

Defesa

Perseguidor voltou tarde naquela noite, bem depois de terem servido a comida. Ele me olhou nos olhos e assentiu, avisando-me que tinha lidado com a dor. Eu estava feliz por tê-lo de volta. Após aquela comunicação silenciosa, ele montou um prato e se juntou ao resto dos seus patrulheiros. A praça da cidade era um lugar alegre, iluminado pelas lâmpadas elétricas, que Wilson havia explicado em detalhes entediantes, além do trepidar animado de várias fogueiras.

Àquela altura, todos os outros já tinham comido. Havia canecas de bebida de cheiro forte que faziam o pessoal da cidade rir e cair muito; eu, silenciosamente, instruí meus homens a ficarem longe delas. Por volta daquele momento, um comerciante de Lorraine pegou um violino e eu me perguntei se os cidadãos de Winterville achavam música algo inadequado em uma noite que devia ser para mostrar respeito pelos mortos, mas ninguém protestou. As notas soaram suaves, até os pés das pessoas estarem batendo no chão. Logo, a dança começou, um redemoinho de pés e pernas. A apresentação repentina pareceu animar mais Perseguidor e ele convenceu uma menina local a dançar. Depois, roubou um beijo de Tully, o que fez Spence tentar plantar a bota no seu traseiro. Rindo, Perseguidor voltou para sua conquista de Winterville. Era bom vê-lo feliz, após o baque que levara.

Conforme a bebida jorrava, histórias apareciam, uma depois da outra. Muitas delas tinham o toque mágico daquela que Morrow contara sobre o menino que morava no armário. Eu tive dificuldade para ouvir todas elas, mas o contador de histórias estava no seu ambiente. De vez em quando, eu o pegava escrevendo freneticamente para não perder nenhum dos detalhes.

Tegan sentou-se com Dr. Wilson, chateando-o com perguntas, mas, em vez de ficar incomodado, ele parecia satisfeito com o interesse. O cientista tinha paciência infinita para a curiosidade dela, mesmo que eu não entendesse metade das coisas que ele estava contando. Ela brilhava à luz da fogueira, olhando para Wilson como se fosse o melhor presente que já ganhara, mesmo sem a embalagem sofisticada. Eu ri sem fazer barulho e Vago apertou o braço em volta do meu ombro. Momentos como aquele eram poucos, infrequentes.

– Você se pergunta o que aconteceu lá no subsolo depois que partimos? – ele indagou, surpreendendo-me.

– O tempo todo. Eu queria que houvesse uma forma de descobrirmos.

Porém, tínhamos chegado tão longe, não apenas em distância mesmo. Eu poderia até estar com medo de voltar para a escuridão, temendo que ela escolhesse me manter lá dessa vez e não me deixasse voltar para a luz.

– Eu também. Sei que você tinha amigos que deixou para trás.

– Não muito bons, no final das contas. Eles acreditaram no pior a meu respeito com uma velocidade impressionante.

Aquela era uma ferida antiga, uma na qual eu mal reparava.

– Tenho certeza de que tiveram seus motivos – Vago disse.

Eu dei uma risada amarga.

– Eles confiavam nos anciãos, como eu, antes de você entrar na minha cabeça.

– Você se arrepende?

– Como pode perguntar isso? Minha vida é tão melhor porque você está nela... e não apenas por termos vindo para o Topo.

Ele me virou um sorriso torto e seu olhar se demorou nos meus lábios.

– É bom ouvir isso.

Eu me retraí, tomando como uma crítica. Bem no fundo, eu sabia que não era a melhor em falar dos meus sentimentos e Vago provavelmente precisava ouvir o quão importante ele era para mim, tanto quanto eu pudesse expressar.

– Vou tentar ser uma parceira melhor.

– Você é perfeita na matança – ele me disse, sorrindo.

Aquilo foi uma referência discreta ao nosso tempo juntos no subsolo, quando eu não fazia nem ideia de que ele queria ser mais do que meu parceiro de caça. Minhas bochechas esquentaram.

– Vou trabalhar na conversa.

O fato de meus pensamentos privados serem importantes para ele significava mais do que Vago sabia. Enquanto eu tinha dificuldade para encontrar as palavras para expressá-los, as luzes acima de nós se apagaram. O violinista parou sua música conforme a noite escurecia, deixando apenas as fogueiras estalando. As pessoas também se calaram, como se elas se lembrassem muito bem do quão perigosas eram as noites, cheias de monstros.

– Tenho certeza de que é apenas mal funcionamento dos fios – Dr. Wilson disse. – Ou possivelmente o moinho de vento, que alimenta essa parte da cidade, quebrou.

Uma dúzia de vozes embargadas acrescentou suas opiniões, mas eu reconheci a comichão que subia por meus braços nus. Fiz sinal para os homens e a Companhia D estava em pé, pronta para a batalha em menos de 30 segundos. Girei até encontrar Perseguidor, mas ele já estava vindo na minha direção. Reconheceu aquela como sua área de especialidade.

– Você pode ver o que aconteceu? – perguntei em voz baixa. – Mas não faça nada. Precisamos de informações.

Dessa vez, não levou nenhum dos seus patrulheiros, partindo em uma corrida silenciosa. Ele se mexia com toda a graça de uma criatura nascida longe da civilização e, segundos depois, desapareceu nas sombras. O clima de festa sumiu e o pessoal de Winterville começou a guardar a comida, apressando-se em direção às casas onde já havia se escondido por dias. A maioria ainda tinha barricadas para as janelas e portas, esperei que não precisassem delas naquela noite.

A Sra. Meriwether correu até o Dr. Wilson. Na confusão, ela achou que ninguém estava prestando atenção, mas eu estiquei as orelhas para ouvir cada palavra.

– Pensei que estivéssemos seguros. Você fez spray o bastante para cuidar da cidade toda.

A resposta cansada dele foi inconfundível:

– Não dura para sempre, Agnes, e Timothy morreu. Não posso fazer mais sem ele, já que o extrato vinha das suas glândulas reprodutivas.

– Então, estamos sem defesa?

O horror dela era palpável.

– Matei todas aquelas pessoas por nada.

Eu contive um palavrão. Eram grandes as chances de termos Aberrações nos moinhos de vento, destruindo-os. Elas podiam não entender a finalidade deles, mas odiavam toda a tecnologia humana. Tinham detonado aquelas máquinas pelo mesmo motivo de arrancarem nossas plantações: porque achavam que nos enfraqueceriam de alguma forma. E, na maior parte dos casos, estavam certas.

Não fiquei pensando por muito tempo. Perseguidor veio correndo, sem fôlego, o que significava que tinha se forçado. Ele ofegou:

– Aberrações. Pelo menos cem, vindo do leste.

Enquanto recuperava a respiração, ele acrescentou:

– Imagino que tenham rastreado os comerciantes de Lorraine. Não sei bem por que os feromônios não as estão afastando.

– Ele perde o efeito – falei. – Não é para sempre. E o Dr. Wilson não pode fazer mais.

– Eles não vão lutar.

Vago estava observando o pessoal da cidade recuar por completo, preparando-se para se acovardar dentro de suas casas.

Porém, janelas e portas barradas não iriam deter uma centena de Aberrações inteligentes. Elas usariam fogo ou alguma outra estratégia para tomar aquela cidade, e nem seria necessário o resto da horda, a menos que fizéssemos algo a respeito.

– Vai ser uma luta difícil – falei baixinho.

Perseguidor assentiu.

– À noite, em maior quantidade? Vai nos custar.

– Eu sei. Mas a alternativa é abandonar Winterville para que enfrente seu destino.

Sob nenhuma circunstância eu poderia dar essa ordem. Se o restante da Companhia D deixasse a cidade, eu não poderia ir junto. Talvez fosse a decisão prática – a que seria tomada por uma Caçadora –, mas eu não podia ter salvado aquelas pessoas dos humanos selvagens simplesmente para deixá-las morrerem.

– Homens! – chamei.

Eles me cercaram com atenção total, fileira por fileira, e me lembrei de que aquele era o estilo de Soldier's Pond. Eu nem sempre exigia, mas achei que a ocasião merecia formalidade.

Eu não tinha palavras rebuscadas, mas contei para eles o que sabia.

– Vai ser uma noite dura, nossa primeira grande batalha da temporada que temos à frente. Quem quer matar uns Mutantes?

– Companhia D – eles gritaram de volta.

Nem uma única voz permaneceu em silêncio, todas berraram suas intenções para o céu. Se eles morressem naquela noite, deixariam esta vida como Caçadores, cada um deles.

Endireitei os ombros.

– Então, precisamos de um plano.

Vago girou devagar, avaliando as casas e o terreno aberto da praça da cidade.

– Acho que podemos ganhar. Mas precisamos atraí-los para cá.

– Conte com meus patrulheiros para isso – Perseguidor disse.

Eu achei que entendia o plano de Vago.

– Spence e Tully, preciso de vocês naqueles telhados. Quero fogo constante dos dois até ficarem sem munição.

– São vocês – um dos comerciantes de Lorraine disse, admirado. – A Companhia D.

Eu não havia reparado na aproximação deles, mas fazia sentido, já que não tinham casas onde se esconderem, e as carroças ofereciam cobertura limitada. O líder possuía um rifle às costas, como Improvável, e eu me perguntei se seria bom com a arma. Ele pareceu ler meus pensamentos – ou talvez minha expressão – porque a puxou e segurou como um homem que sabia para onde apontá-la.

– Somos – reconheci. – Mas não tenho tempo para apresentações agora.

Eu esperava alguns comentários de menosprezo sobre meu sexo ou minha idade, mas, para minha surpresa, o homem do rifle disse:

– Coloque-nos em um telhado. Vamos lutar com vocês.

Um menino se arrastou para fora das sombras então, pouco mais do que um pirralho. Ele estava sujo e magro, os olhos grandes demais para o rosto. Lembrava-me tanto do pirralho de olhos brancos do subsolo que minha barriga doeu. Uma arma grande demais para ele levantar veio atrás, deixando rastros na terra.

– Eu sei atirar – ele disse.

Vi as palavras se formando nos lábios do comerciante, “você nem consegue levantar essa coisa, filho”, e, assim, eu o cortei:

– Como?

– Eu consigo aguentar. Meu pai me ensinou... antes de morrer.

Havia muita tristeza e raiva naquelas palavras.

– Cadê a sua mãe? – Vago perguntou.

O pirralho ergueu o queixo.

– Morreu. Você jogou terra neles hoje mais cedo.

A culpa faiscou pelo meu corpo, eu nem o havia notado em meio às outras pessoas de luto. Acima da cabeça do menino, Vago me olhou nos olhos e eu assenti. Aproveitaríamos aquela chance de fazer a coisa certa.

– Vá com os comerciantes. Quero que fique postado lá em cima.

Indiquei a torre onde Vago havia tocado o sino.

– Spence e Tully do outro lado.

Aquela estrutura não era tão alta, mas tinha um bom lugar de apoio no telhado.

– Façam barricadas na porta se puderem, para eles não chegarem até vocês. O resto fique comigo. Lembrem-se dos nossos treinos.

Finquei a bandeira que Mamãe havia feito no chão, quando disse aos meus homens, triste:

– Protejam a bandeira com suas vidas. Não deixem que passem a nossa linha.

– Vocês ouviram a mulher – o líder dos comerciantes falou, ríspido. – Andem.

Mulher. Aquela palavra parecia tão preciosa quanto a que foi dita no dia da minha nomeação e talvez fosse a primeira vez no Topo que alguém havia olhado para mim e visto mais do que uma menina boba. Aquele homem não conseguia ver minhas cicatrizes e não sabia minha história. Apenas conhecia o que minhas ações lhe mostravam e, aparentemente, elas diziam que eu era adulta. Porém, não tive tempo de saborear aquela sensação.

Os patrulheiros de Perseguidor chegaram correndo com o que parecia mil Aberrações os seguindo em alta velocidade. Eu estremeci, lembrando-me de minha fuga enlouquecida da horda com Vago. Devia ser pior para ele, mas estava firme como uma rocha ao meu lado. Por toda a nossa volta, a Companhia D preparou suas armas. Puxei minhas adagas cinco minutos antes de as Aberrações nos atingirem como um martelo; e nós mantivemos a posição, ombro com ombro, enquanto o chumbo acertava os monstros lá de cima.

Corpos deram solavancos e caíram por toda a minha volta. Eu apunhalei e cortei, meu estilo de sempre, apressado pela necessidade de proteger Vago à minha esquerda e Sands, que veio cambaleante para a minha direita. Tegan lutava entre Perseguidor e Morrow, seu bastão derrubando as Aberrações para que outros soldados as liquidassem. Ela não gostava de matar, mas a menina tinha se tornado perigosíssima para se defender. Mantive a formação e voltei minha atenção para a Aberração seguinte que avançava até mim.

Ela bateu as presas amareladas em uma ameaça visível.

– Nossa terra. Não sua.

– Você vai ter que pegar – eu rosnei, logo antes de mergulhar minha adaga no peito dela.

Vago derrubou uma para longe de mim e cortou sua garganta. Ele também era todo eficiência, mantendo-as afastadas de mim e, ao mesmo tempo, do soldado do seu outro lado. Lutávamos em unidade, não como Caçadores separados, e era uma boa sensação quando o inimigo caía aos montes em torno de nós. O ar da noite esfriou minha pele, mas o suor a esquentou de novo. Eu cortava como a lâmina de debulhar que havíamos usado nos campos. As Aberrações eram violentas, mas não conseguiam compreender a forma como não cedíamos, nem um único passo. Elas não podiam nos cercar, não podiam empregar suas táticas usuais. Aquelas criaturas lutavam como animais em grupo, três ou quatro em uma vítima, que geralmente caía por conta da gigantesca perda de sangue, não por alguma habilidade delas em especial. Eram menos organizadas do que as que nos ofereceram a trégua perto de Soldier's Pond... e isso me fez pensar que estavam associadas à horda, possivelmente tratava-se da vanguarda. Arrisquei um chute, embora isso tenha me puxado alguns passos para frente e, então, alguém da torre da igreja atirou na coisa e Vago me trouxe para trás.

– Cuidado – ele brigou.

– Desculpe.

Um grito de dor de um dos meus homens chamou minha atenção. No escuro, eu não conseguia saber quem era, mas o homem caiu e nós estreitamos nossa formação. As Aberrações testaram nossas defesas de todos os lados, mas não as deixamos passar. Elas recebiam flechas nas costas, balas nos lados e nossas lâminas em todas as outras partes. Morrow era uma sombra esbelta, uma morte dançante com sua lâmina fina. De vez em quando, eu pegava Tegan o observando e isso me fazia sorrir, mesmo enquanto bloqueava outro avanço. A praça da cidade era uma bagunça de caos e rosnados, com corpos por toda parte.

– Deem cobertura – gritei.

A luta ficou embaçada, virou uma massa de garras e presas, gritos de dor. Lutei até meus braços doerem, até mais um golpe da adaga talvez fazer meus braços caírem. Os rifles dispararam até ficar sem munição nos telhados e, então, tínhamos Spence e Tully e também os comerciantes no chão conosco. Por volta desse momento, as Aberrações perceberam que estavam perdendo, então fugiram. Nós as seguimos, mas uma porção escapou no escuro, desviando em volta dos prédios. Eu esperava que levassem a notícia de que aquela cidade estava bem defendida, mas temia que estivessem indo atrás de mais delas para o ataque seguinte. Ofeguei, curvada com as mãos nos joelhos. Depois, levei o choque. Oito homens caídos. Dizendo seus nomes sem barulho, fechei eu mesma seus olhos.

– Conseguimos – Tegan disse.

Levando-se em consideração o que havíamos conquistado, Seda chamaria de vitória. Eu discordava. Embora tivéssemos expulsado as feras, não parecia uma vitória completa. Os comerciantes tinham tido alguns danos também. Um ferido, outro morto, e o líder parecia totalmente exausto.

– Foi uma luta e tanto. John Kelley pode ter exagerado ao chamá-los de exército, mas não inventou nada a respeito da sua habilidade.

Ele se virou juntamente com todos quando o pirralho desceu da torre, arrastando a arma do pai.

– Você se saiu bem também, filho. Vi três dos Mutantes caírem com os seus tiros.

– Qual é o seu nome? – perguntei para o menino.

– Gavin – ele respondeu.

Pelo que dissera, ele não tinha mais ninguém. Se tivesse, provavelmente não o deixariam estar ali, lutando por uma cidade que não se defendia.

– Quer entrar para a Companhia D?

Brilhante como a lua no céu, o sorriso do menino quase compensou todos os homens que eu perdera.

Perda

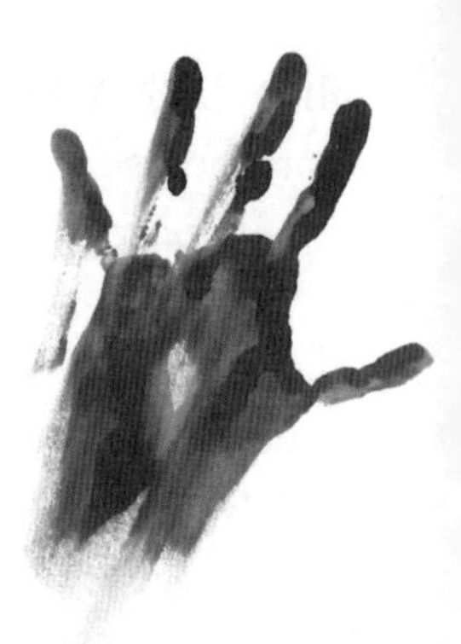

Ao amanhecer, tínhamos cavado oito túmulos. Meus dedos estavam em carne viva e com bolhas por causa das últimas 24 horas, houvera mortes demais e nosso grupo estava bem reduzido. No total, dez homens da Companhia D morreram defendendo Winterville, e o pessoal da cidade tinha se escondido em casa. O único homem de verdade entre eles era um pirralho chamado Gavin, que trabalhou comigo com tanto afinco quanto eu já presenciara.

De coração pesado, fiz sinal para os homens me trazerem os corpos. Nós mesmos os colocamos na terra, enquanto eu me preocupava com a volta das Aberrações. Enterramos nossos mortos juntos e a raiva disputava com a tristeza dentro de mim. Não chamei o sacerdote para oferecer mais palavras suaves. Em vez disso, pedi aos sobreviventes que falassem pelos homens perdidos. Isso durou até a metade da manhã, com lembranças e comentários em voz baixa sobre coisas do dia a dia que deixavam aqueles homens felizes. Depois, perguntei a quem os conhecia melhor se tinham deixado família. E seis tinham.

Isso foi ainda mais doloroso.

– Não é culpa sua – Vago disse baixinho.

Eu não podia aceitar seu consolo até limpar minha consciência. A visão daqueles túmulos recentes permaneceu fresca em minha mente enquanto eu andava a passos largos e em silêncio pela cidade. Quando cheguei à casa de Meriwether, bati fortemente na porta com os dois punhos. Devo lhe dar crédito, pois a prefeita parecia não ter dormido a noite toda quando atendeu.

Não havia palavras de saudação em uma ocasião como aquela e eu não me dei ao trabalho de ser educada.

– Na minha opinião, vocês têm duas opções. Podem formar uma milícia ou podem buscar refúgio em uma cidade que esteja disposta a aceitá-los. Não posso garantir que chegaremos aqui da próxima vez. Já foi a segunda e passou da hora de Winterville começar a se salvar.

Eu fui agressiva.

– Chega de poções horríveis, chega de soluções milagrosas preparadas no laboratório do Dr. Wilson. Não peça ajuda para ele de novo. Entendeu?

– Nem mesmo por vias normais? – ela perguntou, horrorizada.

Eu não estava tentando dizer a eles como administrar sua cidade.

– Qualquer coisa relacionada com defesa.

Ela ofereceu um aceno pesaroso de cabeça, mas nem todas as suas expressões tristes trariam meus homens de volta. Assim, continuei:

– Vamos partir, então, o que quer que você planeje fazer, é melhor ir atrás disso agora. Ficarem escondidos nas suas casas não vai resolver para sempre.

– Eu entendo. Obrigada por tudo o que fizeram por nós. Não vamos esquecer. Ainda não sei se precisaremos abandonar a cidade, mas teremos uma reunião para decidir hoje.

– Como quiser.

Girei e fui correndo até o resto da companhia. Vago agarrou meu ombro e me virou a fim de que ficasse de frente para ele.

– Por aí, não.

– Por quê? – perguntei, brava.

– Você não pode deixar que eles a vejam assim, Dois. Mais tarde, você pode desmoronar e eu vou juntar os pedaços, mas, agora, tem que ser forte.

Respirei fundo e percebi que ele estava certo. Assim, fiquei imóvel até poder arrumar meu rosto em uma expressão mais adequada. Os homens interpretariam minha dor como fraqueza no mesmo instante, eu não tinha capacidade de liderar tropas para a batalha se não conseguia lidar com o que vinha depois. Era outra lição dura, mas, quando voltei para os outros, eu a tinha aprendido bem.

– Vamos embora – eu falei alto.

A Companhia D se colocou em formação, seguindo-me até onde os mercadores de Lorraine tinham deitado para dormir embaixo das suas carroças.

– Conseguiram fechar alguns negócios?

O líder assentiu.

– Cuidamos disso na noite passada, antes do ataque.

– Então, as carroças estão cheias e prontas para ir?

Ele concordou.

– Você precisa de alguma coisa?

– Não, mas, se eu estiver certa, vocês terão uma viagem perigosa de volta para Lorraine. Meus homens e eu vamos garantir que cheguem lá em segurança.

– Por quê? – um dos comerciantes perguntou.

– Se as rotas de comércio forem fechadas por conta de ataques de Mutantes, todas as cidades vão sofrer. Eu vi o que acontece quando um assentamento fica isolado demais.

Salvação tinha sido um bom lugar, cheio de pessoas de bom coração, mas elas não confiavam muito em forasteiros e não haviam incentivado comerciantes como aqueles a entrarem na cidade. Pelo que minha família me contara e eu tinha observado, Improvável cuidava de tudo isso fora dos portões, supostamente evitando que costumes ruins entrassem. Porém, no final, aquela reclusão não as salvou.

– Então, nós agradecemos pela escolta. Podemos compartilhar algumas provisões quando chegarmos e vamos ajudá-los a achar um lugar na cidade para descansarem por uma ou duas noites.

– Obrigada – falei.

– Não sei se você ouviu meu nome na noite passada em meio a toda a festa. Eu me chamo Vince Howe.

– Dois Oaks.

Aquela foi a primeira vez que eu apresentei dois nomes e Vago me virou um olhar surpreso, mas sorriu. Eu tinha de contar a ele que Mamãe Oaks havia dado sua bênção para que ele usasse o nome da família deles também.

– É um prazer, senhora. Acho que sabe, mas você coordena um grupo incrível. Sinto muito pelas suas perdas, mas não sei quando vi uma batalha mais impressionante.

Agradeci por aquilo inclinando a cabeça e ele continuou:

– Estaremos prontos para ir em menos de uma hora.

Aproveitei a oportunidade para usar as instalações de higiene uma última vez e, assim, fui em uma corridinha ao laboratório e bati na porta até o cientista aparecer. O Dr. Wilson ficou feliz em me deixar entrar e, por um minuto, pensei que ele fosse me seguir até a sala de lavagem. Ele parou no corredor, felizmente, e disse:

– Veio me ver antes de partir, não foi?

Com um gesto distraído, concordei e em seguida fui me lavar. Parecia errado começar uma jornada com terra dos túmulos ainda manchando minha pele, enfiada embaixo das minhas unhas. Quando saí, molhada e limpa, senti-me renovada. Por alguns momentos, pensei em ir embora escondida porque não estava com humor para papear com o cientista. Porém, no final das contas, mantive minha promessa e segui até o laboratório para falar com o velho homem.

– O que você tem em mente? – perguntei.

Ele tinha duas xícaras de chá soltando fumaça na mesa, ao lado de algumas torradas com manteiga e, assim, eu me juntei a ele. Na estrada, senti falta de pão e, embora aquele não estivesse fresco, a manteiga derretida compensava o resto. A bebida estava sem cor, mas forte, com um aroma medicinal. No entanto, o gosto era melhor do que o cheiro, com um toque leve de menta. Bebi a minha porque era fluida e quente, agradável em uma garganta seca, e depois devorei a comida.

O cientista me observou em silêncio, mas, após eu terminar, ele disse:

– Sua amiga, Tegan, é extraordinária.

– Diga para ela, não para mim.

– Estou fazendo um apelo a você como sua comandante. Uma mente como a dela não deveria ser desperdiçada em uma vida de soldado comum. Deixe que ela fique comigo. Seria bom ter uma assistente... procurei alguém como ela a vida toda.

Eu ri.

– Você não conhece a Tegan se acha que eu tenho algum controle sobre ela ficar ou ir. Mas vou buscá-la e você pode fazer o convite pessoalmente.

Deixei a borra na minha caneca, saí do laboratório e fui procurar Tegan. Ela estava sentada sozinha sob um facho de luz do sol de primavera. Os homens lhe deram uma ampla distância, provavelmente por causa das marcas de lágrimas descendo por suas bochechas empoeiradas. O Dr. Wilson estava certo, ela não nascera para aquela vida, mas tinha sorte porque podia chorar quando se sentia triste.

– O bom doutor quer falar com você – falei, oferecendo minha mão.

Ela pareceu contente com a distração e nós andamos juntas de volta para o laboratório. Lá dentro, o cientista apresentou seu argumento com mais eloquência do que empregara comigo, descrevendo todas as oportunidades para o estudo e as coisas extraordinárias que ele poderia ensinar a ela. Finalizou com:

– Há muito tempo eu sonho com repassar meu conhecimento, mas, até agora, não tinha encontrado candidatos adequados. Mas você, minha querida, é perfeita.

Tegan pensou a respeito, pasma, com a boca aberta.

– É uma oferta gentil, Dr. Wilson, mas vou até o fim com isto. A Companhia D conta comigo para cuidados médicos e os homens vão sofrer sem minha atenção.

– Vejo que você disse a verdade sobre não ser a capitã dela – o Dr. Wilson falou para mim.

Ela franziu as sobrancelhas.

– A Dois é minha amiga... Ela não me deu ordens para segui-la. Na verdade, ela tentou me convencer a não vir. Se eu sobreviver, ficarei feliz de voltar para estudar com você.

– Vou me esforçar para esperar até esse dia – Wilson disse, seco.

Uma onda quente coloriu as bochechas de Tegan e eu contive um sorriso.

– Sinto muito. Pareci presunçosa, não?

– Eu *pedi* para você ficar. Não é errado presumir que eu gostaria que voltasse algum dia.

– Então, agradeço pela oportunidade, Dr. Wilson. Espero que a gente se encontre de novo.

Pareceu a deixa para irmos embora e, assim, nós nos despedimos e fomos encontrar os homens na praça da cidade. As carroças estavam carregadas e eu, ansiosa em deixar Winterville para trás. Apesar da covardice na noite anterior, o pessoal da cidade foi nos ver partir e algumas pessoas perguntaram se eu as deixaria se alistarem. Fiquei tentada a recusar, como fizera com Rex, por conta da inexperiência, mas podia perceber por suas expressões torturadas pela culpa que queriam compensar sua falta de ação. E, para ser sincera, precisávamos de quantidade.

Olhei os três homens de cima a baixo.

– Algum de vocês sabe atirar?

Eles fizeram que não. Porém, um deles disse:

– Por favor. Sou ferreiro. Posso manter suas armas em boas condições. Tenho certeza de que isso vale de alguma coisa.

Ele era do tipo gordo e forte, com ombros largos e mãos marcadas de cicatrizes. Assim, fiz um gesto para todos virem. Como tínhamos carroças a proteger, aquela viagem levaria muito mais tempo do que quando os homens corriam em ritmo de Caçadores. Mais tempo na estrada significava chances maiores de problemas e todos nós estávamos exaustos, mas, se entregássemos os suprimentos com segurança em Lorraine, talvez outros voluntários se juntassem à nossa causa. John Kelley estava espalhando nossa história e eu achava que Vince Howe iria complementá-la também.

Coisas assim levam tempo.

Ficamos na estrada por mais de uma semana e os patrulheiros de Perseguidor fizeram a maior parte do trabalho pesado. Algumas vezes, lutamos batalhas preventivas contra as Aberrações e, desse modo, elas não tiveram chance de preparar uma emboscada para as carroças. Como eu previra, o avanço foi lento e houve pouco tempo para eu passar com Vago, além do tratamento igual ao que eu dava para o restante dos homens. Pelos seus olhares ocasionais, ele estava sentindo falta da sensação de ficarmos juntos, mas o trabalho vinha primeiro, como sempre. Era parecido com nosso tempo nas patrulhas de verão, mas eu me importava mais agora do que na época. Pela primeira vez, podia imaginar uma vida tranquila com Vago, um pequeno chalé como Mamãe Oaks tinha dividido com Edmund em Salvação. Estava cansada de acampamentos cheios de fumaça e noites passadas sozinha em um colchãozinho no chão. Eu aprendera a cultivar coisas e ele poderia achar um trabalho que não exigisse matar. Em uma noite estrelada como aquela, tais sonhos eram distantes demais para alimentar.

Na oitava noite, eu acordei com puro caos. As mulas estavam zurrando, Aberrações por toda a nossa volta. Meus homens se recuperaram o mais rápido que puderam e os comerciantes miraram seus rifles, atirando no escuro. Com os disparos de armas de fogo e os gritos de dor, eu não fazia ideia de onde os outros estavam. Gavin, o pirralho de Winterville, havia subido nos engradados e mantinha-se deitado de barriga para baixo, atirando com calma total. Vi Vago lutando a alguma distância, mas não achei Tegan nem Perseguidor. Não havia tempo para procurar mais, pois três Aberrações estavam em cima de mim.

Puxei as adagas depressa e girei para a luta. Conforme minha visão ficava mais aguçada, enxerguei Tegan do outro lado da carroça. Morrow lutava como louco indo em direção a ela, sua lâmina um arco prateado no escuro. Pela sua expressão preocupada, ele não gostava do fato de as Aberrações a cercarem. Eu não achava bom também, mas Perseguidor encontrava-se mais perto. Outra Aberração a atacou de volta e ela já estava bloqueando com toda a sua força.

Embora fosse boa com o bastão, ela não era infalível. Em mais alguns segundos, seria derrubada. Perseguidor parou de se defender e levou quatro cortes pelas costas. Ele correu e eu registrei o momento exato em que percebeu que ou poderia salvar Tegan ou dar o golpe mortal, mas não as duas coisas. Não a tempo. Um segundo depois, ele se jogou entre a menina e a

Aberração que teria rasgado a espinha dela. Recebeu as duas garras no peito antes de Morrow e eu os alcançarmos.

A Aberração, que avançara até Tegan por trás, tinha uma cicatriz horrorosa ao longo do rosto, recebida em alguma batalha anterior com soldados humanos. Parecia um ferimento de faca e, quando ela nos viu, saiu em uma corridinha, outra evidência de que elas estavam ficando mais astutas. Aquela preferiu viver para lutar outro dia. O resto dos monstros se virou para nós, mas Vago e Morrow estavam lá, lutando como selvagens a fim de mantê-los longe. As Aberrações morriam em pilhas sob as lâminas furiosas deles.

Ajoelhei ao lado de Perseguidor e apertei as palmas contra os ferimentos. Sangue subiu borbulhando entre meus dedos. O amanhecer dava sinais de estar clareando para um dia ensolarado e ele não devia estar morrendo. Tegan chorou soluçando, pedindo sua bolsa de remédios, mas, pelo sorriso torto de Perseguidor, ele sabia que não adiantaria. Perseguidor tirou meus dedos de lá e os apertou com força, até nossas peles estarem escorregadias e vermelhas. Sua respiração ficou mais rouca e cheia de fluidos, seus olhos de uma palidez de inverno no rosto inflexível. Puxei-o para os meus braços, como se pudesse forçá-lo a viver abraçando-o com força o bastante.

– Você disse que eu nunca poderia corrigir as coisas... mas isto ajuda, não? O mundo está conseguindo a melhor opção, ela em vez de mim.

Incapaz de falar por conta das lágrimas que espessavam minha garganta, eu olhei para baixo, memorizando os traços dele. Embora não pudesse me importar com ele como ele queria, Perseguidor tinha sido meu amigo desde que fizéramos as pazes nas ruínas. Lutara com coragem e honestidade ao meu lado. Suas ideias, seu gênio, tinham me ajudado a construir a Companhia D e eu não sabia como vencer sem ele.

Perseguidor apertou meus dedos, a voz rouca e difícil:

– Prometa, prometa que vai terminar isto por mim.

– Por todos que eu amo, eu juro – consegui falar, engasgada.

– Eu... pediria para você... me dar um beijo de despedida – ele sussurrou –, mas...

Antes de ele poder terminar as palavras chiadas, eu me inclinei e apertei os lábios na sua bochecha. Ele sorriu e pareceu que já tinha ido embora, seu corpo mais leve em meus braços. Meu coração se partiu de novo e de novo com cada um dos seus fôlegos molhados e estridentes.

Seus cílios tremeram como asas de borboleta.

– Eu poderia tê-la feito feliz, pomba.

– Você fez – sussurrei.

Não do jeito como ele queria, é claro. Mas eu tinha adorado treinar com ele, adorado seu ponto de vista pragmático e sua lealdade quando oferecia sua confiança. Porém, ele não ouviu. O brilho que o fizera ser Perseguidor foi embora, deixando um corpo mole em meus braços. Por toda a volta no acampamento, a Companhia D me protegeu das Aberrações desgarradas, mas a batalha parecia muito distante. Eu também me fora, chorando em silêncio. Não seria a maneira como uma líder devia se comportar, mas eu era apenas uma menina, de luto por um amigo caído. Assim, a batalha continuou, mas eu não tinha espírito de luta em mim mais. Minhas adagas ficaram caídas, inúteis, ao meu lado.

– Deixe que ele vá – Tegan disse baixinho.

Quando ela me abraçou, eu fui para os seus braços, meus olhos manchados de sangue e lágrimas. Nós choramos juntas e senti Tegan tremer. Ela o odiara tanto, depois o perdoara e, então, aquilo. Embora eu tivesse acreditado nele quando dissera que se arrependia de muitas coisas – e que havia mudado –, nunca teria esperado tal sacrifício. Até o momento em que ele decidiu que a vida dela era mais preciosa do que a sua, eu teria dito que ele era acima de tudo um sobrevivente.

"Como eu."

Porém, no final, Perseguidor escolheu ser ainda melhor.

E eu tinha promessas a cumprir.

Promessa

A Companhia D se reagrupou e venceu e não houve mais baixas. Lembrei as palavras de Vago sobre ser uma líder forte, recuperei-me e sequei as lágrimas. Ainda assim, os homens não tiveram dificuldade de me olhar nos olhos, então imaginei que não me julgassem menor por ter sofrido por um amigo. Parecia improvável alguém conseguir dormir; sangue e morte demais, perigo demasiado à espreita logo além das carroças.

– Estamos a horas de Lorraine – Vince Howe disse. – Deixe-me levar seu homem morto e vamos enterrá-lo quando estivermos seguros.

Eu concordei.

Aquela foi uma marcha infeliz, com tristeza corroendo minha espinha. Tegan estava com uma expressão terrível e sem vida, que eu reconheci de quando Rex perdera a esposa. Ela não estava de luto por Perseguidor da mesma forma, mas o choque a afetou, como se algo tão horrível assim não pudesse ser verdade. Eu segui sem pensar sobre onde colocava meus pés e, seis horas depois, apesar da velocidade das carroças, Lorraine se ergueu à nossa frente. À luz da manhã, parecia diferente de quando a visitamos pela primeira vez. Lorraine era uma cidade bonita, uma combinação de Salvação com Soldier's Pond. As casas eram feitas de madeira, mas as proteções ao redor eram de pedra, como uma imagem que eu vira certa vez em um livro, Edmund havia chamado de castelo. Eles possuíam uma milícia ativa, mas não patrulhavam muito. Era um costume do território: as pessoas não saíam procurando problemas se tivessem escolha. Haviam deixado as Aberrações as empurrarem, até temerem o espaço fora das cidades como se fosse veneno.

"É melhor ficarmos seguros", diziam. "É melhor que as pessoas treinadas saiam para lutar com os monstros."

Se não fosse pelos homens dispostos a enfrentar as rotas de comércio, aquelas cidades já estariam mortas. Porém, pensando apenas em aparência,

Lorraine ganhava notas altas. Era mais ajeitada que Otterburn, menos dividida que Winterville. As construções eram antigas, mas bem cuidadas, de madeira e pedras. As estradas que levavam à cidade eram de terra, mas, depois de o guarda nos fazer sinal para passarmos pelos portões, elas exibiam-se varridas, linhas bem feitas na poeira contribuindo para uma sensação de ordem. As pessoas usavam roupas funcionais ali, tanto homens quanto mulheres. Não havia muita variação nas cores, mas trabalhar com Mamãe Oaks me dera uma ideia sobre tecidos e eles tinham tecelões habilidosos.

Preparar um funeral adequado levou a maior parte do dia. Vince Howe pagou as taxas e achou para Perseguidor um lugar no cemitério da cidade. O organizador pegou o corpo de nós e, na vez seguinte em que o vi, ele estava dentro de uma caixa de madeira. Havia homens contratados especialmente para enterrá-lo e pessoas vieram da cidade porque Howe pedira. Mas eu tive o trabalho mais difícil, pois coube a mim falar as palavras certas ao me despedir.

Minha garganta apertou.

– Perseguidor nem sempre foi uma boa pessoa, mas ele era um guerreiro valente e teve uma morte de respeito. Boa caça, meu amigo.

Os homens ecoaram o discurso com um último grito de batalha e, em seguida, os coveiros jogaram terra no caixão. Howe colocou a mão no meu ombro.

– Estou em dívida com você. Duvido que fôssemos conseguir voltar inteiros sem seus homens. Então, me deixe mostrar seu alojamento.

Da última vez em que tínhamos estado lá, eles deixaram que nos virássemos sozinhos, mas, naquele dia, tivemos recepção de heróis. O pessoal da cidade ofereceu a prefeitura para nos abrigarmos e mulheres de todas as idades prometeram entregar potes de comida quente antes do pôr do sol. No entanto, antes disso, as tavernas locais nos mandaram jarros de vinho aguado. Eu não queria bêbados no meu esquadrão, já que costumavam ser barulhentos e descoordenados, mas, se tinha uma ocasião que pedia um pouco de tolerância, era aquela.

Havia sido uma semana dos infernos.

Depois de nos acomodarmos no grande salão, dei ordens com a voz em um tom monótono:

– Homens, fiquem à vontade. Tentem não pensar naqueles que perdemos. Eles morreram como escolheram. Nem todo homem pode dizer isso.

– Bem verdade – Thornton respondeu. – Eu espero ter uma morte com metade do respeito.

– Vou brindar a isso – Spence disse.

Eles todos ergueram as canecas e eu fui até Tegan, que ainda estava com aquela expressão estranha e congelada.

– Tem algo que eu possa fazer?

Ela cobriu o rosto com as mãos.

– Eu não devia ter vindo. Aquele convite do Dr. Wilson foi um sinal e eu ignorei. Se eu tivesse ficado em Winterville, Perseguidor ainda estaria vivo.

– Você não tem como saber – falei com firmeza.

Vago se juntou a nós, dobrando-se em uma posição com as pernas cruzadas.

– A Dois está certa.

Tegan apertou a mão em um punho e a bateu contra o joelho.

– Houve um tempo em que eu só pensava nisso. Eu queria feri-lo. Queria que ele entendesse o quanto sofri nas mãos deles. Às vezes, fantasiava com a sua morte. Mas... nunca imaginei que seria por mim.

Eu não conseguia decidir o que dizer, mas, antes de eu piorar a situação, ela continuou:

– Eu agradeceria se vocês me dessem um tempinho para pensar nas coisas. Vou ficar bem.

Como era uma dispensa óbvia, Vago se levantou e eu me ergui. Fui até Thornton e disse baixinho:

– Preciso de um ar. Você está no comando até eu voltar.

O homem mais velho assentiu.

– Duvido que esses rapazes vão a algum lugar. Estão cansados e famintos, esperando a comida que nos prometeram.

– Tenho certeza de que vai chegar logo. Vince Howe pareceu falar sério sobre cuidar de nós.

– Nós fizemos algo bom para ele e ele sabe. Se honra tiver algum significado aqui em Lorraine, ele não vai faltar com a palavra.

Eu contava com isso. A dor aumentou em meu peito, até eu sentir que engasgaria se não fosse para longe por um tempo, longe de promessas e expectativas, longe da morte. Vago me seguiu para fora da prefeitura, seus passos ecoando atrás dos meus. Corri sob o crepúsculo, atraindo olhares estranhos de pessoas que tocavam suas tarefas, até chegar ao cemitério onde tínhamos deixado Perseguidor. Os homens haviam ido embora e o buraco estava preenchido. Eles fincaram uma pedra retangular, com a promessa de que levaria o nome de Perseguidor em breve. Um homem com um cinzel iria cortar a rocha até que gravasse nela direitinho.

Baixei ao lado do túmulo dele e chorei de um jeito que não tinha chorado, nem quando segurei o corpo do meu amigo nos braços. Os soluços saíram apressados de mim, altos contra a noite silenciosa. Vago ajoelhou e me enlaçou com seus braços e, assim, apertei o rosto no seu ombro, esperando abafar um pouco do barulho. Ele não tentou me calar, oferecendo apenas silêncio e calor. Quando me acalmei, reparei nas mãos dele descendo em carinhos pelas minhas costas.

– Melhor? – ele perguntou depois de um bom tempo.

– Na verdade, não. Mas posso lidar com isso agora.

– Eu não gostava dele – Vago disse baixinho –, mas sinto muito por você ter perdido um amigo.

– Ele não será o último. E eu não iria aguentar se você...

Vago me silenciou com sua boca; não era um beijo faminto e possessivo, mas um beijo que me entregou consolo e ternura, aliviando minha dor interna. No entanto, aquele não era o lugar para esse tipo de coisa e, então, levantei com dificuldade e tirei a poeira dos joelhos. Talvez a dor nunca passasse, mas eu era forte o bastante para engoli-la e me lembrar de como uma Caçadora devia reagir. Nos últimos tempos, eu estava sendo mais menina do que Caçadora, e isso estava deixando o meu trabalho mais complicado. No subsolo, teria agido de um modo menos emotivo, calculando nossas chances de sucesso ou fracasso sem dar muita atenção para a perda de vidas humanas.

Juntos, deixamos o cemitério e seguimos em direção à prefeitura. À noite, as pessoas ficavam em casa e, assim, as ruas de terra estavam desertas e as janelas brilhavam com luz dourada. Guardas cuidavam dos muros de pedra com rifles e bestas como a que Tully carregava. Se alguns assentamentos humanos tinham chance de sobreviver, eram Gaspard e Lorraine. Appleton estava perdido e eu não achava que Winterville tivesse muito mais tempo, a menos que fizessem algumas mudanças drásticas.

Quando Vago e eu voltamos, os homens estavam comendo. Eu não tinha apetite, mas Vago me persuadiu a tomar um pouco de sopa. Morrow se sentou ao lado de Tegan, sussurrando em seu ouvido. Ela não estava rindo das bobagens dele, mas, pelo brilho dos seus olhos, não parecia mais se sentir com o coração tão pesado. Depois de a comida e a bebida acabarem, todos nós nos enrolamos em nossos cobertores e fomos dormir.

Pela manhã, como prometido, Vince Howe veio me buscar para irmos ao conselho. Eu nem tinha conseguido uma reunião na vez anterior, quando me expulsaram da cidade com risadas, e aquele fracasso queimava em mim enquanto o acompanhava até o restaurante. Não havia restaurantes em Salvação ou em Soldier's Pond, mas, aparentemente, era um lugar onde se podia comprar comidas preparadas. Do lado de dentro, havia mesas cobertas de tecidos bonitos e cadeiras com almofadas. Eu atraí alguns olhares porque, apesar dos meus esforços em Winterville, minha aparência estava descuidada. Minhas tranças achavam-se bagunçadas e minhas roupas marrons e simples de estrada mostravam sinais de muito uso.

Porém, ergui o queixo e passei a passos largos sob os olhares como se tivesse o direito de estar lá. Cinco pessoas encontravam-se sentadas esperando, três homens e duas mulheres, todos no fim da meia-idade, imaginei, de acordo com o tempo de vida no Topo. Os homens se levantaram quando me aproximei e fizeram um gesto para eu me sentar. Olhei por cima do ombro para Vince Howe, que se acomodou ao meu lado. Ele disse o nome de todos, mas não me dei ao trabalho de decorá-los. Se algum deles se mostrasse um aliado valoroso, então eu memorizaria.

– Esta é a líder da Companhia D.

Lembrei-me de ser educada, estendi a mão para cada um deles e dei o meu melhor cumprimento "estou aqui a negócios". E depois Howe continuou:

– Ontem à noite, eu contei o quanto os homens dela nos ajudaram e o que sacrificaram para que nossos bens chegassem com segurança aqui.

– Do que você gostaria em recompensa? – uma mulher de cabelos claros me perguntou.

Ela esperava que eu pedisse dinheiro para fazer compras na cidade, possivelmente provisões ou o direito pelo nosso alojamento atual por quanto tempo quiséssemos. Mas eu os surpreendi.

– Voluntários – falei diretamente.

Dois dos membros do conselho trocaram um olhar.

– Para quê?

"Você prometeu a Perseguidor ir até o fim."

– O exército. Perdemos bons homens defendendo Winterville e mais no caminho para cá. A única maneira de podermos derrotar a horda é criar uma força capaz de enfrentá-la em campo. Lorraine é uma cidade forte com bons muros e ótimas defesas. Vocês podem abrir mão de alguns homens para a luta.

– Eu entendo a urgência – o conselheiro disse. – Recebemos notícias sobre Appleton e eu estou esperando ver Mutantes em marcha há dias. Mas e se os homens não se oferecerem?

– Então, nós os convocamos – Howe falou, ríspido.

Uma mulher jovem anotou pedidos de comida, deixei Vince escolher a minha. Logo depois, ela trouxe nossos pratos, juntamente com pão fresco. A velocidade e o luxo deles me surpreenderam.

Eu comi enquanto eles debatiam a moralidade de tal curso de ação. Era algo como a loteria de Otterburn, porém os homens escolhidos acabariam se juntando à Companhia D em vez de ser mandados lá para fora como sacrifícios. Na minha opinião, era melhor, já que tinham uma chance de voltar para casa. A discussão continuou nervosa durante o café da manhã e eu não os apressei porque estava gostando muito da comida. Ovos mexidos fofinhos e bolinhos quentes com manteiga, chá quente e um prato de frutas; lembrava-me dos banquetes que Mamãe Oaks costumava fazer. Se eu tivesse sucesso lá fora, talvez um dia ela tivesse sua própria cozinha de novo. Com meu desejo de dar um novo lar à minha família e minha promessa a Perseguidor, não havia como eu abandonar aquela tarefa. Eu derrotaria as Aberrações ou morreria tentando.

Quando acabei de comer minha porção, o conselho havia tomado uma decisão coletiva.

– Vamos chamar todos os homens capazes...

– Não – interrompi. – Não apenas homens. Todos acima dos 13 anos, homens e mulheres. Se estiverem dispostos a aprender a lutar, vamos ensinar a eles. Só precisam ser corajosos o bastante para vir conosco. A Companhia D vai cuidar do resto.

Isso disparou uma nova rodada de discussão, mas Vince Howe assentiu para mim, aprovando. Imaginei que ele não visse problema naquilo. Enquanto eles brigavam, comi mais ovos e bolinhos e me perguntei se o pessoal da cidade tinha alimentado meus homens tão bem assim. Por fim, eles decidiram que eu estava certa e a chamada para a ação poderia até acabar sendo melhor se eles permitissem o que pedi.

Assim, uma hora depois, nós nos juntamos do lado de fora da prefeitura com homens correndo pela cidade tocando seus sinos e gritando:

– O conselho chama todos os cidadãos para se reunirem imediatamente.

Não demorou tanto quanto seria de se imaginar e, assim, presumi que eles provavelmente não estivessem acostumados com aquele tipo de comoção em Lorraine. Deixei que Vince Howe falasse pela Companhia D já que ele era conhecido e seu relato dos nossos feitos e sacrifícios fez a multidão soltar sons de admiração. Quando ele tombou a cabeça para mim, foi a minha deixa.

– Vocês ouviram o que conquistamos e o que queremos fazer. Se desejarem dar mais coisas para as suas famílias um dia, mais do que apenas quatro paredes, juntem-se a nós.

No começo, ninguém se mexeu. Porém, Vago então deu um passo à frente com a bandeira que Mamãe Oaks tinha feito. O resto dos homens começou seus exercícios, mostrando o que nosso treinamento em conjunto lhe ensinara. Um murmúrio de surpresa agitou a população e, em seguida, o impossível aconteceu; aquilo pelo que eu estivera trabalhando desde o começo. Homens e mulheres, meninos e meninas, todos aqueles com idade e coragem suficientes para atender nossas necessidades, correram para frente, ansiosos por assumir seus lugares no nosso grupo, mais corpos dispostos ali do que eu ousara sonhar.

"Isto é para você, Perseguidor, este momento... e todas as batalhas daqui para frente." De alguma forma, escondi minha exultação surpresa.

– Então, entrem em fila – falei – e deem seus nomes para nós. Há uma guerra em curso.

Terminal

– Pois assim – ele disse –, nem o próprio rei pode nos separar.

(George MacDonald, *O Menino Dia e a Menina Noite*)

Guerra

Naquele dia, em Lorraine, mais do que dobramos nosso grupo. A Companhia D permaneceu na cidade por mais duas semanas enquanto oferecíamos um treinamento rudimentar. Não era o suficiente para os perigos que enfrentaríamos lá fora, mas os patrulheiros relataram atividade em Appleton, parte da horda estava se deslocando. Assim, tínhamos de marchar, embora nosso pelotão ainda fosse muito pequeno para enfrentá-la.

Ao anoitecer, estávamos acampados ao longo do rio. Eu queria que Perseguidor estivesse lá para oferecer conselhos táticos, mas eu o deixara plantado no chão e lhe devia uma vitória decisiva. Enquanto o resto dos homens cuidava de tarefas mundanas, convoquei uma reunião: Vago, Thornton, Tully, Spence e Morrow. Eles eram meus guerreiros mais experientes, então fazia sentido pedir seus conselhos.

– De todos os recrutas, foram vocês os que mais combateram. Qual é a melhor coisa a fazer?

– Você está no comando – Thornton murmurou. – Só estou aqui para matar Mutantes.

– Mas você agiu como se soubesse o que estava fazendo, na noite em que deu cobertura para a volta até Soldier's Pond.

E era verdade. Ele não iria se livrar do planejamento estratégico alegando ignorância. Eu já vira muito da sua habilidade nos meses anteriores.

– Não podemos bater de frente com eles – Tully comentou.

Spence assentiu, concordando.

– Sands me disse que um grupo de 300 partiu de Appleton. Meu palpite é de que estão seguindo para Lorraine. É a cidade mais próxima para pilhagem.

– Mas o resto deles na cidade está se acomodando por lá? – Morrow perguntou.

Eu tinha me questionado a mesma coisa.

– Nós presumimos que todos fossem soldados, mas e se o número da horda for inchado por não combatentes? Os guerreiros talvez estivessem procurando um lugar seguro para deixá-los enquanto saqueiam nossas cidades.

– Como a vila na floresta perto de Salvação.

A voz de Vago estava suave, mas marcada de amargura, como se a lembrança o corroesse.

– Como isso influencia a nossa estratégia?

Olhei de um para o outro, incentivando-os a oferecerem algum *insight*. Perseguidor era quem sabia mais sobre planejar ataques, mas, mesmo assim, eu tinha de continuar em frente.

Thornton estava com uma expressão cansada.

– Se você estiver certa, então a coisa impiedosa a fazer é contornar até Appleton e atingir o ponto fraco deles.

– As fêmeas e os pirralhos – eu ofeguei.

Ficamos em silêncio, como se todos nós refletíssemos sobre o valor de tal ataque. A quantidade maior não importaria tanto nesse caso, já que enfrentaríamos oponentes mais fracos. Aberrações fêmeas amamentando e crias não eram exatamente indefesas, mas não podiam competir com soldados treinados como nós. A natureza brutal do ataque talvez acabasse com o moral de luta do inimigo, mas também poderia dar combustível para o ódio, deixando-o determinado a exterminar a humanidade a qualquer custo.

Por fim, fiz que não com a cabeça.

– Não posso promover esse tipo de guerra.

– Mesmo se for a única maneira de vencer? – Tully perguntou.

A decisão doeu, mas eu a mantive.

– Não, vamos encontrar outro jeito.

Vago acrescentou:

– Não sabemos tanto assim sobre a cultura dos Mutantes. Talvez todos eles sejam treinados para lutar e, assim, poderíamos chegar a Appleton e descobrir que as fêmeas e os pirralhos são exatamente tão ferozes quanto aqueles que estão saqueando as nossas cidades.

Spence assentiu.

– Além disso, já vi algumas mães ursas defendendo suas crias e, acreditem, vocês *não* vão querer brincar com elas.

– De alguma forma – falei –, Mutantes se parecem mais com animais. Então, parece provável que eles não reajam como humanos se atacarmos o território que dominaram.

– Uma estratégia de atacar e fugir seria melhor. Como em um livro que eu li.

Morrow estava com uma expressão pensativa, como se estivesse tentando lembrar mais detalhes.

– Temos que manter unidades pequenas e móveis. Vamos nos deslocar mais depressa já que nosso esquadrão ainda é bem pequeno. Então, contamos com os patrulheiros do Perseguidor para nos darem boas informações e depois atacamos, matamos alguns e desaparecemos. Usamos o terreno à nossa volta, a escuridão e todas as vantagens que conseguirmos arranjar. Porque vai ser uma luta longa.

Eu assenti com um aceno rápido.

– Excelente. Você fica responsável pelas táticas.

Morrow me encarou.

– Eu sou só um contador de histórias.

– Não é, não. Um dia, vou querer saber onde você encontrou todos esses livros que leu, mas, agora, precisamos planejar.

Todos concordaram com aquilo e Morrow compartilhou tudo que conseguia lembrar sobre aquela história. Diferentemente de *O Menino Dia e a Menina Noite*, não tínhamos um exemplar do livro de estratégia de guerra e, assim, não havia como saber se o exército menor alcançaria a vitória no final. Porém, era a nossa melhor ideia.

Pela manhã, desmontamos o acampamento. Para minha irritação, levou mais tempo do que deveria e eu jurei trabalhar nisso. Os homens precisavam preparar seus equipamentos para a viagem em menos de cinco minutos. Eu não podia deixar que eles ficassem andando por aí reclamando da noite dormida no chão. Assim, falei para Thornton lidar com eles, já que sua bronca avassaladora era mais impressionante do que qualquer coisa que eu pudesse produzir e eu não tinha experiência em gritar com pessoas, de qualquer forma.

Procurei Morrow antes de sairmos.

– Você assumiria os patrulheiros? Eles precisam de um líder e eu acho que você seria bom. Mas só se estiver disposto.

– Você tem muita confiança em mim, Dois.

– Está dizendo que eu não deveria?

Eu havia reparado nos movimentos silenciosos dele, sua graça cuidadosa. Embora ele talvez não fosse tão adepto de entrar e sair escondido das sombras quanto Perseguidor fora, Morrow seria um bom substituto.

Com um sorriso sarcástico, ele fez que não.

– É uma honra. Farei o melhor que puder para mantê-los em segurança.

– Eu sei. Agora vá conseguir informações para mim. Não podemos ir longe até sabermos com certeza para que direção os Mutantes estão indo.

Foi uma espera tensa às margens do rio. A Companhia D ocupou o tempo com treinamentos. Coloquei Vago, Tully e Spence para supervisionar a sessão de lutas. Era estranho ver o pessoal normal da cidade aprendendo a brigar, mas eles estavam todos dispostos. Gavin era especialmente esforçado, prestando muita atenção a todas as palavras que Spence proferia. O pirralho tinha um coração incrível para compensar sua falta de tamanho; cada vez que seu parceiro o derrubava, ele se levantava dando golpes e, às vezes, surpreendia alguém com sua ferocidade. Eu percebi que ele tinha um rancor a liberar contra as Aberrações e sua raiva me perturbava, não porque ele estava chateado com a perda dos pais, mas eu temia que isso pudesse cegá-lo na hora errada. A raiva o faria ser morto.

Eu o tirei da sua luta da vez e o fiz se sentar. Ele me olhou feio com olhos verdes cor de grama, furiosos no seu rosto sujo.

– O que foi? Eu estava me virando. E ele é maior.

Aquele menino não podia ter mais do que 14 anos, e seu tamanho pequeno me fazia imaginar se não era mais novo.

– Quantos anos você tem?

– Já passei da idade de recrutamento. Você definiu em 13 anos.

– Eu sei. Só me conte.

– Vou fazer 15 anos em alguns meses – ele murmurou.

Ele parecia tão jovem, talvez porque o mundo do Topo tentava proteger seus pequenos mais do que faziam no subsolo. Dava a impressão de que muito mais que um ano e alguns meses nos separavam. Eu imaginei que o mundo tivesse sido muito diferente antes de as Aberrações mudarem tanto, Winterville entrar em pânico e o Dr. Wilson espalhar seu veneno.

Usei um tom de voz duro porque sabia que ele não me respeitaria se eu fosse terna. Ele não queria isso e não saberia lidar. Aquele menino estava atrás de sangue, não de gentileza.

– Se você morrer lutando como uma vaca com dois cascos esquerdos, não estará aqui para ver os Mutantes derrotados. É isso que quer?

– Não, senhora.

– Senhor – eu corrigi. – Neste exército, não importa o que as pessoas têm dentro das calças. Agora, volte lá e use a cabeça, não apenas os punhos.

– Sim, senhor.

Tegan veio até mim conforme os treinos iam terminando.

– Ele me lembra alguém.

Ela tinha sido menos óbvia quanto à sua raiva, manteve-a trancada dentro de si, mas eu vira sua fúria quando a encontrara em Gotham. Ela a liberara com cada golpe da clava, Tegan não tinha lutado de um jeito inteligente naquela época também. O bastão era mais adequado para ela.

– Fique recuada – eu avisei.

– Eu sei. Estou na segunda linha de defesa e sou a médica em tempo integral. Não vou ficar na vanguarda.

Ela olhou para os campos, observando o vento soprar entre as folhas.

– Dá nervoso ficar aqui fora, não dá? Sem saber exatamente onde nossos inimigos estão.

Eu sabia o que ela queria dizer. O mundo ali fora estava silencioso, a não ser pelos pios das aves, os chiados dos insetos e o fluxo borbulhante do rio atrás de nós. A primavera tinha deixado a grama verde até onde conseguíamos enxergar, porém, logo depois da elevação seguinte, a violência e a morte podiam estar à espreita. Apesar de não querer, eu estremeci, esperando que os patrulheiros voltassem logo.

Ao meio-dia, meu desejo foi atendido. Eles tinham feito o trabalho bem e Morrow deu o relatório.

– Eles estão indo para o nordeste daqui. Pelo que vimos, vão para Lorraine.

– Então, precisamos segui-los, esperar até acamparem e atacar quando estiverem dormindo.

– Vamos usar fogo contra fogo – Vago disse.

– Nós trouxemos alguma bebida alcoólica? – Tully perguntou.

Como beber deixava os soldados desajeitados e descuidados, a resposta deveria ser "não", mas, quando revistamos as malas, encontramos seis jarros. Deixei Thornton reprimindo verbalmente os homens que tinham violado nosso código de conduta enquanto outros levavam o contrabando embora. Tully tirou a rolha de uma bebida e a cheirou.

– É forte – ela disse. – Isso vai servir bem.

– Para quê? – perguntei.

– Podemos fazer bombas. E, com alguns trapos, posso colocar fogo nas minhas flechas. Isso vai fazer os Mutantes se espalharem, causar pânico, especialmente se atacarmos enquanto eles estão dormindo.

Pelo restante daquele dia, marchamos de acordo com as instruções dos patrulheiros. Sob as ordens de Morrow, eles ficavam constantemente indo e voltando, trazendo mensagens sobre aquela porção da horda. Não era o exército todo que eu vira acampado nos terrenos do lado de fora de Salvação, mas eles não precisavam de todas as suas forças para tomar cidades menores. Fazia sentido protegerem o território que já tinham reivindicado; e, naquele momento, eu não possuía homens suficientes para tomar Appleton de volta, mas podia evitar que eles dominassem Lorraine. Ao cair da noite, estávamos a 5 km do nosso alvo.

– Esta noite, é fundamental que vocês sigam ordens. Matem no perímetro e recuem. Façam com que eles os sigam. Qualquer coisa que aumente a confusão e diminua a visibilidade, executem. E corram se precisar.

Eu remexi a grama até ter um pedaço de terra seca que serviu como mapa e, então, marquei algumas orientações.

– Vai ser aqui que vamos nos reagrupar. Eles podem nos seguir, tentando forçar uma luta justa. Não daremos isso a eles. Aqui é onde a nossa floresta começa e, se necessário, vamos lutar recuando. Porém, o ideal é atacarmos, matarmos quantos pudermos e depois desaparecermos. Esse é o plano.

– Alguma pergunta? – Thornton falou.

Houve várias e ele as respondeu enquanto eu saía a passos largos. Eu esperava soar confiante e preparada, ao mesmo tempo que meu coração martelava como um tambor. Tanta coisa dependia de minha intuição estar certa; eu não tinha dúvida de que aquilo precisava ser feito, mas talvez não coubesse a mim tentar. "Quem sou eu para liderar esses homens?"

– Estou com você – Vago disse baixinho.

Eu queria tanto me virar para abraçá-lo, mas estava com medo de que ele se retraísse... E também não seria uma boa maneira de me comportar na frente dos homens. Sem dúvida, Tully e Spence estavam profundamente apaixonados, apesar de ela ser uns bons 10 anos mais velha, mas eles nunca se tocavam, nunca se beijavam onde alguém pudesse ver. Eu apenas percebia aquilo pela maneira como ele a olhava, como se fosse cair e parar de respirar se ela um dia deixasse de olhar de volta.

– É normal ter medo – ele continuou – e eu estou feliz por você estar assim. Faz com que eu me sinta melhor quanto ao frio na minha barriga. Essa vai ser a maior batalha que já lutamos.

– Obrigada.

Embora seus braços continuassem ao longo do corpo, Vago sussurrou:

– Isto sou eu a abraçando. E isto sou eu a beijando para dar sorte.

Aquilo me fez sorrir. Talvez um campo de batalha não fosse lugar para tais afeições, mas eu não conseguia afastar aqueles sentimentos. Vago fazia parte de mim como se fosse minha sombra.

– Isto sou eu o beijando de volta.

– Dois! – Morrow gritou. – Preciso de você.

Meus olhos encontraram os de Vago e travaram, e aquele olhar disse tantas coisas, e então saí andando para lidar com questionamentos de última hora sobre a organização da tropa. O acampamento que as Aberrações tinham escolhido nos oferecia um ponto de vantagem alto em um espinhaço e era ali que eu queria posicionar nossos atiradores. Tully planejava atear os fogos e seis soldados iam levar as bombas, que podiam ser arremessadas até a distância que alguém conseguisse jogá-las.

Logo depois de a lua surgir, a Companhia D saiu. Uma fatia prateada no céu, ela jogava apenas iluminação suficiente para evitar que o restante dos homens tropeçasse nos próprios pés. Para mim, estava tudo bem, e eu conseguiria me deslocar de olhos fechados. O que significava que eu estava na frente com os patrulheiros para garantir que a emboscada acontecesse da melhor forma.

Eu me arrastei subindo o morro, meu estômago dando nós. Não via tantas Aberrações reunidas em um lugar desde que havia fugido da horda, salvando Vago. O medo fervia na forma de bile, ácida na minha garganta, mas eu a engoli. "Vocês pegaram coisas demais", falei para os monstros em silêncio. "Isso é tudo que vão conseguir. Este é o começo do fim."

Depois de ver os melhores pontos de vantagem, mandei os atiradores para seus postos. Assim que os fogos começassem a queimar lá embaixo, deveria facilitar a mira. No final das contas, não importava onde eles atirassem nas Aberrações, as balas nunca eram gostosas ao entrar. Após Tully estar posicionada com os atiradores, desci rastejando para me juntar aos outros.

– Thornton – sussurrei. – Você tem o comando da infantaria. Não deixe os inexperientes serem arrastados demais para o meio do tumulto.

– Vou fazer o melhor que posso – ele disse com a saudação familiar de Improvável.

Thornton não era o único homem que eu vira usar aquele gesto, revelava-se comum nos territórios, uma forma de mostrar respeito sem reconhecer uma posição superior. Ainda assim, era inexplicavelmente doloroso ver aquilo logo antes da luta de uma vida, um sinal de que Improvável estava ali cuidando de mim. Talvez fosse bobagem, mas eu ficaria com aquela esperança porque, desse modo, poderia imaginar um dia me unir às pessoas que perdera. No mínimo, isso aumentava minha coragem, de forma que eu conseguia dar ordens em um tom firme o bastante para fazer os soldados acreditarem que venceríamos.

– O inimigo está dormindo, homens. Façam com que sofra.

Escolta

Desde a primeira flecha flamejante, a batalha seguiu de acordo com o plano.

Tivemos um bônus quando o campo pegou fogo, criando um inferno de pânico em forma de rosnados. As Aberrações fugiram da chama e correram direto para as nossas lâminas. Com a noite escura e o fogo vivo, elas mal nos viam enquanto morriam. As bombas explodiram no centro do acampamento, sacrificando vários dos monstros. No espinhaço, os atiradores pegavam-nos enquanto eles se espalhavam. No caos, nós matamos as Aberrações impunemente, até elas perceberem que éramos poucos e, então, atacarem. Eu não podia deixar que nos cercassem. Meus homens não tinham experiência para vencer com uma desvantagem tão grande.

– Sinalize a retirada – gritei.

Morrow soprou as notas alertando o esquadrão para recuar até o local combinado no limite da floresta. Os homens reagiram, cientes de que nossas táticas não permitiam uma luta corpo a corpo; nossa intenção era matar o máximo possível delas antes de atraí-las para um terreno mais vantajoso, onde nos sairíamos melhor contra a quantidade superior. Vago estava por perto e, assim, lutamos juntos enquanto recuávamos. Eu golpeei e cortei, com cuidado para não dar as costas aos monstros, que poderiam me espetar por trás. Thornton atirou em uma por cima do meu ombro e eu me virei. Vago correu comigo, em velocidade total, até deixarmos a zona de guerra para trás. Contei enquanto os soldados chegavam aos tropeços. No final, perdemos dez homens. Fomos bem o bastante, eu não tinha esperado derrotá-las em uma emboscada.

– Quantas vocês pegaram? – perguntei aos homens, depois de eles chegarem ao ponto de encontro.

O total chegava perto de cem e eu sufoquei o impulso deles de comemorarem. Era uma boa conquista, um terço do número do inimigo. Voltamos para dentro da floresta depois disso e aquelas Aberrações aparentemente não estavam sob o contrato que havíamos feito com as outras, o que confirmou que as anteriores não faziam parte da horda. Elas nos caçaram em meio às árvores, mas, em um terreno como aquele, não podiam lutar em um grupo grande, então nós as atingimos uma a uma. A Companhia D lutou em movimentação constante, sem nunca deixar as Aberrações descansarem. Na sexta noite, as Aberrações recuaram para acampar no gramado além dali. A essa altura, restava apenas uma centena delas, mas eu não tinha planos de lhes oferecer uma luta justa.

Com duas semanas de conflito, outros problemas nos incomodaram. Com as Aberrações na área e nossos próprios homens, era difícil achar caça. Pescar ajudava um pouco, mas o tempo gasto em ração, como Thornton chamava, deixava menos tempo para evadir os ataques dos monstros e planejar os nossos. A situação precisava ser tratada antes de piorar.

Antes de eu poder resolver essa crise, Morrow trouxe péssimas notícias:

– Há uma caravana de comércio seguindo de Gaspard para Soldier's Pond. Meus patrulheiros acham que os Mutantes que estamos acossando querem atacá-la antes de darem a volta até Lorraine.

– Não podemos deixar isso acontecer – falei. – Vamos.

Isso iniciou uma difícil marcha para o leste com pouca comida e ainda menos sono. A Companhia D estava desprovida e exausta quando encontramos os comerciantes na estrada. Eu esperava que eles nos recebessem com rifles, mas a notícia dos nossos feitos heroicos tinha se espalhado e eles de fato reconheceram a bandeira que Mamãe Oaks tinha feito. Na maioria dos dias, Gavin a carregava com orgulho, a flâmula voando ao vento.

– Ei, Companhia D! – o líder da caravana chamou.

– Vocês querem nos enforcar também? – brinquei.

Rindo, o homem fez que não.

– Os guardas ainda estão falando sobre isso, sabiam? Eu não esperaria uma recepção calorosa na cidade em um futuro próximo, mas as histórias são diferentes na estrada. Vince Howe e John Kelley só têm coisas ótimas a dizer.

– Nós vamos levá-los para Soldier's Pond – ofereci –, mas vocês têm que ajudar com a nossa alimentação.

Eu esperava que eles fossem nos dar alguma coisa em Soldier's Pond, já que uma boa parte dos nossos homens vinha de lá. Se não, com certeza poderíamos compartilhar as porções dos comerciantes enquanto os protegíamos.

O mercador assentiu com hesitação.

– Podemos aumentar a refeição transformando em mingau se vocês puderem acrescentar carne fresca.

Houve alguns resmungos dos homens dele porque tinham esperado bolos de frigideira, não papa, mas ele lhes virou um olhar severo.

– Vocês querem viver? Esta área está infestada de Mutantes.

Ele estava certo; apenas a habilidade de nossos patrulheiros havia permitido que chegássemos à caravana antes do inimigo e, para alcançarmos Soldier's Pond, tínhamos de contornar a floresta por causa das carroças. Haveria várias oportunidades para as Aberrações nos atacarem antes disso. Um nó se formou no meu estômago porque, na última vez em que protegemos suprimentos assim, Perseguidor *morrera*. Eu não aguentaria perder mais ninguém. Porém, deixei meus medos de lado e informei os homens de que tínhamos um novo objetivo e, no final, teríamos algum descanso em Soldier's Pond. Isso gerou uma comemoração exausta dos guerreiros que vinham sobrevivendo de plantas e frutinhas. Eu não sabia deles, mas eu estava faminta e *muito* cansada da sopa de alho-poró selvagem e cogumelo. Fazia dias que não comia mais do que um fiapo de carne, já que preferia dar minha parte para os soldados.

– Você está magra demais – Vago disse, quando me viu fazer isso. – Não pode manter sua força se não comer.

– Estou comendo – murmurei.

Simplesmente não havia muito para comer. Com a luta constante e o preparo de emboscadas, depois os avanços mais rápidos possíveis para ficarmos fora de alcance, não tínhamos tempo de caçar do jeito certo ou abater animais grandes, supondo que as Aberrações tivessem deixado algum. Deveria haver alce e cervo, mas fazia uma semana que os patrulheiros não viam rastros. Havia apenas caças menores, como coelhos e esquilos, que valiam menos a pena o esforço de pegá-los, porque eram necessários muitos para alimentar os soldados. Às vezes, nós tirávamos as peles deles e colocávamos a carne na panela a fim de dar gosto junto com alho-poró, batatas e cogumelos, mas não era nutrição suficiente para nos manter fortes.

– Mal posso esperar para ver minha família – um homem disse.

– Nem eu.

Eu os deixei falando de reuniões felizes, desde que entrassem na formação quando Thornton gritasse a ordem. E eles entraram. Meus soldados eram jovens e velhos, homens e mulheres, mas todos tinham coragem para dar e vender. Marchamos ao lado das carroças com a bandeira da Companhia D voando alto e estava anoitecendo quando os monstros chegaram.

Aquela era a primeira chance deles de nos atacarem em campo aberto, um risco que eu sabia que estávamos correndo quando decidi proteger a caravana. Porém, se as Aberrações pegassem aqueles suprimentos, as pessoas de Soldier's Pond e Gaspard talvez morressem de fome, além de que isso fortaleceria o inimigo. Eu não podia deixar acontecer. Lembrava-me do que o Dr. Wilson dissera: "Dobre a fome para fazê-las digerirem o próprio cérebro". Se nós as impedíssemos de encontrar novas fontes de alimento, ficariam mais burras e fáceis de matar. Elas vieram até nós no seu trote agora tão familiar para mim, mas não havia nenhum cheiro, a não ser pelo suor de soldados sujos e o fedor geral das mulas.

– Formação C – eu gritei.

Por sorte, nossos treinamentos em Soldier's Pond haviam preparado os homens para diversas eventualidades e eles se postaram com os soldados da infantaria em frente e os atiradores atrás. Tully pulou em cima de uma carroça e, em seguida, puxou Gavin para o seu lado. De cima dos engradados, eles abriram fogo, derrubando duas para começar bem o banho de sangue. Os animais relincharam de terror, mas os condutores remexeram as rédeas e não os deixaram fugir em pânico. Esperei na frente, preparada para receber o avanço das Aberrações.

Estava com Tegan de um lado e Vago do outro. Ela derrubou uma para mim, assim como costumava fazer para Perseguidor, e eu a apunhalei no pescoço. Tegan bateu na cara de outra enquanto Morrow a espetava e, do meu outro lado, Vago lutava com uma graça econômica, seus movimentos eram desvios e contornos que nunca deixavam minha lateral vulnerável. Fiquei por perto também, minhas lâminas girando à luz roxa. Perdi a conta de quantas matei, mas ouvi Tully gritar que estava sem flechas. Alguns atiradores falaram o mesmo e avançaram para lutar com suas facas.

Sangue jorrou, como vinho derramado pelo chão do pub em Otterburn. Os monstros sabiam que tinham de ganhar aquela luta e, assim, não se separaram e fugiram, nem mesmo o último, então Vago o massacrou com uma lâmina bem no coração.

A vitória nos custou 20 homens, no entanto. Antes de partirmos, a Companhia D cavou um túmulo enorme para manter longe os animais que comem restos. Tully disse as palavras por nós porque eu estava muito cansada e não tinha o que falar. Enquanto jogávamos terra nos rostos ensanguentados deles, reparei quão jovens alguns eram, mal chegavam ao meu limite de idade.

"Você fez isto. Você tirou estes meninos e meninas de suas mães."

– Mas não os matei – sussurrei.

As palavras não amenizaram minha culpa. Quando seguimos em frente, éramos um grupo desolado e infeliz e a papa aguada que comemos no jantar não alegrou ninguém. Os patrulheiros encontraram para nós um caminho livre até Soldier's Pond dali para frente e, embora tivessem visto grupos menores de Aberrações à espreita nos morros por perto, nenhum deles ousou atacar. Eu estava indescritivelmente exausta quando vimos Soldier's Pond no horizonte. Um "iuhu" cansado veio dos homens, mas eles não pareciam bem. Muitos tinham desenvolvido feridas; seus sapatos e botas estavam em farrapos, de forma que seus pés sangravam enquanto marchávamos.

Meu sonho estava em frangalhos e, embora estivéssemos fazendo algum bem, eu não estava conseguindo manter meus homens seguros e saudáveis. Não tinha experiência para aquilo, mas o problema era que ninguém tinha. Os humanos haviam se acovardado em seus assentamentos por tanto tempo que esqueceram como lutar sem poções terríveis e venenos misteriosos. As únicas informações que tínhamos vinham das histórias de Morrow... e eu ainda precisava fazer perguntas a ele sobre elas.

Haveria tempo em Soldier's Pond.

Os guardas saíram para encontrar as carroças, oferecendo uma escolta de segurança, e isso era bom, já que eu não achava que meus homens ainda tivessem capacidade de lutar. O pessoal da cidade poderia reclamar por aparecermos para engolir suas provisões, mas não teriam aquelas mercadorias de Gaspard sem nós. E Soldier's Pond estava longe de ser autossuficiente.

– Obrigado – o comerciante disse enquanto a caravana passava pelas defesas da cidade. – Teríamos morrido na estrada se não fosse pelos seus homens.

O nome dele era Marlon Bean, e eu esperava que ele acrescentasse sua história às que circulavam de Vince Howe e John Kelley. No longo prazo, a boa vontade deles poderia salvar a Companhia D, mas, no momento, eu apenas assenti e levei os soldados a uma muito desejada volta para casa. Os guardas tinham todo tipo de perguntas, mas eu os silenciei com um gesto impaciente. Foi apenas quando vi as sobrancelhas de Tegan se erguerem que percebi quão acostumada com o comando eu me tornara.

Eu franzi o cenho para ela enquanto falava alto:

– Vou dar uma licença de 48 horas para todos vocês. O refeitório fica ali... fiquem com um morador local se não souberem o caminho. Depois de comerem, encontrem a sala de banho. E então localizem um beliche e descansem um pouco. Alguns de vocês precisam de curativos nos ferimentos ou troca de bandagens. Não acho que ninguém vá morrer durante a noite, então venham até mim e Tegan de manhã. Vamos cuidar de vocês. Isso é tudo. E aproveitem o intervalo.

Os homens saíram em grupo, gratos por não estarem lá fora. Eu conhecia a sensação.

Vago fez um sinal com um olhar severo.

– Aquela ordem de descanso serve para você também.

Como eu estava zonza àquela altura, eu o deixei me puxar na direção do refeitório. Se estivéssemos fora do horário, eu mesma faria o cozinheiro abrir a cozinha. No entanto, por sorte, a Coronel Park estava cuidando de tudo. Ela nos encontrou no refeitório e colocara dois funcionários extras a fim de poderem fazer a comida mais depressa. Como sempre, não tinha gosto, mas nós todos estávamos tão famintos que eu teria ficado feliz em comer um balde do mingau de cogumelo que nos davam no subsolo.

Enquanto comíamos, percebi tardiamente que havíamos sentado como um grupinho de oficiais. Nada tão formal já fora declarado, é claro, mas eu sempre me dirigia a Vago, Tegan, Thornton, Tully, Morrow ou Spence quando precisava de alguma coisa. E ali estávamos sentados, mais ninguém na nossa mesa. Eu não teria mandado ninguém embora, mas imaginei que os outros pensavam que aquele era o nosso círculo íntimo e que nós tínhamos planos inteligentes a fazer. Ou talvez só quisessem um tempo de nós. Eu ouvi a conversa sem atenção total; era um assunto importante, mas me faltava o impulso de lidar com o problema imediatamente quando tinha 47 horas de liberdade.

– Temos que pedir um imposto para todas as cidades do território – Thornton estava argumentando.

Morrow protestou:

– Mas não podemos *fazer* com que elas nos deem suprimentos.

Spence fez uma careta e mexeu a colher de forma a arriscar perder a carne de ave cozida e a massa que tinha pegado.

– Podemos nos recusar a protegê-los se escolherem não dar.

Parecia cruel, mas talvez ele estivesse certo. Se elas não se dispusessem a apertar os cintos e doar para os soldados que mantinham a horda longe, então que lidassem com as consequências. De muitas formas, eu havia dado um passo maior que a perna; desde alguns dias, apenas a pura teimosia me mantinha seguindo em frente já que eu me sentia muito idiota, a pessoa menos adequada para liderar a Companhia D.

No entanto, Morrow fez que não.

– Medo e intimidação não vão dar certo no longo prazo. Eles apenas passariam a nos ver como tiranos, o motivo de suas famílias estarem passando fome.

– Também tem o problema de transportar provisões – Vago disse. – Se tivermos carroças cheias de suprimentos, em vez de apenas o que cada um carrega, nossa movimentação vai ficar mais lenta. E não temos pessoas suficientes para combatermos a horda de frente.

Ele estava certo quanto a isso. Antes de nos juntarmos aos comerciantes de Gaspard, tínhamos mandado patrulheiros a Appleton, tentando ter uma ideia do número real e ainda havia monstros demais para contar. Era impossível mandar alguém pela cidade toda, mas, pelo que Sands nos dissera, as Aberrações estavam morando lá, não saqueando. Não tinham estragado as construções, estavam entrando e saindo das casas como pessoas e *isso* me alarmou tanto quanto qualquer coisa que eu já ouvira.

– Não vamos resolver isso durante o jantar – Tully disse enfim. – Por que não falamos com a coronel amanhã e vemos o que ela sugere? A família dela sempre esteve no exército e ela tem um monte de livros antigos cheios de campanhas históricas.

Sustentei um olhar para Morrow. Na última vez em que estivemos lá, reparei que ele beijara a coronel no rosto, embora não fosse seu marido. Com uma única sobrancelha erguida, eu o convidei a falar mais sobre o assunto, mas ele permaneceu em silêncio e resolvi desenterrar seus segredos antes de sairmos de novo.

Conselho

Depois de um banho, veio a alegre reunião com a minha família. Cada vez que eu voltava, eles pareciam um pouco surpresos, como se tivessem secretamente se resignado com a minha perda. Mamãe Oaks ficou muito feliz com a maneira como a companhia tinha gostado da bandeira dela, mas chorou quando soube de Perseguidor. Eu a abracei com força, lutando contra as lágrimas, e Edmund lhe deu tapinhas no ombro, constrangido como sempre ficava com emoções fortes.

– Onde está o Rex? – perguntei, recuando.

– Ainda na oficina – Edmund respondeu.

Mamãe Oaks mordeu o lábio.

– Ele está um pouquinho bravo com você.

Não havia nada a fazer, além de tirar o confronto do caminho. Assim, segui para a oficina, onde encontrei Rex empurrando uma agulha através do couro, fazendo o acabamento. Ele me olhou com uma expressão que parecia uma nuvem de tempestade.

Nenhuma saudação.

– Vi quantos homens novos você pegou. *Eles* todos são guerreiros treinados?

Como aquela havia sido minha objeção a ele entrar na companhia, eu me retraí.

– Não. Mas eles também não são meus irmãos.

– Você faz alguma ideia da sensação de ser recusado por conta da sua *mãe?*

– Não. Porque eu nunca tive uma até ter a sua.

– Nossa – ele corrigiu, perdendo um pouco da sua indignação justa.

Porém, ele continuou:

– Você devia ter me dito pessoalmente, Dois. Em vez disso, saiu escondida sem me encarar.

Ele estava certo quanto àquilo. Eu dissera a mim mesma que estava com pressa, mas simplesmente não quis olhar nos olhos dele e dizer "não, você não pode lutar. Fique em casa e deixe sua mamãe feliz". O que era ridículo, considerando-se que ele fora casado e morara fora de casa durante anos.

– Não quero que nada aconteça com você – falei com sinceridade. – Isso partiria o coração dela. E não posso garantir a sua segurança lá fora.

– Não pode garantir aqui também.

Era verdade, em especial depois do que acontecera em Salvação.

– Você ainda quer lutar?

– Quero. Os pedidos diminuíram... e posso ver que o pai está apenas inventando trabalho para mim, tentando me manter ocupado.

– Você não está tentando morrer para ficar com a Ruth ou algo idiota assim?

Rex fez que não.

– Quero vingar minha esposa. É um pecado e é contra os nossos costumes, eu sei. Mas quantos daqueles monstros eu conseguir matar, bem, vou considerar um bom dia de trabalho.

Eu entendia a motivação dele. Ela também não deveria envolver heroísmo descuidado. Porque ele não podia massacrar uma porção de Aberrações se acabasse morrendo.

– Vá falar com Thornton sobre armas... e peça para a Mamãe alguma roupa de luta. Edmund precisará arranjar botas para você também. Seria bom termos muitas mais delas, agora que estou pensando nisso.

Eu pensei em meus homens com seus pés ensanguentados e rostos magros. Para a Companhia D prosperar e crescer, eu tinha de ser melhor em cuidar deles. Assim, voltei para o alojamento e peguei os Oaks em um raro momento íntimo. Edmund estava abraçando Mamãe Oaks enquanto ela chorava baixinho no ombro dele. Engoli um suspirinho e saí escondida, sem querer interromper. Confusa, sentei-me no chão úmido até achar que tinha dado tempo suficiente para eles terminarem o que quer que fosse aquilo. Eu não fazia ideia se ela estava chorando de felicidade porque eu voltara ou se sentia falta de Salvação.

Meia hora depois, voltei e uma olhada lá dentro me mostrou que Edmund devia ter ido para a oficina. Eu o alcancei lá e fiz meu pedido.

Ele assentiu.

– Fico feliz em fazer o que quer que você precise, desde que eu tenha os materiais. Calcei todos os homens daqui e agora estou fazendo extras em tamanhos comuns. Você pode ficar com eles, embora, se tiver homens com pés muito grandes ou pequenos, vão precisar de um ajuste personalizado.

– Obrigada, Edmund.

– Estou contente de fazer parte do esforço de guerra – ele disse em voz baixa.

Sua sinceridade me emocionou. Meu pai acreditava que eu estava fazendo algo importante e me levava a sério. Eu tinha de abraçá-lo, mesmo que esse não costumasse ser meu primeiro impulso. Ele pareceu surpreso quando contornei o balcão, mas enrolou os braços em volta de mim como se fosse a coisa mais fácil do mundo. No entanto, para ele e para mim nunca era. Por alguns segundos, eu aproveitei o calor do seu abraço. Depois, recuei e lhe contei sobre Rex.

Seu olhar estremeceu profundamente, mas ele assentiu.

– Eu sabia que iria acontecer. Vou dar a notícia para a sua mãe.

Eu não o corrigi, nem na minha cabeça. Eles não eram nada meus "de criação". Aquelas pessoas tinham se tornado minha família, junto com Vago, Tegan e, talvez, em um grau menor, a Companhia D.

Pela manhã, fui ver a coronel antes do café da manhã. Eu a encontrei no quartel-general, ouvindo os relatórios sobre a movimentação das Aberrações do outro lado da floresta. Embora não saísse à procura de problemas, Soldier's Pond sempre tinha boas informações, mas a coronel exagerava na cautela. No fundo, eu suspeitava de que ela se sentisse despreparada para sua posição, assim como eu, e, por isso, estava relutante em mandar homens lá fora para morrerem. Porém, enquanto os humanos se acovardavam, a horda crescia.

– Coronel Park – o patrulheiro estava relatando. – Não há atividade na floresta, mas existem grupos de caçada contornando. É apenas uma questão de tempo até eles chegarem a nós.

– Se quer que ajudemos a defender a cidade, vamos precisar de mais homens – murmurei.

– Bom dia para você também – a coronel disse. – Você não é de jogar conversa fora, *né*?

– Não muito. Também precisamos de provisões, o que você puder dar.

– Eu perguntaria quantas vezes você pretende me fazer recusar antes de desistir, mas imagino que a resposta seja "infinitas". Porque você não desiste.

Eu contive um sorriso.

– Não sou conhecida por isso.

– Vou falar com o quartel-mestre e ver o que podemos dar sem correr o risco de privação durante o inverno.

– Obrigada.

– Você chegou a pensar sobre a sua estrutura de comando? – ela perguntou.

Quando fiz que não, ganhei um sermão sobre a necessidade de manter as rédeas curtas, o que quer que isso significasse. Ela detalhou como um exército adequado devia ser controlado, enfatizando a importância de uma hierarquia clara. A Coronel Park passou os olhos pela sala como se verificasse se havia ouvidos indesejados e depois acrescentou, em voz baixa:

– Eu queria poder fazer mais para ajudá-la. Mas meus conselheiros são homens assustados e cautelosos. Eles acham que, se mantivermos uma atitude neutra, os Mutantes não vão começar a briga.

– Eu vi isso mostrar-se falso, várias vezes. Salvação não fez nada para provocar os monstros, só cuidou das suas coisas. O mesmo com Appleton, até onde eu sei.

– Eu acredito em você. Só espero que não seja necessária uma tragédia aqui para eles ficarem motivados.

– Por que você não passa por cima deles?

– Porque, quando meu pai morreu, ele me deixou apenas com o poder provisório.

– O que isso tem a ver com alguma coisa?

– "Coronel" costumava ser um título por mérito, mas eu herdei a função do meu pai. Como eu era mais nova do que qualquer um esperava, por causa da febre de sangue, quando assumi o lugar dele, colocaram condições sobre a minha administração das forças armadas.

Provavelmente, ela percebeu que eu não entendi e, assim, esclareceu:

– Minha autoridade está sujeita a verificações e avaliações dos meus conselheiros.

– Então, eles podem se opor a você. Isso é muito ruim.

Com mais algumas palavras educadas, eu a deixei voltar para a reunião com os patrulheiros. Naquele momento, senti um pouco de pena dela. Seria horrível estar no comando, mas não de verdade, com pessoas criticando cada movimento seu. Ela tinha informações e recursos nas pontas dos dedos, mas não a liberdade de usar isso como achasse certo; pelo menos, não sem discussões e votações sem fim. Às vezes, os desastres precisavam de ação rápida e decisiva.

Ficamos em Soldier's Pond por mais dois dias. Levou mais tempo para Edmund calçar todos os homens, e Mamãe Oaks convenceu o quartel-mestre a lhe dar vários rolos de tecido sem uso e, assim, enquanto Edmund fazia botas, ela estava costurando uniformes como louca. Nesse tempo, a coronel conseguiu farinha de milho e grãos secos, e Morrow desenterrou uma receita de biscoito de marinheiro, que era feito de farinha e água, cozido várias vezes até os ingredientes parecerem pequenos tijolos.

– O que devemos fazer com isto? – perguntei quando o contador de histórias me levou ao refeitório para mostrar o que os cozinheiros tinham criado.

Àquela hora, o salão estava vazio, a não ser pelos trabalhadores cansados e sem paciência, que tinham feito experiências com a receita durante horas, e por nós. Morrow franziu as sobrancelhas, provavelmente por causa da minha falta de imaginação.

– Se você os triturar, eles engrossam o ensopado. Esmagados e misturados com leite ou ovos, viram panquecas. Ou podemos comê-los assim se não tivermos mais nada. Eles duram para sempre.

Com cada soldado carregando seu lote de grãos, farinha de milho, carne-seca e biscoito de marinheiro, deveríamos ficar bem pelo resto da campanha, pelo menos até o frio chegar. Logo, haveria tubérculos e frutas nas árvores, mais frutinhas e plantas selvagens. Minha preocupação era com a escassez de animais tendo a horda caçando no nosso território, mas não podíamos parar de lutar por medo da fome.

– Você acha que vamos encontrar vacas e galinhas em campo? – provoquei. – Parece provável. Aposto que teremos panquecas nas frigideiras todas as manhãs.

– Você é cruel com um homem que passou horas folheando livros empoeirados e velhos por você.

Eu ergui uma sobrancelha.

– Por mim? Ou pela Tegan?

Não era segredo, a maneira como ele a olhava quando ela estava ajudando os homens. Eu também tinha observado como ele a procurava durante os momentos tranquilos e que parecia gostar muitíssimo das sessões de treinamento deles, talvez porque podia ficar perto dela. Eu não achava que Tegan havia reparado nos sentimentos dele, mas tinha ficado melhor em prestar atenção a detalhes assim, depois do mal-entendido com Perseguidor. Meu coração doía quando me lembrava dele, mas a alternativa era esquecer e esse é o tipo final de morte: quando ninguém conta mais a sua história.

– Eu gostaria que ela comesse mais – ele admitiu. – Ela está muito magra. Você também.

– A mesma coisa para todos da Companhia D.

Com um sorrisinho furtivo, Morrow admitiu:

– Bem, estou mais preocupado com os hábitos alimentares de uns do que de outros.

– Eu também. Obrigada pelos seus esforços nisso.

Virei-me para os cozinheiros:

– A coronel quer que vocês façam mais 500 desses.

Eles resmungaram, mas foi uma medida do meu *status* o fato de simplesmente terem voltado ao trabalho. Morrow parecia impressionado quando saímos do refeitório juntos, mas não o deixei fugir. Eu ainda não tinha acabado a conversa.

– Você teve acesso a todo tipo de livros – falei. – Mais do que vimos em qualquer cidade ou vila que visitamos. Gotham foi o único lugar que já vi ter tantos. Muitos estavam estragados, mas vários outros ainda podiam ser lidos. Você já esteve lá?

Eu sabia que Morrow era um andarilho – que ele não era de Soldier's Pond –, mas tinha sido estranhamente reticente quanto ao seu passado. Ele suspirou enquanto gesticulava que não e começou a andar. Eu não fazia ideia de para onde estava indo, mas não queria que me deixasse para trás e, assim, apertei o passo. Acabamos no estábulo que usáramos para treinar. Não havia ninguém ali, apenas os animais, então pelo menos era privado.

– Não. Sou do oeste... uma vila chamada Rosemere.

Eu a vira nos mapas de Improvável, mas não lembrava onde ficava. Embora se encontrasse listada, não estava nas rotas de comércio que ele traçara.

– Onde fica, exatamente?

– Na Ilha Evergreen.

Por *isso*, Improvável não tinha viajado até lá. Ele apenas cobria as rotas por terra e seria preciso cruzar a água para chegar a Rosemere.

– Você não fala muito sobre isso. Era ruim lá?

– Não – Morrow disse baixinho. – Era um paraíso.

– Então, por que você foi embora?

– A história de sempre. Eu amava uma menina que não sentia o mesmo, então jurei ir ver o mundo e fazê-la ficar triste porque parti.

– Deu certo? – perguntei.

Ele deu de ombros.

– Não sei. Não voltei.

– Você pode me contar como era?

O contador de histórias estava no seu ambiente, pintando uma imagem para mim com palavras. Ele falou sobre uma joia em forma de vila com chalés de pedra branca e jardins charmosos florescendo, do mercado onde toda sorte de lindas mercadorias eram vendidas, de um cais resistente de onde homens saíam em pequenos barcos para jogar suas redes e de mulheres com lenços na cabeça a pendurar roupa lavada enquanto conversavam alto e com animação. Da Ilha Evergreen, ele falou ainda mais.

– Você precisa ver para acreditar. Florestas por toda parte, verde até onde os olhos alcançam. É viçosa e imaculada, nenhuma ruína e nunca teve nenhum Mutante.

Isso pareceu estranho.

– Por que não?

– Eles não sabem nadar. Não sei por que, mas já vi tentarem algumas vezes nas ruínas do outro lado do rio e eles sempre afundam como pedras.

Apostei que o Dr. Wilson teria uma teoria, mas não havia tempo para um desvio até Winterville a fim de perguntar; com o atraso das provisões, tínhamos perdido o impulso e precisávamos voltar à luta. Porém, arquivei aquela informação como uma fraqueza que eu poderia explorar, desde que descobrisse como. Já que as Aberrações ficavam mais inteligentes a cada geração, elas com certeza seriam cautelosas no que dissesse respeito à água.

– Isso não explica todos os livros... Ou sua bela habilidade com a lâmina – observei.

Morrow pareceu incomodado por eu não ter me distraído com suas descrições eloquentes.

– Você é insistente, sabia?

– Costumo conseguir o que me proponho a fazer.

– A primeira aventura de que participei não me levou longe de casa – ele disse. – Mas foi perigosa. Sabe, do outro lado do rio, temos ruínas, parecidas com o que eu imagino que Gotham seja. Assim, eu cruzei nadando para explorar e, nas minhas andanças, encontrei um prédio cheio de livros, você nem pode imaginar...

– Na verdade, posso. Achamos um lugar assim em Gotham. É chamado de biblioteca.

– Eu sei disso – Morrow disse. – Pensei que você não soubesse.
– Eu gosto muito de quando as pessoas supõem que sou idiota.
Ele fez que não.
– Não é isso, apenas muito focada em matar.
– Continue – incentivei.
– Mal consegui sair... as ruínas estavam infestadas de Mutantes.
Aquela parecia uma história que eu gostaria de ouvir e talvez até fosse semelhante a minha e a de Vago. Porém, eu precisava de respostas para todas as peças se encaixarem, então não pedi que ele explicasse melhor. Morrow continuou:
– Eu estava muito mal quando saí cambaleando do rio e meu pai ficou pálido. Assim que me recuperei, ele me arrastou para ver um homem da vila que estava ensinando esgrima aos seus filhos, uma tradição de família. E meu pai insistiu que eu aprendesse. Disse que eu devia saber me defender se queria correr riscos imprudentes.
– E você pegou gosto – observei.
– Sim, bem. Eu tinha o físico certo e gosto da elegância da esgrima, embora goste menos do derramamento de sangue.
– Eu reparei. E as histórias?...
Morrow assentiu, um pouco irritado com a minha impaciência.
– Não consegui esquecer todos aqueles livros... Por isso, fui até meu pai e exigi usar um dos barcos. Levei semanas, mas recuperei todos que pude e levei para Rosemere. Agora, temos a única biblioteca dos territórios.
– Livros que as pessoas podem pegar emprestados sempre que quiserem? – perguntei, impressionada com a ideia.
– Sim. Eu já li mais do que qualquer pessoa que conheço.
Não era ostentação, apenas uma afirmação, e isso explicava muito sobre ele: por que ele era tão apaixonado por histórias e tão decidido a escrever a sua própria.
– Obrigada por me contar. Acho que gostaria de visitar Rosemere um dia.
– Sem querer ofender, Dois, mas espero que você vá como turista, não Caçadora.
Eu sorri com aquilo.
– Não ofendeu. Não desejo guerra ou dificuldade no único lugar pacífico dos territórios. Eu só... gostaria de ver algo assim. Só isso.
– Eu estava me perguntando...

Pela primeira vez desde que o conhecera, Morrow pareceu envergonhado.

– Você me provocou, mas estou registrando todas as suas aventuras. E, um dia, gostaria de ouvir sua história em detalhes... Tudo o que conseguir se lembrar do subsolo, de como era a vida, de como você chegou a Salvação e, depois, a Soldier's Pond.

– É mesmo?

– De verdade. Mas preciso da sua permissão. Não parece certo, do contrário.

– Você a tem – respondi.

Campanha

Além das provisões, das botas e dos uniformes, pegamos 40 homens, inclusive Rex, antes de sairmos de Soldier's Pond. Ouvi os conselheiros brigarem com a Coronel Park enquanto passávamos marchando pelo quartel-general, mas não havia nada que pudessem fazer, a não ser vasculhar a mochila de cada homem.

Daquela vez, eu estava mais bem equipada para cuidar de tantos homens e, com o clima mais quente e comida melhor por encontrar, os soldados provavelmente ficariam saudáveis por mais tempo.

Senti uma grande tristeza por não ter mais Perseguidor como meu patrulheiro. Ele havia escolhido os patrulheiros a dedo, de acordo com algum critério privado, e eu não tinha o conhecimento dele. Morrow fez o melhor que pôde, mas lhe faltavam os instintos do meu amigo. No entanto, as informações dele eram essenciais, então todos nós tínhamos que continuar em frente. Eu me lembrei do que a Coronel Park me dissera sobre estrutura, agora que possuíamos um número substancialmente maior do que 12.

– Esperem! Tegan, Vago, Tully, Spence, Morrow, Thornton!

Chamei seus nomes assim que saímos da cidade e eles vieram ver do que eu precisava.

– Eu contei muitas vezes com vocês. Está na hora de tornar oficial. Falei com a coronel sobre cargos e ela disse que uma companhia grande como a nossa precisa de uma infraestrutura de comando, para os homens saberem com quem conversar e quem está no comando.

Thornton assentiu.

– Eu me perguntei quando você faria isso.

– Você não viu a necessidade de me dar um toque?

– Não.

Eu ri. Embora ele fosse maior e mais direto do que Improvável, às vezes Thornton lembrava ele.

– Você é sargento e vou colocá-lo como responsável pelas provisões. Se precisarmos de alguma coisa, avise-me. Se vir um soldado sem provisões ou alguém que não cuide dos seus equipamentos, fale-me também.

– Isso significa que eu posso gritar quando vir infrações?

– Sim – respondi, imitando o jeito dele.

Ele chegou mesmo a sorrir.

– Então, obrigado por isso.

– Tegan, vou torná-la oficialmente a médica da companhia. Fique de olho nos soldados porque eles podem não falar se estiverem se sentindo mal. Sei que é pedir muito porque somos vários agora...

– Vou ganhar um título chique? – ela interrompeu, animada.

– Doutora Tegan não é suficiente?

Ela sorriu.

– Não, tudo bem. E é bom meus talentos serem reconhecidos.

– Disseram que preciso de um líder de esquadrão a cada 30 homens.

Naquele momento, olhei para Vago, Tully e Spence.

– Vou dividir os homens entre vocês três. Vocês têm algo como 60 homens a esta altura, mas teremos que fazer dar certo.

– Você não vai assumir um esquadrão? – Tully perguntou.

Fiz que não.

– A coronel me disse que a capitão... ou o que quer que eu seja... não deve ser responsável por manter a paz, como vocês três vão fazer. Eu deveria efetuar uma contagem deles?

Analisei os homens parados em formação. Enfim parecíamos um exército de verdade, não mais desorganizado ou desigual, e, com Gavin agitando nossa bandeira com orgulho na frente da coluna, um tremor também de orgulho correu pelo meu corpo. Mamãe Oaks tornou aquilo possível, ela costurou até seus dedos sangrarem para fazer os uniformes rápido o bastante... porque era o meu sonho. Aqueles homens não estavam ligados a nenhuma cidade, todos compartilhavam a mesma causa: derrotar as Aberrações ou morrer tentando.

"Eu fiz isto."

"Não desisti."

"E não vou falhar."

– Seria o jeito mais fácil – Tully falou, respondendo a minha pergunta.

Gritei para os homens se separarem em três grupos. Depois de terminarem, falei:

– Esquadrão um, se precisarem de alguma coisa, falem com o Vago. Ele *é* o seu chefe. Qualquer problema com o qual ele não possa lidar será trazido para mim, e vocês *não* vão querer isso.

Nenhum soldado deu risadinhas, provavelmente porque eu estava usando a voz mais severa de Mamãe Oaks.

– Esquadrão dois, vocês estão com a Tully. Três, procurem o Spence. Se nos separarmos por qualquer motivo, esses são os líderes para vocês seguirem. Entenderam?

– Sim, senhor!

– Se esquecerem seu número, vão cavar latrinas, mesmo se não precisarmos delas. Perguntas?

– Não, senhor!

– Então, vamos.

⁂

Assim começou o verão de sangue. Lutamos com Aberrações do outro lado da floresta até Gaspard e pelo caminho de volta. Os homens eram corajosos, mesmo os inexperientes. As batalhas vinham umas junto das outras, dia após dia, enquanto mantínhamos as rotas de comércio livres. A Companhia D ficou especialista em recolher os equipamentos e seguir para a próxima luta; na última vez, levamos menos de dois minutos e eu estava contando.

De vez em quando, eu via Rex me olhando, mas não conseguia entender a expressão dele. Eu o tratava como todos os outros, mas estava feliz de vê-lo inteiro conforme o tempo passava. Quanto a mim, eu tinha cicatrizes novas e ferimentos se curando, machucados em cima de machucados por dormir no chão duro todas as noites. Poucas vezes estivera tão cansada, mas as Aberrações nunca pareciam ficar sem corpos para jogar em nós. A cada noite, eu sonhava com banho de sangue e violência, com Aberrações saqueando Soldier's Pond, como haviam feito em Salvação e Appleton. Mantivemos as carroças em movimento, mas conseguimos pouco mais do que isso porque a horda não ia embora. Em vez disso, as Aberrações mandavam grupos de caça para testar nossas habilidades... e os sobreviventes fugiam para dar relatórios com nossos patrulheiros colados atrás deles.

O impasse me deixava nervosa.

Os dias eram quentes e grudentos, moscas zumbiam pelos campos cheios de mortos. Queimávamos os monstros quando podíamos e os deixávamos para apodrecerem se do contrário. Eu queria sonhar com as histórias de Morrow sobre Rosemere, mas minha mente era um lugar sombrio e horrível. Às vezes, parecia que a matança nunca iria acabar e, como as Aberrações conseguiam se reproduzir mais depressa e chegar à idade de lutar mais cedo, eu não via um final feliz.

Meu dia da nomeação veio e passou despercebido. Naquele ano, não houve doces nem presentes, nada de festa. Em vez disso, fiquei parada com lama até os joelhos sob uma tempestade de verão despencando. O céu era todo de estalos de raios, estrondos de trovões, enquanto meus pés deslizavam. Era difícil lutar, difícil enxergar com a chuva escorrendo em meio às minhas tranças e entrando em meus olhos. Porém, o clima não deteve as Aberrações, então mantivemos nossa posição. Aquele era o maior grupo de caça até então, quase tantos membros quanto os nossos, e fiquei horrorizada com o fato de o inimigo poder mandar tantas Aberrações enquanto o grosso da horda morava sem permissão em Appleton. Parecia um desperdício horrendo, mas talvez os monstros tivessem algum plano que meu cérebro humano não conseguia decifrar.

E essa possibilidade me deixava apavorada.

Eu esfaqueei uma, depois outra, seu sangue se derramando na chuva. Minhas mãos estavam frias, desajeitadas, e eu perdi o contato com a adaga molhada. Ela afundou na lama e eu não conseguia chutar com a terra chupando minhas botas. Vago apareceu com um golpe preciso, salvando-me, e eu levantei a cabeça em um agradecimento exausto e silencioso. Ele desenterrou minha adaga e nós avançamos para ajudar o resto dos homens, todos entalados e cambaleando.

Perdemos 16 soldados naquele dia.

Pelo bem dos meus homens, escondi meu desespero por conta dessas mortes... e a inteligência crescente do nosso inimigo. Como estávamos ganhando nossas lutas, na maior parte do tempo, o moral da Companhia D continuou razoavelmente alto conforme o verão se arrastava em direção ao outono em uma confusão de diversas batalhas. No final, os patrulheiros nos trouxeram notícias funestas à medida que os dias esfriavam de novo. O ar estava doce com o aroma das maçãs amadurecendo; coloquei pessoas nas árvores, colhendo tantas quantas pudessem carregar. A última luta fora dois dias antes e os homens estavam prontos para brigar novamente.

Sands passou o relato preocupante:

– Finalmente há movimentação em Appleton. Acho que a horda decidiu lutar.

Assim, enquanto nós tínhamos batalhado como loucos para manter nossa posição, eles haviam descansado, engordado e testado nossa força. Agora, sabiam nossas estratégias e mostravam-se prontos para nos esmagarem. E eu estava... sem ideias. Havia pensado em tudo o que podia para recrutar homens suficientes a fim de encarar os monstros e, da contagem atual, tínhamos um pouco menos de 200, com as perdas recentes. Mesmo quando a Companhia D ganhava, soldados perdiam a vida.

– Então, temos que escolher o campo de batalha – falei.

Montamos acampamento ao lado do rio. Tínhamos nos deslocado um bom pedaço para oeste de Soldier's Pond e eu verifiquei os mapas, localizando os marcos por onde passáramos. Appleton estava ao sudeste; se marchássemos em direção à horda, havia a floresta que poderíamos usar para cobertura, mas seria impossível esconder 200 homens como havíamos feito em uma escala menor. Portanto, aquela tática não funcionaria de novo. De acordo com as rotas, estávamos quase na Ilha Evergreen. Eu bati o dedo contra o papel, encarando-a. *Tinha* de haver uma forma de usar o rio contra a horda.

Vago sentou-se ao meu lado, parecendo tão cansado quanto eu me sentia. Apesar das provisões melhores e das botas boas, a vida em campo cobrou seu preço, mesmo com o clima bom. Ele devia estar exausto da falta de privacidade e dos arranjos sanitários ruins, embora fosse mais fácil para os homens de diversas formas. Tully, Tegan e eu tínhamos reclamado mais de uma vez do quanto era trabalhoso para nós, ao passo que soldados homens podiam urinar em árvores... e costumavam fazê-lo.

– Planejando nosso próximo massacre? – ele perguntou com um meio sorriso.

Tinha havido tão pouco tempo para *estar* com ele... e eu sentia falta disso. Ardia da cabeça aos pés para ser uma menina como fora em Salvação, toda suavidade e sorrisos. Pela primeira vez na minha vida, imaginei pendurar as adagas em um lugar como Rosemere. Eu nunca a vira, mas a maneira como Morrow a descrevera me fez ansiar por experimentar pessoalmente aquela paz.

– Queria poder – falei, cansada.

Repeti o que o patrulheiro me contara.

Vago enlaçou nossos dedos e eu me lembrei de quando aquele gesto exigia uma pausa mental.

– Você fez tanto com relativamente pouco.

– Não é suficiente. Se não pudermos acabar com elas, então não vai importar o que conquistamos.

– Chame o restante dos oficiais. Vamos resolver durante o jantar.

Eu contive uma resposta ríspida. Não havia solução. A horda tinha membros demais para contarmos e, mesmo com nossos melhores guerreiros, ela nos dominaria. Eu talvez conseguisse matar quatro ou cinco, mas os novos homens, não. Assim que nossos rapazes começassem a morrer, outros poderiam desistir e fugir. Até então, as batalhas tinham sido contra grupos do mesmo tamanho, uma tática que eu suspeitava que fora empregada para que as Aberrações pudessem informar aos seus anciãos como reagíamos. "Ou, talvez, às suas crianças." Fazia sentido os mais novos estarem no comando, criando estratégias, enquanto os anciãos serviam como soldados rasos. Se esse fosse o caso, poderíamos esperar contra-ataques mais inteligentes no futuro. Essa ideia afundou ainda mais o meu moral.

Porém, eu não podia simplesmente refletir sobre nossa derrota inevitável e, assim, convidei os outros para se juntarem a nós. Eles trouxeram seus ensopados, engrossados com biscoitos de marinheiro triturados, e nos viraram olhares inquisidores. Com poucas palavras, compartilhei todos os detalhes do relatório mais recente. Parte de mim esperava que eles fossem mais espertos do que eu; Tegan com certeza era... e provavelmente Morrow; eles talvez oferecessem sugestões imediatas.

Em vez disso, Morrow baixou seu prato e suspirou.

– Histórias heroicas não devem acabar assim. Os monstros nunca vencem.

– Nenhuma ideia? – Vago perguntou.

– Estive pensando no que você disse.

Tombei a cabeça para Morrow.

– Sobre os Mutantes não conseguirem nadar. Mas não tenho certeza de como usar isso.

– Não podemos lutar no rio – Tully disse. – A corrente nos arrastaria também e seria difícil manobrar.

– Eu queria que houvesse uma forma de atraí-los para dentro da água – murmurei.

Spence abriu um sorriso largo.

– Seria um truque fantástico. Mas não sei se o rio é grande o bastante para afogar tantos monstros.

– Seria preciso um oceano – Vago disse.

– De qualquer forma, duvido que você vá conseguir que os Mutantes cooperem com isso – Tegan disse.

Thornton havia ficado bem quieto o tempo todo. Quando enfim falou, eu esperei que significasse que tinha algo sério a contribuir, já que ele não era conhecido por desperdiçar palavras.

– Talvez essa ideia dê em alguma coisa.

– Afogar os Mutantes? – perguntei, em dúvida.

– Se recuarmos para o grande rio a oeste, podemos lutar com a água às nossas costas. Isso significa que eles não podem dar a volta por trás e, se necessário, podemos nadar até a ilha quando eles vierem com força para cima de nós.

Ele olhou depressa para Morrow, perguntando:

– Rosemere nos receberia bem? Sei o que o seu pai pensa sobre se envolver em assuntos de fora, mas ele não é conhecido por recusar viajantes.

– Duzentos homens é mais do que alguns visitantes – Morrow disse baixinho.

– Seu pai administra Rosemere? – perguntei.

– Ele é o governador – o contador de histórias respondeu, parecendo desconfortável.

– Da cidade?

Tegan parecia fascinada.

– Da ilha toda, mas Rosemere é o único assentamento.

Eu me debrucei sobre o mapa uma segunda vez, deixando meu jantar esfriar e, por fim, disse:

– Não consigo encontrar um terreno mais apropriado para enfrentá-los. Água às nossas costas é o melhor que vamos ter.

Tegan assentiu.

– Vou perguntar aos homens se eles sabem nadar.

Tribulação

A horda nos encontrou antes de chegarmos ao rio.

Os patrulheiros de Perseguidor trouxeram o aviso que nos salvou. Embora a Companhia D estivesse cheia de homens e mulheres corajosos, não podíamos derrotar o inimigo com a proporção de dez para um. Ordenei a retirada gritando o mais alto que pude, Morrow a ecoou com seus canos e, então, corremos para nos salvar. Não foi corajoso, não foi glorioso. Porém, com 2 mil monstros rosnando, menos de um quilômetro atrás de nós, fiz o que foi preciso para manter meus soldados vivos.

Na noite anterior, tínhamos pensado em uma última resistência ali, mas, quando vi a quantidade deles avançando em nossa direção, tomei uma decisão rápida. Não haveria batalha com péssimas chances, eu não iria entregar a vida dos meus homens. Quando enfrentássemos a horda, seria nos meus termos. Rosemere representava segurança e, enquanto a horda estivesse ali, bloqueada pelo rio, não atacaria outros assentamentos.

– Vamos! – gritei. – Gavin, deixe a bandeira se precisar. Só cruze!

– *Não* vou deixar – o menino berrou de volta.

Ele era tão teimoso quanto eu fora, achando que chegar a um meio termo era a mesma coisa que perder. O pirralho de Winterville entrou na água e segurou o mastro com um dos braços. Enquanto balançava a cabeça fazendo que não, eu o observei remar. A corrente era rápida, e lutei contra o medo e o desespero de que a água afogasse metade das minhas forças. Ainda assim, os homens preferiam aquele destino a serem rasgados por monstros que queriam comê-los e, portanto, a Companhia D seguiu em frente com esforço. Meus oficiais e eu seguramos a posição na margem, preparados para o pior. Cruzei meu olhar com o de Vago e ele sorriu, como se a lembrança do meu rosto fosse tudo de que ele precisava para se preparar para a longa caminhada.

Deliberadamente, fui até ele e sussurrei:

– Com meu parceiro ao meu lado, não temo nada, nem mesmo a morte.

Seu olhar de resposta foi como um beijo. Atrás de nós, homens entravam com dificuldade na água, os monstros estavam quase chegando e eu senti a brisa dos dentes mordedores e das unhas escavadoras deles quando mergulhei.

Nunca tinha aprendido a nadar.

Como os homens que lutavam à minha frente, eu preferia escolher meu destino. Imitei os movimentos daqueles que pareciam saber o que estavam fazendo, usando minhas mãos e meus pés para remar, mas a corrente me sugou para baixo. O rio me odiava, ele me lançava contra as pedras e me jogava para cima de novo, com o intuito de me atormentar com um suspiro de ar, puxando-me para baixo outra vez. Minha visão escureceu e eu não soube mais de nada.

Eu não esperava ver o mundo de novo, mas estava na margem oposta quando acordei com Vago batendo no meu peito. Um ofego, um engasgo e eu vomitei metade do rio em um esguicho e depois cai de novo na terra molhada, fincando meus dedos nela. Não imaginara conseguir. Tremendo, levantei-me e vi Tegan circulando entre os homens. Eu não sabia dizer ainda quantos tinham sobrevivido ao nado, mas parecia um bom número.

Vago me puxou para os seus braços; ele estava encharcado, trêmulo, mas não de frio, pois o sol brilhava forte no céu. A ilha ficava perto o bastante da margem para eu conseguir ver Aberrações distantes por cima do ombro dele. Elas entravam alguns passos na água e depois recuavam mostrando os dentes. Não sobreviveriam se atravessassem. Quem dera fossem idiotas o bastante para se afogarem nos perseguindo, isso resolveria nossos problemas sem a necessidade de mais mortes da nossa parte. Mas os monstros tinham virado um inimigo esperto e implacável e a sua destruição não viria tão fácil.

– Quantos perdemos? – ofeguei.

– Vinte e dois – Tegan disse com delicadeza.

Os oficiais se acomodaram em volta de nós e, então, Thornton disse:

– Alguns deles podem ter sido levados pela água até mais à frente.

Olhei nos olhos de Morrow e ele fez que não. Ele era nativo da ilha e conhecia as correntes. Se achava improvável, então eu tinha de ser realista e contar os homens perdidos. Respirar doía, possivelmente por conta de toda a água que engolira, mas também por ter causado a morte dos meus soldados.

– Descubra os nomes deles – falei para o contador de histórias. – Escreva-os. Quero poder dizer às suas famílias onde eles caíram.

Ele pegou seu diário, envolvido em um tecido impermeável, e estava quase seco quando o abriu.

– Vou começar imediatamente.

– Antes de ir – acrescentei –, quão longe estamos de Rosemere?

– Fica a alguns quilômetros a leste, tudo de floresta. Eu ficaria na costa. Se fizerem isso, não tem como não verem a vila. Foi construída para pesca e barcos. Se achar um barqueiro num bom dia, ele vai levá-los costa acima até assentamentos que nem estão nos seus mapas.

Tegan se iluminou, seu olhar afiado com o que eu passara a ver como sua expressão de fome de conhecimento.

– Você me leva, um dia?

– Um dia – ele concordou, saindo para cumprir meu pedido.

Eu me dirigi a Tully, Thornton e Spence:

– Digam para os homens se secarem e descansarem. Quero todos em ótima forma antes de procurarmos a vila.

– Entendido.

Antes de sair, Tully colocou a mão no meu ombro.

– Estou feliz por não a termos perdido.

Contra meu ouvido, Vago soltou um som de dor inexprimível.

– Eu também. Você devia ter me dito que não sabia nadar!

– Quando eu teria aprendido? – perguntei baixinho.

Ele pareceu refletir sobre a pergunta, repassando o que sabia sobre o meu passado. Depois suspirou e esfregou a bochecha fria contra a minha.

– Eu devia ter ficado perto de você. Quando afundou, minha vida acabou. Acho que não respirei até você respirar.

– Você pode viver sem mim – falei.

– Eu não quero.

Eu tinha medo de um amor como aquele... Ele nos deixava incompletos um sem o outro. Era belo, mas traiçoeiro, como neve que parece branca e pura e linda da segurança da sua janela, mas, quando você sai para tocar na maciez, o frio primeiro rouba seu fôlego e depois sua vontade de se mexer, até você querer apenas deitar nela e deixar a dormência o levar. Ainda assim, eu também não queria ficar sem ele e, por isso, não o repreendi pela declaração. Afinal, eu enfrentara a horda para trazê-lo de volta, mesmo Vago acreditando que estava estragado e sem conserto.

Ele então me beijou na frente de todos e eu não me importei nem um pouco. Perdi-me nos seus braços e seus lábios, no seu calor e na sua presença.

Aquele homem era tudo de que eu precisava, meu melhor e mais brilhante sonho. Ele enroscou as mãos no meu cabelo e eu afundei os dedos em seus ombros sem pensar.

– Desculpe. Esqueci...

Vago apertou dois dedos na minha boca.

– Pare. Não há nada que eu queira mais do que suas mãos em mim, onde quer que você deseje colocá-las.

– Talvez seja melhor guardar isso para mais tarde – Spence observou.

O calor se espalhou pelas minhas bochechas e eu enterrei o rosto no peito de Vago enquanto os homens riam. Em uma ou duas horas, os soldados se recuperaram o suficiente para andar e Morrow concluiu seu censo. Ele anotou todos os nomes dos homens perdidos e os mostrou para mim. Depois de a guerra acabar, se eu sobrevivesse, levaria aquele papel para todas as cidades dos territórios e informaria as famílias deles pessoalmente. Era o mínimo que eu podia fazer.

– Obrigada – falei para o contador de histórias. – Pode mostrar o caminho para Rosemere?

Ele assentiu.

– O que seu pai vai dizer quando o vir? – Tegan perguntou.

– "James, o que você fez agora?"

Eu sorri com a resposta de Morrow.

A viagem levou duas horas, de acordo com o relógio de Vago, que sobrevivera ao rio e ainda marcava o tempo. "Morrow estava certo", pensei. "Aqui é lindo." Da Ilha Evergreen, eu podia sinceramente dizer que nunca vira um lugar mais tranquilo, embora parte disso viesse de saber que nenhuma Aberração já tinha colocado os pés ali. Eu me perguntei se todas as ilhas eram iguais, paraísos de segurança que os monstros não conseguiam alcançar. Aves pálidas e roucas mergulhavam atrás de peixes e insetos ao longo da costa rochosa, que dava lugar a uma floresta densa e misteriosa mais para dentro da ilha. Viramos uma curva e encontramos Rosemere empoleirada como um segredo perfeito.

A vila me deixou sem fôlego e meu peito doía de uma maneira que eu experimentava apenas quando olhava para Vago. Bem como Morrow descrevera, o lugar era pura beleza, chalés bem cuidados com flores crescendo em caixas abaixo das janelas. Os tetos eram tijolos pintados em contraste colorido com a pedra leitosa dos chalés. Embora as construções não fossem altas, possuíam uma doçura que eu não sabia explicar, como se acenassem para eu ir explorar as ruas de pedra arrumadas e ver as lojas e os mercados. Tudo o que o contador de histórias tinha dito era verdade.

Nas ruas, as pessoas nos cumprimentavam com sorrisos amigáveis. Muitas delas tinham pele acobreada, mais parecida com a de Tegan, embora pudesse ser resultado do sol. Os cabelos vinham em todas as cores de claro a escuro e as mulheres preferiam usar lenços na cabeça e calças largas enroladas várias vezes em volta do quadril. Ali, os homens tratavam as mulheres com respeito, mas eu não via deferência de nenhum lado quando se cumprimentavam. Não havia cercas nem portões nem barras, o rio mantinha aquelas pessoas seguras. Na ponta mais distante da vila, vi a doca que Morrow havia mencionado com barcos amarrados, subindo e descendo na corrente. Mais à frente, existia um moinho para transformar grãos em farinha e uma grande oficina retangular que o contador de histórias dissera ser para construir barcos.

– É incrível – Tegan ofegou.

Ela falou em nome de todos nós. Os rostos cansados dos homens à minha volta refletiam o mesmo maravilhamento. Eu nunca vira antes um lugar tão colorido e cheio de alegria, tão completamente desprovido de medo. Em um canto pequeno e assustado da minha mente, perguntei-me se estávamos todos mortos e em um lugar melhor, como Mamãe Oaks acreditava.

– Vão para o mercado – Morrow disse, apontando. – Ele fica seguindo reto por ali. Preciso encontrar meu pai e organizar acomodações. Temos uma pousada para viajantes, mas não é grande o bastante para abrigar todos.

– Vocês ouviram.

Fui na frente e os moradores da vila pareciam interessados ao verem tantos soldados armados marchando pela sua praça, mas não alarmados, possivelmente porque reconheceram Morrow. Senão, eles eram as últimas almas que restavam no mundo a dar confiança livremente e eu morreria feliz para protegê-los. Ao longo do caminho, a Companhia D observou a vista e eu me senti oprimida. Era muito difícil imaginar que o fim de tudo estava acampado do outro lado do rio.

Descendo a rua, o mercado estava agitado e colorido, com barracas vendendo todo tipo de coisa. Os vendedores se alegraram quando nos viram, ficariam decepcionados ao descobrir que não tínhamos a moeda local. Porém, todos nós gostamos de examinar o que tinham em oferta: peixe grelhado enrolado em pão chato, madeira e ossos esculpidos, ganchos que eu imaginava que fossem mais adequados para pescaria, rolos de tecidos tingidos de estampas ousadas e de cores fortes, roupas e sapatos prontos. No que reparei primeiro: não havia armas, apenas facas, que eu imaginei que fossem usadas para comer.

"Como será que é nascer em um lugar onde as pessoas não precisam estar armadas?"

Eu entendia melhor o jeito estranho de lutar de Morrow, por que parecia mais cerimonioso e gracioso do que a matança focada que o resto de nós aprendera. Ele vinha de uma vila onde lutavam por esporte e para mostrar proeza atlética, não para salvar a vida. Era uma distinção que eu nunca imaginara até aquele momento.

– Você já viu algo assim?

A expressão normalmente dura de Tully deu lugar ao maravilhamento, enquanto ela olhava ao redor. Não me lembrava de já tê-la visto sem os lábios fechados em uma linha tesa, esperando pelo pior. Mas ela estava sorrindo naquele momento.

– Poderíamos simplesmente ficar – Spence sussurrou.

Eu queria que aquele pensamento não tivesse passado pela minha cabeça também. Todos nós poderíamos ser felizes ali e a ilha era grande o bastante para a vila se expandir. Árvores poderiam ser derrubadas a fim de abrir espaço e Morrow me dissera que havia uma pedreira no lado mais distante da ilha, onde escavavam pedras para os chalés. Todos nós poderíamos plantar jardins e pescar no rio, aprender a construir barcos e a entalhar coisas na madeira e a pintar os tijolos de argila das nossas casas.

Porém, Tully era uma mulher mais forte do que eu. Ela fez que não.

– Eu não conseguiria aproveitar, sabendo que deixei todos os outros para morrerem. Estou nesta luta até o fim.

Com aquelas palavras, ela selou meu destino. Virei-me e vi Vago me observando. Ele leu o compromisso renovado em meu olhar e, por alguns segundos, a tristeza escureceu o dele. Às vezes, eu suspeitava que ele queria que eu desse as costas, escolhesse um caminho diferente, mas, como Tully, eu seria assombrada se apenas desistisse. Mamãe Oaks e Edmund estavam em Soldier's Pond, eles tinham me dado um lar em Salvação e eu não descansaria até poder lhes oferecer o mesmo.

Em voz alta, Vago disse apenas:

– Aqui é lindo.

Eu assenti.

E, quando Morrow voltou com o pai, um homem mais velho e esbelto com cabelos escuros riscados de cinza e têmporas prateadas, falei baixinho:

– Nunca vou entender por que você foi embora.

Reunião

A logística levou várias horas para ser resolvida.

Primeiro, Morrow nos apresentou para o seu pai, Geoffrey, o governador da Ilha Evergreen. Depois havia diversas perguntas pertinentes, como "que diabos você quer chegando com um pequeno exército?".

Nesse momento, eu expliquei sobre a horda do outro lado do rio e o governador ficou pálido.

– Vocês os trouxeram aqui?

– Não de propósito – Morrow disse. – Mas eles acabariam vindo em algum momento, pai. De alguma forma, acho que você não quer ser o último assentamento de pé.

– Não mesmo – seu pai falou, sério.

O homem mais velho entrou em ação rapidamente, organizando a hospitalidade para seus convidados inesperados. Ele mandou mensageiros por toda a vila, à procura de voluntários para abrigar um ou dois soldados. Logo, chegaram respostas positivas. Tantas pessoas se dispunham a ajudar, sem fazer perguntas, e isso me disse que estava certa sobre o espírito daquele lugar. Quando as famílias vieram para levar os homens às suas casas temporárias, eles me olharam pedindo permissão.

– Vão em frente. Mandarei uma mensagem se precisar que se reúnam.

Um dos homens perguntou:

– Devemos tratar esse tempo como folga, capitão?

Assenti.

– Pode ser. Sejam respeitosos com os habitantes daqui.

Era um pedido desnecessário; a Companhia D estava cheia de soldados honrados, que se lembrariam das boas maneiras e seriam gratos pela gentileza oferecida. No entanto, antes de eu ser designada para uma casa, Vago se aproximou, deixando claro que não seríamos separados. Tully e Spence tiveram a mesma ideia e eu acho que Morrow queria que Tegan olhasse para ele da mesma forma, mas ela saiu andando para admirar os ossos esculpidos em uma barraca por perto. Fui até lá ver o que chamara sua atenção e Vago me seguiu, uma sombra silenciosa às minhas costas.

– Isso se chama *scrimshaw* – o vendedor informou para ela. – Meu pai me ensinou e o pai dele, a ele antes, e assim por diante. Nós trabalhamos com esse artesanato há muito tempo.

Tegan tocou uma espinha graciosamente entalhada.

– O que é isto?

– É um golfinho, senhorita. Você pode achá-los no mar aberto. Quando o tempo está bom, os marinheiros vão até lá.

O homem se inclinou para frente como se contasse um segredo.

– Eu saí em uma viagem para caçar baleias uma vez. Nunca senti tanto medo.

– Eu adoraria ver um dia – ela disse, sonhadora.

Era nisso que ela era diferente de mim. Depois daquela guerra, eu poderia me ver feliz ali e nunca querer mais nada. Mas Tegan tinha uma mente grande e faminta que absorvia a vida como uma esponja. Era a pessoa mais inteligente que eu já conhecera... e uma das mais fortes. Também era bonita como um dia de primavera, com os cabelos escuros e a pele acobreada, os grandes olhos castanhos e o sorriso doce. O vendedor estava claramente encantado enquanto apertava o golfinho de osso esculpido nas mãos dela.

– É um presente. Fique com ele.

– Eu não poderia.

Porém, os dedos dela já estavam se enrolando em volta da coisa bonita.

– Ela é muito talentosa como médica – falei para o homem. – Se precisar de alguma ajuda enquanto estivermos aqui, ela ficará feliz em cuidar de você e dos seus entes queridos.

Tegan assentiu, grata. Eu a conhecia bem o bastante para entender que ela adoraria ficar com a escultura, mas não achava certo não oferecer nada em troca. Aquilo permitiu que ela protegesse seu orgulho e o vendedor aproveitasse a generosidade do seu gesto. Eu me afastei da barraca para deixá-los continuarem a conversa e, no momento em que saía, eu a ouvi perguntar sobre baleias.

Mais alguns minutos não fariam mal, decidi. Assim, passei entre as barracas, admirando itens brilhantes. Uma mulher fazia adornos como o colar que eu pegara emprestado de Mamãe Oaks e todos eles cintilavam ao sol. Toquei em uma pequena espiral de fio prateado, entremeada por pedras brilhantes.

– É uma bela pulseira – a vendedora disse. – Ficaria linda em você.

Vago murmurou, concordando, dizendo algo sobre ser perfeita para o meu pulso. Era a sua forma de me avisar o que eu deveria fazer com ela, eu não sabia se ele tinha notado minha fraqueza por coisas brilhantes. Sorri, ciente de que não tinha crédito para comprá-la. Mas a queria. Enquanto desejava em silêncio poder tê-la, virei-me para procurar o governador, já que tinha saído antes de ele poder dizer a Vago e a mim onde dormiríamos. Minhas roupas estavam grudentas e desconfortáveis e eu esperava que nossos anfitriões fossem gentis o bastante para me deixarem tomar banho. Era surpreendente o quanto a água do rio ficava horrível ao secar dentro da camisa. Do outro lado do mercado, alguém gritou meu nome.

Eu conhecia aquela voz – *conhecia* –, mas não era possível. Não era. Separei-me de Vago em uma explosão de esperança impossível. Empurrei-me pelo meio da multidão, correndo, porque ouvi de novo.

– Dois. Dois!

Então, eu o vi. Pedregulho estava bronzeado, como o restante de Rosemere, e seus ombros pareciam ainda mais largos. Ele trazia um pequeno menino sobre eles, andando a passos largos em minha direção com uma expressão ansiosa. Ao sol de Rosemere, seus olhos azuis brilhavam mais forte, contrastando com os cabelos castanhos bagunçados. Com cuidado, ele colocou o pirralho no chão e depois me arrastou para um abraço apertado, tirando todo o meu fôlego. Ele sempre fora exuberante como um cachorrinho, inconsciente da própria força.

Disse ao menino "não se mexa, Robin" enquanto me girava até o mercado ser um borrão à minha volta, apenas movimento e cor e meu estômago ficou enjoado, mas, acima de tudo, eu sentia apenas a mais forte e incrível alegria, como se um desejo secreto tivesse virado realidade.

– A Dedal está com você? – perguntei, mal ousando ter esperança.

Ela tinha sido uma das minhas melhores amigas no enclave, uma Construtora que sempre estava inventando coisas inteligentes.

Pedregulho assentiu.

– Ela está em casa. Eu vim oferecer para vocês o nosso sótão quando ouvi que havia soldados precisando de abrigo. Nunca sonhei que teria a sorte de encontrá-la.

Ele me soltou por tempo suficiente para pegar o menino que me encarava com olhos azuis enormes. De perto, eu reparei na semelhança com meu colega dos tempos de pirralha, que tinha sido Procriador lá no subsolo.

– Seu?

A expressão de Pedregulho ficou tímida enquanto ele aninhava a criança mais perto do corpo.

– Sim.

– Como é possível vocês terem vindo parar aqui? – eu questionei em voz alta.

– É uma boa história, pode-se até dizer que é uma aventura.

Seu rosto bonito ficou sério.

– Ao longo do caminho, eu não tive certeza se sobreviveríamos, mas Dedal sempre deu um jeito. Vou contar tudo para você durante o jantar.

Ao meu lado, Vago pigarreou, olhando de Pedregulho para mim e vice-versa. Ele não falou nada, mas eu entendi a pergunta não feita. "Estou convidado para essa festa?" Se não estivesse, eu também não iria.

– Você se lembra do Vago?

– É claro. Não sei se conversamos lá no subsolo.

Pedregulho ofereceu a mão, no estilo do Topo, e eles se cumprimentaram.

– Sou amigo da Dois. Ou era. Não sei o que ela pensa de mim agora. Imaginei que fosse me odiar ou me querer morto, se ela sobrevivesse.

A dor e a raiva da traição dele pareciam muito distantes no tempo. Assim, brinquei:

– Se eu soubesse que você era tão habilidoso, teria deixado que levasse seu próprio castigo.

Ele se retraiu.

– Eu sei. Tenho desejado todo esse tempo poder explicar... e pedir desculpas. Vem comigo e me dá essa chance?

– Parece bom – falei.

Senti-me estranhamente alegre enquanto seguia meu velho amigo por Rosemere. Pelo caminho, ele cumprimentou os habitantes e vários deles tinham pequenos presentes e sorrisos para o menino, que alternava entre dar risadinhas e esconder o rosto contra o ombro de Pedregulho. Ele agia mais parecido com a maneira como eu vira padreadores do Topo se comportarem com seus pirralhos do que com qualquer coisa que tínhamos aprendido no subsolo, o que significava que era melhor em se adaptar às circunstâncias do que eu achara. Claramente, eu não havia lhe dado crédito o bastante quando me fiz de mártir, achando que era a única forte o suficiente para sobreviver ao exílio.

Mais *presunção,* a Sra. James diria.

O chalé de Pedregulho e Dedal era perfeito, aconchegante e pequeno, construído de pedras retiradas da pedreira da ilha e emoldurado com vigas de madeira sem acabamento. O teto deles era pintado de verde-musgo em contraste com o cobre dos vizinhos e a porta da frente estava aberta com minha querida amiga na entrada. Quando me viu, ela largou a caixa de ferramentas que estava segurando e correu. Ou seu pé estava melhor ou ela tinha produzido alguma coisa para parecer assim, porque quase não a vi mancar. Ela me abraçou forte e demoradamente e o próprio sol pareceu brilhar mais, cintilando nas pétalas brancas das flores que cresciam na caixa da sua janela.

– Como? – ela quis saber.

Em seguida, pareceu pensar melhor na pergunta ao me soltar.

– Comida primeiro, eu acho, depois as explicações.

Dedal parecia mais madura com sua saia marrom bem arrumada e a blusa branca. Ela usava um avental para proteger a roupa de qualquer que fosse o trabalho que estivera fazendo. Com as mãos ocupadas, fez um gesto para entrarmos na sombra fresca do chalé. Eu entrei primeiro, depois Vago e, então, Pedregulho com o pirralho. Do lado de dentro, havia cadeiras de madeira com almofadas belamente costuradas e uma mesa robusta, uma caixa cheia de brinquedos perto da porta. Uma escadinha estreita levava ao sótão, que eles tinham prometido, e uma porta dava para os fundos da casa. Havia um fogão para cozinhar e janelas cortadas de cada lado a fim de deixar a luz entrar. Venezianas as protegeriam dos elementos. Por alguns segundos, eu apenas admirei a casa deles.

Enquanto Dedal se apressava arrumando potes na mesa, Pedregulho fazia as apresentações, caso Dedal e Vago não se lembrassem um do outro. Depois, eu disse:

– Tem algum lugar para nos limparmos? O rio não é tão refrescante quanto parece.

– Eu devia ter oferecido – Pedregulho respondeu, entregando o pirralho para Dedal.

Ele nos levou a uma sala de banho nos fundos, onde Vago e eu nos arrumamos. Depois aproveitamos a hospitalidade deles, a melhor refeição que eu comia em semanas. Dedal nos deu queijo macio e pão escuro, peixe frito e maçãs fatiadas, verduras frescas e nozes picadas. Vago e eu tentamos não ser gananciosos, mas, após a ração de viagem por semanas, silenciosamente aceitamos segundos e terceiros pratos. Enquanto comíamos, contei nossa história e expliquei como havíamos chegado a Rosemere. Eles ficaram interessados em tudo o que Vago e eu tínhamos a dizer e preocupados com a horda. Porém, com o rio como proteção, o perigo imediato parecia remoto.

– Acho que é nossa vez – Dedal disse, depois de eu terminar de falar.

Pedregulho cobriu minha mão com a sua, hesitante, como se esperasse que eu a puxasse de volta. Não fiz isso.

– Eu primeiro. Você abriu mão de tudo por mim e deixei que partisse achando que eu a culpava. Sinto muito, Dois. Você não faz ideia do quanto.

Baixei minha colher.

– Ajudaria se eu soubesse o porquê.

– Robin – Pedregulho disse.

O pirralho levantou o olhar do seu lugar no chão, onde estava empilhando blocos de madeira.

– Sim, papá?

– Eis o porquê. Eu não devia prestar atenção nele depois de ter feito a minha parte, mas sempre soube que ele era meu. E eu o amava. Quando falaram que eu era culpado de acumular, só consegui pensar que nunca o veria crescer, não estaria lá para o dia da sua nomeação e teria feito qualquer coisa para ficar com ele... até deixar uma amiga sofrer no meu lugar.

Dedal continuou a história, parecendo perceber que era isso que Pedregulho queria que ela fizesse.

– E nós dois estávamos com medo do que estava acontecendo no enclave. Tínhamos esperança de escapar da retaliação se fingíssemos condená-la como todo mundo. Foi... covardia. Eu sinto muito também.

– Funcionou? – Vago perguntou com frieza.

Eu nunca vira tanta tristeza nos olhos da minha amiga quanto no momento em que ela fez que não. Depois ela nos contou do massacre lá embaixo, como o meu exílio e também a morte de Faixa levaram a uma insurreição explícita. Seda reprimiu os rebeldes, mas, àquela altura, era tarde demais e as Aberrações aproveitaram a fraqueza e a desordem para saquear Faculdade como haviam feito com Nassau. Ela compartilhou o restante da sua história então; após ter colocado armadilhas e Pedregulho ter servido de isca, eles escaparam para um abrigo do mundo antigo, acessível pelos túneis. Por um tempo, ficaram lá, deixando o pé de Dedal melhorar e Robin se recuperar daquela provação. Ele parecia um pirralho feliz, então devia ter funcionado.

– Foi quando demos o nome dele – Pedregulho concluiu. – Eu não quis esperar até ele ser mais velho. É como pedir que o mundo leve seu filho.

A dor queimou por mim quando pensei em Trançado e na Menina26. Eu deixara pessoas para trás e, até aquele momento, vinha tentando não me lembrar delas. Ao olhar para Pedregulho e Dedal, não pude evitar.

– O que aconteceu com Trançado?

Pedregulho tombou a cabeça.

– Ele caiu na luta inicial. Os Caçadores o derrubaram.

Aquilo parecia pior do que ser morto por Aberrações. Por um momento, lembrei-me do pequeno e fraco Construtor, que havia salvado nossas vidas ao nos dar suprimentos proibidos. Devíamos partir sem comida, sem água, mas, diferente dos outros, Trançado não fora tão cruel. Sem ele, Vago e eu não estaríamos ali... e nosso benfeitor tinha morrido.

– Teve mais algum sobrevivente? – Vago perguntou.

– Ouvi alguns enquanto estávamos indo embora, mas não podíamos salvá-los – Pedregulho respondeu. – Eu tinha medo de que um grupo maior chamasse muita atenção.

A expressão de Dedal se endureceu.

– Eles não ajudaram quando as Aberrações estavam te perseguindo. Eles se esconderam e choraram. Se não fosse pelas minhas armadilhas e a sua velocidade, não seríamos nada além de ossos agora.

– Então, outros podem ter conseguido sair – falei.

– Talvez.

Pedregulho deu de ombros como se não se importasse.

Eu não devia, mas a Menina26 não tinha influência na maneira como os anciãos administravam o enclave. Assim, agarrei-me à possibilidade de que ela fosse como Vago, de que tinha se escondido das Aberrações e saído se arrastando em silêncio. Para o que, eu não sabia, já que, àquela altura, as ruínas provavelmente estavam dominadas, mas uma menina esperta encontraria uma forma de sobreviver, como Dedal provara.

– Então, como vocês chegaram do abrigo a Rosemere? – Vago questionou.

Eu também estava curiosa. Dedal era esperta e Pedregulho era forte, mas nenhum tinha qualquer experiência em se defender, então eu não conseguia acreditar que tivessem feito uma viagem tão longa. Ainda assim, estavam em seu próprio chalé, acomodados na vila mais bonita que eu já vira.

Pedregulho assumiu a história.

– Uma hora, sobrou pouca comida enlatada e nós nos sentimos fortes o bastante para nos arriscarmos a sair. Assim, subimos. Pensamos que o Topo não podia ser pior do que a escuridão e a sujeira.

– Era tão claro – Dedal disse, lembrando. – Machucou meus olhos e eu estava com muito medo.

Com uma afeição fácil, Pedregulho a colocou em seu colo.

– Nós dois estávamos. Por um tempo, andamos sem rumo e nos escondemos. Eu matei aves e nós as comemos cruas. Havia bandos de Aberrações lutando com humanos, muitos dos quais vestiam as mesmas cores.

– As gangues – Vago supôs.

Pedregulho continuou mesmo sem pedirmos.

– Acabamos entrando em um prédio e Dedal achou um papel útil. Um mapa – ele acrescentou, quando se lembrou da palavra.

– Eu sabia que precisávamos de água, então nos guiamos em direção ao azul na página. E foi quando vimos os barqueiros.

Dedal sorriu ao lembrar e eu percebi o quão aliviados eles devem ter ficado, com pouca comida, um pirralho dependendo deles e as ruínas explodindo de violência.

Vago tocou na minha mão. Tínhamos ido para a água também, mas não havia barcos balançando nas ondas. Se tivéssemos vindo antes – ou depois –, nosso caminho poderia ter sido tão diferente. Mas talvez nossa jornada tenha acontecido como devia, para eu poder conhecer minha nova família e aprender a amar Vago como ele merecia.

Pedregulho disse:

– Chamei e o pescador me ouviu. Ele disse que não podia se arriscar no raso... e que tínhamos que nadar até ele. Então, coloquei Robin nas minhas costas e entrei na água.

Um tremor me percorreu.

– É um milagre você ter sobrevivido.

– Só por causa da Dedal. Ela achou um pedaço de madeira na água e me chamou de volta. Usamos para flutuar até o barco e depois navegamos com eles costa acima e descendo o rio até Rosemere. Eles nos prometeram que era seguro...

– E estamos aqui desde então – Dedal finalizou.

– É uma história e tanto – Vago disse.

– Do melhor tipo – Pedregulho falou para nós, rindo. – Porque tem um final feliz.

E *eu* levei os monstros para lá.

Sem precedentes

Depois do jantar, eu saí a fim de limpar a cabeça. Vago estava comendo outro pedaço do bolo de mel de Dedal, mas eu não consegui parar de pensar no mal do outro lado do rio. A história de Pedregulho e Dedal era incrível e eu invejava a felicidade que tinham encontrado em Rosemere. Estava cansada de matar, queria construir também.

– Espere – Pedregulho falou da porta.

Já estava escuro então, com o luar brilhando.

– Não vou longe. Volto logo.

– Não... Antes de você ir, por favor, diga que me perdoa, Dois.

Uma coisa tão pequena.

– É claro. Você ama tanto o Robin... e é assim que um padreador tem que se sentir quanto ao seu filho. Eu passei a perceber que o enclave era atrasado de *muitas* formas.

Ele me abraçou com força.

– Obrigado.

– Diga a Vago e Dedal que eu já volto.

– Digo. É seguro aqui, então fique à vontade para explorar.

Com a cabeça girando, andei pela cidade, admirando as ruas de pedras bonitas e os lampiões que as iluminavam. Morrow estava certo. Aquele era o lugar mais pacífico e era possível ver isso nos rostos das crianças enquanto brincavam. Elas não sabiam o que era sentir fome ou medo.

"Quero que o mundo todo seja assim... ou pelo menos todos os territórios."

Meu caminho me levou até um píer resistente, onde os barcos eram presos. Homens navegavam corajosamente subindo e descendo o rio, jogando suas redes. Durante o dia, a área ficava cheia de peixes frescos e pessoas discutindo o valor deles. No entanto, à noite, era silencioso e, assim, eu estava despreparada para o toque em meu ombro. O reflexo assumiu; conforme eu girava, puxei minhas adagas e recuei um passo.

Ao luar, vi apenas uma figura sombreada e de capuz. Era impossível ver seus traços, mas, quando ele falou, tremores de medo correram sobre a minha pele.

– Você é a Caçadora.

Eu tinha ouvido Aberrações soltarem palavras roucas antes, mas nunca com tanta fluência. A voz delas sempre parecia entrecortada e falsa, como se fosse dolorido falar nossa língua. "Mas isto... Como ela pode estar aqui?" Meus pensamentos se dispersaram como peixes assustados. Àquela altura, o terror deveria me agarrar por inteiro, mas o entorpecimento se arrastou para cima de mim. Minhas mãos tremiam e o suor formava gotas na minha testa, mas eu não podia deixar que ela tivesse o controle.

Assim, fingi calma.

– Sou. Puxe o capuz para eu poder vê-lo.

Ela se mexeu devagar, mas, enquanto fazia isso, suas mangas caíram para trás, revelando pele cinza e mãos de animal. A luz da lua iluminou traços agudos e selvagens. Seus olhos não eram humanos, brilhando em âmbar dourado como os de um gato. Talvez até enxergasse melhor no escuro do que eu, possivelmente parte da sua evolução constante. Parecia jovem, o corpo esguio e forte.

– O que você está fazendo aqui? – eu quis saber.

Por fora, eu mostrava raiva, mas estava tremendo por dentro. Se os monstros tinham descoberto como cruzar a água e estavam montando uma invasão, eu não conseguiria suportar. A Companhia D tinha se espalhado com minha permissão, eu havia achado melhor lhe dar alguns dias de paz enquanto decidia o que fazer com as 2 mil Aberrações acampadas do outro lado do rio. Porém, naquele momento, eu não tinha como convocá-la depressa o bastante para defender Rosemere, caso fosse necessário.

– Eu vim conversar – a Aberração disse.

Eu perdi o aperto nas adagas. Dado o meu histórico contra os monstros, tinha esperado que aquela fosse uma tentativa de assassinato, mas, se tivesse sido, ela poderia ter rasgado minha espinha por trás. Tocar-me, para alertar da sua presença, ia totalmente contra qualquer intenção hostil. Desde que eu fora para o Topo, as habilidades que eu aprendera como Caçadora no subsolo tinham me servido bem e, apesar da minha apreensão, eu sentia que aquela Aberração era diferente das outras, na maior parte porque escolhera palavras em vez de violência. Sua fluência na nossa linguagem também a marcava como especial e eu me arrependeria se não descobrisse o que ela queria. Com as mãos trêmulas, coloquei as adagas nas bainhas. Talvez fosse loucura, mas iria ouvi-la.

– Posso me armar de novo em dois segundos – alertei.

– Sua velocidade, Dois, a Caçadora, é bem conhecida entre nós.

– Como você me encontrou?

Eu estava orgulhosa do quão firme minha voz soava, como se a Aberração não estivesse virando meu mundo de cabeça para baixo com cada momento que ficávamos paradas com o rio correndo atrás de nós ao luar.

– Seguimos sua bandeira. Ela também é famosa.

Mamãe Oaks ficaria feliz em ouvir isso. Gavin havia mantido a flâmula segura durante todo o verão e o outono, até as Aberrações a reconhecerem e avançarem com raiva... ou nos evitarem, dependendo dos seus objetivos e alianças. Eu tinha tantas perguntas, mas elas não se juntavam no meu cérebro. Emoções conflitantes lutavam pelo domínio, deixando-me apática.

– Pensei que vocês não conseguissem nadar – disse finalmente, conforme o medo me invadia.

Se aquelas Aberrações tivessem achado uma maneira de cruzar o rio, não levaria muito tempo até que a horda as seguisse. Rosemere seria dizimada. O enjoo se enrolou no meu estômago, remexendo a comida saborosa que eu comera momentos antes à mesa de Pedregulho e Dedal. Eu tinha de pensar em uma forma de sair daquela confusão e não havia ninguém ali para ajudar, apenas minha esperteza inadequada contra um peso interminável.

– Não – ela respondeu. – Mas conseguimos construir.

"Isso *não* é uma boa notícia."

– Barcos, você quer dizer?

Ela inclinou a cabeça.

– Não são tão bons quanto os seus, mas são suficientes.

Agora eu as imaginava amarrando troncos com firmeza – como tínhamos feito para a cidade primitiva que construíramos na floresta –, fazendo uma jangada que as levaria na travessia do rio. "Por favor, não deixe a horda tê-las visto. Ela não precisa de ajuda para nos destruir." Respirei fundo e controlei meu medo.

– Diga o que quer depressa.

"Não acredito que não estou atacando essa criatura estranha."

– Eu me chamo Szarok. Na sua língua, significa mais ou menos "Aquele que sonha".

O espanto me congelou por alguns segundos. Eu nunca imaginara que Aberrações nomeassem seus pirralhos ou que sua língua pudesse ser traduzida com tanta elegância. Antes daquele momento, eu as via apenas como monstros a serem destruídos a todo custo. Uma comichão fria subiu pela minha espinha enquanto pensava no número de camaradas de Szarok que eu massacrara.

– Você fala bem a minha língua – sussurrei.

Ele reconheceu o elogio com o que eu presumiria ser um sorriso em um rosto humano.

– Eu estudei. Eu aprendi. Esse é o jeito dos mais novos.

– Por quê? Matar a gente é o passatempo preferido de vocês.

– Não. Isso é tudo o que os nossos antepassados sabem fazer, porque eles se lembram muito do ódio e da dor da sua criação. Mas os nascidos por último enxergam mais adiante. Temos memórias de gentileza.

– Gentileza? – perguntei.

– Você aceita minha mão, Caçadora?

Eu não conseguia acreditar no quão peculiar aquilo era. Se fosse uma armadilha, era bizarra demais para eu imaginar. Talvez aquela criatura soubesse que não podia me derrotar em uma luta e tivesse algum truque novo em mente, alguma habilidade nova que eu nunca vira, como pele venenosa. Ainda assim, ouvi Tegan sussurrar em meu ouvido, como se estivesse parada ali. Ela se tornara a nova voz na minha cabeça, substituindo Seda.

"A confiança tem que começar em algum lugar. Para a paz assumir o controle, uma pessoa tem de primeiro parar de lutar."

Soltei um fôlego estremecido.

– Vá em frente.

A mão de Szarok era forte e quente. As garras pinicaram quando ele enrolou os dedos em volta do meu pulso. Imagens piscaram em minha mente; eu não tinha nada com que comparar aquilo, mas vi uma jovem Aberração ferida e perto da morte. Uma criança de Otterburn cuidou dela; ela era pequena demais para entender que eram inimigas. Apenas viu dor, não feiura, e curou a criatura. E aquela Aberração foi o genitor de Szarok. Vi a conexão em sangue e osso e percebi que ele conseguia girar aquelas memórias na minha mente, bem como o Dr. Wilson previra.

Quando ele me soltou, eu cambaleei para trás, não machucada, mas surpresa.

– Como é poder rastrear seu passado até tão longe?

– Lindo. E horrível. O mundo sempre é os dois.

Aquelas palavras fizeram sentido para mim.

– É sim. As memórias que você traz dos seus antepassados são sempre tão vívidas e claras? Você pode vê-las quando quer?

– Sim – ele disse. – É uma bênção e uma maldição, eu acho, como você pode ver com os mais velhos. Eles não conseguem esquecer ou perdoar. Não conseguem ir além da dor.

Imaginei a confusão louca de imagens que as Aberrações da horda guardavam em suas cabeças, voltando até suas origens humanas. Não era de se admirar que nos odiassem. As pessoas nunca se enraivecem tanto quanto com os defeitos que percebem em si mesmas. As Aberrações selvagens não eram espertas o bastante para entender sua antipatia instintiva, mas eu, sim. E isso me entristecia.

– Você disse que seu nome significa "Aquele que sonha". Então, me conte seu sonho, Szarok.

– Eu sonho com paz... e um mundo em que nenhum dos lados julga o outro pela sua pele.

Parecia um objetivo que valia a pena, ainda que improvável.

– O que você tinha em mente?

– Uma aliança.

Olhei para ele de queixo caído, como se aquela fosse possivelmente a declaração mais surpreendente em uma noite já carregada de mais choques do que eu conseguia processar.

– Você não pode estar falando sério.

– Passamos o ano anterior mantendo a horda sob controle, Caçadora, discutindo com eles a sabedoria do caminho que escolheram.

Ele se inclinou para frente, parecendo habilidoso em entender minhas reações.

– Vocês não evitaram a horda por sorte; meu clã é o motivo de ela ter ficado tanto tempo em Appleton, mandando apenas uma parte das suas forças contra vocês. Mas os mais velhos não querem ouvir mais. A maioria tem menos de três anos de vida ainda, mas, antes de morrerem, vão varrer o seu povo dos territórios. Não há tempo para a paz florescer por conta própria. Temos que fazer acontecer.

"Isso explica muita coisa." Mas a Companhia D nunca aceitaria aquilo.

– Eu não acho que...

Porém, Szarok fez um gesto impaciente, um que eu conhecia de outros homens nervosos. Naquele instante, eu o via como uma pessoa, não um monstro.

– Você acha que isto é fácil? Termos que nos juntar aos nossos odiados inimigos para massacrar nossos pais e nossas mães. Mas esse é o único caminho. Eles não conseguem parar de matar, então precisamos obrigá-los.

– Você tem tanta certeza assim de que eu sou confiável?

Eu tinha matado uma quantidade enorme do povo dele, no final das contas.

– Você cumpriu os termos do nosso acordo antes.

Bem quando eu pensava que não poderia ficar mais surpresa, ele produziu outro choque.

– O emissário veio de vocês? Quando lutamos na floresta perto de Soldier's Pond?

– Foi sugestão minha ver se vocês estavam abertos para a paz – ele admitiu. – Muitas tribos se reuniram e discutiram a melhor maneira de lidar com seu grupo de guerra. Meu clã sempre foi contra a extinção humana... e não queríamos transformar vocês em animais de criação, diferentemente de alguns. Depois do massacre em Appleton, eu propus muitas soluções, mas os mais velhos não queriam ouvir nenhuma. E, assim, os mais novos se separaram da horda. Esta noite, eu ofereço para você 500 guerreiros dispostos a morrer porque uma pessoa do seu povo foi gentil. Você pode dizer o mesmo?

Eu comecei a dizer que nunca conhecera uma Aberração gentil, mas então percebi que estava olhando para uma. A dor que ela devia sentir em trair seu próprio povo para tornar o mundo um lugar melhor... eu entendia, porque estava diante do mesmo dilema. A Companhia D veria aquela aliança como desleal e poderia me odiar por isso.

Eu hesitei, vendo o benefício inconfundível, mas sem ter certeza se poderia fazer dar certo.

– Tenho menos de 200 homens. Mesmo se unirmos forças, parece uma causa perdida.

– Outros aliados virão – ele disse, misterioso.

– Quem?

– Não vou contar mais nada até você ter concordado com os meus termos. Meus homens estão acampados no lado mais distante da ilha. Venha conhecê-los... e decida se, juntos, podemos deixar o mundo melhor. É o que o Uroch jovem quer.

– Uroch? – repeti. – Quem?...

Szarok pareceu entender o que eu estava perguntando.

– Significa "povo" e se aplica ao meu clã, aqueles dispostos a lutar contra os nossos para acabar esta guerra.

Ele fez uma pausa, como se pesasse se devia dizer mais.

– Por isso, estou disposto a trabalhar com você. Podemos aprender um com o outro.

"Que impressionante." Fiquei maravilhada com a complexidade que nunca imaginara, a tribo de Szarok tinha um nome. Àquela altura, eu suspeitava de que estivesse sonhando, ouvi-lo repetir meus próprios desejos sendo que eu matara tanto dos seus companheiros. "Para a paz começar, alguém precisa baixar as armas." Porém, era uma escolha que a Caçadora nunca poderia fazer. Meu corpo todo tremia, os riscos eram muito altos e aquele poderia ser o maior – e o último – erro da minha vida.

– Você pode estar me levando para uma armadilha – falei.

Szarok tombou a cabeça em desafio.

– E você poderia chamar a vila toda para me pegar. Ainda assim, não fez isso.

"Quando o inimigo escolhe conversar em vez de lutar, apenas um tolo rejeita a oferta."

Dentro da minha mente, toquei a testa com dois dedos em um cumprimento de despedida para a guerreira impiedosa que tinham me treinado para ser, no subsolo. Eu não era uma Caçadora, nem de longe. Desenharia um novo caminho dali em diante, guiada pela gentileza que aprendera com Tegan e Mamãe Oaks.

– Vou com você.

– Não!

Para minha surpresa, meu irmão Rex correu pela doca na nossa direção, a faca empunhada.

– Estava esperando que você destroçasse esse monstro mentiroso. Não confie nele!

– O que você está fazendo aqui? – perguntei com suavidade.

Szarok ficou imóvel, mas não teve nenhuma atitude hostil. Pelo que eu percebi, ele estava deixando aquela complicação nas minhas mãos. No silêncio tenso, quebrado apenas pelo fluxo do rio atrás de nós, esperei a resposta de Rex.

Ele explodiu:

– Eu tinha algumas ideias sobre como lidar com a horda e fui procurar por você. Quando saiu andando depois de escurecer, eu a segui, achando que poderia agir como o irmão mais velho protetor para variar. E foi bom também. Nunca sonhei que você seria tão ingênua. Quando ele a entregar para a horda, a Companhia D vai se render. A guerra será perdida.

Rex então se lançou e eu me joguei entre Szarok e meu irmão. Ele olhou feio para mim, a faca erguida.

– Saia do meu caminho, Dois. Jurei matar até o último desses cretinos pelo que fizeram com a Ruth.

Eu fiz que não, desesperada.

– Não. A Ruth não iria querer isso. É errado culpá-lo por algo que outro fez. Você não responsabilizaria todos os homens pelos crimes de um.

Rex rosnou:

– Mas *isto* não é um homem. É um monstro.

Szarok disse, delicado:

– Você está segurando uma faca, preparado para derrubar sua irmã, amada pelo seu pai e pela sua mãe. Quem é o monstro aqui?

Meu irmão cambaleou para trás com um grito de horror, a lâmina caindo de seus dedos e tinindo no chão. Eu o abracei com força e ele estava tremendo. Várias e várias vezes ele sussurrou:

– O quê, o que eu me tornei?

Por longos momentos, eu o segurei e Szarok foi esperto ou gentil o bastante para se manter quieto. Por fim, Rex recuou, pegou sua faca e a guardou na bainha.

– Desculpe. Foi loucura. Mas... não vou deixar que você faça isso sozinha.

Dei uma olhada para Szarok em um questionamento silencioso e ele respondeu:

– Se seu irmão puder prometer um comportamento civilizado, não tenho nenhuma objeção a dois visitantes no nosso acampamento.

Não foi dito o porquê; se ele tinha 500 guerreiros na Ilha Evergreen e se nos mostrássemos agressivos, seria fácil se livrar de nós. E qualquer mau comportamento da nossa parte poderia resultar na morte varrendo uma Rosemere despreparada. Por si só, isso era mais do que suficiente para me manter na linha, mas eu acreditava que a oferta de Szarok era sincera. Ele não chegara levianamente à decisão de lutar contra o seu povo.

Enquanto íamos, sussurrei para o meu irmão:

– Você parece estar aceitando muitíssimo bem a eloquência dele. Eu esperava que ficasse mais chocado.

Rex virou um olhar pesaroso.

– Eu fiquei, no começo. Mas, lembre-se, eu estava ouvindo a sua conversa por um tempo antes de interromper.

Levamos a maior parte da noite para chegar ao canto oeste da ilha. Ao nos aproximarmos, vi várias fogueiras, suficientemente pequenas para não chamarem atenção. Lá fora, detectei apenas o cheiro de lodo molhado do rio e o aroma de pinha esmagada da cama de gramas onde os Uroches acamparam, além da madeira fumacenta. Szarok nos guiou em meio aos seus soldados com confiança total e, embora eles encarassem, nenhum se mexeu na nossa direção. O medo tremia pelo meu corpo, eu nunca estivera tão perto dos meus inimigos sem medidas de defesa preparadas. Lembranças da minha fuga em meio à horda ameaçavam me afundar.

– Veja – ele disse quando chegamos à sua fogueira, cuidada por um jovem Uroch. – Eles têm medo de você, pois você matou muitas das suas mães e vários dos seus pais, mas não vão machucá-la. Queremos a mesma coisa.

– Um mundo melhor – Rex disse.

Eu estava aturdida com a ideia de que aquelas criaturas poderosas tivessem medo de mim. Era eu a história terrível que as mães Uroch contavam para os seus pirralhos a fim de persuadi-los a se comportarem bem? Caí de joelhos, nervosa com a forma como o mundo havia mudado naquela noite.

"Eu não quero ser o monstro que assombra o sono de uma criança." Uma vozinha acrescentou "nem eles".

Szarok assentiu.

– Gostaria de conversar com eles? Alguns falam sua língua como eu.

Congelei e tive um pensamento horrível.

– Um de meus homens foi levado há algum tempo, tratado como um animal e sofreu muito. Vocês aprenderam nossa língua com os prisioneiros humanos?

– Sinto muito – ele disse. – Vários dos mais velhos viam a humanidade como uma fonte de alimento útil. Nós discutimos, mas, quando apenas uma minoria apoia sua opinião, você nem sempre pode impedir que coisas horríveis aconteçam.

Isso eu entendia muito bem. Com uma pontada de arrependimento, lembrei-me do pirralho cego que Vago e eu tínhamos deixado os Caçadores matarem no subsolo.

– Mas você não respondeu a minha pergunta.

"Foi evasivo, na melhor das hipóteses."

– Eles não eram prisioneiros quando nos ensinaram – Szarok disse.

– Vocês libertaram alguns reféns humanos? – Rex parecia surpreso.

– Certa noite, na planície, houve uma confusão – o Uroch explicou. – Salvamos todos que pudemos enquanto os mais velhos os perseguiram. Mas os seus estavam fracos. Eles precisaram de cuidados antes de poderem voltar para casa. Nós cuidamos deles, eles nos ensinaram sua língua.

Fiquei boquiaberta.

– Eu... eu tenho quase certeza de que você está falando da noite em que eu salvei o Vago.

Enfim surpreendi Szarok. Pela sua reação de olhos arregalados, ele não sabia que eu tinha me arrastado para dentro da horda e aberto as gaiolas dos escravos.

– Que extraordinário. Parece que nossos caminhos têm convergido há algum tempo.

Eu concordei. E, até o romper da manhã, conversei com os guerreiros Uroch. Szarok havia lhes mostrado a menina de Otterburn que salvara a vida do seu pai e, diferentemente de seus antepassados, os jovens Uroch puderam escolher outro caminho. O ódio não estava gravado em seus ossos.

– Quero aprender a plantar coisas – um jovem Uroch sussurrou para mim. – Colocar sementes no chão e fazer as coisas verdes crescerem.

– Eu também – admiti.

Aquela era a habilidade que eu mais cobiçava. No verão anterior, eu tinha invejado os cultivadores que sabiam o que fazer com a terra, como tratar as plantas e deixá-las fortes. Eu queria cultivar comida que as pessoas pudessem consumir e flores que fossem admirar. Era um segredo que eu nunca confessara em voz alta porque parecia tão bobo para uma Caçadora e, mesmo assim, falei para aquele Uroch de olhos astutos como os de um gato.

Rex se deslocava pelo campo também, sua hostilidade diminuindo. Eu reconheci o momento quando ele aceitou que aqueles não eram monstros, mas outro povo. Com o apoio adequado, ele e eu poderíamos pavimentar a estrada para a paz. Meu coração ficou mais leve quando imaginei um fim para a guerra que poderia não resultar na completa aniquilação do nosso lado.

– Você aceita a aliança? – Szarok perguntou ao amanhecer.

Embora eu confiasse em meus instintos, não podia ter certeza de que não era um truque... e eu ainda tinha de persuadir meus homens a trabalharem com os antigos inimigos. A exaustão fez explodir uma dor de cabeça, apertando minhas têmporas. “Não quero tomar uma decisão tão grande.” Mas não havia mais ninguém.

– Vai ser necessário convencer muita gente – falei –, mas vou fazer os homens mudarem de ideia. Seus guerreiros vão precisar usar braçadeiras ou algo assim, para não haver confusão quando atacarmos.

"E, se você me trair, vou morrer tentando fazer com que se arrependa." Ainda assim, eu estava disposta a apostar tudo pela promessa de uma paz duradoura. Se estivesse enganada quanto a Szarok, seria algo triste para alguém gravar na minha lápide.

"Aqui jaz Dois Oaks. Ela era ingênua, mas tentou."

– Vou descobrir uma forma de nos distinguirmos dos velhos.

Ele ofereceu a mão e eu o cumprimentei.

Dessa vez, nenhuma imagem ou memória veio com o contato e, assim, ele devia controlar aquela habilidade; os Uroches eram fascinantes quando não estavam tentando nos matar. Ele me soltou com um aceno da cabeça e eu vira o suficiente da interação entre eles para entender aquilo como um sinal de respeito. Desde que eu tinha chegado do subsolo, havia ficado boa em reconhecer os costumes de outras pessoas, na maior parte porque os reaprendia, aonde quer que eu fosse.

– Você mencionou outros aliados – falei.

Com os 500 dele e os meus 200, era difícil imaginar a batalha acabando bem contra 2 mil Aberrações selvagens. E elas estavam agachadas nas margens do grande rio, posicionadas para destruir o último bastião de paz dos territórios. Rosemere.

"Elas não irão mais longe. Isto acaba aqui."

Szarok assentiu.

– Fiz contato com os pequenos. Eles moram nas cavernas e nos túneis e também sofreram com a luta interminável.

– Os pequenos? – Rex perguntou.

Pensei em Jengu e seu povo e depois descrevi-os para o líder Uroch, que disse:

– Então, você os conhece. Eles se chamam de Gulgur.

– Quantos são? – perguntei.

– Dispostos a lutar? Uns cem. Eles são poucos, mas astutos, mestres em não serem vistos. Vão entrar escondidos quando os velhos dormirem e envenenar a carne deles.

– Você consegue ficar pronto daqui a dois dias?

Isso me daria tempo para fazer os arranjos e persuadir os homens.

Szarok assentiu.

– Vou combinar com os Gulgurs e garantir que façam a sua parte.

– Meus homens vão atacar do leste. Vocês vão do oeste. E esperemos que seja o bastante.

Se a horda estivesse fraca e doente por causa da carne estragada, 800 de nós poderiam ser capazes de derrotá-la, embora fôssemos sofrer grandes baixas. Troquei um olhar rápido com Rex, que disse:

– Está na hora de falar para os outros. Podemos vencer.

Resistência

A vila estava em rebuliço quando Rex e eu voltamos. Eu cambaleava de cansaço depois de tanto tempo sem dormir e, assim, minha cabeça estava confusa para entender o porquê. Por motivos óbvios, deixamos Szarok no acampamento dos Uroches e, conforme entrávamos na vila a passos largos, vi que a Companhia D já estava reunida e ouvindo as ordens gritadas alternadamente por Tully, Spence e Vago. Thornton fizera nosso ferreiro verificar todas as armas, era como se tivessem decidido ir para a guerra de um dia para o outro.

– O que está acontecendo? – falei alto.

Ao ouvir minha voz, Vago girou e cobriu a distância entre nós em três passos largos. Ele me apertou contra seu corpo, tremendo. Por alguns segundos, não consegui respirar... e fiquei confusa com a sua reação. Então, entendi. Antes de ele falar, entendi.

– Pensei que a tinham pegado, de alguma forma.

"Como fizeram com você."

Com tudo o que acontecera, eu não tinha pensado em quão preocupado ele devia estar. "Saio para uma caminhada e não volto? Idiota. Devia ter mandado Rex com um recado." O choque com os eventos da noite tirara todos os outros pensamentos da minha cabeça... mas não conseguia tomar fôlego suficiente para falar, menos ainda para me desculpar.

– Entendo que você está feliz por vê-la – Rex disse –, mas está esmagando as costelas da minha irmã.

Porém, não lutei para Vago me soltar; em vez disso, abracei-o de volta com o máximo de força que pude. O resto da Companhia D, que estava observando, podia esperar. Levou um tempo para ele se acalmar o bastante e me soltar e, quando recuou, seus olhos escuros cintilavam de fúria. Eu podia esperar uma briga de verdade mais tarde. Como eu não estava machucada, seu olhar dizia, e claramente não fora levada, não havia desculpa por tê-lo feito passar por tanta aflição.

"E ele também não tinha Perseguidor para ajudá-lo a descobrir que caminho eu tomara. Deve ter se sentido tão impotente."

No entanto, assuntos pessoais tinham de esperar.

– Houve um acontecimento muito inesperado – falei, alto o bastante para todos ouvirem. – Se vierem comigo, vou explicar tudo.

Como estávamos parados no meio do mercado, achei melhor não falar dos Uroches acampados na parte oeste, bem na ilha. Os moradores poderiam entrar em pânico e era a última coisa de que precisávamos, dois dias antes de enfrentarmos a horda. Por sorte, a Companhia D era bem treinada e me acompanhou, seguiu passando as docas, ao longo da costa até o leste. Marchei até ser seguro para conversar. Os únicos pescadores que vi estavam lá no rio, não trabalhavam na margem.

– Eu com certeza gostaria de saber por que perdi uma noite de sono procurando por você – Thornton disse. – Sendo que está claramente bem.

Respirei fundo e respondi:

– Que bom que perguntou. Talvez não gostem de ouvir, mas não digam nada até eu terminar. Haverá uma chance para conversarmos depois. Não durante.

Passei os olhos pelos rostos de todos os homens e acrescentei:

– Isso é uma ordem.

Rex colocou a mão no meu ombro para dar apoio moral. Depois expliquei onde eu estivera a noite toda... e com quem. Choque e raiva dominavam a maioria dos rostos, embora Tegan e Morrow parecessem intrigados em vez de bravos. Era mais ou menos o que eu esperava. Quando finalizei a história, a Companhia D explodiu de ultraje, protestos e descrença. Não respondi à fúria coletiva até ela começar a diminuir. Após os homens perceberam que eu não estava argumentando com eles, pararam e entreolharam-se, como se tentassem entender qual era a minha tática.

Como era a nossa única chance contra a horda, eu não ligava muito para o que eles achavam da ideia.

– Não espero que vocês gostem deles... nem que confiem neles. Mas nosso objetivo não mudou. Vocês ainda estão encarregados de derrotar a horda. A única coisa que peço é que não machuquem os Uroches. Eles vão lutar ao nosso lado... e, se acham que eles não conseguem pensar, sentir ou sofrer... bem, estão errados. Eles são pessoas. Não como nós, é verdade, mas não são monstros. O fato de estarem dispostos a lutar contra seu povo para nos salvar prova isso.

– Não temos direito de opinar? – um dos soldados gritou do fundo.

– Vocês podem ir embora – falei. – Mas, então, terão de viver sabendo que foram covardes demais para completar sua missão. A escolha é sua. Não vou forçar ninguém a lutar, mas ficarei muitíssimo orgulhosa de quem for para a batalha.

Meu irmão deu um passo à frente.

– Ontem à noite, eu quase esfaqueei minha irmã em vez de dar ouvidos à razão. Espero que vocês não cometam o mesmo erro. Eu estava lá com ela. Falei com eles também. Eles podem não ser parecidos conosco, mas não são feras violentas sem raciocínio.

– Meus homens vão participar – Tully falou, fixando um olhar duro na multidão.

Um barulho de consentimento recebeu suas palavras. Vago estava silencioso de um jeito agourento, mas pensei que fosse porque estava bravo por eu tê-lo assustado. Ele também poderia ter uma grande objeção a cooperar com os Uroches; apenas esperava conseguir fazê-lo entender que os mais novos não eram iguais aos seus pais, assim como ele e eu não éramos como os anciãos do enclave. Era loucura eu ter me tornado defensora dos monstros.

– Tully não vai para a guerra sem mim – Spence declarou. – E vou garantir que meus meninos estejam prontos para causar dor.

Morrow acrescentou:

– Eu não perderia isso por nada.

Thornton então falou:

– A Companhia D pode não gostar das suas ordens, mas vamos segui-las. Quando o ataque começa?

O alívio cresceu dentro de mim. Pelo menos, eu não perdera meus oficiais.

– Preciso que todos se reúnam aqui, três horas antes do amanhecer, daqui a dois dias. Antes disso, vou falar com os barqueiros para nos transportarem. Não podemos atacar se estivermos exaustos e ensopados da travessia.

– Boa ideia – Tegan elogiou.

– Os Uroches vão usar alguma coisa... não sei bem o quê... para nos ajudar a diferenciá-los dos anciãos. Pode ser difícil perceber na batalha, mas uma regra de ouro é que, se eles estiverem lutando contra outros Mutantes, estão do nosso lado, então os deixem em paz.

Isso causou uma risada nervosa e hesitante nos homens. Eu imaginava que fosse difícil para eles aceitarem aquela ideia. Por sorte, teriam quase dois dias para digerir a nova realidade. Se alguns deles deixassem o grupo ou se recusassem a lutar, não importava.

Eu continuei:

– Uma última coisa. Não falem nada para os habitantes da vila. Não há necessidade de eles se preocuparem. Toda a luta vai acontecer do outro lado do rio e talvez eles entrem em pânico. Entendido?

– Sim, senhor – os homens responderam juntos.

– Dispensados. Nós nos veremos depois de amanhã, três horas antes do amanhecer.

Conforme os homens seguiam com suas vidas, alguns discutindo a ideia incrível de os Uroches nos ajudarem, outros dizendo que prefeririam matar Mutantes do que lutar ao lado deles, Morrow abriu caminho, parecendo perturbado. Eu pensei entender o que o incomodava, mas o deixei começar a conversa.

Ele andou de lá para cá à medida que a maior parte da Companhia D voltava em direção à cidade.

– Este é o meu lar. Não sei se posso deixar isto continuar sem falar para o meu pai. Ele é o governador, responsável pela segurança das pessoas. Ele precisa saber do exército do outro lado da ilha.

– Ele aguentaria a informação? – questionei. – Se os Uroches quisessem prejudicar Rosemere, teriam atacado ontem à noite. Szarok não teria se arrastado para a cidade em silêncio, procurado por mim para podermos firmar um acordo.

– Isso provavelmente é verdade, mas o silêncio parece traição.

Assenti.

– Então, siga sua consciência. Mas, se a situação for por água abaixo, seu pai informar ao conselho da cidade, eles entrarem em pânico e uma multidão de moradores cair em cima dos Uroches, será um banho de sangue. Você sabe disso.

Tegan se aproximou e colocou uma mão reconfortante em meu braço.

– Será que posso conhecê-los? Devo confessar que estou curiosa... e James pode ficar mais tranquilo se verificarmos se esses Mutantes... digo, Uroches... são tudo o que você diz.

Morrow a olhou como se ela fosse a resposta para todos os sonhos que ele já tivera.

– Dessa forma, teria a certeza de que eles não estão marchando contra Rosemere. Szarok concordaria? – ele perguntou.

– Tenho certeza de que sim.

Olhei ao redor e encontrei Rex por perto.

– Você se importaria de levar Tegan e Morrow ao acampamento?

Meu irmão sorriu.

– Nem um pouco. Estou feliz por enfim me sentir útil. Sou o pior da companhia com *qualquer* arma, a não ser por uma faca para peles.

Tully e Spence estavam ouvindo a conversa e, àquela altura, ela disse:

– Nós gostaríamos de ir com eles. Tenho algumas perguntas para os nossos novos aliados. Não que não confie em você, Dois, mas se estou ordenando meus homens a lutarem ao lado deles, quero me informar sobre algumas questões.

– Apenas me façam a gentileza de serem educados? – pedi.

Todos assentiram, como se fosse óbvio. Um pequeno grupo, formado por Tegan, Morrow, Tully, Spence e Rex não deveria alarmar os Uroches. Assim, dei meu consentimento para a expedição com uma condição:

– Prefiro que vocês voltem até a meia-noite antes do ataque. Meus oficiais não podem ficar vagando pela costa quando deveriam estar aqui.

– Fechado – Tully concordou.

Eles saíram, deixando-me sozinha com Vago, que tinha ficado inquieto ao meu lado durante os últimos 15 minutos. O silêncio dele parecia uma queimadura de sol. O restante dos homens já estava na metade do caminho de volta a Rosemere, mas achei melhor deixá-lo gritar comigo com privacidade... isso se ele voltasse a falar comigo.

Engoli em seco para que minhas desculpas passassem pelo nó na minha garganta.

– Sinto muito mesmo. Não queria assustá-lo.

A resposta dele, quando veio, foi um rosnado baixo:

– Você faz ideia de como a noite anterior foi para mim? O que imaginei que eles estavam fazendo com você? Pensamos que a horda a tinha pegado. A Companhia D estava pronta para ir à guerra, embora não tivéssemos *nenhuma chance* de ganhar. Eles estavam todos preparados para morrer por você e, se tivesse demorado mais meia hora, estaríamos do outro lado do rio.

Meu coração afundou até os dedos dos pés. Descrente, falei:

– Mesmo se eu tivesse sido levada, nenhum de vocês devia reagir assim. Eu sou uma pessoa. Não sou insubstituível.

Vago agarrou meus ombros, como se não pudesse se conter. Seus dedos apertavam minha pele, não o bastante para machucar, mas eu sentia a ferocidade que corria por ele, sua pulsação martelando nos pulsos.

– Você é. Como pode não saber disso?

Comecei a responder, mas a boca dele tomou a minha e aquele beijo foi duro e faminto, nervoso e voraz, até minha boca ficar inchada e macia, mas não o soltei, acesa pela necessidade que ele sempre escondera. Vago tentou ser delicado comigo, mas não era como se sentia. Ele estava furioso e faminto, desesperado, e eu sentia o mesmo, até nós dois estarmos tremendo. A respiração dele se misturou com a minha quando afastou lentamente a cabeça.

Contra meus lábios, ele sussurrou:

– Às vezes, eu quase poderia odiá-la porque você não entende o quanto é importante para mim, quão sombrio e vazio eu era antes. *Solnyshko moyo.*

Eu não achava que já tivesse ouvido aquelas palavras antes, mas estava tonta por causa da exaustão e também da raiva dele.

– O que isso significa?

– É na língua do meu pai. Não lembro mais do que isso, mas ele costumava dizer para a minha mãe. *Solnyshko moyo.* Significa "meu sol".

Vago inclinou sua testa contra a minha, fechando os olhos.

– Cada vez que o Perseguidor a chamava de "pomba", eu queria bater nele. Porque você não é uma avezinha cinza... Você é toda a luz do mundo.

– Você também – falei, apoiando as mãos no seu peito.

Ele deu um solavanco com o contato, mas não de um jeito ruim. A respiração dele saiu em um assobio entre os dentes e ele abriu os olhos para me encarar com o desejo queimando como uma fogueira de sinalização.

– E eu *entendo.* Você foi tudo o que me fez continuar em frente quando esta situação parecia sem saída. Também é o motivo de eu ter feito todo o necessário para trazê-lo de volta. Você é o bater do meu coração e, sem você, não posso viver.

– *Agora*? Você me diz isso agora?

Vago parecia peculiarmente indignado ao fazer um gesto para a costa vazia e rochosa.

– Aqui? Sendo que nós dois ficamos acordados a noite toda, Pedregulho e Dedal estão nos esperando no chalé e não tem uma cama à vista.

"Ah." O calor inundou minhas bochechas quando entendi o que ele queria dizer.

– Tem um montinho coberto de musgo.

Ele suspirou para mim e me puxou mais para perto, delicado dessa vez.

– Vamos descansar um pouco e, amanhã, falaremos com os barqueiros.

– Fiquei com medo de você não...

– Se você jurar que eles são diferentes dos outros, eu acredito. Não posso fingir que estou feliz, mas, se a alternativa é nossos assentamentos serem destruídos, então... Posso lidar com isso.

"Vago deveria brigar comigo um pouco mais porque eu mereço." Não tinha a intenção de assustá-lo... e as consequências poderiam ter sido tão graves. Eu estremeci quando imaginei meus soldados mortos do lado errado do rio, tudo porque não tinha pensado em mandar um aviso de que estava em segurança.

– Sinto muito – falei de novo, enquanto andávamos devagar em direção à vila, cansada demais para assumir um ritmo mais rápido.

– Ainda estou bravo, mas vou pensar em um jeito de você me compensar.

Virei um sorriso provocador para ele.

– Vou deixar que você me bata na próxima vez em que treinarmos.

– Não era o que eu tinha em mente – Vago murmurou.

De volta à cidade, inventei uma história ridícula sobre ter andado ao longo da costa e me perdido. Pelas expressões de dúvida deles, Pedregulho e Dedal suspeitavam que eu estivesse mentindo e eu não sabia se devia ficar contente por eles acharem que eu era mais habilidosa do que aquilo ou desanimada por minha história inventada tê-los decepcionado. Ainda assim, eles deixaram de lado suas apreensões e nos convidaram de volta para a sua casa, onde me alimentaram e alimentaram Vago. O papo foi pouco e formal, enquanto meus antigos colegas dos tempos de pirralha trocavam conversas completas com olhares.

Por fim, Dedal disse:

– Vocês estão exaustos. Não se incomodem conosco. Descansem um pouco.

Com a autorização dela, nós escalamos para o sótão sem demora. No andar de baixo, Pedregulho começou as tarefas domésticas e brincou com Robin enquanto Dedal foi para a sua oficina. Vago me puxou mais para perto e me acomodou contra o seu peito. Por alguns segundos, escutei seu coração.

– Quando você soube? – questionei sonolenta.

– O quê?

– O que sentia por mim.

– Sempre admirei suas habilidades – ele respondeu, parecendo pensativo. – Você tratava seu treinamento com tamanha intensidade que eu me perguntava se iria se concentrar com tanta força em alguém que amasse.

– E eu me concentro?

Vago beijou o topo da minha cabeça.

– Mais do que eu poderia ter imaginado. Isso foi, em parte, o motivo de eu pedir para a Seda nos colocar como parceiros.

Aquilo me surpreendeu.

– É sério?

– Ela não queria desperdiçá-la comigo, sabe? Passei semanas a convencendo de que eu merecia uma segunda chance.

Eu estremeci, imaginando o quão diferente minha vida poderia ter sido se ele não tivesse conseguido persuadi-la.

– Estou feliz por ela ter concordado. Mas não foi isso que eu perguntei.

– Estou prolongando o suspense.

Com um sorriso, coloquei a mão no peito dele, o que o fez puxar um fôlego alto.

– Conte.

– Para mim, começou quando você me deixou colocar o braço em volta de você no retorno de Nassau. Muitas meninas do enclave me tratavam como se eu fosse um selvagem imundo, a um passo de matar todos de lá enquanto dormiam.

– Você deve ter desejado isso, algumas vezes.

– Não depois de conhecê-la. Eu senti...

Ele fez uma pausa, como se estivesse se esforçando para encontrar as palavras.

– Como se você precisasse um pouco de mim, como se fosse deixar que eu me aproximasse. Porém, quanto ao momento em que eu *realmente* senti... Nós tínhamos acabado de abrir uma lata de cerejas e você as lambeu dos meus dedos. Depois, olhou para mim como se eu fosse todas as coisas mais maravilhosas do mundo. E eu pensei que daria tudo para que você se sentisse assim eternamente. Quase morri quando imaginei que preferia o Perseguidor.

Fiz que não depressa.

– Desculpe. Eu não entendia, ao passo que você se lembrava dos seus pais... e de como eles eram juntos. Eu queria não tê-lo magoado enquanto estava aprendendo as coisas.

– Eu a magoei também.

Vago se referia às palavras duras do dia da minha nomeação, quando me disse que tudo estava acabado entre nós.

Para convencê-lo de que tudo estava no passado, levantei depressa e rocei meus lábios no queixo áspero dele. Tinha uma leve ideia de que conseguiríamos dar alguns beijos silenciosos, mas o torpor me levou antes de eu fazer mais do que apertar o nariz contra a bochecha dele. Estávamos tão exaustos que nenhum de nós se mexeu o dia todo. Em algum momento, depois de anoitecer, acordei e Vago me empurrou escada abaixo, e meus colegas da época de pirralha me fizeram comer. Acabada, percebi que ele me ajudou a ir até as instalações nos fundos e, depois, escada acima de novo. Ele ficou por perto, um conforto quente em meu sono. No total, permaneci apagada por quase 18 horas. Dado o fato de eu ter tido uma rotina dura durante semanas, quase me afogado e ainda andado até o lado oeste da ilha e voltado, a noite toda acordada, não era de se admirar que eu estivesse cansada demais para funcionar direito.

Na vez seguinte em que acordei, era hora de me preparar para a batalha.

Fusão

Passei o dia lidando com detalhes de última hora, garantindo que estivéssemos prontos para lutar. Isso incluía diversas tarefas, implorar alguns itens para os vendedores e lidar com os barqueiros. Morrow pediu para o pai facilitar o caminho e o governador estava disposto a ajudar, mesmo sem saber o porquê. Eu gostava dele ainda mais por isso, significava que confiava no julgamento do filho. No entanto, foi bom eu ter dormido pela maior parte do dia anterior porque não descansaria mais antes da hora combinada. Os moradores da vila não sabiam o que estava acontecendo, apenas que os soldados que abrigaram estavam agradecendo e se despedindo.

Naquela noite, depois de terminar meu trabalho, encontrei os oficiais da Companhia D no Cup and Bowl, o único pub de Rosemere. Era mais bonito que o de Otterburn; os móveis estavam acabados e as pessoas eram amigáveis, não assustadas. Porém, isso vinha mais da segurança devido ao rio do que de uma tendência natural. Quando uma menina se aproximou da nossa mesa, eu me perguntei se todas as ilhas tinham se saído tão bem. Sentia um consolo ao imaginar bolsões de felicidade e segurança pelo mundo, intocados por produtos químicos, Aberrações ou violência.

– Nada para mim – comecei a dizer, já que não tinha nenhum crédito da ilha.

Morrow falou me interrompendo:

– Eu pago pelo grupo.

Dei de ombros. Se o contador de histórias queria pagar nossas bebidas, tudo bem. Em resposta ao pedido dele, a menina nos trouxe uma jarra de cerveja ale, o que eu secretamente achei nojento. O cheiro deveria persuadir a pessoa a não tomá-la, mas os outros pareceram contentes enquanto Tegan servia. Eles tinham acabado de voltar do acampamento dos Uroches, as expressões surpresas e esperançosas. Enquanto bebiam, Morrow e Tegan conversaram sem parar sobre Szarok, suas vozes baixas para ninguém de fora da nossa mesa poder ouvir.

– Eu confio nele – Tegan murmurou. – Ele parece sincero ao falar da aliança. E fiquei surpresa com quantas diferenças fisiológicas eu notei entre esses e os mais antigos.

Ela explicou mais, mas eu não estava interessada nas propriedades do sangue deles ou outras distinções.

Quando ela parou para respirar, Morrow acrescentou:

– Acho a cultura deles fascinante. Você sabia que eles compartilham memórias com um toque?

– Szarok me mostrou... Uma menina em Otterburn mudou tudo.

– O que você quer dizer? – Spence perguntou.

Como resposta, contei a história sobre como uma menininha, salvando uma Aberração ferida, nos levou até ali.

Quando terminei, Tegan estava lacrimejando. No começo, não entendi o porquê, até ela dizer:

– Se sobrevivermos, será por causa dela e ela nunca saberá.

– Ela pode ainda estar viva – sugeri, esperando animá-la. – Como planejo viajar por aí avisando as famílias dos nossos homens caídos, depois vou procurar por ela também.

Ela assentiu.

– Seria muito importante para mim.

Tully parecia menos emocionada com a história. Sua cabeça estava claramente na batalha à nossa frente, não no que viria depois, e isso era inteligente.

– Não sei como este acordo vai funcionar no longo prazo, mas precisamos do reforço deles.

Spence virou a cerveja em um gole.

– Sem dúvida. Ainda não gosto das nossas chances, mas são as melhores que provavelmente vamos conseguir, desde que aqueles Gulgurs façam a sua parte.

– Vocês viram algum deles quando visitaram o acampamento? – perguntei.

Morrow abriu um sorriso.

– Um grupo estava chegando quando saímos. Falei com eles por alguns momentos. Figurinhas engraçadas, não?

Assenti enquanto imaginava a batalha iminente. Havia tantas variáveis; a luta poderia virar um massacre, mas, sem ajuda, a Companhia D estava perdida. Eu a tinha levado até onde podíamos sozinhos. Não havia como criar soldados do nada e, assim, tínhamos de aceitar ajuda de lugares estranhos.

Por um breve instante, desejei poder me despedir de Edmund e Mamãe Oaks, caso as coisas dessem errado no rio, mas, pelo menos, Rex estava ali e eu faria o melhor que pudesse para protegê-lo.

Tegan tirou algo da bolsa e ofereceu para mim. Quando desembrulhei, guardava um estranho artefato; tinha uma cauda longa, fina e vermelha, um pequeno cilindro no topo, enrolado em papel, e depois um cordão pendurado.

– O que é isto?

– Szarok disse que são úteis para mandar sinais. Quando estivermos prontos para atacar, enfie a vareta no chão, acenda o pavio e se afaste.

Estudei o item esquisito por mais alguns segundos e depois dei de ombros e o guardei na minha mochila.

– Se ele diz que vai funcionar, então vamos tentar.

– Ele disse para contarmos até 200 depois de acendê-lo e, então, começarmos o ataque. Eles farão o mesmo no oeste.

– Eles são mais espertos do que eu esperava – Spence comentou.

– E falam melhor – Morrow acrescentou.

Vago estava quieto; a ideia de trabalhar com os Uroches devia o estar incomodando, depois do que os irmãos deles tinham lhe feito. Toquei na sua perna e ele a colocou mais para perto de mim, de forma que nossas coxas se aninharam enquanto os outros falavam. Fui atingida com força pela ideia de que aquela poderia ser a última vez... para tudo aquilo. Qualquer um de nós poderia perecer no dia seguinte, não havia garantias... e meu coração doía com a sensação de fim.

Ergui meu copo.

– Só quero dizer que foi uma honra conhecer todos vocês.

– Vou brindar a isso – Tully disse.

– Alguém tem perguntas? – questionei.

Havia algumas e eu as respondi. Depois de terminarmos a cerveja, concordamos que estava na hora de um pouco de descanso, já que logo encontraríamos os barqueiros na doca. Como eram muitos soldados, eles fariam várias viagens. Após atravessarmos, não havia volta.

No entanto, eu tinha passado desse ponto quando Tully dissera que não poderia viver sabendo que havíamos deixado todos morrerem para podermos sobreviver, se desistíssemos e ficássemos em Rosemere.

Morrow me parou quando saímos do Cup and Bowl.

– Você estava certa quanto aos Uroches. E em relação aos moradores da vila também, eu acho.

Um alarme disparou.

– O que aconteceu?

– Nada. Mas, quando os vi acampados, soube como as pessoas daqui iriam reagir. Teria sido terrível... e completamente possível de evitar.

– Você falou alguma coisa para o seu pai?

Morrow fez que não.

– Ele não me agradeceria por guardar esse segredo, mas o conselho teria insistido em alguma estratégia de defesa imprudente e criada às pressas e, em vez de novos aliados, estaríamos lutando em duas frentes. Não temos como fazer isso.

– Verdade.

Ele sorriu, olhando pela rua.

– É melhor eu ir. Tegan está esperando por mim.

– Você a levou em sua casa, para conhecer seus pais, né?

O contador de histórias baixou a cabeça.

– Não desse jeito. Mas, sim.

– E ela não percebeu? – supus. – Dê um tempo.

– Sou feito disso.

Ele floreou uma reverência de brincadeira e saiu a passos largos até onde ela estava, sob um lampião. Quando Tegan tomou o braço dele, tive um vislumbre do futuro e ele acenou como o vento soprando por um campo de flores selvagens.

A lua estava brilhante no céu, embora sua curva estivesse diminuindo. Eu gostava mais dela quando era uma fatia prateada no céu da noite, não tão cheia que sobressaísse às estrelas. Ali, elas cintilavam como pedacinhos de gelo, tão fortes que a escuridão quase parecia azul em contraste. O céu acima de Rosemere talvez fosse o mais lindo que eu já vira. Vago veio até onde eu estava, olhando para cima.

E, então, percebi que eu não tinha lhe dito o que poderia tornar aquele pacto mais fácil de engolir. Rapidamente, repeti a explicação de Szarok sobre como haviam aprendido nossa língua. Concluí:

– Assim... o que você passou... foi importante. Se eu não tivesse voltado por você, os Uroches nunca teriam fugido com os outros prisioneiros. Eles não teriam sido capazes de se comunicar, mesmo se quisessem.

Peguei a mão de Vago.

– Você é o motivo de termos alguma esperança de ganhar.

Ele ficou imóvel, como se ouvisse as estrelas.

– Isso não é verdade. Você nos trouxe até aqui, meu sol. Mas, sim... isso ajuda, saber que não sofri por nada.

– Fico feliz. É difícil acreditar que estamos aqui enfim – falei baixinho.

– Na véspera do acerto de contas?

Quando assenti, Vago passou as pontas dos dedos pelo meu pulso, os olhos cintilando.

– Acho que é uma noite para correr riscos.

Eu levantei o olhar para ele.

– E não para deixar coisas por fazer – falei.

A lembrança do último beijo dele me varreu. Da outra vez, eu estava muito cansada... mas, com todo o sono desfrutado e a batalha iminente, não conseguiria pregar os olhos naquela noite de jeito nenhum. Naquele momento, eu só queria o Vago.

– Aposto que Pedregulho e Dedal já estão dormindo – ele sussurrou.

– É provável.

Eles dormiam cedo, por causa de Robin.

– Vamos ter que ser silenciosos.

– Espero que seja possível.

O sorriso largo de Vago tinha um toque malvado.

E eu estremeci, porque era muito óbvio que ele estava falando de mais do que subir em silêncio a escada. Meus dedos se apertaram nos dele e corremos. Por sorte, havia poucas pessoas em volta para ver nossa pressa e questioná-la. Quando chegamos ao chalé, a porta estava destrancada. Entrei discretamente com Vago logo atrás de mim.

O fogo estava baixo na lareira, todas as coisas da ceia guardadas. Havia dois quartos nos fundos do chalé, um onde Pedregulho e Dedal dormiam e outro para Robin. Assim que entrei, curvei-me e tirei as botas, depois as carreguei comigo para o sótão. Vago logo me seguiu; lá em cima, havia um espaço aconchegante com um colchão de penas, de tamanho exato para eu ficar sentada no ponto mais alto. Vago e eu já tínhamos nos aninhado ali, mas eu me lembrava apenas de alguns lances.

Naquela noite, memorizaria cada momento.

Vago se ajoelhou no canto da cama improvisada, a lareira lá embaixo iluminando seus traços o suficiente para eu ver sua incerteza.

– Você também quer isso? Posso esperar se...

– Não.

Engoli em seco, ansiando, nervosa e animada, tudo ao mesmo tempo.

– Não quero que nenhum de nós se arrependa por nunca termos feito isso.

Era o mais próximo que eu conseguia chegar de admitir o quanto tinha medo de ele não estar por perto quando a luta acabasse. A perspectiva da minha própria morte não me incomodava tanto, exceto porque machucaria Vago. Eu fora criada com a expectativa de que poderia morrer protegendo outras pessoas e minha natureza não mudara por completo, embora agora conseguisse perceber a beleza de viver sem uma faca amarrada à coxa.

– Sem arrependimentos – ele sussurrou.

Abri os braços e Vago veio até mim de joelhos, mas apenas porque era necessário pelo teto baixo. Não havia súplicas entre nós. Ele me beijou em passadas suaves e delicadas de lábios e língua, como se eu tivesse me tornado frágil. Afundei os dedos no seu cabelo e me deixei cair sobre ele; foi o suficiente por um tempo, até ele ficar corajoso e suas mãos baixarem para os meus quadris. Como eu não era Procriadora, ninguém nunca me dissera como aquilo funcionava, embora tivesse adivinhado a ideia geral com os barulhos lá do subsolo e por ficar perto de Vago. Queria não estar nervosa, mas era difícil, em especial considerando-se o quão pouco eu sabia.

Ele tirou a camisa, provavelmente adivinhando que isso me assustaria menos. Eu não sabia se estava pronta para ficar nua com ele, mas também não queria esperar.

– Posso tocar em você?

Quando as pontas dos meus dedos encontraram o peito dele, ele estremeceu.

– Em qualquer lugar.

Foi útil ter deixado eu me perder no seu corpo esguio, aprendendo suas linhas até ele estar tremendo. Ele apertou a boca contra meu ombro, respirando depressa, especialmente quando raspei as unhas descendo pela sua nuca. Para testar sua reação, fiz de novo e ele, dessa vez, gemeu.

– Você gosta disso.

– Eu gostaria de qualquer coisa que você fizesse comigo.

Embora eu duvidasse que fosse verdade, aquilo me deixou mais ousada. Eu o puxei para cima de mim e nos beijamos mais um pouco, com as minhas mãos subindo e descendo por suas costas. Logo, ele estava se mexendo sobre mim como se não pudesse evitar e era gostoso, até mesmo as partes novas e estranhas.

– Vago...

A voz dele ficou mais grave, suas palavras entrecortadas com a vontade.

– É tão gostoso com você. Eu preciso... Só me deixe...

Senti-me corajosa e me sacudi para fora da minha camisa e isso tirou outro som dolorido dele quando deitou em mim de novo. Ele explorou com lábios e mãos. Depois, eu perdi a noção nas contorções e nos toques, então não reparei quando o resto das nossas roupas saíram. A noite era só calor, luz do fogo e Vago, respirando com dificuldade contra a minha pele. Ele apertou minha mão em si mesmo, mas não demorou para ele estar ofegante. Havia loucura nascida da necessidade em seus olhos, mas eu não tinha medo, nunca dele. Ele havia se contido mais de uma vez e eu sabia que, se pedisse, pararia. Em vez disso, eu o incentivei a continuar.

Machucou um pouco, mas eu já passara por coisa pior. Enquanto ele me abraçava e me beijava com tanta força que eu não sentia nenhum gosto além do dele, o resto foi lindo. Descobri bem depressa a minha parte e, quando terminamos, nós dois estávamos suados e sorrindo. Ele me aninhou perto do corpo e eu decidi que não me importava de estar nua com ele. Com a pessoa errada, aquilo seria horrível, mas eu amava Vago de todo o coração.

– Então, é assim que pirralhos nascem – falei.

Ele se apoiou no cotovelo.

– A gente talvez tenha feito um.

– É possível da primeira vez?

Talvez fosse preciso um tempo de aprendizado.

– Acho que sim. Não sei com clareza os detalhes.

Vago beijou minha têmpora.

– Foi tudo bem?

Eu o provoquei, fingindo pensar no assunto.

– Eu faria de novo. Provavelmente é como lutar e vamos ficar melhores com treinamento.

– Não sei se devia estar triste por não ter sido perfeito ou animado com a prática.

– O último – aconselhei.

Vago baixou a mão, subiu as cobertas e me acomodou contra seu peito. Tínhamos nos deitado assim antes, mas nunca sem roupas ou cobertores entre nós. Na minha cabeça, essa parte vinha logo em segundo lugar, depois de tocar e beijar.

– Você está com medo? – ele sussurrou.

Fechei os olhos contra a inexorável passagem do tempo.

– Muito.

– Ainda temos algumas horas – ele observou.

Acontece que havia muito a descobrir naquele tempo. A segunda tentativa foi melhor e eu entendi por que Mamãe Oaks passou tanto tempo me alertando. Provavelmente, era bom manter na ignorância a maioria dos Caçadores ou teria havido mais pirralhos do que poderíamos alimentar.

Em um acordo silencioso, reunimos nossas roupas, nos vestimos depressa e fomos discretamente para a sala de banho nos limpar, antes de encontrar o restante da Companhia D. Eu nunca me sentira mais próxima de uma pessoa em toda a vida, como se procriar tivesse destruído as barreiras entre nós. Ele esperou na minha vez e depois eu fiz o mesmo. Quando Vago saiu, não resisti a beijá-lo; parecia inimaginável uma noite como aquela ter de acabar em morte.

"Não a dele", implorei em silêncio. "Não Vago. Por favor, não o tire de mim."

Massacre

Três horas antes do amanhecer, nós nos reunimos na margem como combináramos. Os barqueiros nos encontraram e nos transportaram em grupos. Ordenei que os homens ficassem sentados quietos e esperassem, não tinha certeza do quão boa era a audição do inimigo e aquele ataque não começaria até eu dar o sinal. Levamos cerca de uma hora para atravessar todos em segurança. Ao chegarmos, contei e percebi que estávamos sem alguns homens. Parece que não podiam aceitar as ordens... e eu entendia.

– Estão todos prontos? – perguntei.

– Sim, senhor.

Vago me puxou de lado. Os homens viraram as costas e eu agradeci a discrição deles. No entanto, não éramos os únicos que tinham despedidas só-por-garantia a fazer. À nossa volta, as pessoas se juntaram em pares: Morrow com Tegan, Tully e Spence e alguns homens também. Meu coração martelava no peito, tão forte que doía, e aqueles momentos de doçura e segurança no sótão pareciam muito distantes. Fui para os braços dele sem perguntar se ele me queria ali, porque eu sabia que queria. A respiração dele mexeu meu cabelo e, por um momento, só fiquei escutando seu coração bater.

– As chances ainda não são boas – falei baixinho.

Lutei contra as lágrimas, já que tinha que ser forte e corajosa naquele momento, tudo o que eu não me sentia ser. Vago afrouxou os braços o bastante a fim de poder levantar meu rosto para o seu e eu poderia ter me afogado em seus olhos.

– Para nós, nunca foram. Olhe onde nos encontramos.

Ele tinha razão, era muito horrível lá no subsolo.

– Nunca me arrependerei de termos vindo para o Topo juntos. Nunca me arrependerei de nada.

"Inclusive do que fizemos esta noite." Deixei isso sem ser dito, mas Vago sabia. Sempre soube. Quando Seda nos colocou como parceiros, ele parecia me entender melhor do que eu mesma, adivinhando o que eu queria e coisas que me fariam feliz. Lembrei-me de como me reconfortara com um braço em volta dos meus ombros e aquele foi o primeiro passo em direção a um mundo em que ele significava tudo para mim, e seu toque era tanto minha casa quanto qualquer chalé poderia ser.

– Se esta for a última vez, deixe-me dizer para que você nunca esqueça. Sempre vou amar você, Dois. Não importa para onde as almas vão, a minha estará procurando por você, *solnyshko moyo*.

Aquelas palavras me rasgaram em duas.

– Não. Em vez disso, quero uma promessa. Prometa que vai lutar como nunca para que, quando as mortes cessarem, esteja de pé procurando por mim aqui.

– Eu juro – ele falou.

Porém, não havia garantias. Eu sabia disso, mesmo ao forçá-lo a prometer. Assim, eu o beijei porque, se o fim chegasse para mim na forma de presas e garras, queria morrer com o gosto dele em meus lábios.

Deveria haver um discurso para um momento como aquele, mas estava frio e nós nos mostrávamos prontos para acabar com a luta. Assim, estendi a mão para Vago, que colocou o isqueiro do seu padreador nela. Finquei o artefato no chão, como Tegan dissera, acendi o pavio e, então, todos nós recuamos. Faíscas voaram e depois a coisa disparou direto no ar em um arco laranja, soltando um assobio de estouro e, em seguida, explodiu em uma cascata de cores. Por alguns segundos, todos ficamos olhando para cima admirados, porque nenhum de nós já vira algo assim.

– Estou contando – Morrow avisou.

Quando ele chegou a 200, uma luz de resposta subiu do outro lado, apenas alto o bastante para conseguirmos ver. Respirei fundo, com mais medo do que nunca. Eu não acreditava que ainda fosse Caçadora... e, portanto, destinada a uma morte grandiosa e de glória. Se eu morresse em batalha, doeria tanto quanto doía para qualquer pessoa e havia tantas coisas que eu nunca faria. Porém, a coragem não é ausência de medo; é lutar apesar do nó no estômago.

– Essa é a nossa deixa. Boa caçada, Companhia D!

Os homens repetiram as palavras para mim e, à luz suave do pré-amanhecer, vi todo o medo deles, toda a incerteza. Eu não tinha solução para aquilo.

Morrow levou seus patrulheiros enquanto Tully, Vago e Spence faziam o mesmo. Thornton permaneceu perto de Tegan, recuado, e eu fiquei contente por ele querer protegê-la. Queria agarrar Vago e implorar para ele não ser corajoso ou descuidado demais. Em vez disso, fui a líder como sempre, correndo para o inimigo com as adagas empunhadas.

O acampamento estava praticamente adormecido, embora algumas Aberrações estivessem com ânsia. Eu nunca as vira vomitar antes. Era nojenta a maneira como a bile passava tal qual em um funil dos dois lados das presas delas. Elas mal tiveram a chance de dar o alarme antes de as alcançarmos. A Companhia D correu direto para o coração e depois o apunhalou por garantia. Táticas que foram úteis para nós antes funcionaram de novo. Os homens estavam armados com toda a bebida alcoólica que o dono do pub se dispusera a oferecer sem saber por que precisávamos dela e nós lançamos 10 coquetéis molotov na horda. Rifles urraram e eu ouvi o chiado da besta de Tully. Com a confusão e os corpos rosnando, perdi meus tenentes de vista imediatamente. As feras estavam por toda a volta, tantas que eu não conseguia respirar, mas elas estavam lentas e desajeitadas, conforme o prometido, o que significava que os Gulgurs tinham mantido sua parte do acordo.

O ar ficou espesso com a fumaça, até ser difícil ver contra quem estávamos lutando. Golpeei uma Aberração e depois outra que veio cambaleando em minha direção. Mais uma surgiu da fumaça fedorenta, mas usava uma faixa branca de tecido em volta do braço, então eu ergui minha lâmina em saudação e atacamos o inimigo seguinte juntas. Eu me sentia mal por ela; aquele poderia ser seu padreador ou sua matriz sofrendo sob suas garras, mas ela não vacilou.

Meus ouvidos ecoavam com os gritos e os xingamentos, rosnados e berros de dor. Havia cadáveres por toda parte, tiros de armas estourando, o gosto metálico de sangue pesado no ar. Eu não tinha ideia de como o meu lado estava se saindo, apenas a certeza de que, se eu parasse de lutar, morreria. A horda era enorme, a quantidade era formidável, mesmo com carne envenenada revirando em suas entranhas. Dez delas me cercaram e, fora essas, mais dez e dez de novo, muito além do que a noite e os juncos em combustão me permitiam ver. Corpos caíam no rio ali perto, lutando ou fugindo, eu não sabia dizer.

O Uroch ao meu lado golpeou uma Aberração que tentou se jogar para passar por ele e chegar a mim e eu finalizei aquela morte. Os monstros estavam confusos, incapazes de entender por que lutavam contra os seus. Eu bati e cortei até meus braços doerem e os mortos se empilharem em volta de mim. Ainda assim, eles continuaram vindo até o amanhecer. Deveria ter sido uma visão inspiradora, a luz do sol na água, mas, em vez disso, ela só iluminou como nossas chances eram poucas. O poder combinado da Companhia D, dos Uroches e dos Gulgurs não parecia suficiente. Tínhamos matado muitos, mas a mesma quantidade de soldados nossos estava caída, ferida ou morta no campo de batalha ensanguentado e as Aberrações tinham mais mil para jogar em nós.

Do outro lado, ouvi Tully gritar para seus soldados se reagruparem enquanto os tiros de rifle vinham cada vez mais dispersamente. Os homens estavam ficando sem munição, imaginei enquanto limpava o suor e o sangue da testa e continuei lutando, concentrando-me no perigo imediato. Uma Aberração espetou o Uroch ao meu lado e fui lenta demais para salvá-lo. Sangue borbulhou saindo da boca do jovem e depois ele caiu, sem ter dito nenhuma palavra, e eu estava sozinha no meio da horda.

"Preciso de Vago."

Porém, minha garganta estava ressecada e cansada das horas de luta. Gritar era desperdício de fôlego. Aberrações vinham em ondas até onde era possível enxergar e estavam exultantes apesar da fraqueza, porque sentiam como aquela luta acabaria. Com uma explosão de energia renovada, continuei me esforçando, alimentada pela lembrança de todas as pessoas que eu nunca mais veria se desistisse. Meus ombros queimavam, meus braços eram colunas gêmeas de fogo.

Outra leva de monstros correu para mim e fui engolida, sem conseguir ver, apenas a massa de rosnados, garras e presas me açoitando. Com pura determinação, levantei minhas adagas, mas força de vontade não era o bastante. Meu corpo tinha limites e eu os atingira. Mais golpes das Aberrações me alcançaram, era apenas questão de tempo até uma delas ter sorte e dar o golpe matador. "Coração, garganta, coxa. Um desses lugares e eu já era."

Uma Aberração enterrou os dentes no meu antebraço, outra fez um corte em meu ombro. Com um movimento que Perseguidor me ensinara, cortei a garganta da primeira e dei um giro baixo, rasgando as pernas delas. "Se não puderem ficar em pé, não poderão lutar tão bem." Aquilo também me tornou um alvo menor. Cortei as veias nas pernas delas e quase vomitei com o jato de sangue que me atingiu no rosto.

"Quantas mais? Além da conta."

Três delas morreram aos meus pés e eu as encarei, incapaz de entender o que estava vendo. Na verdade, Tegan tinha aberto o crânio de uma, Thornton cuidara de outra e a terceira... bem, Gavin de Winterville estava parado com nossa bandeira nas mãos, a flâmula agitando-se ao vento; ele havia espetado a Aberração com a ponta afiada. Antes de eu poder agradecer a eles, a cabeça de Thornton quebrou para o lado, com seu pescoço jorrando vermelho. O veterano caiu antes de eu poder reagir e, então, havia mais oito monstros em cima de mim, de Tegan e do pirralho. Ele puxou a bandeira da sua vítima e a usou como arma, mas o menino não tinha força para fazer isso por muito tempo. Tegan e eu lhe demos o máximo de cobertura que podíamos, mas eu estava muito cansada e, pelos seus movimentos, a perna dela doía. Uma médica não devia lutar no campo de batalha, mas não havia tempo para ela cuidar dos feridos. Um dos nossos homens gritou pedindo misericórdia e a angústia passou pelo rosto de Tegan porque ela não podia sair da luta e fazer seu trabalho.

"Sinto muito", tentei dizer, mas não tinha fôlego. A dor aguda na lateral do meu corpo vinha de uma mistura complexa de esforço pesado e dor, tanto emocional quanto física. Eu nunca lutara em um conflito que não tivesse fim, mas aquele parecia como se não houvesse aonde ir nem nenhuma conclusão a não ser o túmulo. Tegan cambaleou e eu a peguei; de alguma forma, aguentamos enquanto Aberrações se atiravam na nossa direção. Gavin estava muito galante, agitando a flâmula como se seu poder por si só pudesse afastar os monstros.

Tegan derrubou uma Aberração e eu a golpeei enquanto Gavin espetou outra. Na verdade, ele era muito bom com aquela maldita bandeira. Mas havia Aberrações demais.

– Não vou morrer! – Gavin gritou. – Prometi para minha mãe!

A rebeldia dele me deu força para matar uma, depois outra. Tegan pareceu ganhar coragem também e nós superamos a dor, até termos uma pilha de corpos tão alta à nossa frente que eu poderia subir nela. E subi. Escalei os cadáveres e caí do outro lado, atravessando o ar fumacento. Havia mais luta à frente, ao longo do rio.

Vi aglomerados de Uroches batalhando contra seus irmãos e os Gulgurs lançando pedras com tiras de couro do entorno da luta. Quando uma Aberração se virou para persegui-los, os pequenos dispararam e sumiram e, nesse tempo, os monstros sofreram mais danos por trás. Exausta, parei para recuperar o fôlego enquanto meus dois camaradas faziam o mesmo.

– Estamos ganhando? – Tegan perguntou.

Fiz que não, completando:

– Não sei.

E, então, a esperança apareceu, incrivelmente, inacreditavelmente. Do sul e do oeste, homens vieram marchando. Reconheci Morgan à frente de uma coluna e, assim, identifiquei-os como homens de Soldier's Pond. Vi pessoas que conhecera em Gaspard, Otterburn e Lorraine; estavam com rostos cansados, mas todos tinham expressões idênticas de determinação. A maioria estava malvestida e mal equipada. Eles não possuíam uniformes e alguns estavam armados com enxadas e pás, qualquer coisa que conseguiram pegar depressa. Marlon Bean ergueu a mão cumprimentando, assim como Vince Howe.

John Kelley vinha à frente das linhas e, quando me viu, gritou:

– Começou sem nós, Caçadora. Você se importa se cuidarmos de alguns desses Mutantes por você?

– Não ataquem os Uroches ou os Gulgurs – berrei de volta. – Eles estão conosco.

Rapidamente, Tegan gritou a descrição dos nossos aliados e Kelley pareceu pasmo, mas reconheceu com um aceno da cabeça, repetindo as instruções para os seus homens. Ninguém argumentou. Havia movimento demais para eu ter uma ideia de quantos tinham vindo para se juntarem à luta ou quantas Aberrações restavam, mas a esperança soltou uma centelha bem lá no fundo de mim.

Reuni uma segunda onda de energia e corri para as Aberrações restantes com uma fúria renovada. Enquanto lutava, procurei Vago. Às vezes, pensava ouvir sua voz gritando ordens, mas não conseguia fazer uma pausa para ir atrás dele. Mas vi Spence, sem balas e usando sua arma para bater na cabeça dos monstros e atordoá-los antes de apunhalar. Ele sorriu para mim, dentes brancos no seu rosto imundo, e me senti melhor por ver que ele chegara tão longe. Seus homens o cercavam, os 20 que ainda estavam em pé... dos 50 que ele tinha antes, e suas mortes machucavam, mas eu não podia parar.

Não quando estávamos tão perto.

Em meio à luta e ao barulho, perdi Tegan e Gavin de vista. Depois vi o menino erguer alto a bandeira e enfiá-la em uma Aberração que Tegan derrubara para ele.

– *Isto* é pelo Perseguidor.

Eu não sabia como ele podia ter tanta certeza, mas abri caminho a golpes de adaga em direção a eles. Quando olhei a coisa morta no chão, reconheci a cicatriz que cortava seu olho esquerdo. Talvez não devesse importar, pois aquilo não trazia meu amigo de volta, mas assenti para o garoto.

– Bom trabalho.

Em minutos, a situação da batalha mudou. Aqueles não eram soldados, mas eram homens corajosos, e o restante de nós lutou com o mesmo empenho. Pode ter levado uma hora ou cinco, mas a horda acabou se dispersando. As Aberrações tentaram fugir, no entanto os atiradores de Soldier's Pond estavam praticando havia anos para aquele dia e as derrubaram.

Do lado do inimigo, não havia sobreviventes.

Morte

Corvos mergulhavam nos mortos, mesmo enquanto eu tentava cuidar dos vivos. Tegan estava devastada; não tínhamos um plano pensado para a vitória, nenhum lugar para os feridos. Ela gritou a fim de as pessoas ajudarem a carregar macas para longe do campo de matança e homens responderam ao seu chamado. Tegan encontrou uma mulher que parecia poder servir como sua enfermeira e elas discutiram a melhor maneira de salvar o máximo de vidas possível.

Quanto a mim, estava procurando por Vago. Andei em meio aos corpos, encarando seus rostos ensanguentados. Cada vez que eu via um jovem magro ou uma massa de cabelos negros, perdia o fôlego e a coragem. Precisei de toda a minha força de vontade para continuar procurando. Achei Zach Bigwater caído... e esperei que ele tivesse encontrado paz, redenção de sua convicção de que era um covarde. Para mim, parecia que ele tinha lutado duro e sussurrei:

– Obrigada.

Alguns minutos depois, desvirei Harry Carter. O homem mais velho estava sorrindo, como se tivesse visto algo adorável antes de morrer. O medo criou raízes mais fundas em meu estômago. "Vago prometeu. Ele está bem. Só tenho que achá-lo."

Tropecei em Spence por acidente. Ele estava meio escondido por uma elevação acima do rio, corpos por toda a sua volta. As aves pretas de olhos pequenos e brilhantes se aproximaram devagar sobre patas em forma de "y" e o grito dele as fez se dispersarem em um farfalhar de asas. Tarde demais, vi Tully aninhada em seus braços. O recipiente que guardava suas flechas estava pendurado e vazio e suas facas não estavam por perto. Seu sangue havia coagulado, ficando marrom sob o sol, mas Spence não a soltou. Apenas a abraçou e balançou. Seus olhos abriram quando me viu e ele parecia jovem demais para tal dor, com seus cabelos ruivos e rosto sardento.

– Não consegui encontrá-la.

A voz dele era uma canção nascida da dor.

– Era tarde demais.

Caí de joelhos e coloquei a mão em seu ombro.

– Sinto muito. Sinto muito mesmo.

– Ela sempre dizia que eu me cansaria dela. Ela nunca... nunca...

Lágrimas surgiram em meus olhos.

– Talvez ela não tenha dito em voz alta, mas sabia que você a amava. Eu conseguia ver isso entre vocês.

– Não posso fazer isto.

Sem aviso, ele largou o corpo dela e foi pegar sua arma.

Aterrorizada, agarrei seu braço e lutei com ele, usando toda a minha força para afastar o cano do corpo de Spence. Ele chegou mesmo a me bater, forte o bastante para minha visão ficar em faíscas, mas enterrei os dedos em seu braço e não soltei. Nós rolamos na lama, um sobre o outro, e eu acabei por cima, mal conseguindo me segurar. Não podia deixar aquele homem morrer. Por sorte, sua explosão de fúria não durou muito e, quando ele gritou, atirei a arma na água.

– Posso conseguir outra – ele disse sem emoção.

– Você acha que ela iria querer isso para você?

Seus olhos azuis ficaram duros como gelo.

– Não. Mas ela está morta e não pode opinar.

– Coloque a cabeça no lugar. Tem pessoas entre os vivos que ainda precisam da sua ajuda e eu não dei permissão para você sair.

Spence ofereceu uma sugestão elegante do que eu poderia fazer com as minhas ordens e, se eu não estivesse tão preocupada com Vago, poderia ter dado um sorriso. Em vez disso, levantei depressa e sem jeito e apontei.

– Pegue-a. Leve Tully para onde a equipe médica possa tomar conta dela. Depois de analisarmos quem sobrou, vamos cuidar dos nossos mortos.

Ele discutiu um pouco, mas, no final, apanhou sua amada em seus braços e estava chorando sem querer esconder quando a entregou para Tegan. Ela entendeu imediatamente quem ele carregava e o que Tully significava para Spence. Tegan acenou freneticamente para Morgan, que tinha alguns carrinhos. Seus homens deviam ter cruzado o rio para pedir ajuda em Rosemere.

Tegan disse:

– Preciso que você cuide dela para mim.

– Vou cuidar.

Morgan havia provado que era firme como uma rocha e, assim, sua promessa era válida.

– Como diabos vocês chegaram aqui bem a tempo? – perguntei.

– Agradeça aos seus comerciantes. Eles têm feito discursos bombásticos em todas as cidades dos territórios para que mandassem homens há semanas. Na última viagem, que fizeram sem a sua proteção, juraram que não trariam mais suprimentos a menos que todos nós criássemos coragem e fizéssemos a nossa parte.

– Devemos nossas vidas a eles.

Eu baixei a voz, virando um olhar rápido para Spence, que estava parado como um fantasma ao lado de Tegan.

– Ele não está bem. Fique de olho nele enquanto faço uma busca no campo de batalha? Estão faltando alguns homens.

"Vago, Morrow e Rex." Eu não conseguia falar dos que tinha perdido.

Morgan concordou com um aceno rápido da cabeça.

– Sabe, a Coronel Park quer falar com você, assim que tiver uma chance.

Era engraçado para mim com quanta formalidade ele se referia à própria esposa, mas a posição dela tornava o relacionamento um assunto discreto e privado, visto basicamente com um olhar sutil.

– Tenho muitas coisas das quais cuidar antes, mas vou para Soldier's Pond quando acabar.

Sem mais conversa, voltei para a minha missão. Encontrei Rex logo depois e meu estômago deu um pulo quando o vi deitado lá. Mamãe Oaks nunca me perdoaria por ter tomado o outro filho dela. Porém, quando coloquei os dedos na garganta dele, senti uma pulsação. Eu o vasculhei de cima a baixo e descobri uma ferida na pele do peito e um machucado na mandíbula. No entanto, ele estava ensanguentado o bastante para as Aberrações, confusas pelo veneno, terem pensado que estivesse morto.

Chacoalhei-o delicadamente, coloquei uma moringa na sua boca e despejei. No começo, a água só escorreu pelo pescoço, mas aparentemente foi irritação o suficiente para acordá-lo. Ele bateu nas minhas mãos para afastá-las e lutou para se erguer, os olhos embaçados no início. Percebi o instante em que ele focou em mim e entendeu que ainda estava vivo.

– É até uma surpresa – ele disse.

– Uma surpresa boa. De pé. Preciso que me ajude a encontrar Morrow e Vago.

Na verdade, eu estava mais interessada em ver se ele *conseguia* se levantar, o que me ajudaria a avaliar o quanto ele achava-se ferido.

Com a minha ajuda, Rex se ergueu com dificuldade e olhou ao redor, o rosto ficando esverdeado.

– Isto é...

– Sim – falei baixinho. – É.

Embora Rex estivesse instável, parecia bem o bastante e, assim, ficou comigo enquanto eu separava os vivos dos mortos. Por três vezes, encontramos homens que pareciam acabados, mas percebemos batimentos e eu chamei as pessoas que trabalhavam com Tegan para cuidar deles. Foi aterrorizante e exaustivo ali em meio aos feridos. Em certo momento, depois do meio-dia, Szarok me encontrou. Seus traços angulosos eram familiares de uma maneira que eu achava estranha, considerando-se que tínhamos passado apenas uma noite conversando. Rex se aproximou por reflexo até lembrar que todos os monstros estavam mortos.

– Seus soldados lutaram bem – ele disse.

– Assim como os seus. Um deles salvou a minha vida.

– Eu queria que houvesse uma forma de pegar as memórias dos mortos – ele falou, sério –, para que não fossem perdidas.

Antes de eu poder responder, outro Uroch se aproximou e eles assobiaram e rosnaram uma conversa. Depois o outro saiu depressa.

– Fui lembrado de declarar meus termos para a nossa aliança. Ficamos com Appleton. Embora seja lamentável a forma como a conseguimos, duvido que algum dos seus deseje se estabelecer lá agora.

– Não tenho poder para...

– Pros diabos que não tem – Rex interrompeu. – Você liderou este exército. Reuniu todas as pessoas capazes dos territórios dispostas a lutar. Venceu a horda. Por isso, se oferecer Appleton para os nossos aliados, ninguém vai discutir com você.

Seria verdade? Imaginei que sim.

– Certo. Appleton é sua. Não é o momento de falar sobre essas coisas, mas haverá a necessidade de...

Eu nem sabia as palavras.

– Tratados – Rex colaborou. – Acordos de comércio. E seria bom os Uroches usarem essas braçadeiras, pelo menos até o último dos velhos Mutantes sumir.

Um brilho de dor passou pelos olhos dourados de Szarok. Era o povo dele que Rex estava dispensando casualmente. Não tínhamos matado todos, haveria soldados desgarrados na floresta e pelo campo, mas, se fôssemos cuidadosos, eles morreriam em alguns anos e levariam o legado de violência com eles.

No entanto, eu não podia deixar de questionar:

– Os poucos velhos que restaram podem procriar... e recomeçar o ciclo todo?

Szarok fez que não.

– Eles passaram da idade de reprodução. O futuro do meu povo está nas nossas mãos agora.

– É bom ouvir isso – Rex murmurou.

O Uroch lançou um olhar cortante para ele, antes de dizer:

– Vamos voltar para Appleton agora. Estes corpos não são nada para nós já que não podemos recolher as memórias. Então, os corvos podem ficar com eles.

Era algo em que nos diferenciávamos deles, mas não o julguei por isso.

– Talvez seja melhor. Não sei como os homens vão reagir, agora que a luta terminou.

Rex assentiu.

– A paz leva tempo.

Szarok continuou:

– Os Gulgurs voltaram para as tocas deles. Eles me disseram para pedir que vocês enterrem os mortos deles junto com os seus. Não sei se eles estão interessados em tratados ou acordos de comércio, mas estão felizes por ser seguro voltar para a luz, se quiserem.

– Vou cuidar disso. Agradeça a eles por mim – falei.

Szarok ergueu sua mão animalesca, virou-se e fez sinal para seus guerreiros sobreviventes com outra daquelas coisas explosivas. Eles saíram em uma corridinha ao longo do rio até sumirem de vista, deixando-me para continuar juntando os pedaços. Com cada corpo que eu virava e cada rosto em que procurava, minha esperança ficava mais fraca. O sol passara do seu ápice quando encontrei Morrow.

– Tegan! – gritei, sabendo que ela largaria tudo para cuidar dele.

Ele estava coberto de tantos ferimentos que eu não sabia como ainda respirava. Dois homens vieram com Tegan, atraídos pelo meu tom ríspido, e nós o carregamos para a barraca montada longe dos corpos. Imaginei que ela também tinha vindo de Rosemere e, em silêncio, agradeci a eles pela ajuda. Havia fogueiras queimando e água fervendo em panelas enormes, e mulheres da vila se deslocando em meio aos soldados feridos com curativos que pareciam ter sido rasgados de velas.

– Alguém deveria ir buscar o pai dele – falei.

"Caso ele não aguente."

Eu queria ter deixado que ele informasse ao governador, como desejara. Então, poderiam ter tido uma despedida só por garantia. Mas Tegan fixou um olhar de negação tão feroz em mim que cambaleei para trás até a entrada da barraca.

– Ninguém vai a lugar nenhum. Tragam uma droga de uma panela d'água, alguns panos limpos e minha bolsa de remédios.

Fiz como mandou e depois Rex e eu nos lavamos e a ajudamos enquanto ela limpava os ferimentos de Morrow e, em seguida, preparava a tintura que salvara Harry Carter. Com mãos firmes, ela derramou a mistura insuportável nas mordidas e deu pontos nos machucados de Morrow. Os homens dele ficaram sabendo da sua condição e 15 deles andavam de lá para cá fora da barraca. Sofremos muitas perdas antes de os reforços chegarem... Desviei aquela ideia enquanto secava o sangue que vazava da lateral do corpo de Morrow. Não podia deixar que o medo e a tristeza iminente me distraíssem. A vida de um amigo estava em jogo.

Pareceu levar uma eternidade até Tegan terminar seu trabalho no contador de histórias. Ele estava tão pálido que não aparentava ter nenhum sangue ainda no corpo. Ela caiu de joelhos e pressionou sua bochecha na dele e aquilo pareceu minha deixa para sair da barraca. Pelo caminho, tropecei, mas não havia nada para me derrubar, apenas a ondulação suave do chão gramado.

Rex me equilibrou com um braço e disse:

– Você precisa comer alguma coisa.

– Não posso. Preciso encontrar o Vago.

– Coma – ele mandou com delicadeza. – Ou vou contar para a Mamãe Oaks que você não ouve o seu irmão.

Trêmula, concordei, mas apenas porque nunca localizaria Vago se desmaiasse. Se ele estivesse ferido ou sem conseguir pedir ajuda, enterrado em uma pilha de corpos... Meu corpo todo estremeceu só de pensar. Aquela batalha nunca acabaria para mim se ele não cumprisse sua promessa.

Rex me levou para uma fogueira onde mulheres da vila estavam esquentando sopa. Peguei uma tigela de madeira e a bebi em alguns poucos goles violentos; com raiva porque a dor me afogaria se eu não tivesse essa proteção. Depois, engoli um pouco de água e olhei feio para Rex.

– Contente? Podemos voltar para lá?

Enquanto eu cuspia as palavras *naquele* tom, percebi que meu irmão merecia mais do que aquilo.

Devo lhe dar crédito, pois ele apenas assentiu:

– Vamos continuar procurando.

Mais corpos rolaram sob minhas mãos, mais rostos mortos para assombrar meus sonhos. Ao meu lado, Rex mostrava-se sombrio e quieto, mas eu estava feliz em tê-lo comigo. Com Tegan cuidando incansavelmente dos pacientes e os homens procurando seus próprios amigos e entes queridos, de outra forma eu estaria sozinha. E, sem sua determinação calma, eu poderia estar gritando e arrancando meu cabelo. Estávamos procurando havia algum tempo e começava a escurecer quando Gavin veio correndo até nós.

O pirralho estava com tão pouco fôlego que mal conseguia falar e, assim, as palavras saíram trêmulas em espasmos e impulsos.

– Dois, por aqui... Por favor. Rápido.

Sua pressa era contagiosa. Levantei-me e cambaleei atrás dele; na margem do rio, uma massa de corpos, tanta morte. Havia formas pequenas, os Gulgurs, e maiores: Uroches usando braçadeiras, habitantes das cidades com enxadas ao lado e os homens caídos da Companhia D. O fedor estava ficando terrível. Se não fizéssemos alguma coisa com os corpos, eles envenenariam o rio, estragando a beleza tranquila que eu admirara tanto. Rex correu ao meu lado, mais firme em seus passos.

Eu esperava de todo o coração por boas notícias.

À nossa frente, Gavin mostrava o caminho com a bandeira ensanguentada ainda voando ao vento. O pirralho andava torto, mas, se era capaz de se mexer sozinho, estava mais para o fim da lista de pessoas que Tegan precisava checar. Havia muitos que não sobreviveriam àquela noite, talvez inclusive Morrow. Meus próprios ferimentos abriam e ardiam conforme eu esmagava a terra, tentando manter o ritmo.

Quando o menino parou, ele estava ao lado de uma figura esbelta estirada no chão. E havia tanto sangue, tanto, por todo o seu rosto que eu estava com medo de olhar mais de perto. Enquanto eu me preparava para gritar, Vago abriu os olhos.

O alívio me inundou e eu perdi o fôlego.

– Você prometeu que se manteria de pé.

Memorial

Foram necessários 32 pontos para colocar Vago de volta à forma. Enquanto Tegan costurava, eu fiquei por perto indo de um lado para o outro, sob a sombra de Rex, que parecia achar que eu poderia fazer algo drástico. Misericordiosamente, Vago desmaiou antes de ela terminar. O olhar de Tegan estava desanimador quando ela ergueu a cabeça.

– Esta ferida pode ser complicada.

– Entregue para mim tudo o que o Doutor usou em você. Vou cuidar dele e lutar contra a infecção.

Sem mais nenhuma palavra de protesto, já que ela tinha outros pacientes de quem cuidar, Tegan me entregou um conjunto de ervas secas e remédios engarrafados. Ouvi suas instruções, memorizei-as e depois virei-me para Rex.

– Preciso da sua ajuda para levar Vago para Rosemere. Não podemos ficar aqui.

Como resposta, meu irmão jogou o homem que eu amava em seus braços e saímos da barraca médica, deixando Tegan para ficar colada em Morrow e esperar que o próximo soldado fosse carregado para dentro. Gavin foi conosco e eu estava ansiosa para escapar do cheiro de morte. Moscas lotavam o ar, zumbindo nos juncos e botando ovos em algo que eu não queria ver. Rex gritou para um barqueiro; eles permaneciam em movimentação constante, transportando suprimentos e feridos, indo e voltando pela água. Eu estava desesperada pelo santuário que Rosemere representava. Embora pudesse não haver perigo no continente, precisava me afastar do campo de batalha.

O pescador veio, atendendo ao chamado de Rex. Ele não podia chegar até a margem, ou seu barco encalharia, e, assim, andamos pelo rio até ele e ajudei meu irmão a erguer Vago para colocá-lo no barco. Gavin subiu sozinho, a bandeira ainda em sua mão. Parecia mais um farrapo, manchada de lama e sangue, mas meu emblema ainda era visível no centro. Exausta, subi também e o homem nos levou em silêncio de volta à Ilha Evergreen. Na doca, os pescadores conversavam sobre a batalha e mais voluntários haviam se juntado para ajudar com os feridos.

Nosso barqueiro partiu de novo, assim como mais dois, caso precisassem de ajuda. Os habitantes da vila me bombardearam com perguntas e eu respondi sem emoção, pensando apenas em levar Vago a um lugar seguro. Bem quando eu estava prestes a perder a paciência, Pedregulho abriu caminho em meio à multidão, seu rosto bonito se iluminando de alívio ao me ver.

– Eu posso levá-lo – Pedregulho disse, mas meu irmão fez que não.

Devia ser uma questão de orgulho, já que Rex provavelmente estava tão exausto quanto eu. Com Pedregulho à frente, segui a passos pesados para o seu chalé, onde Dedal estava com Robin equilibrado no quadril. Ela recuou e abriu espaço, o rosto vincado de preocupação.

– É muito ruim? – perguntou.

Não havia como responder ainda e, assim, fiquei quieta e ela voltou sua atenção para Gavin e Rex, que pareceram contentes com seus cuidados.

– Se quiserem, vão se lavar lá atrás, eu darei comida para vocês e depois podem descansar no sótão.

Pedregulho carregou Vago para o quarto de Robin; era pequeno, pouco mais de um nicho, mas grande o bastante para uma cama estreita com um colchão de penas. Ele o deitou e disse:

– Robin vai ficar bem conosco por algumas noites. Você precisa de alguma coisa?

– Um pouco de sabão e água. Bandagens limpas.

Quando ele saiu, despi Vago de suas roupas rasgadas e esfarrapadas. Ele tinha diversos cortes menos sérios no ombro e no peito, nenhum tão grave quanto a ferida na lateral do corpo. Meu estômago apertou quando pensei em Tegan juntando o músculo dele e o costurando bem justo, antes de suturar outra camada da pele. Pedregulho voltou com os materiais que eu pedira e eu lavei Vago da cabeça aos pés. Por sorte, ele ainda estava inconsciente.

Nunca me passou pela cabeça que ele pudesse morrer, mesmo quando sua febre ficou altíssima naquela noite. Ele suou e se debateu enquanto eu o banhava e aplicava zelosamente os tratamentos que Tegan fornecera. Havia chás e cataplasmas especiais para tirar a infecção antes que ela alcançasse mais fundo. Enquanto eu cuidava de Vago, outros enterravam os mortos, queimavam os corpos de Aberrações e limpavam o campo de batalha. Eu não dormi muito; um cobertor no chão ao lado da cama de Vago não oferecia muito conforto, mas eu precisava ficar perto o bastante para segurar a mão dele. Estava convencida de que, desde que não a soltasse, sua febre baixaria e seu corpo se curaria. Talvez eu estivesse delirando àquela altura por conta da falta de sono e comida, mas não havia como me tirar dali. Dedal tentou, mas eu briguei com ela e ela recuou saindo do quarto.

No terceiro dia, Dedal veio até a porta de novo.

– Como ele está?

– Melhor, eu acho. Tem alguma notícia de Morrow?

– Tegan está com ele na casa do governador. Ele quase morreu à noite, mas ela abriu uma das feridas e o trouxe de volta.

– Infecções múltiplas?

Aquilo explicava por que ela não tinha vindo ver como estávamos.

Ela assentiu, séria.

– Por que você não nos contou sobre a batalha, Dois?

– Porque eu sabia que você lutaria. Pedregulho, também. Vocês dois acham que precisam me compensar, na verdade têm que pensar no Robin, que é mais importante do que a culpa.

– O Topo foi bom para você – ela disse, sorrindo. – Você está mais inteligente do que antes.

– Entendo melhor como as pessoas pensam agora. Isso nem sempre me deixa feliz.

Pensei em Perseguidor ao dizer isso e a melancolia torceu meu coração.

Vago então gemeu e eu despejei um pouco de água pela sua garganta com uma colher. Dedal saiu nas pontas dos pés. Os lábios dele estavam secos e pálidos, as bochechas marcadas de cor. Sabendo que iria machucá-lo, troquei o curativo da ferida. Estava vazando um pouco, como Tegan tinha alertado, mas os cataplasmas evitavam que inchasse e ficasse vermelha. Fiz mais da meleca preta e a passei pelos pontos; não parecia limpa nem saudável, mas Tegan prometera que havia sido, segundo o Doutor Tuttle, o que salvara a sua vida. E, depois que secou, tinha um cheiro horrível, como se estivesse mesmo puxando as impurezas. Eu lavei a fim de tirá-la e comecei tudo de novo com os curativos.

Minhas regras começaram no dia seguinte, o que Mamãe Oaks me dissera significar que eu não estava procriando. Foi um alívio e decidi tentar me lembrar de perguntar como evitar pirralhos na próxima vez em que a visse. Não que eu fosse contra a ideia, mas queria que estivéssemos prontos quando tivéssemos os nossos. Com Vago tão ferido, com certeza não era a hora.

Cinco dias se passaram mais ou menos do mesmo jeito, mas, naquela noite, a febre dele baixou. E, quando seus olhos se abriram, estavam claros como o céu da noite e ele me reconheceu. Eu nem estava surpresa, apenas dominada pelo amor e pela satisfação, como se minha teimosia tivesse algum impacto na saúde dele. Sua linda boca se curvou em um sorriso.

– Você está horrível – ele sussurrou.

– Então, nós combinamos.

– A lateral do meu corpo parece ter sido marcada por ferros quentes.

– Não me surpreende. A pata de uma Aberração o abriu.

Ele soltou um suspiro e depois estendeu a mão para mim. O movimento causou um grito de dor e, assim, fui desajeitadamente até o canto da cama.

– Pare, estou aqui. Não o deixei nem por um minuto.

– Eu me lembro da batalha... e de ver os Gulgurs desviando de um lado para o outro, atirando pedras. Eles não são corajosos, mas são irritantes. Matei várias Aberrações que foram idiotas o bastante para persegui-los.

Eu assenti, sorrindo.

– Eles fizeram a parte deles. Eu me pergunto se Jengu ainda está por aí.

– Espero que sim.

Ele se retraiu, experimentando os pontos com as pontas dos dedos e eu as parei cobrindo a mão dele com a minha.

– Depois de os nossos reforços chegarem, fiquei descuidado. Tentei chegar até você, mas devo ter apagado.

– Gavin o encontrou. Eu estava procurando durante o dia todo.

– Então, eu devo a ele.

Vago se mexeu para poupar o lado machucado e me puxou para perto. Eu devia estar com um cheiro horrível, mas, comparada com a coisa passada generosamente na sua ferida, talvez ele não reparasse.

– Eu também.

Pela primeira vez em dias, eu me enrolei e dormi. Ele melhorou consistentemente depois disso, o suficiente para ficar acordado por algumas horas de cada vez, comer sozinho e tomar xícaras infinitas de chá de ervas, que Dedal alegava acelerar sua recuperação e Vago dizia que tinha gosto de erva daninha. Relaxei o suficiente para tomar um banho e escovar meus cabelos.

– Como está o Morrow? – perguntei na primeira vez em que Tegan apareceu.

– Melhorando, mais devagar do que o Vago.

As sombras profundas embaixo dos seus olhos diziam que ela estava tratando dele com o mesmo carinho que eu dedicava a Vago, mas provavelmente não percebera ainda o que significava. Perguntei-me quanto tempo levaria para ela entender que o amava. No entanto, tinha ajuda da família dele, enquanto eu era como a mamãe urso com uma única cria; rosnaria e ameaçaria arrancar a mão de qualquer um que chegasse perto do meu homem.

– Quantos sobraram na Companhia D?

– Eu tenho lido o diário de Morrow enquanto cuido dele. Menos de 70.

Tombei a cabeça por alguns segundos.

– Preciso dos nomes de todos eles.

– Vou colocar Sands para fazer isso.

Logo depois, Tegan foi embora.

Apenas um dos patrulheiros originais de Perseguidor tinha sobrevivido à batalha. Como estava conosco desde o início, Sands provavelmente saberia os nomes dos mortos e de onde vieram. "Hora de eu manter minha promessa." Um pouco de comida e sono tinham feito maravilhas, em especial já que eu sabia que podia atravessar o rio e não havia muito a temer mais.

No dia seguinte, Vago protestou quando beijei sua testa e disse:

– A gente se vê em breve.

Ele tentou me acompanhar, mas não estava forte o bastante. Uma enxurrada melancólica de palavrões se seguiu, rapidamente estancada quando Dedal colocou a cabeça para dentro do quarto com uma careta feroz.

– Se meu filho aprender esse linguajar com você, Vago, *vamos* ter um acerto de contas.

– Deixe que eu vá com você – a voz desesperada de Vago me seguiu e eu me virei.

– Você precisa se curar... e eu preciso dar conta disso antes da primeira neve. Não se preocupe. Esta é a última vez em que vamos ficar separados. É a *minha* promessa para você.

Ele não gostou, mas se acomodou contra os travesseiros. Corri de volta e o beijei de verdade, só para lhe dar alguma motivação, depois saí depressa do chalé, sabendo que não podia me demorar ou minha determinação vacilaria. Não estava ansiosa por aquela tarefa, mas minha consciência me incomodaria se eu não desse àquelas famílias a notícia sobre seus entes queridos. Elas mereciam saber o que acontecera, por que seus filhos e filhas nunca retornariam para casa.

Depois de procurar um pouco, encontrei Rex no pub com Spence. Morgan tinha levado meu pedido a sério e, antes de ir embora, encarregara meu irmão de cuidar de Spence, porque ele não estava nem meio são após a morte de Tully e ainda procurava maneiras de se ferir. Eu esperava que sua tristeza diminuísse com o tempo.

– Quando Vago melhorar – falei para os dois –, eu preciso que vocês o levem para Soldier's Pond. De carroça está bom. Virei assim que terminar uma última coisa.

– Levar o recado.

Os olhos azuis de Spence estavam entorpecidos e tristes.

Concordei que era aquilo mesmo.

– Vão fazer isso?

– Vamos cuidar dele – Rex prometeu.

Dedal me encontrou à porta do chalé com minha mochila, ela era exatamente tão eficiente quanto eu me lembrava de ser nos nossos dias no subsolo. Devia ter imaginado que partiria o mais rápido possível, era melhor tirar a triste jornada do caminho. Eu a abracei com força, mas não me despedi. Agora que sabia que eles estavam ali, eu voltaria. Só tinha que cuidar de uma viagem antes.

Para a minha surpresa, Gavin me encontrou na doca. Ele ainda estava com a bandeira da Companhia D, mas a tirara do mastro e a usava em volta dos ombros como uma capa. Não tive coragem de lhe dizer que estava ridículo, ele parecia tão orgulhoso daquela coisa suja e desimportante. Talvez Mamãe Oaks pudesse costurar uma capa adequada para ele quando chegássemos a Soldier's Pond, possivelmente com o nosso emblema, se isso o deixasse feliz.

– Vou com você – ele me disse.

Não tentei dissuadi-lo.

– Você sabe que vai ser uma jornada longa e triste.

Ele deu de ombros.

– Não tenho mais nenhum lugar para onde ir.

Os sobreviventes da companhia haviam se dividido enquanto eu cuidava de Vago, deixando Rosemere em duplas ou trios para voltar para casa. Parte de mim desejava que eu pudesse ter lhes dado algo que valesse por sua coragem, mas havia apenas palavras e eu nunca fora habilidosa com elas. Assim, era melhor eles terem ido antes de eu poder destruir qualquer boa impressão de mim que pudessem levar adiante.

Um barqueiro nos levou na travessia com um ar estranhamente respeitoso e, quando me levantei para sair do barco, ele beijou as costas da minha mão. Puxei-a, olhando-o com total confusão.

– Por quê? – perguntei.

– Porque você é a Caçadora – ele disse. – E venceu a Guerra do Rio. Deixou os territórios seguros de novo.

Eu não havia feito tudo aquilo sem muito sangue e dor, muitos sacrifícios de pessoas mais inteligentes e corajosas do que eu. Porém, fiquei tão embasbacada com as palavras dele que deixei Gavin me arrastar pela lateral, para dentro do rio e depois até a margem. Olhei de volta, mas o homem já estava ajeitando a vela e virando o pequeno barco em direção à Ilha Evergreen.

Quando Gavin e eu voltamos ao campo de batalha, ele havia virado um cemitério. Fileira após fileira, marcos de madeira estavam colocados com perfeição para manter a lembrança de onde homens e mulheres corajosos haviam morrido. Fiquei parada por alguns segundos, minha garganta apertada demais para respirar. Os dedos do pirralho discretamente se juntaram aos meus e eu os apertei. Parecia tão errado nós estarmos ali e Perseguidor, não, e Tully e Thornton provavelmente estarem enterrados sob aqueles montes escuros recém-feitos.

– Você se pergunta por que eles e não você? – Gavin questionou.

– O tempo todo.

As rotas de comércio estavam estranhamente livres. Derrotar a horda tinha mandado qualquer Aberração desgarrada para esconderijos, onde sem dúvida caçaria pequenos animais até morrer. Se ficassem ousadas de novo, os Uroches avisariam. De vez em quando, eu via nossos aliados na estrada, cuidando das suas coisas. Eles usavam braçadeiras brancas e erguiam as mãos de garras me cumprimentando. Perguntei-me se um dia me acostumaria com aquilo.

"Que superesquisito!"

Gavin e eu viajamos sem problemas e, no outono, era fácil encontrar comida: frutinhas e nozes, frutas maduras em árvores selvagens e lebres gordas e preguiçosas por terem comido durante o verão todo. Dessa maneira, fomos de cidade em cidade levando nossas notícias. Gavin ficou comigo enquanto eu procurava as famílias e lhes informava, uma a uma. Em Gaspard, não havia muitas, mas o choro foi violento em Lorraine. Ficamos lá por dois dias, contando histórias para que os parentes de luto pudessem se consolar sabendo que seus entes queridos tinham sido heróis. E eles foram, é claro, cada um deles. Não eram necessários feitos ousados, apenas a coragem de se manter no lugar enquanto todos os outros fugiam.

Em Lorraine, também visitei o túmulo de Perseguidor. Como prometido, o marco de pedra havia sido gravado com seu nome, Perseguidor, o Lobo, e toquei nas letras com dedos reverentes. Gavin me observou em silêncio por alguns instantes.

– Você sente falta dele? – ele perguntou.

– Todos os dias.

"Vencemos, meu amigo. Eu queria que você estivesse aqui para ver."

Em seguida, fomos para Otterburn e fiquei um pouco surpresa porque não tinha esperado que eles um dia mandassem alguém. O homem do balcão havia falado de um jeito tão definitivo sobre o dízimo e a determinação deles de não se envolverem na guerra. Porém, havia 15 nomes na minha lista, homens e mulheres que tinham decidido que preferiam lutar a se acovardarem.

– É uma cidade feia – Gavin disse quando nos aproximamos.

Embora eu concordasse, não era educado dizer isso onde os residentes pudessem ouvir. Eu o calei. As pessoas já estavam se reunindo; no começo, não entendi o porquê, mas, então, John Kelley falou alto:

– Estava me perguntando quando você chegaria.

Como fizera antes, o comerciante devia ter levado a notícia sobre a minha missão. Assim, as pessoas já estavam preparadas e esperando. Sem demorar mais, li os nomes e duas mulheres caíram de joelhos, chorando. Outras pessoas as consolaram. Eu estava cansada de andar, cansada de levar notícias ruins, mas ainda tinha Winterville antes de poder voltar para a minha família em Soldier's Pond. Rex, Vago e Spence já deviam estar lá àquela altura.

Pelo menos, era o que eu esperava.

– Obrigada – falei, atravessando a passos largos a multidão, que se dispersava, para encontrar o comerciante. – O único motivo de termos ganhado no rio foi você ter chantageado as cidades para mandarem ajuda.

O mercador abriu um sorriso largo.

– Não apenas eu. Vince Howe e Marlon Bean entraram em ação também. Todos nós atiramos um pouco naquele dia. Não me sentia tão vivo havia anos.

– Realmente é um dia para se lembrar – admiti.

"Não apenas de um jeito bom." Mas eu não iria estragar o momento com minhas memórias sombrias.

– Para onde vocês vão em seguida?

– Amanhã, partimos para Winterville – falei. – Depois, Soldier's Pond.

– Vou pagar a você uma rodada no pub, se quiser.

Fiz que não.

– Tem uma pessoa que preciso encontrar aqui.

– Quem? Talvez eu o conheça. Otterburn é um lugar bem pequeno.

Tentei imaginar a menina que Szarok colocara na minha cabeça e, então, esforcei-me ao máximo para descrevê-la.

– Não tenho certeza do nome dela... E está mais velha agora, talvez até 10 anos mais velha.

– Não há muitas meninas de cabelos pretos e olhos azuis morando aqui. Deixe-me perguntar por aí.

Antes de eu poder dizer que era responsabilidade minha, John Kelley saiu.

E, para ser sincera, eu estava exausta o bastante para não me importar. Abri minha mochila e comi algumas nozes e frutinhas que tínhamos pegado no caminho até a cidade. Sentado por perto, Gavin devorou a sua cota; eu havia reparado que ele sempre ficava perto o bastante para me tocar, nada óbvio, apenas uma topada do pé ou uma batida desajeitada do cotovelo. Em algum momento ao longo das semanas anteriores, tínhamos virado uma família.

Um pouco depois, John Kelley voltou com as informações.

– Há duas meninas que podem ser quem você está procurando. Devo mandar buscá-las?

– Se não se importar.

Confluência

Com uma olhada, reconheci a criança da memória de Szarok e, assim, dispensei a outra. Ela pareceu muito nervosa quando fiz isso. Era um ano mais nova do que eu, com cabelos pretos longos e olhos como o miolo de uma flor. Antes de eu poder interrompê-la, ela caiu de joelhos, como se eu fosse uma princesa das histórias de Morrow. De olhos arregalados, espiei Gavin, que deu de ombros. Ele tinha passado tempo demais sentindo meu cheiro na estrada para achar que eu fosse especial.

Várias pessoas de Otterburn ficaram por perto para saber o que eu queria com ela e as ignorei. Quando puxei a menina para levantá-la, ela tremia. Ela manteve o olhar para o chão.

– Qual é o seu nome? – perguntei com delicadeza.

– Millie, senhora.

Debati internamente se devia lhe contar em segredo, mas depois resolvi que tal reconhecimento provavelmente elevaria seu *status* na cidade... e ela merecia.

– Você se lembra de ter cuidado de uma criatura machucada na floresta quando era pequena?

Ela levantou a cabeça depressa.

– Sim, senhora.

– Ela sempre arrastava coisas feridas para casa e tratava delas – um homem comentou. – Mas não era um coelho ou esquilo, era, Millie?

Ela ficou pálida.

– Não. Estou encrencada? Eu não a trouxe para perto da vila.

– Exatamente o oposto – garanti a ela. – Na verdade, vim para agradecer. Porque o que você fez quando menina salvou as nossas vidas.

Pela expressão em seu rosto, ela não fazia ideia do que eu estava falando... e suspeitava que eu fosse louca. Assim, expliquei o que Szarok me contara

– omitindo a parte em que ele compartilhou a memória diretamente – e, quando terminei, todos de Otterburn a encaravam como se ela fosse a maior heroína que já tinham visto.

– Então, ele se lembrou de mim? – ela perguntou baixinho.

– Lembrou. E contou ao filho o quão gentil você era. Foi o que fez os Uroches decidirem se aliarem a nós em vez de lutar ao lado dos seus. Você foi a primeira a lhes dar esperança de que poderiam nos persuadir a buscar a paz.

– *Eu* fiz isso?

Sorri para ela.

– Nunca subestime sua importância, Millie. Você é uma heroína, igual a qualquer um que lutou no rio... e talvez mais. Porque é necessário mais coragem para curar as feridas do mundo do que para causá-las.

Deram uma festa em Otterburn naquela noite em homenagem a Millie e em comemoração ao fim definitivo dos dízimos. Gavin e eu saímos de fininho enquanto ela aproveitava a atenção; cobrimos meio dia de estrada antes de eu ficar cansada demais para continuar e acampamos ao luar. Pela manhã, seguimos andando e, alguns dias depois, chegamos a Winterville, onde repeti as notícias com os mesmos resultados que recebera em todas as cidades.

Dr. Wilson não tinha perdido ninguém, mas saiu para me ver antes de partirmos.

– Tegan está bem?

Eu ri.

– Está. A última informação que tenho é de que ela está cuidando dos feridos em Rosemere.

O cientista assentiu.

– Que bom. Lembre-a de que ela prometeu estudar comigo se sobrevivesse à sua guerra louca.

– Vou lembrar.

– Acabamos aqui? – Gavin quis saber.

Ele fora paciente, mas os dias estavam esfriando e eu sentia-me cansada de vagar por aí. Pegamos carona com um comerciante que eu não conhecia a caminho de Soldier's Pond e, embora as mulas fossem lentas, não reclamei. Naquela noite, sonhei com Improvável; foi o sonho mais curto que já tivera, mas que eu guardaria com carinho até meu último dia. Estávamos em um campo dourado, o sol brilhando. Ele estava saudável e bem e caminhava comigo.

Por um tempinho, não falou nada e, então:

– Estou orgulhoso de você, menina.

Depois ele se virou e se dissolveu na luz, até eu só conseguir ver seu rosto. Ele me concedeu uma última saudação com dois dedos e eu acordei sorrindo. Gavin estava me encarando, porque eu não costumava acordar tão de bom humor. Também, as mulas eram flatulentas e, assim, havia pouquíssimo motivo de alegria, apertada na parte de trás de uma carroça em meio a engradados de mercadorias. Mesmo assim, eu estava feliz.

– Estamos quase lá – ele disse.

Eu não perguntara se ele queria ficar em Winterville. Sem dúvida, não queria, já que perdera os pais e tinha parecido bem ansioso para ir embora. Àquela altura, eu não sabia o que fazer com ele, mas descobriria. Algumas horas depois, Soldier's Pond apareceu a distância. Levou uma eternidade para as carroças chegarem à cerca. "Não precisam mais dela", pensei. As medidas de segurança estavam desmontadas pela primeira vez, pelo que eu lembrava, e os guardas se apressaram para nos cumprimentar. Pensei que estivessem ansiosos para ver as mercadorias, mas, em vez disso, tiraram-me da carroça e me jogaram em seus ombros. Outras cidades tinham me dado as boas-vindas, mas nunca daquela forma.

Enquanto os soldados me carregavam, a multidão atrás do portão entoava "Caçadora! Caçadora!" até eu não conseguir ouvir nada além disso. A natureza selvagem da recepção era inquietante, como se, na sua avidez, pudessem me destroçar, como cães famintos demais pelo mesmo osso. Tolerei a atenção até entrarmos um tanto na cidade e depois gritei:

– Coloquem-me no chão!

– Deem espaço para a heroína – a coronel ordenou.

A Coronel Park abriu caminho pela multidão até mim, gesticulando para todos recuarem. Eu agradeci por aquilo ao dizer:

– Não quero uma festa. Conte-me algo de importante.

– Recebi notícias de Appleton... O seu Szarok quer esquematizar tratados de paz permanentes... e acordos de comércio. Como parte do trato, eles estão oferecendo compartilhar algumas tecnologias novas conosco. Parece que encontraram umas coisas fascinantes nas ruínas e estão descobrindo como usá-las.

Lembrei-me dos pauzinhos explosivos que Szarok e eu tínhamos usado para sinalizar um para o outro e assenti.

– Seria um erro subestimá-los... ou tratar os Uroches com menos do que total cortesia.

Eles tiveram uma atitude corajosa e horrível ao matarem seus irmãos. Se todos os meus anciãos ficassem loucos, eu não sei se me aliaria ao inimigo para acabar com a ameaça, não importava o quanto merecessem isso. Só de pensar, meu estômago revirava.

– É um mundo novo, Dois.

A coronel sorriu.

Fixei um olhar duro nela.

– Posso confiar em você para isso, certo?

A Coronel Park não ficou ofendida com a insinuação.

– Vou oferecer termos justos e respeitar os costumes deles. Ninguém quer que as hostilidades recomecem.

Satisfeita, imaginei que fosse a hora de deixar os detalhes para outras pessoas. Membros do conselho e prefeitos de cidades de todos os territórios podiam assinar documentos e fazer promessas. Para mim, eu já tinha feito o suficiente.

– Pensei que suas mãos estivessem atadas – falei então. – Seu poder, limitado.

Ela deu de ombros.

– Eu os ignorei. Eles fizeram confusão por um tempo, mas os homens exigiram marchar, em especial quando Vince Howe começou a gritar que nunca mais veríamos uma única carroça de nada se fôssemos tão covardes para deixá-la morrer.

– Parece um ótimo discurso. Onde está a minha família?

Ergui-me nas pontas dos pés e espiei pela bagunça da multidão. Aqueles homens me conheciam havia um certo tempo, mas todos pareciam desnecessariamente impressionados, como se eu estivesse prestes a ser incrível, enquanto estava faminta, mal-humorada e coberta de poeira da estrada. Minhas costas também estavam doloridas da carroça.

– Aqui – Mamãe Oaks chamou.

Juro que ela derrubou dois homens na pressa para chegar até mim. Seu rosto tinha rugas mais fundas, mas seus olhos estavam carinhosos e calmos. Quando seus braços se enrolaram em volta de mim, eu inspirei o seu aroma. Agarrei-me forte a ela, prometendo a mim mesma nunca mais preocupá-la tanto de novo.

– Rex voltou em segurança? – perguntei, recuando.

– Com certeza. Vago também e aquele pobre menino, Spence.

Pelo tom suave dela, podia dizer que o tinha pegado para si também, de forma que a função de mãe nunca acabaria. Talvez até fosse o suficiente para salvá-lo.

Gavin espiou em volta de mim, chamando atenção da minha mãe. Eu abri um sorriso largo.

– Então, tenho uma surpresa para você. Levei um filho para a guerra, mas trouxe dois de volta.

As sobrancelhas dela se ergueram em disparada.

– Não é certo provocar, Dois.

– Não estou provocando – disse a ela. – Gavin perdeu a mãe e o pai e precisa de um lugar para ficar. Acha que Edmund precisa de outro assistente na oficina?

Com um olhar aguçado, ela registrou o quanto ele necessitava de um banho e todos os rasgos nas suas roupas e, em seguida, colocou o braço nele.

– Tenho certeza de que sim. E temos muitos beliches.

Embora estivesse ansiosa para vê-los, sentia-me feliz pelo fato de os outros não terem vindo até o portão. Eu não queria cumprimentar Vago com tantas testemunhas, e Edmund talvez chorasse, mas fingiria ser poeira nos olhos. Mamãe Oaks empurrou as pessoas do caminho com os ombros e, se reclamavam, fixava nelas o olhar mais duro. Funcionou incrivelmente bem e, assim, ela abriu uma trilha com rapidez.

A primeira coisa que vi foi Vago parado do lado de fora, bem o bastante para ficar em pé. Esqueci minha exaustão e corri até ele, que me pegou com um braço em volta da minha cintura. Na frente da minha família, ele me beijou enlouquecidamente, como se tivesse se passado mais de um mês. Quando nos separamos, Edmund estava batendo o pé.

– Tem algo que você quer me dizer, filho?

Minhas bochechas ficaram quentes e comecei a protestar. Por sorte, Mamãe Oaks interveio apresentando Gavin e, então, ela observou o quão ruins os sapatos do menino eram. Nada motivava meu pai como ver uma criança com calçados rasgados e ele disparou para a oficina. Por um momento, franzi as sobrancelhas porque não tinha ganhado um abraço dele, nem mesmo uma batidinha no ombro.

Mamãe Oaks piscou para mim.

– Você tem que esperar esse tipo de coisa. Não é mais uma criança.

Eu ri e deixei de lado meu leve incômodo porque era muito bom estar de volta junto deles. Rex me deu o abraço bem apertado que eu estivera esperando e me girou, deixando um beijo barulhento no topo da minha cabeça.

– É bom vê-la. Eu estava começando a me preocupar.

– Não é perigoso mais – falei. – Bem, só os riscos normais da estrada.

Depois disso, separei-me de Vago, relutante, para tomar um banho. Em seguida, Mamãe Oaks arrumou meu cabelo. Pela primeira vez em mais tempo do que eu conseguia lembrar, coloquei um vestido, não por alguém estar me obrigando, mas porque queria ficar bonita, o máximo que fosse possível, de qualquer forma. A vida em campo tinha me minado e, assim, eu não parecia feminina, nem mesmo forte, mas Vago se iluminou quando me viu.

"Espero que ele nunca pare de me olhar assim."

Quisesse eu ou não, deram uma festa para mim. Foi uma noite alucinante com flautas, tambores e dança. Fiquei sentada porque Vago não estava apto para tais acrobacias. O pior naquela cidade era a falta de privacidade. Tarde da noite, saímos escondidos e não conseguimos encontrar um canto tranquilo por nada no mundo. As casas vazias tinham se enchido de homens, que vieram de outras cidades e viajaram para Soldier's Pond com os sobreviventes da Companhia D. No final das contas, provavelmente foi bom, já que eu não tinha falado com Mamãe Oaks sobre certos assuntos privados. Assim, voltamos para a festa e nos aconchegamos um no outro, satisfeitos só de estarmos juntos.

Os dias logo caíram em uma rotina com Vago se recuperando, Gavin e Rex trabalhando com Edmund na oficina e Mamãe Oaks se mantendo ocupada da melhor forma que podia. Porém, ela não estava feliz em Soldier's Pond; era hora de eu oferecer um presente em troca daqueles que ela me dera.

Assim, duas semanas depois de ter chegado, eu me sentei com ela para o café. Era o fim da manhã – ela me deixara dormir até tarde – e, então, havia poucas pessoas por perto. Os movimentos do lado de fora eram tão familiares, homens correndo em formação e soldados treinando. Para algumas pessoas, provavelmente era como estar em casa, mas, para mim, aquele era apenas um lugar que nos abrigara por um tempo.

"Mas, primeiramente..."

– Eu queria saber se você me contaria a melhor maneira de evitar fazer pirralhos?

Ela me surpreendeu oferecendo as informações em detalhes. Quando terminou, *eu* estava vermelha como um pimentão, mas consideravelmente instruída. Os olhos dela cintilaram com a minha expressão. Aquela mulher nunca deixava de me maravilhar e, assim, beijei-a no rosto e agradeci.

– Não quero ficar aqui – acrescentei baixinho.

Ela ergueu o queixo, abismada, e suspeitei que estivesse preparada para que eu contasse alguma outra tarefa maluca que precisava ser feita, que acabaria comigo cansada e ferida e ela com mais cabelos cinza por ficar sentada em casa se preocupando.

– Aonde você vai?

Nunca houve reclamações da parte dela, nenhuma discussão ou tentativa de me fazer mudar de ideia. No entanto, eu a provoquei um pouco:

– Uma cidade chamada Rosemere.

– Conte-me sobre ela.

E eu contei. Com uma eloquência que eu quase nunca tinha, descrevi a vila em detalhes. O rosto dela se suavizou enquanto escutava e um sorriso apareceu. Mamãe Oaks me cobriu de perguntas sobre as pessoas, os costumes, os barcos e o mercado. Ela parecia já um pouco apaixonada pelo lugar antes do meu relato terminar e nem sabia o que eu tinha em mente.

– Mas não sou a única que vai se mudar – falei enfim. – Você e Edmund deviam fazer as malas. Soldier's Pond, apesar de ser um lugar de valor, não é para nós.

– Vão nos deixar entrar? Há espaço suficiente?

Ela ainda estava pensando como refugiada, como alguém que passara a vida toda presa às restrições de Salvação. Coloquei minha mão sobre a sua.

– Mamãe, não há muros. A Ilha Evergreen é enorme e a vila tem muito lugar para novas casas. Você vai amar. Confie em mim.

– Eu confio – ela disse, lacrimejando. – Tenho certeza de que é tudo o que você disse.

– Não planejo passar o inverno aqui. Se nos apressarmos, podemos chegar lá ainda sem a primeira neve. E talvez consigamos construir antes de o chão congelar.

Com aquelas palavras, foi como se eu tivesse acendido uma fogueira embaixo dela.

– Você vai ficar surpresa com o quão rápido eu consigo fazer as malas quando tenho um incentivo.

– Nada de bom sobre você vai conseguir me surpreender – sussurrei, mas ela já tinha saído pela porta, pronta para revolucionar a vida deles só porque eu falara.

"Não mereço ter tanta sorte assim."

Vago me encontrou do lado de fora da casa de beliches.

– Fiquei sabendo que vamos nos mudar para Rosemere.

– Tudo bem?

– Está meio tarde para pedir minha opinião, não está?

À luz da manhã, eu não conseguia decifrar sua expressão. Às vezes, eu ficava preocupada por as coisas estarem diferentes entre nós, mas esperava que fosse porque dormíamos em um quarto com meus pais, não porque ele estava bravo por eu tê-lo deixado curando-se sozinho enquanto cumpria meu dever com as famílias dos soldados caídos.

– Fomos tão felizes lá – sussurrei.

Depois ele sorriu, suavizando a minha ansiedade.

– Não consigo imaginar nada de que eu gostaria mais. Amo tudo nessa ideia.

– Tegan ainda está lá com Morrow. Talvez ela fique.

Isso me deixaria muitíssimo feliz, já que teria todos os meus amigos e entes queridos por perto.

– Espero que sim – Vago disse.

Passou pela minha cabeça, então, que ele poderia estar se questionando, mas se sentia muito tímido para perguntar. Assim, sussurrei:

– A propósito, não estou procriando.

Vago curvou os ombros.

– Acho que Edmund sabe. Ele fica me encarando.

– Isso só funciona se você estiver com a consciência pesada, filho.

O comentário do meu pai nos fez dar um pulo. Ele ficou no caminho de braços cruzados, batendo um pé.

– Pensei que você tivesse dito que suas intenções eram honradas.

"Talvez isto me mate, não a batalha."

– Elas são – Vago disse baixinho.

– Então está na hora de cumprir essas promessas, se querem construir uma vida juntos.

– Do que você está falando? – eu quis saber.

Porém, Edmund já estava chamando Mamãe Oaks.

– Precisam de duas testemunhas.

Encarei Vago, perguntando-me o que estava acontecendo. Minha mãe saiu com um rolo de tecido nas mãos, parecendo irritada com a interrupção.

– Qual é o problema?

Edmund me analisou com doçura nos olhos. Então, o que quer que estivesse fazendo, não era com más intenções.

– Vago, você promete ser dela, sempre?

– Prometo – ele respondeu.

– E, Dois, você jura ser dele para sempre?

– Sim – falei, incomodada. – Ele já é meu e eu já sou dele.

Edmund balbuciou:

– Já imaginava. Por isso, precisam tornar oficial.

– Você não tem noção – Mamãe Oaks o repreendeu.

Vago e eu trocamos olhares desconcertados e eu perguntei:

– O que acabou de acontecer?

– Você não contou para eles que estavam jurando se casarem? – minha mãe questionou.

– Eles sabiam.

Edmund não mostrou remorso.

– Um casamento deve ter mais cerimônia. Ela deveria estar usando seu melhor vestido, e deveria haver comida e convidados, música, um bolo...

– Vocês queriam essas coisas? – meu pai perguntou.

Fiz que não. Tudo o que sempre quis foi o Vago e, pelo que podia ver, aquilo não mudava nada. Eu já prometera o "para sempre" a ele, apenas não em frente de testemunhas, que parecia ser a parte crucial. Assim, se Edmund queria que eu dissesse a todos de Soldier's Pond, eu diria.

Vago era meu e eu nunca abrira mão dele. Como lhe dissera uma vez e provara de novo e de novo, lutaria por ele.

E nunca pararia.

Adieu

Dois dias depois, Soldier's Pond não queria que fôssemos embora.

No final, convenci a Coronel Park ao prometer mandar cartas pelos mercadores quando fossem a Rosemere. Ela apertou minhas mãos, mais pessoal do que já fora comigo.

– Vai me aconselhar se eu precisar? Lidou mais com os Uroches do que qualquer pessoa. Tenho medo de ofendê-los.

– Trate-os como pessoas – falei. – Assim, não tem como errar. Mas, sim, ajudarei se você precisar.

Eu esperava que não houvesse súplicas, não houvesse emergências. Na minha opinião, o mundo deveria resolver seus próprios assuntos. Eu a saudei e deixei o quartel-general pela última vez para me juntar à minha família no portão. Os guardas haviam carregado uma carroça para nós, cheia de tecidos, que Mamãe Oaks pedira ou pegara emprestados, com os materiais de Edmund e os poucos bens pessoais que o resto de nós havia juntado. Rex chacoalhou as rédeas e as mulas trotaram em frente. Spence foi um companheiro de jornada relutante, mas concordamos que ele não podia ser deixado sozinho. Vago foi sentado na parte de trás com Mamãe Oaks enquanto Edmund se empoleirava na frente ao lado do filho. Gavin e eu caminhamos junto deles, pois eu tinha descansado o bastante e havia viajado de carroça por tempo suficiente para ter certeza de que não queria fazer isso mais do que o necessário.

Ao sairmos, as sentinelas gritaram "Caçadora", como se eu não estivesse enjoada de ouvir aquilo.

Rex lançou um olhar por cima do ombro.

– Isso não fica cansativo?

– Você nem faz ideia – murmurei.

Fizemos a jornada em etapas fáceis e foi bom viajar com minha família. De vez em quando, passávamos por outros viajantes; e não apenas os mercadores fazendo as rotas de suprimentos como fora nos dias antes da vitória no rio. Alguns eram humanos, outros eram Uroches e, às vezes, víamos pequenos grupos de Gulgurs, embora eles parecessem tímidos e não conversassem.

Os dias estavam frios, mas não congelantes, porém, à noite, a temperatura caía e nós nos aconchegávamos uns aos outros sob a carroça para termos calor e conforto. Gavin estava um pouco nervoso no começo, como se suspeitasse de que fosse tudo um truque e, quando ele ficasse acostumado com a ideia de ser parte de uma família, fôssemos lhe tirar tudo. No entanto, quando chegamos ao grande rio, ele estava se abraçando a Mamãe Oaks. Eu sabia exatamente como ele se sentia porque havia passado pelo mesmo, cautelosa e desconfiada, incapaz de acreditar que alguém se preocuparia comigo sem pedir nada em troca.

Àquela altura, as árvores flamejavam de cor na Ilha Evergreen. O nome enganava, já que apenas uma parte delas tinha folhas sempre verdes, enquanto o resto ficava vermelho escuro e dourado, emoldurando a vila que quase não era visível daquele lado. Rex parou em uma elevação, as mulas se mexendo nervosas nas rédeas. A mão de Edmund estava apoiada no ombro dele e Mamãe Oaks se ergueu para ver melhor. Ela se concentrou nas filas atrás de filas de marcos de túmulos no campo ali perto. Não havia passado tempo suficiente para a grama crescer e, além disso, já estava no fim do ano e, assim, os túmulos contrastavam claramente com a grama marrom.

– Tantos mortos – ela sussurrou. – Poderia ter sido qualquer um de vocês, todos vocês.

Edmund se remexeu no assento e se esforçou para sorrir. Era por isso que eu o amava, sua firmeza evitava que Mamãe Oaks sofresse.

– Mas não foi.

Enquanto eles conversavam, Gavin me cutucou, oferecendo-me a bandeira detonada.

– Isto é seu.

Porém, eu notara o quanto ele a amava. Assim, peguei minha adaga e cortei o tecido que Mamãe Oaks usara para costurar meu emblema no lugar. Reivindiquei a carta.

– Não, *isto* é meu. A bandeira é sua. Você a protegeu bem.

Gavin baixou a cabeça e se enrolou ao lado de Mamãe Oaks. Pude notar que eu o agradara.

– Vamos – Edmund disse. – Eu gostaria de ver o lugar que vou chamar de casa.

A carroça seguiu vagarosa em frente, até a água, onde barqueiros trabalhavam no rio. Rex assobiou e eu gritei até um deles nos ver. Ele virou seu barco, disposto a nos ajudar a atravessar. Soltei um palavrão quando ele me reconheceu, porque seu comportamento passou de amigável a respeitoso.

– Não posso levar todos – desculpou-se, parecendo chateado. – Mas vou mandar mais barcos para transportarem os outros, além de todos os seus pertences.

– Você e Edmund vão com ele.

Abracei Mamãe Oaks e ela pareceu muito animada quando meu pai a ajudou a entrar no barco.

Ela segurou firme enquanto o homem ajustava a vela, de forma que o vento o mandasse de volta para a ilha. Relativamente falando, não demorou muito para mais barqueiros chegarem. Era sorte termos poucas coisas – e nenhuma delas ser pesada –, mas Edmund e Mamãe Oaks eram artesãos habilidosos e, assim, ficaríamos confortáveis logo.

"Rosemere não mudou", eu pensei quando Rex me ajudou a desembarcar. Meus pais estavam por perto, maravilhando-se com a beleza do lugar. Assim que ficou sabendo, o governador veio nos dar as boas-vindas, apertando minha mão com firmeza e demonstrando alegria por eu ter levado meus pais. Eles pareceram pasmos com a atenção e, embora eu tivesse passado do ponto em que conseguia aproveitá-la, a diversão deles era motivo suficiente para eu não fugir com Vago ou ir procurar Pedregulho e Dedal.

– Como está o Morrow? – perguntei quando ele deu uma pausa nas suas observações educadas.

– Ele está bem, embora tenha sido por pouco. Devo agradecer à Doutora Tegan pela vida dele.

– Ela é incrível – concordei. – Sinto muito por ele ter se machucado. Você provavelmente me culpa por colocá-lo em uma encrenca e eu sinto muito por isso também.

Para a minha surpresa, o Morrow mais velho riu.

– De forma nenhuma. Ninguém nunca conseguiu evitar que James fizesse exatamente o que queria, nem mesmo eu. A única coisa que posso fazer é sempre estar aqui quando ele volta para casa.

Mamãe Oaks mirou um olhar focado em minha direção.

– Parece que temos algo em comum, senhor.

O governador sorriu.

– Percebi. Vocês têm uma quantidade impressionante de bolsas e caixas para uma visita. Vieram para ficar?

– Se você nos aceitar – Edmund disse.

Antes de eu poder responder, ele estava contando ao Sr. Morrow sobre sua habilidade como sapateiro e que ótima costureira Mamãe Oaks era. Eu poderia ter abraçado o governador quando ele falou:

– Com certeza seria útil termos pessoas com esses talentos.

Se havia uma maneira de fazer meus pais se sentirem em casa era insinuar que eles eram necessários. Ouvi a conversa deles preguiçosamente, apoiando-me em Vago para me aquecer, até que o governador decidiu que a única solução era ficarmos como seus convidados. Recusei, preferindo ocupar o sótão de Pedregulho e Dedal, mas Mamãe Oaks, Edmund, Rex e Gavin acompanharam o Sr. Morrow. A família dele morava na maior casa da ilha e, assim, deveria ter espaço suficiente.

Vago e eu fomos para o chalé dos nossos amigos. Bati na porta, esperando que eles ficassem felizes em me ver. O rosto de Dedal se iluminou de prazer quando ela atendeu e me puxou para um abraço apertado, eu não era a única que tinha deixado de lado lições aprendidas no subsolo em favor de outras melhores e mais alegres.

– Posso me dar ao luxo de esperar que vocês tenham vindo para ficar? – ela perguntou.

– Viemos. Não com vocês – acrescentei. – Pelo menos não para sempre. Mas agradeceria se pudéssemos nos abrigar aqui enquanto pensamos em algo mais permanente.

Dedal sorriu ao recuar para nos deixar entrar.

– É claro que são bem-vindos.

Pedregulho teve a mesma aceitação calorosa e parecia sinceramente feliz em nos ver. Todos nós tínhamos mudado muito, mas não a ponto de sermos estranhos uns para os outros. Naquela noite, durante o jantar, conversamos até nossas gargantas ficarem roucas, preenchendo todas as lacunas e aparando as arestas. Robin era adorável e, enquanto Dedal foi se lavar para a ceia, eu o segurei e Vago me pegou cheirando o cabelo do pirralho. Baixei a cabeça, ciente do quão absurda a cena devia ser, mas o olhar dele estava emocionado nesse tempo em que se demorou sobre mim.

Mais tarde, no sótão, Vago sussurrou:

– Estava morrendo de vontade de um tempo sozinho com você.

Ele havia dito aquelas palavras antes, em mais de uma ocasião, mas, naquele momento, eu sabia que era verdade. Eu rolei e o beijei e, em seguida, praticamos mais um pouco, em silêncio e, dessa vez, acertamos. Depois, tracei a cicatriz na lateral do corpo dele. Vago estremeceu com o meu toque, aproximando-se.

– Cheguei tão perto de perdê-lo – murmurei.

– Você nunca vai me perder.

Eu o beijei de novo e de novo, fazendo contagem regressiva de todas as vezes em que ele me beijara, até perder a noção dos números. Aquilo o agitou de novo e, assim, levou um tempo até nos acalmarmos. Porém, uma dúvida silenciosa entrou aos pouquinhos na minha cabeça.

– O que foi?

Vago sempre fora bom em ler minhas emoções.

– Está tudo bem? Quando toco em você?

– É a melhor coisa do mundo.

No entanto, não foi isso que perguntei... e ele sabia. Assim, acrescentou:

– Não sei se um dia ficarei totalmente bem. E, às vezes, tenho pesadelos. Mas, quando você está por perto, tudo parece melhor.

– Então, vou ficar por perto – prometi.

Inesperadamente, ele se mexeu, procurando em sua mochila.

– Tenho uma coisa para você.

Sentei-me, intrigada.

– O que é?

Como resposta, ele tirou um fio prateado brilhante, enfeitado com pedras brilhantes, e eu perdi o fôlego.

– O quê... Quando?

De alguma forma, ele interpretou minha incoerência do jeito certo.

– Comprei depois de você ir embora. Lembrei-me do quanto você gostou dela. Provavelmente, eu devia ter dado para você quando Edmund nos casou em Soldier's Pond. Mas estava esperando o momento certo.

Enquanto ele a prendia em volta do meu pulso, eu sussurrei:

– É perfeita.

E, em silêncio, jurei nunca tirar aquela pulseira.

Pela manhã, começamos nossa vida juntos.

Depois do café da manhã, passeamos pela vila de mãos dadas; eu não tinha nenhum destino específico em mente, mas, quando Vago me levou para além das docas, percebi que ele tinha. Ele não foi longe, depois dos chalés, subindo um suave morro ondulante, onde a vista era incrível. Daquele ponto de vantagem, eu enxergava o mercado, os barcos no rio e a casa do governador do outro lado de Rosemere.

– É aqui que quero construir – ele disse. – Se você estiver disposta.

Como eu decidira onde iríamos morar sem consultá-lo, pareceu adequado ele escolher o lugar onde ergueríamos a nossa casa e – se a vida fosse gentil – envelheceríamos juntos, não como as pessoas faziam no subsolo, mas como Edmund e Mamãe Oaks. Meu coração se aqueceu com a possibilidade, poderíamos ter anos e anos ali, naquele belo lugar. Era muito mais do que eu poderia já ter sonhado.

– É lindo. Precisamos de permissão?

– Já pedi.

Eu tombei a cabeça, surpresa.

– Quando?

– Antes de você acordar hoje de manhã. Por algum motivo, você estava supercansada.

Vago estava com um sorriso malicioso, de tão pura tentação que eu até pensei em empurrá-lo nas samambaias para lhe mostrar o que era estar cansado.

Porém, tínhamos trabalho a fazer primeiro.

Na minha opinião, havia um benefício em ser a Caçadora. A maneira como as pessoas me observaram quando caminhamos de volta pela vila me incomodou, mas, por outro lado, significou que voluntários vieram em bandos para ajudar a construir nosso chalé, depois de reunirmos os materiais. Com metade de Rosemere colaborando, as paredes subiram depressa e depois os Construtores preencheram com pedras e colocaram os pisos. Pedregulho e Dedal ajudaram, já que tinham feito seu chalé, e minha amiga inventara toda sorte de truques astutos para deixar uma casa confortável e aconchegante.

A única nuvem negra veio de Tegan. Certo dia, enquanto eu trabalhava ao lado de Vago, ela veio até o local, ficou parada nos observando com uma expressão pensativa. Baixei minha pedra e corri até ela. Na minha pressa em terminar nossa casa, eu não a tinha visto tanto quanto gostaria. Imaginei que haveria tempo suficiente para visitas durante aquele inverno. Porém, a melancolia na expressão dela me disse que provavelmente não seria assim.

– Você não pode ir – falei baixinho. – Não posso me despedir de você, Tegan. Não me peça isso.

Meu coração se partiu um pouco quando me lembrei de Perseguidor sussurrando aquelas palavras para mim, logo antes de eu correr para a horda. Eu pensava nele com frequência, em meio à minha felicidade, e a sua morte era um dos meus arrependimentos mais violentos. Via aquela sombra no rosto de Tegan também.

– Dois – ela sussurrou. – Está na hora de eu manter minha promessa.

Eu sabia de qual ela falava – da feita ao Dr. Wilson – e devia lembrá-la dela, entretanto, por egoísmo, tinha esperado que ela esquecesse. O lugar dela não era em Winterville... ou talvez fosse e eu apenas desejava que não porque precisava dela por perto.

– Ele sabe tanto e eu quero aprender tudo. Parece que preciso fazer isso.

Eu entendia aquele ímpeto também, mas desejava poder convencê-la de que ela não precisava ser nada em especial para merecer ter sido salva. Engasgada, estendi as mãos e ela me abraçou com muita força por longos instantes. De alguma forma, consegui não chorar no ombro dela. Sussurramos uma para a outra que não era para sempre – visitaríamos e mandaríamos cartas pelos comerciantes conforme suas idas e vindas –, mas nós duas sabíamos que tínhamos chegado ao momento de nos separarmos. Daquele ponto em diante, não haveria mais aventuras, nada mais de jornadas. Ela iria para Winterville e se tornaria uma alma intelectual enquanto eu ficaria ali naquela ilha.

– Deixe-me ir – ela ordenou.

E eu deixei.

Virei-me para não ter que observá-la ir e, em seguida, afundei no chão e chorei. Às vezes, eu sentia como se toda felicidade viesse a um preço. Nunca, nunca se pode ter perfeição. A vida nos dá beleza para podermos suportar a dor. Depois de um bom tempo, sequei minhas lágrimas porque Vago estava com seu olhar feroz e preocupado e eu nunca sabia como ele reagiria. Tegan não me agradeceria se meu homem a perseguisse e a trouxesse de volta porque seu caminho estava me deixando triste.

Depois parei meu trabalho no chalé para ir à mansão do governador. Uma pessoa de Rosemere compartilharia minha tristeza na mesma medida.

Morrow abriu a porta quando bati como se estivesse me esperando. Seu rosto estava magro e pálido, recém-marcado por uma cicatriz vermelha. De resto, parecia bem o bastante, embora ele ainda não tivesse recuperado toda a sua força. Dei o braço para ele enquanto me levava para uma grande sala com uma lareira crepitante. Quando eu estava trabalhando, não reparava no ar friozinho tanto quanto depois que parava.

– Ela foi embora – falei baixinho.

Ele baixou a cabeça, os cabelos caindo em seu rosto esperto.

– Eu sei.

– Quanto tempo vai levar até você ir atrás dela?

– Vou dar a ela o inverno, tempo o bastante para sentir a minha falta.

– E se isso não funcionar?

Imaginei que ele não tivesse lhe dito como se sentia em relação a ela, eu poderia ter explicado por que ela era tão desconfiada de homens. Porém, como prometi, tinha mantido o segredo de Tegan e ninguém sabia o que ela sofrera nas ruínas. Com Perseguidor morto, a verdade morreria comigo.

– Então, vou ficar indo e voltando até ela me pedir para ficar.

O sorriso dele era algo doce e melancólico.

– Estou trabalhando na sua história, sabia? Está me mantendo ocupado durante a minha convalescência. Espero ter um rascunho pronto para você ler até a primavera.

Sorri com aquilo.

– Vago pode ler para mim. Não é meu ponto forte.

Por alguns segundos, imaginei-me enrolada em meu homem diante de uma lareira, ouvindo as palavras de Morrow. Não podia pensar em nada melhor. Conversamos mais um pouco, o suficiente para eu ter certeza de que ele ficaria bem na ausência de Tegan, mas o contador de histórias era mais forte do que parecia e ele tinha um talento precioso que o tornava invencível: esperança eterna. Ou, então, ele era louco, o que poderia explicar por que me seguira.

– Planejo chamar de Saga Razorland – ele me contou.

– Por quê?

– Por causa de algo que você disse quando estava me contando da sua jornada para o norte... Sobre o mundo ser todo de navalhas e nos cortar, não importa o que façamos.

– Não é mais – comentei baixinho.

– Graças a nós.

Morrow abriu seu sorriso charmoso, mas eu vi o toque agridoce em seu olhar. Ele também sentiria falta de Tegan.

– Sempre me perguntei uma coisa... Por que você cumprimenta a coronel beijando-a nas duas bochechas? Parece que isso poderia aborrecer o Morgan.

– Sou o enviado diplomático de Rosemere – ele respondeu. – Meu pai sabia que tinha de encontrar um trabalho que satisfizesse minha necessidade de andar por aí. Esse é o beijo de paz costumeiro.

– Ah.

Eu devia ter sabido que ele era mais importante do que deixava transparecer, apenas um contador de histórias.

– Então, por que não se identificou enquanto viajava comigo?

Ele ganhou uma expressão envergonhada.

– Porque eu não tinha aprovação para a missão. Meu pai não teria se envolvido. Então, não podia alegar que representava Rosemere quando estávamos construindo a Companhia D. Isso eu fiz como James Morrow.

Fiquei em pé, beijei a bochecha dele e disse:

– Sempre serei grata.

Depois voltei ao trabalho, juntamente com metade da vila. A construção pareceu dar um foco a Spence, outra coisa em que pensar, e Rex lhe fazia companhia. Spence gostava mais dele porque ambos passaram por uma perda parecida. Eles não conversavam muito, mas um certo laço estava se formando entre os dois. Também estavam trabalhando em uma casa para Edmund e Mamãe Oaks, um fato que me deixava muito feliz. Eu, enfim, mantivera a promessa a mim mesma... e lhes dera um novo lar. Gavin brincava mais do que trabalhava, orgulhoso como um jovem pavão com sua nova capa, que levava a insígnia da Companhia D.

Com trabalho constante, foi necessário menos de um mês para concluir o chalé, logo antes da primeira neve. Surpresa e feliz, parei do lado de dentro com Vago, incapaz de acreditar que tínhamos um lugar nosso. As pessoas logo chegaram com presentes para a casa nova, uma tradição da ilha. Pedregulho entregou móveis que Dedal tinha feito e Mamãe Oaks trouxe almofadas e cortinas para as janelas. Ela trabalhou pesado e me ajudou a pendurá-las enquanto outras mulheres da vila ofereciam pratos e panelas para cozinhar, roupa de cama e banho e caixas que não abri imediatamente.

Era tarde quando todos foram embora e, juntamente com os pequenos toques, possuíamos uma mesa, cadeiras e uma cama com um colchão recém-estofado. O chalé tinha um design parecido com o de Pedregulho e Dedal; por um momento, deixei meus pensamentos vagarem, imaginando como os anos passariam. Enquanto refletia, Vago acendeu um fogo na lareira, o primeiro na nossa própria casa. O maravilhamento me deixou sem fôlego e trouxe lágrimas aos meus olhos. Recusei-me a deixá-las caírem.

Abri nosso primeiro presente. Alguém nos dera uma moldura de foto e eu sabia o que colocar nela.

– Você ainda tem o seu emblema do subsolo?

– É claro – ele disse. – É idiota, mas não consigo me fazer descartar essa coisa.

– Fico contente.

Coloquei o papel dele e a minha carta dentro da moldura e depois saí procurando um martelo e um prego.

Nossos talismãs adornaram a nova casa e pareceu bem adequado, parte da velha vida a trazer para a nova. Em seguida, procurei na minha mochila e tirei meus dois maiores tesouros: os mapas de Improvável e o livro que Vago e eu tínhamos encontrado nas ruínas. Ele veio ver no que eu mexia e, então, tocou no couro com mãos respeitosas, como se a história fosse tão importante para ele quanto para mim.

– Não acredito que você ainda tem isto. E, além disso, está intacto.

– Mantive embrulhado em um tecido impermeável. Você leria o final para mim?

Vago baixou a voz... e eu me identificava mais com a história agora.

Eles se casaram naquele dia mesmo. E, no dia seguinte, foram juntos até o rei e contaram a ele a história toda. Mas quem eles encontraram na corte senão o pai e a mãe de Photogen, ambos nas graças do rei e da rainha. Aurora quase morreu de alegria e contou a eles que Watho mentira e a fizera acreditar que seu filho estava morto.

Ninguém tinha nenhuma informação sobre o pai ou a mãe de Nycteris; mas, quando Aurora viu na adorável menina os seus próprios olhos azuis-celestes brilhando através da noite e das suas nuvens, ela teve pensamentos estranhos e refletiu que até os maus podem ser um elo para unir os bons. Por meio de Watho, as mães, que nunca haviam se visto, tinham trocado de olhos nos seus filhos.

O rei deu a eles o castelo e as terras de Watho e lá eles viveram e ensinaram um ao outro durante muitos anos que não foram longos. Porém, mal tinha um dos anos acabado antes de Nycteris ter passado a gostar mais do dia, porque ele era a roupa e a coroa de Photogen e ela via que o dia era melhor do que a noite e o sol era mais soberano que a lua; e Photogen tinha passado a gostar mais da noite, porque ela era a mãe e o lar de Nycteris.

– Mas quem sabe – Nycteris dizia para Photogen – se, quando formos embora, não iremos para um dia tão mais grandioso que o seu dia, já que seu dia é mais grandioso que minha noite?

No momento em que ele terminou, eu o beijei e sussurrei "Eu te amo, Vago", porque fora o que deixara de dizer quando estava deitada com febre na carroça. Com um sorriso tão largo que ameaçava rachar suas bochechas, ele me pegou no colo e me carregou até uma poltrona, um assento espaçoso com braços largos e almofadas gordas, aconchegante o suficiente para duas pessoas. Preguiçosamente, perguntei-me se Dedal a tinha projetado para os casais pegarem fogo. Naquele dia, meus músculos doíam de um trabalho mais agradável do que a luta constante.

"Seda estava errada", pensei. "Tenho coração de Construtora."

– Fico feliz por a história acabar assim. De forma que nem o rei podia separá-los. Como nós.

– O que são reis para nós? – Vago perguntou com um sorriso convencido. – Nós mudamos o mundo.

Incrivelmente, era verdade. Levantei-me para colocar o livro na prateleira acima da lareira. Depois acrescentei a pasta de Improvável.

– Pronto. Está perfeito.

– O que você vai fazer com esses mapas? – Vago perguntou, seguindo-me com seu olhar.

– Dar aos nossos pirralhos – respondi.

Era o melhor legado que eu conseguia imaginar, como lhes dar o mundo.

– Não quero esperar para nomeá-los.

Pela expressão de Vago, era algo importante para ele.

– Nem eu. Vamos seguir a tradição do Topo, como Pedregulho e Dedal.

– Você viu quanta comida colocaram nos nossos armários? – ele perguntou, relaxado, mudando de assunto.

Eu achei bom, estava um pouco cedo para falarmos em expandir nossa família. Com as bochechas quentes, fiz que não. Tinha ficado ocupada com Mamãe Oaks, deixando o lugar aconchegante.

– Muita?

Vago me observou com uma admiração silenciosa. Em um ou dois instantes, ela amadureceria para desejo e tínhamos todo o direito de ir para o quarto dos fundos. Ninguém nos interromperia ou convocaria para outros assuntos. Isso era... impressionante.

– Imagino que o suficiente para o inverno todo.

– Ganhamos alguns meses de lazer – falei para ele.

– O que você vai fazer quando chegar a primavera?

Ele estendeu as mãos para mim então.

Afundei no seu colo. Vago aninhou o rosto no meu pescoço e coloquei a mão no queixo dele.

– Estar com você.

E mantive minha promessa. Sempre.

Epílogo

Na ilha Evergreen fica a cidadezinha de Rosemere e, dentro dos limites dessa vila, há um chalé branco de pedras onde um casal idoso mora. Rosas cor-de-rosa se enrolam em uma treliça caiada na frente e hera sobe pelas paredes do jardim nos fundos. É um lugar tranquilo, todo de luz do sol e salpicado de verde. Há uma cerejeira no quintal e, quando perguntam "por que cerejas?", o homem que a plantou anos atrás sorri e responde:

– Porque ela as ama.

Dentro do chalé, uma moldura na parede guarda um velho pedaço de papel e uma carta de baralho, o dois de espadas. Acima da lareira, há uma prateleira, onde dois livros estão entre estátuas de madeira. Um é muito velho, produzido pelo mundo anterior, e na sua lombada está impresso o título *O Menino Dia e a Menina Noite*. O outro foi escrito em pergaminho com uma linda letra, ilustrado com tintas coloridas e encadernado com couro. A primeira página diz *Saga Razorland*, de James Morrow. Embora tenham uma biblioteca cheia de livros a escolher, as crianças da vila frequentemente pedem por essa história, pois são encantadas por Tegan do Bastão; Perseguidor, o Lobo; Dois, a Caçadora e Aquele Cujo Colorido Não Ficará Vago. Sentem-se reconfortadas por essas lendas conhecidas e o relato de como o mundo veio a ter a forma atual.

Quando não está lendo para crianças que fugiram das suas tarefas, o homem passa os dias fazendo armaduras para jovens determinados a buscarem sua sorte e verem o mundo. Até recentemente, sua esposa ensinava a esses aventureiros como lutar, preparando-os para a jornada. Porém, agora que o cabelo dele ficou branco e o dela, prateado, ela prefere cuidar do jardim. Eles têm filhos, esse casal... Há muito tempo crescidos e na estrada, explorando por meio de um legado de mapas. Às vezes, eles também os visitam com histórias; pedem ao barqueiro para levá-los para casa e seus pais sempre ficam felizes, recebendo-os com a mesma alegria que aprenderam muito tempo atrás, com pessoas que os amaram tanto que não os obrigaram a ficar quando o mundo estava chamando.

Há uma abundância de contos sobre o papel que esses dois tiveram na Guerra do Rio, antes de os Gulgurs subirem do subsolo, antes de os Uroches assinarem tratados de paz, mas, conforme o tempo passa, seus vizinhos mal podem acreditar que aquele casal doce seja perigoso como a lenda alega. Assim, o pessoal suspeita de que o amigo deles, Morrow, o Contador de Histórias, deva ter exagerado nos relatos. Às vezes, uma figura encapuzada é vista entrando e saindo discretamente da casa, mas ninguém sabe dizer quem pode ser. Esse par de idosos ainda gosta de pequenos segredos.

A maioria dos moradores locais desacreditaria o folclore por completo, a não ser porque, uma vez ao ano – no Dia da Paz –, as peregrinações começam. Pessoas viajam de longe, como de Gaspard, e de Winterville, Otterburn, Lorraine e Soldier's Pond, de toda a parte dos territórios livres, e trazem presentes. Por três noites e três dias, acampam do lado de fora do chalé em Rosemere, esperando encontrar a Caçadora e Aquele Cujo Colorido Não Ficará Vago. Uma vez ao ano, esses dois contam a história com suas próprias palavras, não as de Morrow, para quem quiser ouvir.

Porque aqueles dois acreditavam que suas ações eram importantes, pois a Caçadora escolheu a paz, perdoou o inimigo e baixou suas adagas, os territórios mudaram para sempre. Essa é a lição máxima de coragem, ensinada por Tegan do Bastão, que devota sua vida a aprender, em honra de um sacrifício feito há tanto, tanto tempo. Essa é a história que está nos corações e a homenagem continuará enquanto o mundo girar, até aparar as arestas e novos heróis surgirem.

Mas essas são outras histórias.

A autora

Ann Aguirre é uma autora *best-seller* do *New York Times* e do *USA Today*, com formação em literatura inglesa. Antes de se tornar uma escritora em tempo integral, ela trabalhou como palhaça, balconista, dubladora e salvando gatinhos abandonados, não necessariamente nessa ordem. Ela cresceu em uma casa amarela em frente a um campo de milho, mas agora ela vive no ensolarado México com o marido, filhos e vários animais de estimação. Ann gosta de todos os tipos de livros, música emo, filmes de ação e *Doctor Who*.

Nota da autora

Este livro precisou de extensas pesquisas sobre como uma guerra em terra seria, acontecendo em condições parecidas com a Guerra Civil Americana. Li inúmeros artigos sobre alimentos secos, medicina em campo, taxas de sobrevivência e privações não relacionadas com o combate em si. Para o papel de Tegan, aprendi sobre ervas, remédios primitivos e um vasto número de doenças. Agora sei o que significa geladura e também que é literalmente possível gastar as botas até virarem farrapos de couro. Alguns dados não entraram na história porque não se encaixavam com o ponto de vista de Dois, mas eram fascinantes.

Para ter mais informações, explore este site: <www.civilwarhome.com/strategyandtactics.htm>. Os livros a seguir também são excelentes: *Battle Cry of Freedom: The Civil War Era*, de James McPherson; *American Heritage Picture History of the Civil War*, de Bruce Catton e, para os fãs de militaria, recomendo *The Twentieth Maine: A Classic Story of Joshua Chamberlain and His Volunteer Regiment*, de John J. Pullen. No entanto, a guerra não é gloriosa e tentei transmitir isso em *Horda*. Há um motivo para Dois estar pronta para a paz.

Nomes de cidades dos territórios vieram de assentamentos reais do Maine e do Canadá atualmente, mas suas localizações foram mudadas para se adequarem a certos eventos catastróficos. Escolhi esses nomes familiares a fim de dar uma certa verossimilhança, que enraíza os leitores na realidade conforme eu crio um mundo novo para eles explorarem. Para quem estiver curioso, a ação acontece entre Maine, New Brunswick e Quebec atuais, embora a topografia definitivamente tenha mudado ao longo dos séculos. Se você usar o Google Mapas, digite "Cabano, Témiscouata-sur-le-Lac, QC, Canada" para ter uma ideia de onde eles começaram, em Salvação. Todas as cidades se espalham a partir dali. Marchando para oeste como eles fizeram, você chegaria a Soldier's Pond, enquanto Gaspard fica a leste.

Eu prometi que os leitores teriam todas as respostas sobre as Aberrações até o final da saga e acho que cobri tudo, mas, se você ainda tiver dúvidas, fique à vontade para me mandar um e-mail.

É assim que o mundo acaba... e começa de novo. Obrigada por ficar ao meu lado e espero que tenha gostado da viagem.

Agradecimentos

É aqui que eu menciono todas as pessoas que me ajudaram ao longo do caminho, começando por Laura Bradford, que acreditou que eu daria conta. Ela nunca me disse que eu era doida (embora eu claramente seja) e, por isso, agradeço sinceramente. Obrigada por tudo.

Em seguida, estão as maravilhosas pessoas da Feiwel & Friends: Liz Szabla, Jean Feiwel, Anna Roberto, Ksenia Winnicki, Rich Deas, Kate Lied e, ainda, o pessoal de vendas, marketing, relações públicas e o restante da equipe fantástica. Terminar a trilogia foi pura felicidade. É raro eu dizer que fico ansiosa pelas revisões, mas amo trabalhar com Anne Heausler, cujos esforços são incomparáveis. Junta, essa equipe cria livros lindos e tenho muito orgulho da parceria com ela.

Agora, mando um agradecimento para meus primeiros leitores: Karen Alderman, Sarah Fine, Majda Čolak, Robin LaFevers, Rae Carson e Veronica Rossi. Esse é realmente um grupo de teste estelar e, se houver algo errado com o *Horda*, coloquem a culpa em mim, não neles. Os conselhos deles foram incríveis.

Obrigada ao Círculo que Não Será Nomeado, embora eu não possa olhar para vocês, ou ficarei cega com sua glória. Vocês são meus amigos mais queridos e eu os amo mais do que panquecas e sapos de corrida. Obrigada pelo apoio enquanto eu silenciosamente ficava louca e tentava não falar besteira na internet.

Muita gratidão à minha revisora fenomenal, Fedora Chen. Ela sempre deixa meu trabalho mais brilhante.

Obrigada à minha família fabulosa, que atura todo tipo de porcaria. Não deve ser fácil viver com uma *workaholic* que esquece em que dia estamos, mas vocês enchem meu mundo real de unicórnios cintilantes, arcos-íris e cachorrinhos. Na maior parte, cachorrinhos.

Por fim, obrigada aos meus leitores; vocês deram importância aos meus livros e, por isso, sempre estarão guardados no meu coração. Não se esqueçam de escrever.

Este livro foi impresso, em primeira edição,
em março de 2018, em Pólen 70 g/m^2, com capa em cartão 250 g/m^2.